La Sposa Di
Salt Hendon

LIBRI DI LUCINDA BRANT

La Sposa Di Salt Hendon

UN ROMANZO STORICO GEORGIANO

LUCINDA BRANT

TRADUZIONE DI MIRELLA BANFI

A Sprigleaf Book
Pubblicata da Sprigleaf Pty Ltd

La Sposa Di Salt Hendon
Copyright © 2012, 2019 Lucinda Brant
Originale inglese: Salt Bride
Traduzione italiana di Mirella Banfi
Revisione a cura di Marina Calcagni
Progettazione artistica e formattazione: Sprigleaf
Tutti i diritti riservati

Il disegno della foglia trilobata è un marchio di fabbrica
appartenente a Sprigleaf Pty Ltd. La silhouette della coppia
georgiana è un marchio di fabbrica appartenente a Lucinda Brant

Disponibile come e-book, audiolibri e nelle edizioni in lingua straniera.

ISBN 978-0-9873752-0-9

10 9 8 7 6 5 4 3 2 1 (ii) A/I

per

Rossella

PROLOGO

WILTSHIRE, INGHILTERRA 1759

L A RAGAZZA sullo stretto letto di legno stava soffrendo atrocemente. Rannicchiata, con le gambe tirate contro il piccolo seno e le braccia sottili strette intorno alle ginocchia, tutto il corpo rabbrividiva per le contrazioni strazianti. Non aveva idea se il dolore durasse da cinque o venti ore. Esausta e in un bagno di sudore, aveva la camicia da notte con i polsini di pizzo e i bottoncini di perla attorcigliata e aggrovigliata con le lenzuola. L'una e le altre erano inzuppate di sangue.

Nei pochi, brevi momenti di tregua tra un doloroso crampo e l'altro, piagnucolava chiedendo al dolore di finire, con i grandi occhi azzurri che imploravano la sua balia, come se un semplice bacio della sua domestica più amata potesse far tornare tutto a posto, come succedeva con le piccole ferite dell'infanzia. Ma per quanto la donna rinfrescasse la fronte febbricitante della ragazza e nonostante tutte le parole di conforto, le contrazioni continuavano senza tregua e l'intervallo diminuiva sempre più, finché la ragazza perse completamente il senso del tempo e dello spazio.

Le lacrime rigavano le guance giallognole della balia, che si premette il panno bagnato sulla bocca; era tutto quello che poteva fare per impedirsi di singhiozzare senza controllo vedendo la sua bella e dolce bambina soffrire in quel modo.

"Fallo bere alla ragazza e domani non avrà più fastidi," le avevano ordinato.

Obbediente, Jane aveva bevuto la pozione dal sapore amaro, quando le avevano assicurato che il medicinale le avrebbe fatto passare la nausea e ridato un po' di appetito. Poi aveva gettato il bicchiere alla sua balia accusandola, ridendo, di averla avvelenata.

Veleno.

Sì, la balia aveva avvelenato la sua bella bambina. Lo sapeva adesso, mentre asciugava il sudore sulla fronte torturata di Jane. Avrebbe pregato Dio di perdonarla per il resto dei suoi giorni per non aver saputo proteggere meglio la sua bambina, per aver creduto che quelli più in alto di lei avrebbero fatto ciò che era giusto e corretto, mentre invece avevano pianificato tutto fin dall'inizio. Ma lei aveva avvelenato Jane senza volerlo. Lo stesso non si poteva dire degli altri due occupanti della piccola stanza buia e senz'aria, o del padre assente e spietato della ragazza, che aveva ripudiato la sua unica figlia per aver perso la verginità con un nobile seduttore che le aveva lascivamente piantato in corpo il suo seme e poi l'aveva scartata come una cosa usata, senza valore.

Assassini, tutti.

La balia non osava guardarsi alle spalle, ma sapeva che l'uomo e la donna erano là, nell'ombra, ad aspettare. I lamenti di Jane e quello che stava facendo per aiutarla ad alleviare il dolore non la rendevano sorda o cieca. Sapeva perché erano là, perché sopportavano la puzza e i suoni ignobili della sofferenza, perché non distoglievano gli occhi dalla vista offensiva di quella creatura quasi infantile, con la pelle trasparente e lo sguardo sconvolto che si contorceva, sudata, e sanguinava davanti a loro. Dovevano assicurarsi con i loro occhi che quell'atto criminale fosse portato a termine. In che altro modo avrebbero potuto informare il padre senza cuore che i suoi desideri erano stati soddisfatti?

La balia li odiava ma riservava l'odio più grande per il nobile che l'aveva sedotta. Le dava la forza e la determinazione di lottare per tenere in vita la sua preziosa e maltrattata bambina. Non le impedì di sobbalzare di paura quando una mano ferma le premette la spalla.

"Il medico arriverà presto," le assicurò Jacob Allenby. "La neve appena caduta deve averlo fatto ritardare."

"Sì, Signore," rispose docilmente la balia, continuando a sciacquare la spugna sporca nella bacinella di porcellana sul comodino.

"Medico? Buon Dio, a che serve un segaossa?" Disse la femmina in tono di scherno, sopra la spalla di Jacob Allenby. Era uscita dall'ombra per scaldarsi accanto alla grata del camino, il volto, dipinto con cura, senza emozioni. "È evidente che la mia medicina sta funzionando come doveva. Un medico interferirebbe e basta."

Il mercante si voltò a guardarla, "Perdonatemi se non mi fido della parola di un angelo della morte!"

"Oh mio Dio, Allenby, come siete drammatico," disse strascicando la voce, una mano bianca e morbida tesa verso il calore. "Dai gemiti della creatura chiunque penserebbe che sia in punto di morte. Non è così. Lo sciroppo di artemisia non ha ucciso nessuno di mia conoscenza... *finora*." Lanciò un'occhiata al letto, riflettendo, "Ovviamente il mio farmacista sullo Strand consiglia alla femmina di prendere le dose consigliata appena teme di aspettare un bambino, normalmente nel primo mese di ritardo del ciclo," rimuginò, tranquilla. "Che questa stupida abbia aspettato quattro mesi prima di confessare il frutto della sua immoralità, ha richiesto che aumentassi il dosaggio per compensare la sua stupidaggine. Dopo tutto, si deve essere assolutamente certi che il mostro sia espulso."

Jacob Allenby digrignò i denti, "Siete una cagna spietata, Milady."

"No, sono pragmatica, fedele al sangue patrizio che mi scorre nelle vene," rispose colloquialmente la donna, lisciandosi i capelli raccolti, adornati di perle e nastri, nella debole luce che arrivava allo specchio ovale sopra la cappa. "I legami di sangue sono i più preziosi. I pargoli bastardi di lignaggio incerto non hanno posto tra la nostra gente." Guardò il riflesso del mercante di mezz'età il cui sguardo preoccupato restava fisso sulla ragazza che soffriva nel letto stretto. "E nemmeno il sentimentalismo sdolcinato. Perché abbiate accettato di toglierla dalle mani di Sir Felix, non lo capirò mai."

"Sir Felix Despard è un ubriacone senza spina dorsale che avrebbe dovuto tenere d'occhio la sua unica figlia, che non starebbe soffrendo, adesso. Per quanto riguarda le mie azioni, non tocca a voi sondarle."

"Davvero? C'è di peggio per un fabbricante di vetro azzurro di Bristol che prendere come amante una sgualdrinella figlia di un nobiluomo. È la figlia di un baronetto, alla fin fine. Usata. Scartata. Ma sempre molto bella."

"Voi sapete certamente tutto delle sgualdrine, Milady."

"Siete all'altezza del signor Garrick, Allenby. Questa poco santa alleanza che avete stretto è così divertente. *La*! Credo sia la cosa più divertente che vedo da quando..."

"... vi siete messa a quattro zampe a una delle orge di sua eccellenza?"

"Devo mostrarvi la mia tecnica?" Lo canzonò, solleticando la punta del naso camuso di Jacob Allenby con il bordo del suo delicato ventaglio dipinto a guazzo. Fece il broncio. "Accoppiarsi con le Signore titolate! Deve essere un sogno per i piccoli fastidiosi mercanti moralisti. L'unico posto in cui avete la possibilità di *entrare* nella società sono giusto i vostri sogni."

"Provo pietà per la vostra prole, Milady," dichiarò il mercante con evidente disprezzo, allontanandosi da lei.

Gli occhi nocciola della dama si spensero. Fissò freddamente, da sopra la spalla della balia, la ragazza sul letto che continuava a tenere le braccia strette intorno alle ginocchia e a gemere per il dolore. Appena diciotto anni e senza nessuna prospettiva di felicità futura. Bene, gongolò sua signoria, ricordando come la squisita bellezza della figlia del baronetto avesse ammaliato la società alla sua prima apparizione in pubblico.

Era successo al ballo della caccia di Salt e la straordinaria bellezza della ragazza, unita alla sua naturale, fresca modestia avevano fatto sensazione sia tra i Lord sia tra le Lady. Pura e piena di ingenuo ottimismo, affascinante con tutti e disgustosamente schiva, prima della fine della serata aveva ricevuto tre proposte di matrimonio e due dichiarazioni di amore eterno. Accolta a braccia aperte dall'alta società, tutti si aspettavano che avrebbe sposato qualcuno ricco e titolato.

Quella stessa notte, sua signoria *li* aveva trovati nel padiglione d'estate vicino al lago, il nobiluomo bello in tutta la sua aitante nudità e questa bellissima e vogliosa vergine con la sua massa disordinata di capelli lunghi fino in vita del colore della mezzanotte. Stavano cavalcando beatamente insieme verso il paradiso, come se fossero gli unici due esseri nel Giardino dell'Eden. Quella visione l'aveva fatta infuriare ma quello che aveva ucciso i suoi sogni e spezzato il suo cuore era stato vedere l'ancestrale collana di fidanzamento dei conti Salt Hendon intorno al collo candido della ragazza.

Le conseguenze tragiche della lussuria sfrenata dei due amanti non avrebbero potuto farla più felice. Ma quando meno se l'aspettava, in quei rari momenti in cui si permetteva di credere, compiaciuta, di aver ripreso il controllo assoluto del futuro, l'immagine dei due amanti celestiali, uniti in un solo essere, tormentava le sue giornate e tramutava in incubi i suoi sogni.

"Voi, signore, non avete idea a che punto è arrivata questa madre per assicurare il futuro di suo figlio," dichiarò cupa, arretrando nell'ombra proprio mentre la ragazza emetteva un ultimo gemito gutturale che riempì il silenzio della camera soffocante. "Per l'amor del cielo! Quanti altri patetici lamenti dovrò sopportare?" ringhiò, gettando con rabbia il ventaglio contro la tappezzeria. Si lasciò cadere su un sofà di crine, in una nuvola di sottane di velluto azzurro.

"Allenby, chiedete alla donna di esaminarla. Dovrebbe aver espulso il marmocchio, a questo punto."

La balia cominciò a singhiozzare apertamente.

"Avrei voluto che ci fosse un altro modo, mia cara," si scusò Jacob Allenby con vero rimorso. "Dovete capire che per lei questa è la migliore via di uscita, la meno dolorosa."

Diede un colpetto alla spalla della balia e poi si ritrasse anche lui nell'ombra.

Capire? Meno dolorosa? La balia avrebbe voluto urlare. Una donna, come poteva riprendersi dalla perdita di un figlio, sia per un aborto, sia che fosse nato morto, o portato via alla nascita? E Sir Felix avrebbe avuto tutti i diritti di portarglielo via. Spedito in un orfanotrofio, non avrebbe mai conosciuto sua madre, mai avrebbe avuto un padre. Meglio che il figlio sparisse ora, appena formato e inconsapevole, perché dare alla luce un bastardo era un peccato, una macchia per tutta la vita. La sua povera e sofferente Jane non si meritava quell'ignominia.

"Per favore. Per favore, *per favore*, Dio. Fai vivere il mio tesoro," sussurrava la balia, nascondendo il volto tra le lenzuola, stringendo la spugna talmente forte che le sue unghie scavarono un solco nel suo palmo, facendone uscire il sangue. "Per favore, basta dolore, basta sofferenza."

Come in risposta alle sue preghiere, nella camera scese un silenzio surreale, mentre la ragazza smetteva di muoversi e giaceva finalmente tranquilla tra i cuscini di piuma in mezzo allo stretto letto, mentre l'agonia delle contrazioni si attenuava e lasciava il posto al sollievo, al vuoto e al senso di perdita.

Jane sbatté gli occhi verso la candela gocciolante sul comodino, con le lacrime che le rigavano le guance, sapendo che non era solo sudore per il terribile sforzo, che bagnava il suo corpo di un liquido freddo, ma sangue, il suo sangue e il sangue del suo bambino mai nato: una vita spezzata. Singhiozzi silenziosi le fecero voltare la testa. Toccò la cuffia di pizzo della balia, facendo alzare di colpo alla donna il volto macchiato di lacrime. La voce era appena un sussurro.

"Stupidina, non piangere. Non c'è niente per cui piangere adesso."

UNO

LONDRA INGHILTERRA 1763

"Tom, io ho una dote?" Chiese Jane al suo fratellastro, voltando le spalle alla finestra flagellata dalla pioggia.

Tom Allenby, a disagio, guardò sua madre che stava versandogli una seconda tazza di tè Bohea, "Certo che hai una dote, Jane."

Jane non ne era così sicura. Quando suo padre l'aveva ripudiata quattro anni prima, l'aveva lasciata senza un centesimo.

"Qual è l'ammontare?"

Tom sbatté gli occhi, sempre più a disagio. "Ammontare?"

"Diecimila sterline," dichiarò Lady Despard, con un'occhiata imbronciata alla sua figliastra.

Il fastidio era evidente nel modo rude in cui sistemò le fette di pan speziato nei piattini di porcellana Worcester blu e bianchi. "Anche se non capirò mai perché Tom senta il bisogno di fornirti una dote quando stai per sposare l'uomo più ricco del Wiltshire. Per un nobile riccone, diecimila sterline sono una goccia nel fiume Bristol."

"*Mamma*," disse Tom sottovoce, con le guance ben rasate che bruciavano per l'imbarazzo. "Penso che possiamo riservare diecimila sterline a Jane, quando sto per ereditarne dieci volte tante." Guardò la sua sorellastra con un sorriso esitante. "È una dote equa, vero, Jane?"

Ma Lady Despard aveva ragione. Diecimila sterline non erano granché da portare in dote per il matrimonio con un nobile che si diceva avesse una rendita di trentamila sterline l'anno. Comunque Jane detestava vedere infelice il suo fratellastro. Povero Tom. I termini del testamento di Jacob Allenby avevano messo sottosopra il suo mondo ben ordinato.

"Certo che è una dote equa, Tom. È più che equa, è *molto* generosa," rispose gentilmente prima di tornare a guardare dalla finestra il desolato cielo invernale di Londra e i suoi edifici grigi. Avrebbe voluto che il sole si mostrasse anche solo per un momento, per sciogliere il gelo di gennaio. Tom allora avrebbe potuto accompagnarla a cavalcare nel Green Park. In qualche modo doveva sfuggire agli stretti confini di quella casa poco familiare, che brulicava di servitori senza nome, dal passo felpato.

Ma non c'era modo di sfuggire all'indomani. Domani si sarebbe sposata. Domani sarebbe diventata una contessa. Domani sarebbe diventata *rispettabile*.

Tom la seguì attraverso il salotto, sulla panchetta sotto la finestra che guardava sulla trafficata Arlington Street e si sedette accanto a lei. "Ascolta, Jane," le disse un po' roco, tirando un filo del rivestimento di un cuscino. "Non è necessario che ti precipiti in questo matrimonio solo per aiutare me. Gli avvocati dello zio dicono che c'è ancora tempo..."

"È tutto perfettamente a posto, Tom," lo rassicurò Jane con un sorriso dolce, con le bianche mani sottili sopra le sue. "Prima mi sposerò, prima tu erediterai quello che è tuo di diritto e potrai continuare la tua vita. Hai delle fabbriche da gestire e lavoratori che contano su di te per avere i loro salari che tardano da molto. Non è giusto che il signor Allenby abbia lasciato le sue fabbriche e le sue proprietà a te senza i soldi per il loro mantenimento. Non è giusto che tu sia obbligato a farle pignorare, o a vendere quello che è tuo per diritto di nascita. Quelle povere anime che fabbricano il tuo vetro azzurro devono ricevere la loro paga per poter sfamare le loro famiglie. È giusto che siano indigenti perché tuo zio ha lasciato a me il capitale? Tu sei il suo solo parente maschio e hai degli obblighi verso quelli che ora lavorano per te. Sappiamo perché tuo zio ti ha fatto ricco di proprietà ma povero di contanti, perché ha lasciato a me il capitale: perché voleva obbligarci a un matrimonio tra di noi."

"Perché no? Perché non sposare me, Jane?"

"Perché nonostante tu sia mio fratello solo per la legge, tu sei il mio fratellino da sempre e questo non cambierà mai," gli spiegò gentilmente Jane. "Ti voglio bene come a un fratello ed è per questo che non posso sposarti."

"Ma il testamento dello zio?" chiese fiaccamente Tom, senza fare pressioni perché sapeva che Jane aveva ragione.

"Ne abbiamo discusso con gli avvocati di Allenby," rispose pazientemente Jane. "Il testamento non specifica che devo sposare te, Tom, quindi non siamo obbligati a farlo. È stata una svista da parte di tuo zio. Gli avvocati dicono che io posso sposare *un uomo qualunque* e le centomila sterline saranno rilasciate a tuo favore."

"Un uomo qualunque?" Tom sbuffò, arrabbiato e imbarazzato. "Ma tu non stai per sposare *un uomo qualunque*, Jane. Tu stai per sposare il conte di Salt Hendon! Non posso permetterti di fare questo sacrificio. Non è giusto. Non è giusto che, sposandolo, tu resti senza niente. Di certo si potrà fare qualcosa. Ci serve solo un po' di tempo."

"Tempo? Sono passati tre mesi dalla morte del signor Allenby e tu non puoi continuare a tenere a bada i creditori. A quanto ammontano i tuoi debiti, Tom? Quanto credi di poter aspettare prima di dover vendere i tuoi beni per pagare i debiti?" Jane si obbligò a sorridere radiosamente. "Inoltre, è proprio un sacrificio così grande passare dall'essere la figlia di un cavaliere all'essere la moglie del conte di Salt Hendon? Sarò una contessa!"

"Moglie di un nobile che ti sposa perché ha dato la sua parola a tuo padre quando era in punto di morte e si sente in dovere di mantenerla," brontolò Tom. "Non perché ti voglia o ti ami... Oh, Jane! Perdonami," si scusò in fretta, rendendosi conto dell'offesa. "Sai che non intendevo..."

"Non scusarti per aver detto la verità, Tom. Sì, sposo un uomo a cui non interessa un fico secco di me, ma, facendolo, la mia coscienza è tranquilla."

"Beh, se non vuoi sposare me, allora il matrimonio con un Casanova titolato è meglio che restare nubile," disse il suo fratellastro, con un'espressione brusca che fece sgranare gli occhi a Jane. "Solo la protezione di un marito potrà tener lontani quei cani libidinosi. Vivere da nubile in un cottage nella tenuta andava bene quando lo zio Jacob era in vita e poteva proteggerti ma perfino lui è stato impotente l'unica volta che ti sei avventurata fuori dal parco. Sei diventata facile preda di ogni canaglia depravata che partecipava alla caccia di Salt."

Tom le strinse la mano. "Lo zio ha dimostrato più moderazione di me. Io avrei sparato a quel porco lascivo piuttosto di lasciare che ti trattassero come una sgualdrina."

Quell'incidente umiliante era successo due anni prima ma il ricordo restava penosamente vivo per Jane. Quello che Tom non sapeva era che il porco lascivo di cui parlava era in effetti proprio il conte di Salt Hendon, in compagnia dei suoi amici. Al margine di un boschetto, con il cestino pieno di funghi selvatici al braccio e dondolando la cuffia tenuta per i nastri, non aveva riconosciuto immediatamente il conte, in sella al suo cavallo da caccia preferito, con la barba che gli copriva il volto e i capelli castano chiaro sciolti sulle spalle.

Il conte si era avvicinato a lei a cavallo e aveva fissato il suo volto alzato verso di lui con qualcosa di simile allo stupore. Poi, con sommo divertimento dei suoi compagni, era smontato da cavallo, l'aveva stretta in un abbraccio e baciata rudemente sulla bocca, facendole pagare il pegno dovuto al proprietario di quelle terre per aver sconfinato. Jane aveva tentato invano di respingerlo ma il braccio dell'uomo intorno alla vita era come una morsa e aveva continuato a schiacciare la bocca sulla sua, violandola con la lingua; sapeva di alcool e di pepe. Quando alla fine si era staccato per respirare, i suoi occhi marroni avevano scrutato il volto sbalordito di Jane, come aspettandosi una qualche rivelazione. Solo quando Jane lo aveva schiaffeggiato forte l'incantesimo si era spezzato e l'uomo era tornato cosciente di quello che lo circondava. L'aveva lasciata andare, sussurrandole all'orecchio una sola parola crudele, con un profondo inchino beffardo.

Ancora adesso, due anni dopo, ricordando come le aveva sussurrato senza pietà quella odiosa parola, Jane rabbrividì e ingoiò amaro. Avrebbe potuto pugnalarla al cuore, tanto era stato il dolore che aveva accompagnato quella parola: *sgualdrina*.

Sorrise rassegnata al suo fratellastro. Aveva solo ventuno anni e tanta responsabilità sulle sue giovani spalle magre.

"Che cos'altro dovevano pensare, Tom? Io, una ragazza nubile, buttata fuori di casa da suo padre, che viveva sotto la protezione di un vecchio vedovo; non potevano considerarmi altro che una sgualdrina."

"No! Tu *non* lo sei! Non dirlo *mai più*!" le ordinò, con un'occhiata a sua madre che stava versando altro tè nella sua ciotola senza manici, alla cinese. "Hai commesso un piccolo errore di giudizio, ecco tutto," continuò. "E devi soffrirne le conseguenze per il resto della tua vita? Io dico di no, mille volte *no*."

"Carissimo Tom. Sei sempre stato il mio coraggioso difensore, anche se non merito una tale devozione," gli disse canzonandolo. "Non puoi definire quello che ho fatto come un *piccolo* errore di giudizio. Dopo tutto, quell'errore mi ha fatto ripudiare da mio padre e mi ha etichettata come una puttana." Quando Tom fece un gesto impaziente e distolse lo sguardo, Jane gli sorrise rassicurante e gli accarezzò la guancia arrossata. "Non posso e non ho intenzione di nasconderlo. Se tuo zio non mi avesse accolta, sarei finita in un ospizio a Bristol, o peggio, morta in un fosso. Sarò sempre grata al signor Allenby per avermi offerto un rifugio."

"Io mi sarei preso cura di te, Jane. *Sempre*."

"Sì, Tom. Certo."

Ma entrambi sapevano la verità sottaciuta di quella bugia. Il padre di Jane, Sir Felix Despard, non avrebbe mai permesso a Tom di interferire nella giustificabile punizione di una figlia disobbediente e in disgrazia. Gli ultimi quattro anni avevano dato tempo a Jane di riflettere sulla follia della sua impetuosità nel permettere al suo cuore di comandare la testa. La perdita della virtù e le sue tragiche conseguenze avevano dato a suo padre il diritto di scacciarla dalla casa di famiglia, sola, senza amici e senza soldi. Aveva disonorato non solo il suo buon nome ma anche quello della sua famiglia. Jane non biasimava suo padre per la sua disgrazia, ma non lo avrebbe mai perdonato per quello che aveva ordinato che le facessero.

Nonostante quello che suo padre, Jacob Allenby e gli altri pensavano di lei, credeva ancora nel rispettare i principi morali di giustizia, onestà e nell'assumersi la responsabilità delle proprie azioni. La difficile situazione in cui si era trovata non era stata causata da suo padre, ma da lei, solo da lei. Ma Tom non avrebbe mai capito. Suo padre e Jacob Allenby avevano nascosto al suo fratellastro tutta la sordida storia e lei gliene era riconoscente. Tom era un giovane uomo serio che trovava del buono in tutti. Jane sperava che non cambiasse mai.

"Sei il migliore dei fratelli, Tom," gli disse sinceramente, dandogli un bacio sulla guancia.

Ma Tom non riteneva di aver meritato quel complimento. Avrebbe dovuto proteggerla.

Sir Felix Despard, di Despard Park, Wiltshire aveva voluto un conte come genero, come minimo, meglio un duca, se fosse stato possibile. Ma aveva cercato di riuscirci nel modo sbagliato. Non tenendo conto che era stata educata lontano dalla mondanità e che ignorava i sistemi dell'alta società, aveva spinto la sua unica figlia in quel mercato matrimoniale senza difese e l'aveva lasciata a se stessa. Tom non aveva mai perdonato al patrigno la sua stupidità e l'ambizione e lo incolpava per l'inevitabile e calcolata seduzione della sua sorellastra.

Tom afferrò la mano di Jane.

"Se avessi accettato chiunque ma non Lord Salt!" le disse fieramente. "Ha sempre quell'espressione sul volto, difficile da descrivere... come se qualcuno avesse osato emettere flatulenze sotto il suo nobile naso. Il modo in cui le sue narici fremono, mi fa venir voglia di scoppiare a ridere. Tu puoi anche ridacchiare, Jane, ma che Dio mi aiuti a restare serio se il resto della famiglia Sinclair ha le stesse nobili narici. Si dice che sua sorella, Lady Caroline Sinclair valga più di quarantamila sterline e riceva almeno tre proposte di matrimonio la settimana. Il conte la tiene segregata in campagna per paura che scappi a Gretna con il primo cacciatore di dote che riesca a farla innamorare, perché è così ingenua da credere che questi pazzi si siano innamorati di lei e non della sua fortuna."

"Oh, caro Tom, mi fai tremare al pensiero di incontrare la mia futura cognata," disse Jane con un sorriso indulgente. "Ma come fai ad avere tante informazioni su Caroline Sinclair?"

Tom si tirò le punte del suo panciotto di seta con un sorrisetto soddisfatto. "Ho le mie fonti, Jane, fonti altolocate."

"Dai, Tom, smettila di diffondere pettegolezzi come una vecchia zia zitella," predicò Lady Despard con disapprovazione, anche se aveva finalmente aperto le orecchie sentendo parlare della nobile famiglia Sinclair. Si mise in piedi davanti allo specchio sopra il camino, dalla ricca cornice. Una bellezza sbiadita, più verso i cinquanta che i quaranta, si lisciò i capelli guardandosi allo specchio, sistemandosi la bionda pettinatura raccolta, incipriata e impomatata e sistemandosi uno dei piccoli fiocchi strategicamente piazzati nell'elaborata costruzione. "Lady Caroline Sinclair è la più bella ragazza del Wiltshire e non ha ancora diciotto anni quindi non sono sorpreso che Lord Salt la tenga rinchiusa. Guarda che cosa è successo a te la sola e unica volta in cui ti hanno tolto il guinzaglio, Jane."

"*Mamma*."

"Quali fonti altolocate, Tom?" Chiese Jane, ignorando la matrigna e sperando che Tom la imitasse.

"Perché non ti difendi mai dalle sue meschine punzecchiature?" Sussurrò appassionatamente Tom. "Non posso difendere l'indifendibile," gli rispose semplicemente Jane. Quando Tom continuò a fissare rabbiosamente sua madre, Jane gli sfiorò il paramano risvoltato e aderente della redingote. "Per favore, Tom, quali fonti?"

"Ti ricordi Arthur Ellis? È venuto a Despard Park appena prima che tu fossi presentata in società. È stato tanto tempo fa ma era un mio caro amico quando ero a Oxford. Magro, lentigginoso con le orecchie a sventola. No? Devi ricordare Art! Ha passato l'intera settimana a fissarti. Beh, ha avuto la fortuna di ottenere il posto di segretario di Lord Salt. Chi l'avrebbe mai detto, allora! Anche se io non chiamerei proprio fortuna essere lo scrivano di quell'iceberg dal naso sottile. Ma nel caso di Art, i mendicanti non possono scegliere, come si dice. Nella sua famiglia sono tutti terribilmente intelligenti ma anche terribilmente poveri."

"Ma sicuramente il signor Ellis non avrà abusato del suo posto di segretario confidandoti informazioni riservate su Lady Caroline?"

"Ovviamente no," rispose indignato Tom, sentendosi acutamente imbarazzato per aver tradito la fiducia del suo amico. "Ho fatto io pressioni perché Art mi parlasse di Lady Caroline, a causa dello strano lascito dello zio. Mamma ed io non capiamo assolutamente perché una giovane donna che mio zio non ha mai conosciuto in vita sua, la figlia di un vicino con cui era in rotta…"

"Una bellezza viziata che vale oltre quarantamila sterline," reiterò Lady Despard.

"…abbia ricevuto un lascito di diecimila sterline dallo zio. È una circostanza alquanto strana che nemmeno gli avvocati dello zio sono riusciti a capire. Puoi biasimarmi per la mia curiosità, Jane?"

No, Jane non poteva biasimarlo. Non pretendeva di capire l'odio tra i vicini, il mercante e il nobile o che cosa avesse causato l'antica faida tra i conti di Salt Hendon e gli Allenby. Il sorprendente lascito a Lady Caroline aveva fatto nascere nella testa di Jane più domande di quanto desiderasse e fu lieta che il maggiordomo scegliesse quel momento per interromperli.

"Che c'è Springer?" Chiese educatamente, sentendo la porta che si apriva e guardando il maggiordomo da sopra la spalla nuda.

"Lord Salt e il signor Ellis, signora."

I fratelli si guardarono spalancando gli occhi, come fossero stati sorpresi proprio dall'oggetto dei loro pettegolezzi. "Come? *Lui* è qui *adesso?*" esclamò Lady Despard senza riguardi e prima che il maggiordomo potesse confermare che, in effetti, il conte di Salt Hendon e il suo segretario dalla faccia lentigginosa li aspettavano al piano di sotto, aggiunse con un trillo di trafelata trepidazione: "Che onore per noi! Peccato che Sir Felix non sia qui a ricevere sua signoria." Guardò Jane con tutto il risentimento nei suoi confronti momentaneamente sospeso nell'eccitazione del momento ed esclamò: "Mio fratello Jacob diceva che avrebbe sparato a quel *diabolico libertino* se si fosse avvicinato a meno di un miglio a una femmina Allenby. Devo ordinare altro tè?"

Jane informò il maggiordomo con voce perfettamente controllata di far salire immediatamente sua signoria e il signor Ellis e di portare un bricco fresco di tè e stoviglie pulite. Ma appena la porta si chiuse alle spalle del servitore, ricadde seduta sulla panchetta sotto la finestra come se le ginocchia non riuscissero più a sostenere la sua figuretta sottile, quasi acerba. Era sorda alle richieste della matrigna di andare immediatamente allo specchio per sistemarsi i capelli e raddrizzare la scollatura quadrata del corpetto e cieca all'espressione preoccupata del suo fratellastro; pensava che se avesse portato in salotto il suo ricamo avrebbe almeno potuto far finta di essere occupata, senza dover mai essere obbligata a guardare negli occhi il nobiluomo.

Trovandosi faccia a faccia con il conte di Salt Hendon, Jane perse la facoltà di formulare un discorso.

MAGNUS VERNON TEMPLESTOWE SINCLAIR, nono barone Trevelyan, ottavo visconte Lacey e quinto conte di Salt Hendon entrò nel salotto con passo deciso subito dopo l'annuncio del maggiordomo e riempì immediatamente la stanza con la sua presenza. Le pareti tappezzate e il soffitto di gesso riccamente decorato si restrinsero o così sembrò a Jane, che si era abituata agli Allenby che erano tutti di bassa statura e avevano le spalle strette. Il conte era completamente diverso. Era abbigliato con quella che Jane presumeva fosse il massimo dell'eleganza londinese: una redingote blu veneziano con un ricco ricamo cinese sugli alti paramani e sulle corte falde; un panciotto di seta color ostrica che finiva su un paio di calzoni aderenti di seta nera arrotolati sopra le ginocchia e assicurati con delle fibbie di diamanti; calze bianche ricamate rivestivano i polpacci muscolosi e le linguette delle scarpe di pelle nera, con i tacchi bassi, erano infilate in enormi fibbie incrostate di diamanti. Ai polsi e intorno alla gola, la magnifica toilette era completata da una cascata di pizzi. Comunque, né il pizzo arricciato né gli abiti ben tagliati potevano nascondere i muscoli poderosi delle gambe forti né l'ampiezza del torace o la larghezza delle spalle. Ma non dominava solo per le sue dimensioni. C'era determinazione nel suo passo e quando diede un'occhiata imperiosa intorno alla stanza, l'intensità dei suoi occhi marroni pretese l'attenzione immediata di tutti quelli che cadevano sotto il suo sguardo, a meno di voler soffrire le conseguenze del suo dispiacere.

Lady Despard, in piedi accanto al camino, fu la prima a riaversi. Fece una profonda riverenza, offrendo a sua signoria una vista spettacolare della sua profonda scollatura. Quando il conte distolse lo sguardo dal suo petto più che florido, fu per girarsi e guardare Jane con uno sguardo sprezzante. Un'espressione difficile da leggere passò sul volto squadrato del nobiluomo e poi fu come se si rendesse conto di essere stato meno che educato. Si inchinò leggermente quando Lady Despard si risollevò e attraversò il tappeto con suo figlio per salutarlo.

La presentazione formale diede a Jane il tempo di ritrovare la sua compostezza. Si alzò impietrita, impressionata dalla pura fisicità dell'uomo, incapace di piegare le ginocchia, rigide per la necessaria rispettosa riverenza. Appariva abbastanza calma ma dentro di sé si sentiva nauseata e sollevata allo stesso tempo. Fu lieta che la guardasse appena. Quando lo fece fu con tacita disapprovazione e come per accertarsi che lei gli stesse prestando la dovuta attenzione. L'espressione rimase sul volto dell'uomo mentre scambiava poche parole con Tom. Jane la vedeva nelle mascelle strette e nel modo in cui le labbra erano tirate in una linea sottile e davano ai suoi lineamenti classici un'incisività dura, inflessibile. Ma nemmeno il più profondo e gelido disprezzo riusciva a diminuire il fatto che fosse un uomo virilmente bello.

Tom riuscì a scambiare solo poche parole con il conte prima che sua madre lo interrompesse. La donna guardò il conte da sotto le ciglia scurite, come se si aspettasse qualcosa e cercò di interessarlo con chiacchiere salottiere, banalità sul tempo inclemente, in particolare sull'inusuale durezza del gelo di quell'inizio d'anno, ricevendo in risposta solo dei monosillabi. Jane fece una smorfia, imbarazzata nel vedere la sua matrigna flirtare spudoratamente con questo nobiluomo annoiato che era chiaramente abituato alle astuzie e sazio di donne che si gettavano costantemente ai suoi piedi.

Quando voltò la testa incipriata e la fissò in volto, come se fosse ben conscio che lei lo stava valutando, Jane fu così sorpresa di essere colta in flagrante che si sentì imporporare la gola bianca. Il fuoco bruciò ancora più forte nelle sue guance quando il conte ebbe l'indelicatezza di squadrarla, cominciando dalle folte trecce nere raccolte in una retina d'argento sulle spalle, attardandosi sul seno coperto da un semplice corpetto di mussolina prima di scendere lungo le sottane fino alle pantofole di seta coordinate. Quando aggrottò la fronte, come se lei non fosse all'altezza delle sue aspettative, Jane osò alzare il mento e ricambiare l'occhiata prima di voltarsi verso la finestra, come per congedarlo.

Rimase a fissare la pioggia, anche se si rendeva conto che la sua matrigna ora si stava dilungando a parlare con il segretario lentigginoso, il signor Ellis, che Jane non aveva notato, visto che era rimasto qualche passo dietro al suo nobile datore di lavoro e che ora stava facendo del suo meglio per essere cortese e interessarsi alle escursioni turistiche di Lady Despard a Londra. Poi, dietro la schiena, sentì l'entusiastica risposta di Tom all'invito del conte a prendere parte a una partita di Royal Tennis nel campo privato di sua signoria nel suo palazzo di Grosvenor Square due giorni dopo. Tom rispose che sarebbe stato onorato di partecipare al torneo.

Proprio il torneo di sua signoria, pensò Jane, quando solo dieci minuti prima Tom si stava prendendo gioco delle nobili narici del conte!

Il conte mormorò qualcosa di banale dicendo di sperare che l'indirizzo di Arlington Street, normalmente occupato da sua signoria quando le sessioni del parlamento continuavano fino a tarda sera, si stesse rivelando una sistemazione soddisfacente per Tom e sua madre. Tom ringraziò sua signoria per l'uso della sua casa di città, dicendo che appena possibile lui e sua madre avrebbero affittato una residenza adatta a loro, per il mese o due che intendevano passare a godere di quello che Londra poteva offrire, prima di ritornare a Bristol. Il conte gli rispose di prendersela comoda perché non c'era nessuna fretta di lasciar libero l'appartamento. Poi nella stanza cadde il silenzio.

Durò tanto a lungo che la curiosità obbligò Jane a voltarsi. Se ci fosse stata una sedia si sarebbe seduta per lo shock. Tom l'aveva abbandonata, ritirandosi con sua madre e il segretario, vecchio amico dei tempi di Oxford, nell'angolo più lontano del salotto per prendere il tè e parlare dei vecchi tempi. Avevano lasciato Jane da sola ad affrontare Lord Salt.

Sua signoria fissava sopra la testa di Jane, guardando fuori dalla finestra.

"Miss Despard, è consuetudine permettermi di baciarvi la mano," disse con voce languida e con giusto quel tocco di insolenza necessario a esigere obbedienza immediata. Ma Jane era troppo agitata per la vicinanza dell'uomo, e per la sua precedente valutazione sfavorevole, per preoccuparsi delle amenità di una presentazione formale e le sue mani restarono fermamente intrecciate davanti a lei. Si disse che era ostinatamente maleducata ma per la prima volta da anni permise all'emozione di guidare la sua lingua e parlò francamente.

"Sono pienamente cosciente dell'onore che mi fate, milord," rispose con voce chiara e lo sguardo inchiodato sui bottoni intagliati del suo panciotto. "Ma non ignoro il fatto che vi siete stato obbligato nel modo meno signorile possibile. È una circostanza che rimpiango amaramente e che vorrei poter cambiare."

Ci fu una brevissima pausa prima che Salt dicesse, nel suo modo insolente: "Avete avuto la più ampia opportunità di liberarmi da questo abominevole obbligo. Dovevate semplicemente rifiutare l'onore. Però mancano ancora diciotto ore alla cerimonia…"

Quest'affermazione diretta fece alzare la testa a Jane, gli occhi azzurri spalancati per la sorpresa. Le stava offrendo l'opportunità di concedergli una sospensione della pena all'ultimo minuto e, in effetti, il suo atteggiamento suggeriva che se lo aspettasse. Dimenticò per un attimo che anche lei desiderava con tutta se stessa liberarlo da quell'obbligo, ferita nel suo orgoglio di donna. Che il conte non avesse nemmeno le buone maniere di nascondere la sua ripugnanza per un'unione che era stata imposta dal padre di Jane, non da lei, la irritò fino a farle pronunciare una risposta impudente. "Non immaginerete, milord, che abbia fatto salti di gioia alla vostra poco sentita proposta di matrimonio," dichiarò con tutta la freddezza che riuscì a raccogliere.

"Indubbiamente ci sono dozzine di donne desiderose di prendere il loro posto al vostro fianco come contessa di Salt Hendon. Vorrei con tutto il cuore che aveste fatto la proposta a una di queste dame perché allora questa orrenda situazione non si sarebbe mai presentata."

"Non ho l'abitudine di prendere decisioni che cambieranno la mia vita solo per far felici gli altri," rispose l'uomo freddamente, con lo sguardo fisso sul vetro rigato di pioggia. "Comunque... sapendo che siete una femmina volubile senza cuore e ancor meno cervello, che ha la faccia tosta di accettare una proposta di matrimonio *poco sentita*, avrei effettivamente dovuto sposare la prima vergine dal volto fresco che si fosse presentata per essere montata."

Jane barcollò facendo un passo indietro con la mente che turbinava e una mano tesa verso le pesanti tende di broccato per sostenersi davanti a un discorso così crudo. "Come... come *osate* parlarmi in questo modo repellente!" Sussurrò indignata, con un'occhiata febbrile ai suoi parenti che bevevano il tè dall'altra parte della stanza. "Non sono una delle vostre sgualdrine che potete..."

Il conte spostò lo sguardo duro sul bel volto di lei. "Suvvia, Miss Despard," disse con languida indifferenza, "la vostra dimostrazione di suscettibilità offesa è un insulto per la mia intelligenza. È un po' tardi per esibire oltraggio virginale." Vide la gola di Jane che si stringeva e quando lei si voltò verso la finestra, mostrandogli il suo delicato profilo, l'uomo fece un sorrisetto. Come stava recitando bene la parte della femmina indignata! Come se fosse lei la parte offesa. "Comunque, io non mi spreco in convenevoli con le sgualdrine."

"Se sperate di scuotermi con la vostra... la vostra... con *quello*, vi sbagliate di grosso sul mio... sul mio..." Si bloccò mordendosi il labbro inferiore carnoso, come poteva pronunciare la parola *carattere* quando non ne aveva?

L'uomo sembrò leggerle la mente perché disse, a voce bassa perché potesse sentire solo lui: "Siete stata saggia a non dirlo. Avete perso quel poco carattere che possedevate quando avete rinunciato alla fedeltà e alla decenza per mettervi con un vecchio mercante senza coscienza. Ma, come figlia di vostro padre, ritengo che Sir Felix non vi abbia mai insegnato il significato di queste parole, quindi accetterò che la colpa sia mia per essere stato catturato dal vostro bel volto."

Jane lo guardò coraggiosamente negli occhi e, vedendo l'odio che ne emanava, sentì formarsi un nodo nel petto che le rendeva difficile respirare. Non capiva che cosa avesse potuto fare per meritarsi tutto quell'astio. Parlava della sua infedeltà o mancanza di decenza, ma se c'era una cosa che lei aveva fatto in quei giorni, settimane e mesi dopo la notte nel padiglione d'estate, era restargli fedele. Non capiva nemmeno perché detestasse tanto Jacob Allenby, l'unica persona che le aveva offerto un rifugio. Sapeva che non valeva la pena di difendere il proprio carattere con questo colosso di maschile irragionevolezza ma non c'erano motivi perché lui insozzasse il ricordo del suo protettore.

Si obbligò a restare esteriormente calma, dicendo, con voce tranquilla: "La vostra vasta esperienza di quel tipo di donne potrà darvi la facoltà di parlarmi come a qualunque sgualdrina di vostra conoscenza," disse con voce ferma, "ma non vi dà il diritto di parlar male del carattere senza macchia del signor Allenby. Non ho mai sentito parlare di lui meno che gentilmente e, nonostante le circostanze difficili nelle quali ho vissuto sotto il suo tetto, non ho mai avuto motivo di dovergli..."

Salt la guardò con tanto d'occhi, sbalordito. "Non resterò qui ad ascoltarvi lodare..."

"...dare uno *schiaffo!*"

Ci fu un momento di silenzio pesante poi il conte scoppiò in una risata genuina che colse di sorpresa quelli che prendevano il tè, zittendoli per un momento. "Mia cara Miss Despard, ancora ferita nell'orgoglio?"

"Non so di che cosa state parlando, milord."

"No?" Chiese curioso. La rabbia sembrava sparita dalla sua voce profonda. "Scommetterei il mio miglior cavallo da caccia che siete stata acutamente delusa quando il vostro mercante protettore è intervenuto quel giorno, durante la caccia. A dire la verità, non era necessario colpirmi come avete fatto. Non avevo intenzione di offrirvi una seconda portata della mia vasta esperienza."

"Che *esistenza opaca e vuota* dovete condurre per avere ancora il ricordo di un incidente così insignificante. Vi assicuro che non lo ricordavo nemmeno."

Il sorriso dell'uomo era sardonico. "Mi riferivo alla *vostra* esistenza opaca e vuota, milady. La vostra mano non è stata la sola che ha schiaffeggiato questa nobile guancia."

"Che conforto sapere che ci sono donne che hanno respinto il libertino signore del Wiltshire."

"No, non è quello che ho detto. Ogni schiaffo invitava a un inseguimento, ma, nel vostro caso, non desideravo insistere. Le prede facili non mi interessano. No, non voltate la testa," ordinò con la voce bassa, afferrando il suo piccolo mento tra il pollice e l'indice e obbligandola a guardarlo. "Andiamo davanti al parroco domani o no?"

Con sua somma vergogna e imbarazzo, Jane sentì le lacrime bruciarle le palpebre e deglutì, incapace di rispondere immediatamente. Il conte aveva toccato un nervo scoperto parlando della sua vita sotto la protezione di Jacob Allenby, dichiarando quello che era dolorosamente ovvio. Il vecchio mercante di Bristol l'aveva nutrita e vestita e in cambio, ogni volta che visitava il piccolo cottage dal tetto di paglia, annidato in un boschetto tra le terre dei Sinclair e la tenuta degli Allenby, Jane doveva essere ai suoi ordini. Se non fosse stato per le visite trimestrali, accuratamente controllate, di Tom, la sua vita sarebbe stata insopportabile. E ora questo arrogante nobiluomo osava schernirla e aspettare che lei lo liberasse da un obbligo che lui aveva assunto in buona fede.

La umiliava pensare che sul suo letto di morte il padre che si era estraniato da lei aveva obbligato Lord Salt a onorare la promessa fattale anni prima. Suo padre aveva soddisfatto la sua ambizione combinando, con un ricatto, il suo matrimonio con questo nobiluomo arrogante, senza tener conto dei sentimenti della figlia o della mortificazione che avrebbe dovuto sopportare come moglie di un marito riluttante. La umiliava ancora di più che Jacob Allenby avesse scritto un testamento detestabile non lasciandole altra scelta che accettare la proposta di matrimonio del conte per non vedere il fratellastro affrontare la rovina finanziaria. Per quanto volesse liberare Lord Salt dall'obbligo forzato, per quanto volesse dirgli perché doveva accettare la sua riluttante proposta di matrimonio, non poteva farlo. Fu col cuore pesante e la voce esitante che diede al conte la risposta che sapeva lui desiderava di meno.

"Ci sono fattori, circostanze... Sì, milord, domani andremo davanti al parroco."

"Mi sorprendete," le disse con una smorfia. "Ma quale donna potrebbe resistere al richiamo di una corona nobiliare? Siate gentile e tendetemi la mano sinistra."

Svogliatamente, Jane fece quello che le chiedeva e la ricompensa fu di vedersi infilato al dito un antico anello di filigrana d'oro con zaffiri e diamanti incastonati. Non lo guardò e non si accorse nemmeno che la fascia era troppo larga per il suo dito sottile finché il conte non le disse che avrebbe fatto stringere l'anello, una volta sposati. Pensò che la sua umiliazione fosse completa finché non le ordinò di sedersi su una sedia Chippendale, posta al centro del tappeto turco accanto al fuoco. Fu solo allora che si rese conto che era sola nel salotto con il conte e il suo discreto segretario.

Tom e sua madre l'avevano abbandonata.

DUE

"SEDETEVI, MISS DESPARD."
Era un ordine che Jane scelse di ignorare.

"Molto bene. Sarà il vostro ultimo atto di sfida," rispose freddamente Salt, facendo il giro della stanza e poi girandole attorno come un leone con la sua preda. "Domani, una volta che voi ed io saremo stati davanti al parroco, spiritualmente e legalmente diventeremo uno solo. Non commettete errori, Miss Despard, quell'uno sarò io. Come tale, voi, mia moglie, vi comporterete secondo i miei interessi. Non dimenticatelo mai: dovunque andrete, chiunque vedrete, comunque vi comporterete, sarà me che la società vedrà, non voi. Non farete niente e non direte niente che io non voglia che voi facciate o diciate. Non andrete da nessuna parte che io non voglia. Farete precisamente quello che vi sarà chiesto. Sono stato perfettamente chiaro?"

Jane capiva. Stava cercando di farle capire fino in fondo quanto fosse completamente immeritevole della posizione sociale a cui la stava elevando con riluttanza. Ma lei stava solo pensando a quanto era cambiato da quando aveva ballato con lei al ballo della caccia di Salt, quattro anni prima. Era stato il suo diciottesimo compleanno quel giorno e il suo primo vero impegno sociale, la sua presentazione in società come giovane dama.

Durante la stagione di caccia e poi al ballo, in effetti durante tutto quel meraviglioso mese di autunno che aveva preceduto il suo compleanno, lui era stato un essere completamente diverso da quello che era di fronte a lei in quel momento. Ricordava che dietro quelle sottili labbra inflessibili c'erano splendidi denti bianchi e che aveva una risata contagiosa, allegra che disegnava piccole rughe ai lati dei suoi occhi. E poi c'era il padiglione d'estate...

Di colpo, si riscosse.

Non era il caso di permettere ai suoi pensieri di vagare verso il padiglione d'estate vicino al lago e a quello che era successo là. Il padiglione le ricordava troppo acutamente le conseguenze del suo gesto impulsivo e questo portava alla luce ricordi molto più bui e indicibili, ricordi che aveva cercato disperatamente di sopprimere. La sua balia le aveva detto di non rimuginare, che doveva andare avanti, non guardarsi indietro. Era stato l'ultimo consiglio che le aveva dato prima di morire. Le mancava terribilmente. Desiderava con tutto il cuore che fosse con lei quel giorno, aveva bisogno della sua forza e del suo modo terra terra di affrontare la vita. Vai avanti, non guardarti indietro, bambina! Guardare avanti significava accettare il conte di Salt Hendon com'era adesso, non come era stato in quel fatidico autunno.

"Prenderò il vostro silenzio come assenso e non come segno di testarda disobbedienza," le disse, continuando a girarle intorno. "Non mancate di intelligenza e quindi capirete che se recitate bene la vostra parte in pubblico, se aderirete alle rigide regole della vostra educazione come figlia di un signorotto di campagna, la società, col tempo, vi accetterà non solo come mia moglie ma anche come la nuova contessa di Salt Hendon. Come Lady Salt, presto sarete invitata dovunque. Quello che l'alta società penserà di voi, mi è supremamente indifferente." Fece un cenno impaziente al suo segretario di farsi avanti. "Ma come vi comporterete come mia moglie è molto importante per me e per la mia famiglia. A questo scopo ho fatto preparare un documento che stabilisce le regole che governeranno la vostra vita come Lady Salt. Ellis lo leggerà ad alta voce e voi, Miss Despard, lo firmerete a conferma che avete capito come sarà la vostra vita da oggi in avanti."

"Questo documento, milord," chiese Jane come se fosse una domanda seria, senza però riuscire a nascondere una fossetta sardonica sulla guancia sinistra, "stabilisce anche come vi comporterete voi come mio marito?"

Il signor Ellis emise un suono soffocato.

Le labbra di Salt si curvarono. "Non prendetemi per stupido, Miss

Despard. Ascolterete Ellis e quando avrà finito metterete la vostra firma..."

"Oh, non è assolutamente necessario!" Protestò Jane con un sospiro di impazienza, irritata oltre la sua capacità di sopportazione per quell'arroganza intollerabile. Si sedette. "Avete detto voi stesso, milord, che una volta che saremo sposati, diventeremo un solo essere e che voi sarete quell'essere. Che scopo ha la mia firma su un documento che potreste tranquillamente firmare al mio posto? Avete chiarito perfettamente che non potrò fare o dire niente senza il vostro permesso. Non c'è già qualcosa nei voti matrimoniali circa l'obbedienza? Dovrebbe bastare, no? Inoltre, anche se non avete riguardi per me, risparmiate almeno il vostro segretario che, come chiunque abbia occhi può vedere, è a disagio per questa orribile faccenda almeno quanto me."

Per la seconda volta quella mattina, Salt la guardò con tanto d'occhi. Non solo, ma non riuscì nemmeno a parlare.

Il signor Ellis, nonostante l'accurata osservazione e i desideri di Jane, pensò fosse meglio cominciare a leggere a voce alta prima che a sua signoria scoppiasse una vena. Aveva visto in collera il suo datore di lavoro ma non l'aveva mai visto così infuriato da restare senza parole. Nei tre anni da che lavorava per la casata del conte, nessuno, né un servitore, né un domestico o un membro della famiglia aveva mai parlato in modo così franco a sua signoria.

Guardando Jane da sopra la pergamena che tremolava tra le sue mani, era come se avesse posato gli occhi per la prima volta sulla bella sorellastra del suo amico solo il giorno prima, rimanendo immediatamente incantato dalla sua grazia. Quindi fu con un accenno di sorriso che Arthur cominciò a leggere, anche se il sorriso scomparve presto quando tornò a concentrarsi sulle parole scritte. Non aveva riflettuto molto sulle restrizioni imposte dal conte quando gliele aveva dettate, eccetto che sembravano giuste e necessarie per l'autoconservazione di un grande e ricco nobiluomo che era in procinto di sposare una giovane donna che aveva vissuto, non sposata, con un vecchio fabbricante di vetro azzurro di Bristol.

Però, dando un'altra occhiata al di sopra dei fogli alla ragazza, che sedeva con la schiena eretta e le mani leggermente intrecciate in grembo, sentiva un disagio acuto nel leggere quella che non era altro che una condanna alla prigione a vita, anche se la prigione era un'enorme magione dell'epoca di Giacomo I, nel cuore del Wiltshire, ma comunque una prigione.

"...e per quanto riguarda quello che Miss Jane Catherine Despard porta in dote, una dote che le è stata assegnata da Jacob Allenby di Allenby Park, Wiltshire e Bristol, Lord Salt rifiuta di accettare una sola ghinea delle diecimila sterline," continuò Arthur Ellis dopo una breve pausa per schiarirsi la gola per il nervosismo. "Inoltre Lord Salt ordina a Miss Despard di portare nel matrimonio solo quello che possedeva nel momento in cui le è stata negata la protezione della casa di suo padre, sir Felix Despard, Signore di Despard Park, Wiltshire. Così, tutto quello che le è stato regalato da Jacob Allenby, vestiti, gioielli, denaro, materiale di scrittura, porcellane, biancheria, mobili, servitori, cavalli e carrozze, in effetti tutto quello che è stato comprato con il denaro di Jacob Allenby non farà parte della sua dote. Questi articoli saranno scartati ed eliminati prima del matrimonio.

"Dopo il matrimonio, Lord Salt proibisce a Lady Salt di vivere a Londra, di visitare Bath o i suoi dintorni o di visitare Bristol e i suoi dintorni. Lord Salt ordina a Lady Salt di vivere tutto l'anno nel Wiltshire a Salt Hall. Lady Salt sarà confinata a Salt Hall e potrà passeggiare solo nel parco immediatamente circostante gli edifici principali di Salt Hall. Lady Salt non potrà avventurarsi oltre il lago o i giardini senza l'espresso permesso scritto di suo marito. Lady Salt non potrà prendere l'iniziativa di visitare gli affittuari di Lord Salt, il vicario e sua moglie o visitare il villaggio locale di Salt Hendon.

"Lady Salt ha il permesso di suo marito di fare quello che le piacerà con i suoi appartamenti nella magione. I suoi appartamenti consisteranno nella sua stanza da letto e sei camere confinanti, più una stanza e uno spogliatoio per la sua cameriera personale, ma le restanti centosessantasette stanze devono restare come le avrà trovate. La stessa cosa vale per i terreni e per il padiglione d'estate vicino al lago, un luogo all'interno del parco espressamente proibito a sua signoria. Una volta l'anno, quando Lord Salt aprirà la sua casa per la caccia, Lady Salt resterà confinata nei suoi appartamenti e nel piccolo giardino delle rose e nel cortile annesso. Lady Salt potrà ogni tanto ricevere visitatori a Salt Hall. Lord Salt dovrà approvare per iscritto i visitatori prima del loro soggiorno. Nessuno con il nome Allenby potrà entrare nelle terre di Lord Salt. Inoltre e infine..."

"No!" interruppe Jane, alzandosi. "Sopporterò tutto, milord, ma questo non lo tollererò! Potete spogliarmi di qualunque bene materiale datomi dal signor Allenby, anche se non è una grave perdita, ma non potete togliermi i miei ricordi.

Potete rinchiudermi nella vostra orrenda casa e dettare i miei movimenti, non sarà una grossa privazione, visto che sono piuttosto abituata a restare da sola, ma *non* mi toglierete l'unica famiglia che ho." Tirò su col naso, per respingere le lacrime, fu un'azione prosaica che però fece sì che il segretario la guardasse in volto. "Tom è mio fratello," continuò con voce più calma, girando la testa verso il conte che non si era mosso dal suo posto accanto alla finestra, "potete dichiarare che è mio fratello solo per la legge, ma è l'unico fratello, l'unico parente stretto cui sia importato qualcosa di me dalla morte di mia madre, quando non avevo ancora un anno. Ed è stato l'unico parente che ha continuato a curarsi di me dopo che ho lasciato la casa di mio padre. Lo amo teneramente. Non vi permetterò di bandirlo dalla mia vita. Deve potermi visitare quando lo desidera, oppure - oppure - oppure..."

"...oppure cosa, Miss Despard?" disse languidamente Salt, guardando la pioggia che picchiettava sulla finestra. "Punterete il vostro bel piedino e rifiuterete di continuare con questo matrimonio? Per favore, dite quella parola..."

Jane fissò l'ampia schiena per dieci secondi buoni e poi si sedette di nuovo, sconfitta. Serrò gli occhi per fermare le lacrime e lasciò cadere la testa, stringendosi forte le mani in grembo.

Il segretario sentì lo stomaco che si contraeva.

Alla fine il conte voltò la schiena verso il cielo che si stava schiarendo e si appoggiò al davanzale.

"Vi chiedo scusa, Miss Despard," disse a voce bassa. "Quando è stato redatto il documento non sapevo che al signor Thomas Wilson era stato richiesto di assumere il nome di Allenby, secondo i termini del testamento di suo zio. Ellis correggerà il documento che dirà 'nessun Allenby, eccetto Thomas Wilson Allenby, fratello di sua signoria Lady Salt, eccetera eccetera'."

"Grazie milord," rispose Jane, facendo inconsciamente ruotare l'anello di fidanzamento fuori misura e sospirando udibilmente per il sollievo.

Il conte inclinò la testa incipriata e si voltò ancora verso la finestra ma non prima che il suo segretario vedesse il mezzo sorriso che gli torceva la bocca. "Ellis? Avete perso la facoltà di parlare? Continuate, vi prego. State dimenticando che avevo un altro impegno che richiede che sia altrove entro mezz'ora."

"Sì milord, naturalmente," mormorò il segretario e tossì, perché aveva visto il paragrafo seguente, l'ultimo, da leggere a voce alta e avrebbe voluto essere dovunque eccetto che in quel salotto, in piedi davanti a quella bella e giovane donna. L'interruzione appassionata di Jane aveva spezzato lo scorrere monotono delle sue parole e avrebbe quindi messo ancora più in evidenza quest'ultima clausola. "Inoltre, quando sua signoria Lord Salt sarà in residenza a Salt Hall, Lady Salt non farà domande, non interferirà o in nessun modo farà mostra di vedere, l'organizzazione domestica di suo marito..."

"Volete dire che porterete le vostre amanti a Salt Hall."

Il segretario fece una pausa ma, dato che la frase era stata pronunciata come affermazione e non come fosse una domanda, continuò, anche se non riuscì a frenare il rossore che gli imporporò le guance lentigginose.

"...questo non esonera in nessun modo Lady Salt dalle sue responsabilità come moglie rispettosa e obbediente. Qualora sua signoria desiderasse avvalersi dei suoi... dei suoi diritti coniugali, sua moglie si assoggetterà con muta obbedienza. Questo documento è datato in questo giorno... eccetera, eccetera."

Il signor Ellis sistemò rumorosamente le pagine per nascondere il suo imbarazzo, senza uno sguardo a nessuno dei due e andò in fretta verso il piccolo scrittoio di noce nell'angolo della stanza dov'era stato piazzato, accanto alla finestra senza tende, per catturare gli spenti raggi di sole di una fredda giornata di gennaio. Prese il calamaio ma non aveva ancora fatto scattare il coperchio d'argento quando Jane gli rivolse la parola. La sorpresa fu tale che sobbalzò e avrebbe versato l'inchiostro sul davanti del suo elegante panciotto con i bottoni di lucido corno, se il pollice non fosse rimasto appoggiato sulla linguetta del coperchio chiuso.

"Signor Ellis?" Chiese Jane con un'espressione di perplessità alzandosi lentamente in piedi, senza allontanarsi dalla sua sedia. "Questo documento non menziona eventuali figli frutto del matrimonio."

"Figli?" Ripeté il segretario, con un filo di voce che si incrinava pronunciando quella parola, lanciando una veloce e significativa occhiata al suo datore di lavoro che rimaneva immobile. Lentamente, rimise a posto il calamaio sullo scrittoio e prese la penna. "Milady, io-

io - mm - Miss Despard, non c'è... non c'è nessun paragrafo che tratti di questa eventualità. Non ci sono disposizioni per eventuali figli."

Jane aggrottò la fronte, ancora più perplessa per la nota di scusa nervosa nella voce del giovane. "Signor Ellis, questo documento è estremamente franco e quindi devo esserlo anch'io quando vi dico che è ragionevole pensare che se un marito esercita i suoi diritti coniugali..."

"Ellis, siate tanto cortese da aspettare un momento nel corridoio," ordinò Salt con un brusco cenno della testa verso la porta. Guardò il suo segretario che sistemava in fretta i fogli di pergamena, la penna e l'inchiostro prima di precipitarsi fuori dalla stanza con un breve inchino. "Povero Arthur. Lo avete sconcertato, Miss Despard."

Jane guardava perplessa la porta ma si voltò quando lo sentì parlare e guardò apertamente il conte. "Sì, probabilmente sì. Mi dispiace, perché è un giovane amabile, ma non vedo perché dovrebbe essere così imbarazzato, quando è da presumere che se un marito e una moglie dividono il letto..."

"Miss Despard, sono incapace di procreare un figlio."

Questa dichiarazione fu salutata con una tale espressione di incredulità inorridita che il conte fece una risata genuinamente divertita, permettendo infine a Jane di vedere il suo splendido sorriso bianco.

"Mia cara Miss Despard! Impagabile! Lo sguardo sul vostro bel volto è... *impagabile.* Mio Dio! Devo proprio dire che sono lieto che non siate una vergine. Solo una donna abituata ai piaceri della carne in camera da letto potrebbe mal interpretare in quel modo quella dichiarazione. Accettate le mie scuse per avervi sconcertato." Le rivolse un inchino, con il sorriso che scompariva in fretta come era arrivato. "Sono ancora un uomo virile, Miss Despard. Quello che avrei dovuto dire, per essere perfettamente chiaro, è che anche se sono perfettamente in grado di compiere l'atto, i medici mi dicono che mi è impossibile ingravidare una donna."

"Com'è possibile?"

Salt alzò gli occhi dai suoi guanti di fine nappa e vide che era una domanda sincera e non era stata posta per metterlo a disagio. Doveva ammettere a malincuore che preferiva il suo approccio diretto alle timide dissimulazioni della maggior parte delle donne.

"Anni fa sono caduto da cavallo mentre saltavo una staccionata. Sono atterrato duramente e in modo scomposto su una parte molto preziosa della mia anatomia. È stato straziante. I miei... mm... testicoli si sono gonfiati come mele, sono diventati neri e duri. I medici esperti che mi hanno curato mi hanno avvisato che, anche se il gonfiore e gli ematomi sarebbero spariti, avevo presumibilmente sofferto di qualche lesione interna che mi avrebbe lasciato sterile. Da quando sono guarito, ho avuto la soddisfazione di darmi da fare con impunità. Nessuna della mia lunga fila di amanti mi ha presentato un bastardo e questo dovrebbe confermare la dotta opinione dei medici."

"Anni fa? Quanti anni fa?"

"Dieci."

"*Dieci* anni fa?" Jane impallidì. Allungò la mano verso lo schienale della sedia per tenersi in piedi. Se si credeva sterile allora... non sapeva che l'aveva messa incinta quella notte nel padiglione d'estate... la sua nota non gli era mai arrivata... non aveva scelto di ignorarla... e non lo sapeva dopo tutti questi anni... ma certamente... tante domande e possibilità le ronzavano in testa, tanto che si sentì ondeggiare e pensò fosse prudente ricadere sulla sedia. Alzò gli occhi su di lui. "Milord, quello che dite non è possibile."

Imbarazzato dalla sua acuta delusione al sentire quella notizia e irritato perché sentiva una fitta di senso di inadeguatezza per non essere in grado di fornire a questa Jezabel senza cuore una torma di marmocchi, rispose secco, con impazienza. "Miss Despard, non solo è possibile, è un fatto. Ora mi scuserete. La mia carrozza verrà a prendervi domani alle undici e vi porterà nella mia casa a Grosvenor Square dove si terrà una cerimonia privata senza pompa. E, se Dio vorrà," mormorò tra sé e sé mentre attraversava tappeto turco, "con pochissime persone presenti a testimoniare la mia umiliazione."

Un lacchè dall'espressione impassibile aprì la porta al conte.

I fogli di pergamena sul piccolo scrittoio, che aspettavano la firma di Jane, svolazzarono ma furono ignorati.

Jane si costrinse ad alzarsi e a rincorrerlo, determinata a dirgli qualcosa, ma i suoi pensieri erano un tale caos di emozioni confuse che non aveva idea di come cominciare o di cosa dirgli. Certamente non poteva trovare il coraggio di informarlo subito che i medici che avevano diagnosticato la sua sterilità avevano preso un granchio. Non le avrebbe mai creduto senza prove. I continui sermoni di Jacob Allenby sui sistemi peccaminosi della nobiltà l'avevano convinta che il conte non era il tipo da preoccuparsi degli eventuali frutti dei suoi accoppiamenti, e non aveva mai avuto ragione di non credergli. Ma qui c'era il conte che affermava di essere sterile e credeva di esserlo stato per gli ultimi dieci anni! Allora perché Jacob Allenby le aveva mentito? Come avrebbe potuto far ricredere il conte? E quando?

Jane non sapeva che cosa dire o come informare il conte che era fertile come chiunque altro senza scoppiare in un fiume di lacrime per la perdita che lei aveva sofferto. Così tenne la bocca chiusa. Quando si fosse presentata l'occasione glielo avrebbe confessato, ma quello non era il momento giusto.

Sulla porta, il conte esitò, si voltò girando sul tacco basso e rischiò di scontrarsi con Jane che gli era quasi addosso. Jane riuscì a fermarsi quando era a pochi centimetri dal cadergli tra le braccia, che il conte aveva istintivamente teso in avanti per impedirle di cadere. Erano così vicini che le sue sottane col cerchio si spiegazzarono contro le sue lunghe gambe muscolose e lei colse un accenno della sua colonia maschile. Era un profumo talmente evocativo che fu presa da un'improvvisa fitta di desiderio, e rimase così sorpresa che fece in fretta un passo indietro e abbassò la testa.

Salt le alzò gentilmente il mento con un dito guantato, obbligandola a guardarlo negli occhi. Senza una parola, scrutò il suo bel viso con le sopracciglia aggrottate. I liquidi occhi blu di Jane lo fissavano con una tale franchezza che avrebbe quasi potuto credere che lei fosse senza colpa. La curva imbronciata delle sue labbra era rossa come un bocciolo di rosa, fatta per essere baciata, tanto che avrebbe voluto schiacciarle le labbra con la propria bocca finché fossero state ammaccate e insensibili.

Ammaccato e insensibile...

Ecco come si sentiva, come si era sentito per così tanti anni che oramai aveva perso ogni speranza. Voleva biasimare lei e la falsa promessa di amore e devozione che aveva assaggiato nei suoi baci. Una bellezza come la sua era assolutamente ammaliante ma anche così sventuratamente ingannevole. Detestava tutto di questa giovane donna che doveva diventare sua moglie la sua contessa ma non era possibile sbagliarsi sul suo fascino. Lo aveva catturato quattro anni prima, intrappolato, gli aveva fatto perdere la testa, dimenticare tutto quello che gli era stato insegnato sull'essere un gentiluomo e che cosa doveva al proprio nome, e gli aveva fatto gettare al vento la cautela.

E lui aveva permesso al cuore di dominare la testa.

In una sola notte di passione aveva rovinato una ben educata ragazza di buona famiglia, distrutto il suo onore e dato a Jacob Allenby i mezzi con i quali ottenere la sua vendetta. Si odiava per quello che le aveva fatto, ma la disprezzava per non aver avuto la forza di carattere di credere in lui, di aspettarlo, di essere costante e fedele. Non aveva aspettato. Peggio ancora, non aveva tenuto nascosta la loro notte di passione, come aveva promesso, ed era corsa a mettersi sotto la protezione di Jacob Allenby, un uomo che lui odiava e disprezzava, un reprobo che indossava la maschera di trombone moralista.

Il trascorrere del tempo e le innumerevoli amanti lo avevano convinto di essere guarito da Miss Despard. E poi, due anni prima, durante la caccia, si era imbattuto in lei che coglieva funghi in un campo disseminato di fiori selvatici appena sbocciati e si era reso conto, con uno spaventoso colpo al cuore, che stava mentendo a se stesso. Non era guarito. Il senso di colpa per averla rovinata e il desiderio di averla ancora si erano solo inaspriti. Era caduto ancora più in basso, dando la sua parola al padre di lei morente che avrebbe effettivamente onorato l'impegno che aveva preso con lei nel padiglione d'estate, il giorno del suo diciottesimo compleanno, e l'avrebbe sposata.

Sarebbe valsa la pena di soffrire l'umiliazione davanti agli amici e alla famiglia, sposandola, se non altro per cancellare il carico di colpa e restituirgli il senso dell'onore.

Almeno avrebbe potuto continuare la sua vita con una coscienza pulita e il senso di aver raddrizzato un grave torto. Che la volesse ancora, disperatamente, era qualcosa da cui poteva facilmente guarire. Ne avrebbe fatto sua moglie, l'avrebbe portata a letto e poi l'avrebbe bandita nella sua tenuta, desiderio e onore entrambi soddisfatti. Però il gentiluomo in lui cercava di fare un ultimo futile tentativo di obbligarla a rendersi conto del tipo di unione in cui si stava mettendo.

"Miss Despard, siete una donna giovane con molti anni fertili davanti a voi. Con il vostro volto e la vostra figura potreste facilmente accalappiare un marito ricco in grado di darvi dei figli. Liberate questo sterile conte dal suo obbligo."

Jane fece una riverenza ma tenne la testa bassa perché aveva gli occhi pieni di bollenti lacrime di vergogna. Nella sua voce risuonò un rimpianto sincero. "Mi dispiace non potervi compiacere, milord, ma devo sposarvi."

C'era stato un attimo di silenzio e poi il conte se n'era andato sbattendo la porta così forte che Jane sobbalzò e fece un involontario passo indietro temendo che fosse uscita dai cardini. Rimasta sola, crollò al suolo con le sottane fluttuanti come un pallone e diede libero sfogo alle sue emozioni.

TRE

"Devo?" Ripeté Salt sul pianerottolo, perplesso.

"Chiedo scusa, milord?"

Stupito di ricevere una risposta, il conte abbassò lo sguardo che stava fissando la parete dall'altra parte della scala vuota per trovare il suo segretario schiacciato contro la balaustra di mogano, che cercava di passare inosservato. Povero Arthur, leggere quel documento ad alta voce doveva averlo sfinito, ma Salt non riuscì a evitare di prendere in giro il suo segretario.

"Bene, Ellis, che ne dite dell'incantevole Miss Despard?"

Ma Arthur Ellis era stato agli ordini del conte per troppo tempo per sorprendersi di qualcosa. "Non penso niente di Miss Despard, milord," rispose senza espressione seguendo il suo nobile datore di lavoro giù dalle scale verso il foyer d'ingresso.

Salt tese una mano al maggiordomo per avere spada e cintura, con lo sguardo fisso sul suo segretario. "Molto bene, Arthur, ora ditemi che cosa ne pensate veramente."

"Miss Despard è cambiata ben poco dall'ultima volta che ci siamo incontrati."

"Che vuol dire?"

"Si presenta al mondo come una giovane donna bene educata ora come quattro anni fa, milord."

Il conte lasciò che il maggiordomo gli infilasse il pesante pastrano.

"Ignorate forse quello che è successo negli anni trascorsi?"

"No, milord, ma mi avete chiesto che cosa pensavo."

"Che altro?"

"Milord?" Disse il segretario, allontanandosi un po' mentre il conte sistemava la spada dal fodero decorato prima di abbottonarsi il pastrano. "Non siate ottuso. Li avete gli occhi. Siete ancora incantato dalla sua bellezza. Ammettetelo!"

Il segretario rimase a bocca aperta e sentì il calore salirgli al viso, non solo per l'esplicita dichiarazione lanciatagli addosso ma anche perché gli era capitato proprio in quel momento di guardare Springer, accanto alla spalla del conte e quindi fuori dal suo campo visivo, trovando il maggiordomo che sorrideva da un orecchio all'altro. Riuscì comunque a sostenere coraggiosamente lo sguardo imperturbabile del suo nobile datore di lavoro. "Per essere completamento onesto, milord, Miss Despard rimane la più bella giovane donna che io abbia mai avuto il privilegio di vedere."

"Già, vero?" disse Salt in tono rabbioso e con una tale amarezza che Arthur Ellis deglutì rumorosamente mentre il maggiordomo faceva involontariamente un passo indietro. "Una parola di avvertimento, non permettete mai alla sublime bellezza di portarvi a giudicare male un carattere."

"Sì, milord."

Seguì un silenzio imbarazzato mentre i due uomini aspettavano che il loro nobile datore di lavoro decidesse che cosa voleva fare, ma sua signoria era momentaneamente occupato con qualche pensiero che lo preoccupava e il segretario decise coraggiosamente di smuovere le cose. Diede un colpetto di tosse coprendosi la bocca.

"Se sua signoria non ha bisogno di me questo pomeriggio, offrirò i miei servigi a Miss Despard, come mi avete chiesto. Il trasferimento dei beni personali di Miss Despard a Grosvenor Square e i preparativi per la cerimonia di domani..."

"Sì, sì," mormorò Salt, con aria distratta, "andate a giocare a fare il cagnolino secondo quello che vi comanda il vostro cuore." Voltò di colpo la testa verso il maggiordomo. "Offrirai al signor Ellis tutto quello di cui avrà bisogno e ti assicurerai che la cameriera di Miss Despard abbia tutta l'assistenza necessaria."

"Mi metterò al servizio del signor Ellis, milord," rispose Springer, aggiungendo in tono di scusa, ma gongolando in vista dell'esplosiva reazione del conte, "ma sfortunatamente non potrò essere di aiuto per l'ultima parte della vostra richiesta, dato che Miss Despard è venuta a Londra, e chiedo scusa a sua signoria di doverlo dire, ma la signora Springer insiste per l'immediata rettifica di questa mancanza, senza una cameriera." Quando il conte continuò a fissarlo come se stesse parlando in una lingua straniera, il maggiordomo continuò, un po' meno fiducioso di prima. "La signora Springer è stata informata dalla cameriera di Lady Despard, una creatura altezzosa con un'esagerata opinione di sé, che Miss Despard non ha mai avuto una cameriera personale, a parte la sua balia che, purtroppo, è morta qualche anno fa di una malattia ai polmoni. È un mistero per il personale di questa casa come Miss Despard riesca a fare senza i servigi di una cameriera personale."

Il conte chiuse gli occhi per un brevissimo istante, come se l'organizzazione domestica della sua casa fosse troppo per lui, poi guardò il soffitto in gesso prima di dire a voce molto bassa al suo segretario: "Mi dispiace aggiungere anche questo al vostro carico di lavoro, Arthur. Siate buono e mettetevi d'accordo con Springer per assumere una cameriera adeguata per Miss Despard. Questo personaggio femminile dovrà essere installato a Grosvenor Square domani mattina al più tardi. E Springer…"

"Sì milord?" Disse allegro il maggiordomo, pensando che la sua assennata terza figlia, Anne, che era molto scontenta della sua attuale posizione nella casa di Lady St. John, sarebbe stata una perfetta cameriera per la futura contessa di Salt Hendon. Non vedeva l'ora di dare la bella notizia a sua moglie.

"…siate discreto o vi troverete a pulire le mie scuderie."

Con questa sferzante dichiarazione, Salt uscì nel trambusto di Arlington Street dove carrozze, portantine, cavalli e cavalieri si contendevano lo spazio con i pedoni, coperti da pesanti cappotti, manicotti e cappelli, e i venditori con il carretto più avventurosi e bisognosi, anche se in realtà di questi ultimi ce n'erano pochi e ancor meno di pedoni, dato il freddo intenso. Invece di girare a destra per percorrere a piedi la breve distanza fino a St. James Street dove passare qualche ora di tranquilla solitudine al White, il conte svoltò riluttante verso sinistra e chiamò una portantina a nolo perché lo portasse a Half Moon Street. Qui fu depositato a una particolare casa di città dove risiedeva Elizabeth, Lady Outram. Una bionda vedova voluttuosa che aveva superato i trenta, aveva seppellito due anziani mariti uno dopo l'altro ed era in cerca del terzo. Nel frattempo, si occupava dei robusti appetiti carnali del conte di Salt Hendon e in cambio godeva della sua generosità.

Nella tasca di Salt c'era la breve missiva scarabocchiata di Elizabeth Outram che richiedeva senza indugio la sua presenza nel suo salotto. La questione era urgente e non poteva aspettare. La nota era arrivata proprio mentre lui e il suo segretario stavano uscendo per il colloquio con Jane Despard e quindi non aveva avuto il tempo di scriverle una risposta. Ma non aveva l'abitudine di stare agli ordini delle sue amanti e, se non avesse avuto un precedente impegno, avrebbe fatto aspettare Elizabeth Outram finché ne avesse avuto voglia.

Però non poteva rimandare ancora l'inevitabile. Si sarebbe offesa e avrebbe pestato i piedi accusandolo di essere un amante negligente, ma non gli sarebbero occorsi molti minuti per riportarla ai suoi piedi e sarebbero finiti a letto. Portarsi a letto Lizzie sarebbe stato un cambiamento benvenuto dopo le lunghe ore passate a discutere in parlamento e l'amara constatazione che l'indomani si sarebbe sposato con una giovane donna dalla faccia d'angelo e il cuore di un'infida sgualdrina, che non aveva nemmeno lo spirito o la voglia di assumere una cameriera!

Perché aveva usato la parola *devo*?

Era una tale piccola parola inoffensiva ma gli bruciava nel cervello dal momento in cui Jane l'aveva pronunciata. Come osava fingere di essere lei quella costretta a questo matrimonio?

Gli alteri genitori del conte probabilmente si stavano rivoltando nelle loro tombe!

Salt aveva appena inserito un piede ben calzato nel salotto della casa di Half Moon Street quando Elizabeth, Lady Outram, volò fuori dalla chaise longue rivestita di seta a righe per buttarsi tra le sue braccia. Gli avvolse le braccia intorno al collo robusto e premette le sue curve voluttuose al suo torace muscoloso, guardandolo con un'espressione così addolorata che il conte sospirò mentalmente e si preparò all'inevitabile scenata.

Ma Elizabeth lo sorprese. Lo lasciò andare e fece un passo indietro, offrendogli freddamente un bicchiere di borgogna, sostituendo la sua iniziale esagerata esuberanza con una maschera strettamente controllata che lo sconcertò. Prese il bicchiere e la guardò versarsi un bicchiere anche per sé. La donna esitò, preparandosi mentalmente. Era stata avvertita dalla sua buona amica, la cugina del conte, Diana, Lady St. John, che lui intendeva metterla da parte. Era stata Diana che per prima aveva attirato l'attenzione del conte su di lei ed era Diana St. John che ora l'aveva informata che il suo anno era finito e che era ora che Elizabeth si trovasse un nuovo benefattore. Se non aveva in mente nessuno, Diana avrebbe potuto darle le giuste indicazioni. Come se le servissero indicazioni! Sapeva sin dall'inizio che il conte di Salt Hendon non teneva mai un'amante per più di dodici mesi e che anche allora non avevano mai la sua assoluta devozione. Aveva fatto i suoi programmi per il futuro parecchi anni prima, aveva diversi amanti occasionali che sarebbero venuti a baciarle i piedi se avesse solo detto una parola, ma non ci erano voluti molti giorni dall'inizio della sua relazione con il conte per rendersi conto che nessuno dei suoi attenti spasimanti sarebbe mai stato all'altezza del vigoroso nobiluomo che era lì in piedi nel suo accogliente salotto.

Riteneva il conte il suo amante più attraente e provetto, le sarebbe mancato fare l'amore con lui. Le bruciava di non essere riuscita a durare più delle sue precedenti amanti. Si era vantata con Diana e con gli altri che sarebbe riuscita a mantenere vivo l'interesse di Salt per almeno altri due, forse tre anni. Quando era arrivata la lettera di Diana, solo la settimana prima, la sua autostima aveva sofferto un grave colpo. Non riusciva a credere che il conte volesse farla finita con lei e intendeva dimostrarlo a Diana St. John, nonostante l'amica l'avesse avvertita di non fare storie.

Ma c'era un'altra notizia molto più allarmante che, se era vera, avrebbe suonato le campane a morto per la loro relazione: il conte di Salt Hendon stava per sposare una giovane e bella ragazza di provincia. Elizabeth sapeva che non avrebbe potuto competere con una tale combinazione di bellezza e gioventù. Avrebbe spiegato il fatto di averla trascurata nell'ultimo paio di mesi e perché, anche quando erano a letto, lui era distratto e distaccato.

Lo seguì davanti al camino dove il conte si stava scaldando le mani e mise il bicchiere di vino sulla mensola, lasciando scivolare la vestaglia da una spalla e mettendo in mostra il seno rotondo come se fosse capitato per caso. Non tentò nemmeno di coprirsi e sorrise con studiata civetteria quando lo sguardo del conte si allontanò dal suo volto dipinto.

Gli tolse di mano il bicchiere mezzo vuoto e lo appoggiò accanto al proprio.

"Mi avete trascurato in questi ultimi mesi, milord," mormorò languida, guardando verso di lui da sotto le ciglia scurite, mentre fingeva di sistemarsi la vestaglia ma lasciandola scivolare dalle spalle al pavimento e restandogli davanti solo con il corsetto e le calze bianche. "Non credete che meriti una spiegazione per la vostra palese disattenzione?"

Il conte la attirò a sé, per abitudine.

"Trascurato, Lizzie?" mormorò, slacciandole lo stretto corsetto con la facilità data dalla pratica. "Mi dispiacerebbe pensare che siate stata trascurata durante la mia assenza."

La donna ignorò il velato riferimento ai suoi amanti occasionali e fece un tiepido tentativo di divincolarsi dal suo abbraccio. Ma più di tutto desiderava che lui facesse l'amore con lei. Sarebbe stato un piacevole cambiamento rispetto all'impazienza di Pascoe, Lord Church e alle carezze inesperte dello squattrinato cugino di Pascoe, Billy Church, il cui unico valore risiedeva nell'essere l'allegro compagno del serioso segretario del conte. Billy era fin troppo ansioso di condividere le confidenze sul datore di lavoro del suo amico, quando era eccitato fino al punto di non ritorno dagli esperti insegnamenti di Elizabeth.

Quando Salt la liberò del corsetto buttandolo sul pavimento e lasciandola in tutta la sua gloria, lei profferì un piccolo sussurro ansimante: "Oh, mio signore, state attento. Dimenticate che siamo in un salotto? Qualcuno potrebbe entrare da un momento all'altro!"

"Quel qualcuno sarei io." ribatté argutamente il conte.

Lei emise un risolino e si sciolse al pensiero di lui affondato in profondità dentro di lei, mentre lui si curvava a baciarle la gola, desiderando che le baciasse la bocca e sapendo che non l'avrebbe mai fatto. Con tutti i posti in cui l'aveva baciata e le aveva fatto provare piacere, non l'aveva mai baciata sulla bocca. Non che la disturbasse troppo, sotto tutti gli altri aspetti la sua abilità come amante e le sue stesse dimensioni la soddisfacevano in pieno. Ma se l'avesse baciata sulla bocca, avrebbe saputo che era suo e solo suo. Portò le mani ai bottoni dei suoi calzoni, ma lui le prese le mani e gliele tirò dietro la schiena mentre si chinava per baciarle il seno. Elizabeth fu colta di sorpresa da quell'ardore così all'inizio di un rapporto. C'era una fame in lui, come se fosse rimasto per un po' di tempo senza una donna, e il suo bisogno fosse grande come quello di un uomo assetato in cerca d'acqua. La emozionava pensare di aver suscitato questo desiderio ardente in lui e non vedeva l'ora di riferire questo nuovo potere alla sua amica Diana St. John. Ma il suo trionfo ebbe vita breve. In fretta come era si era accesa, la fiamma si spense. Il conte si liberò dal suo abbraccio e la spostò. E quando la guardò sbattendo gli occhi come se non la riconoscesse, con il volto arrossato e senza fiato, Elizabeth fu abbastanza perspicace da capire che non era stata lei a suscitare in lui questo desiderio carnale ma la creatura nella sua mente che occupava i suoi pensieri quando si eccitava. Come aveva ragione!

Nell'attimo in cui aveva chiuso gli occhi, stringendo Elizabeth Outram, nella sua mente era apparsa una bellezza pallida, eterea, con grandi occhi azzurri che lo guardavano con una franchezza sconcertante e la cui bocca, come un bocciolo di rosa, invitava alla razzia. Che volesse disperatamente fare l'amore con questo essere etereo non era in forse; che non fosse altro che la sua futura moglie, la cui sola apparizione aveva la capacità di stimolare la sua virilità, gli faceva seriamente dubitare di sé.

Disgustato, si voltò in fretta, sistemandosi gli abiti.

Insoddisfatta e con l'autostima a pezzi, Elizabeth raccolse rabbiosamente la vestaglia che aveva scartato e finse di affrettarsi a coprire la sua nudità, nonostante il conte le voltasse le spalle.

"Dopo dodici mesi della mia ospitalità credo di aver guadagnato il diritto di sapere qualcosa dei vostri programmi, milord."

"Davvero?" Chiese in tono indifferente. "Lascio i miei programmi al mio paziente segretario."

"E le vostre lettere alle amanti scartate?" Gli chiese amaramente.

"Richiedono un tocco femminile e quindi sono lasciate alle cure di Lady St. John?"

"Lady St. John? Di che state blaterando, Lizzie?" Chiese Salt sgarbatamente, voltandosi a guardarla: "Che lettere?"

Elizabeth frugò in un cassetto del bureau di mogano accanto alla finestra, trovò la lettera che stava cercando e la presentò al conte con un gesto svolazzante e alzando appena le sue sopracciglia perfettamente depilate. "L'avviso che i miei dodici mesi sono scaduti. Come i vostri precedenti interessi, Sarah Walpole e Maria Leveson Gower, per nominare solo le due dame che conosco personalmente; Lady St. John ha provveduto a dare a tutte noi la notizia di sfratto."

Rannuvolandosi, Salt aprì con due dita il singolo foglio di pergamena, fissò la familiare scrittura inclinata, lo voltò per ispezionare il sigillo rotto e poi lo piegò. "Posso averlo?"

Elizabeth scrollò le spalle. "Certo, è una novità per voi?"

Quando il conte non rispose ma finì il suo bicchiere di borgogna, Elizabeth ebbe la sua risposta.

"Anche selezionare la contessa di Salt Hendon fa parte dei doveri da cugina di Lady St. John?"

Salt abbassò il bicchiere. "Questi tediosi dettagli non riguardano altri che me, mia cara."

Il tono tagliente della sua voce la rese guardinga ma non riuscì a fermarsi: "Allora Diana non lo sa. Bene. Se l'avesse saputo non sarebbe riuscita a resistere alla tentazione di gongolare dandomi la notizia. È un segreto, vero?"

"Una parola di avvertimento, Lizzie. Siete molto più bella quando non rimuginate."

Ma Elizabeth non lo stava ascoltando, trovava conforto nel fatto che la sua amica era stata tenuta all'oscuro e che sarebbe stata sconvolta quando avesse ricevuto la notizia che il conte, la grande infatuazione di Diana, si era sposato segretamente con un'altra. Sperava di essere presente alla caduta di Diana. La grande Lady St. John aveva assoluto bisogno di scendere di qualche gradino, tale era il suo compiacimento nell'essere la madre dell'erede del conte e la sua parente donna più prossima.

"Non ho mai pensato che vi sareste sposato," gli confessò onestamente.

"Nemmeno io," le rispose, mentre si infilava il pastrano.

Lei gli corse vicino e gli gettò le braccia al collo. "Se è un matrimonio di convenienza," chiese speranzosa, "non sarà necessario mettere fine alla nostra liaison?"

Il conte rimosse le sue mani e si voltò verso lo specchio per sistemarsi le pieghe della cravatta. "Mi scuso per la lettera di Lady St. John. Non toccava a lei porre termine al nostro rapporto, ma la sua lettera, per pura coincidenza è arrivata al momento opportuno."

Elizabeth fece il broncio. "Allora gliela lascerete passare liscia?"

"Sono contento del tempo che abbiamo passato insieme Lizzie," le rispose educatamente.

Il fatto che avesse usato il verbo al passato non passò inosservato e la donna gettò indietro i riccioli biondi, stizzita. "La vostra piccola sposa di provincia vi stancherà dopo una settimana di matrimonio!" Quando anche questo non ebbe effetto su di lui, sospirò tragicamente, delineando con un dito il disegno di un fiore ricamato sul suo panciotto, mentre lui continuava a giocherellare con la cravatta. Cercò di allettarlo. "Non sarà certo necessario rinunciare alle vostre visite qua, anche se avrete una moglie…"

Fece un ultimo tentativo di riaccendere il suo interesse, mettendosi in punta di piedi per baciarlo sulla bocca, con il corpo nudo sotto la sottile vestaglia di seta premuto contro il suo e la mano appoggiata a coppa sul suo notevole membro virile. Ma Salt voltò via in fretta la testa prima che la bocca della donna toccasse la sua e rimosse la mano, allontanandola.

"Mia cara, vi suggerisco di dare la chiave di casa a Pascoe Church, l'unica Chiesa di mia conoscenza che promuove attivamente la promiscuità e il vizio in tutte le sue forme."

Elizabeth alzò sdegnosa la testa e parlò come se non avesse idea a che cosa stesse alludendo il conte: "Lord Church? Che cos'è per me? Ho molti, moltissimi ammiratori."

Sulla porta, Salt si inchinò con esagerata cortesia. "Ah! E io che pensavo che cercaste l'occasione migliore."

"Accidenti a lei!" Borbottò Salt, continuando a pensare alla dichiarazione di Jane di doverlo sposare. Appena arrivato a casa avrebbe chiesto al suo segretario di mettere le mani su una copia del testamento di Jacob Allenby. Riteneva quel mercante più che capace di aggiungere qualche strano codicillo al suo testamento, tutto per infliggergli un'ultima umiliante stoccata anche con il suo ultimo respiro.

Sovrappensiero, cacciò i guanti in mano a un domestico dal volto impassibile in piedi nel vestibolo del suo club in St. James Street, poi presentò la schiena a un altro perché lo aiutasse a togliersi il suo pesante pastrano, indifferente al gruppo di nobiluomini che si erano girati tutti a guardarlo sentendo l'imprecazione che aveva mormorato.

"Puoi mandare al diavolo tutte le donne che vuoi, Salt," gli disse languidamente all'orecchio un nobiluomo mellifluo, profumato e infiocchettato. Questa creazione di pizzo e velluto guardò il conte con un occhialino incastrato su un occhio, e tenendo in alto una tabacchiera di smalto e oro nella mano bianca ingioiellata, e aggiunse con una risatina maliziosa, "ma che siamo dannati se andrai a farti mettere la palla al piede senza gli amici al tuo fianco a commiserarti."

Salt si riscosse dai suoi pensieri e squadrò Pascoe, Lord Church con risentimento, fece un cenno di saluto a un gruppo di nobili imparruccati cui domestici attenti e silenziosi stavano togliendo la spada e si avviò a grandi passi attraverso diverse rumorose sale da gioco per arrivare al santuario della sala di lettura. Qui si rifugiò in una comoda poltrona dall'alto schienale, nell'angolo più lontano, e aprì una copia della London Gazette, indicazione sufficiente che desiderava restare solo. Ma Pascoe Church e Hilary Wraxton, Esquire, non colsero l'allusione e Salt si trovò quasi subito a essere scrutato sopra il giornale dalle loro teste incipriate. Sospirò, tenne gli occhi sul foglio e non fece lo sforzo di offrire ai due gentiluomini i posti vuoti davanti a lui.

"Si dice che ti sposerai domani," disse Pascoe Church, levando una briciola di tabacco dal paramano ricamato, anche se la sua attenzione era fissa sul profilo di Salt. "La dice lunga sulla nostra amicizia quando i tuoi migliori e più affezionati amici ne sanno meno dei domestici! Si potrebbe pensare che avresti preferito che questo giorno epocale passasse inosservato."

"Sì, si potrebbe pensarlo," dichiarò Salt, girando la pagina.

"Ora che lo sappiamo, ci devi invitare! Non è vero, Pascoe?" Hilary Wraxton rassicurò il conte con un sorriso fiducioso: "Devi essere circondato da amici e famiglia, dai!"

"Più che certo," concordò Pascoe Church, facendo penzolare con nonchalance il suo occhialino dal nastro nero, "ma forse il nostro caro amico ha i suoi motivi per non volere che i suoi amici partecipino?"

Hilary Wraxton gonfiò le guance. "Motivi? Che motivi? Non capita tutti i giorni che un uomo faccia il grande passo, eccetto Pascoe con tua sorella. Dicevano che il prossimo Sinclair a subire il supplizio sarebbe stata Lady Caroline. Ma se Salt vuole convolare a nozze prima di sua sorella, così sia."

A questa rivelazione, Salt diede un'occhiata a Pascoe Church, con una lieve alzata di sopracciglia.

"Lady Caroline subire il supplizio?" Disse Lord Church con una risatina, chiaramente agitato e cercando con tutte le sue forze di mantenere il suo aplomb sotto lo sguardo altezzoso del conte. Lasciò l'occhialino, che ricadde sul suo petto rivestito di seta con un tonfo.

"Non so proprio dove prendi queste idee, Hilary."

"Da te," rispose semplicemente Hilary Wraxton. "La settimana scorsa, mentre giocavamo a whist con Walpole, ci hai detto che avevi quasi trovato il coraggio di avvicinare Salt riguardo…"

"*Coraggio?*" sbuffò Pascoe Church. "Mio caro Hilary, quando arriverà per me il momento di avvicinare il nostro caro amico presente…"

"Sei destinato a una delusione," interruppe Salt tranquillamente, tornando al suo giornale.

Hilary Wraxton emise un profondo sospiro. "Penso che questo sistemi tutto, Pascoe. Lady Caroline non subirà nessun supplizio, matrimoniale o no, con *te*. Quando Salt dice che sarai deluso, è chiaro che lo sarai."

"Non sistema niente," sibilò Pascoe Church all'orecchio di Hilary e, per restituire il bruciore di essere respinto come possibile marito di Lady Caroline Sinclair, disse petulante al conte: "Giusto perché tu ne sia informato, Salt, le voci nei salotti…"

"Posso immaginare quale salotto," lo interruppe seccamente Salt, con un accenno di sorriso.

"Davvero?" Chiese sorpreso Hilary Wraxton, ispezionando Pascoe Church con un occhio orrendamente ingrandito dall'occhialino. "Ma avevi detto che Salt non aveva la più pallida idea delle tue incursioni amorose dall'appetitosa Lizzie. Avevi detto…"

"Non è il caso di parlarne, adesso!" ordinò Pascoe Church cercando di riguadagnare la compostezza e il tono velenoso della voce. "Questa voce, Salt, dice che preferisci un matrimonio tranquillo, perché la sposa è bruttina e ha le forme di un budino con un pedigree da cornice d'oro oppure, e questo ti divertirà moltissimo, che è la bella figlia di un mercante con oltre centomila sterline da aggiungere ai tuoi forzieri."

"Ma Salt non ha bisogno del conquibus, Pascoe."

"Che ne dici, Salt?" Insistette Pascoe Church, ignorando l'amico. "Io oserei dire la seconda alternativa. Che peccato che la sua grande bellezza e ricchezza non saranno mai un profumo adeguato a coprire lo stomachevole odore di commercio che deve aleggiare continuamente intorno alla sua persona."

"E tutte le ereditiere a forma di budino sono già impegnate," aggiunse Hilary Wraxton con un deciso cenno del capo.

"Che Dio ci aiuti quando lo scoprirà la divina Diana," aggiunse Pascoe Church con un sospiro, per aggiungere ancora un po' di veleno. "Che tracollo sociale per la Casata dei Sinclair!"

"Che Dio ci aiuti davvero, Pas," confermò Hilary Wraxton scuotendo tristemente la sua parrucca incipriata.

"Che Dio aiuti voi due se non strisciate immediatamente sotto le tavole del pavimento da cui siete usciti!" Ringhiò Salt, alzandosi di scatto dalla poltrona per torreggiare sopra i due uomini, e con uno sguardo di tale furia repressa che non servì la mano sulla cravatta, artisticamente sistemata intorno al collo, perché al gentiluomo si chiudesse la gola in modo allarmante. Ma appena Salt fu in piedi rimpianse la sua azione, e si infuriò con se stesso per aver permesso al pretendente respinto di sua sorella e al suo compagno idiota di stuzzicare il nervo scoperto del suo imminente matrimonio.

Cercando qualcosa per cancellare il momento di imbarazzo, Hilary Wraxton finse, con un gesto esagerato, di controllare l'ora sull'orologio da taschino, prima di dichiarare che era estremamente in ritardo per un appuntamento con il suo fabbricante di parrucche; Pascoe Church aggiunse che anche lui era atteso altrove, anche se non fornì il nome o l'indirizzo. A Salt non dispiacque di vederli andar via e osservò i due nobiluomini ondeggiare sulle scarpe dai tacchi alti, stringendosi l'uno all'altro come se avessero bisogno di sostegno. Non si illudeva sull'abilità del gentiluomo dalle spalle strette di essere irritante. Pascoe, Lord Church, poteva anche essersi spaventato a morte e aver perso il fiato davanti alla scenata di Salt ma appena si fosse ripreso, a una distanza di sicurezza, avrebbe ricominciato a usare la sua lingua tagliente per assicurarsi che l'alta società fosse perfettamente al corrente dell'imminente matrimonio del conte di Salt Hendon.

Imprecando per la propria mancanza di controllo, Salt ordinò una bottiglia di chiaretto a un cameriere dal passo felpato e riprese il suo posto, solo per alzarsi di nuovo cinque minuti dopo per afferrare calorosamente la mano del suo miglior amico, il fratello più giovane di Lady St. John, Sir Antony Templestowe. Un gentiluomo di alta statura e fattezze gradevoli, stimato da tutti quelli che lo conoscevano. Al Ministero degli esteri, dove Sir Antony aveva una lucrativa sinecura, ritenevano che avesse la testa sulle spalle e che un giorno sarebbe assurto al grado di ambasciatore. Non esistevano due fratelli di temperamento così diverso del diffidente Sir Antony e della mondana sorella, la bella e popolare Diana, Lady St. John.

"Meno male che Bedford ha potuto fare a meno di te per le trattative di pace per un paio di settimane," commentò Salt, guardando Sir Antony dalla testa ai piedi, "Parigi ha aggiunto qualche centimetro al tuo girovita."

"Un paio d'ore di corsa sul tuo campo da tennis dovrebbero porre rimedio alle salse cremose e ai deliziosi bignè di M'sieur le Chef," rispose bonariamente Sir Antony, mentre entrambi si mettevano comodi sulle poltrone. Si slacciò i primi due bottoni del panciotto di seta a righe color zafferano e accettò il bicchiere di chiaretto da un impassibile cameriere, "Ma sono sorpreso che il torneo continui. Pensavo che avresti permesso a Ellis di prendere il tuo posto sul campo, visto che sarai in luna di miele..."

"Non ci sarà una luna di miele," dichiarò Salt, togliendo dalla tasca la tabacchiera d'oro, senza aprire il coperchio intarsiato di smalti. "Il parlamento è ancora in sessione e questo significa che avrò troppo da fare qui a Londra per andarmene a zonzo per la campagna, da questa o dall'altra parte della Manica."

Sir Antony abbassò il mento nella cravatta di pizzo e studiò per un momento il volto dell'amico. "Dire che la lettera nella quale mi informavi delle tue imminenti intenzioni matrimoniali, mi ha fatto cadere dalla sedia è minimizzare, caro amico. Ma sono un diplomatico, quindi minimizzare è il mio forte. Che tu voglia tenere quest'occasione riservata è affar tuo e non farò domande, se è quello che desideri, ma certamente non sarò l'unico a partecipare alla cerimonia per, come si dice, darti un sostegno morale?"

Salt scelse una presa di tabacco, guardando nel vuoto con la fronte aggrottata. "Meno chiasso c'è meglio è."

"Che cosa dice Diana di questo tuo improvviso tuffo nel mare del matrimonio?"

"Non gliel'ho detto."

Sir Antony nascose la sorpresa dietro una smorfia. "Non l'hai detto a Diana?" ripeté senza enfasi. "Non ti metterai la palla al piede senza la sua approvazione, vero? Mio Dio! Avrà un tale attacco di bile che nessuno di noi sopravvivrà. Preferirei essere ancora a Parigi. Sai quanto si interessi a te..."

"...e al mio titolo."

Sir Antony strinse le labbra e contò fino a cinque,: "Sì, puoi essere cinico, se vuoi," commentò, "ma non è sorprendente che si interessi visto che è la madre del tuo erede. Il piccolo Ron un giorno ti succederà. Fino a quattro anni fa era suo marito che avrebbe dovuto ereditare il tuo titolo. La morte prematura di St. John l'ha colpita duramente, come tutti noi del resto." Sir Antony si agitò a disagio sulla poltrona, aggiungendo tranquillamente: "E tu sai benissimo che ha sposato St. John per ripicca perché tu non l'avevi chiesta in moglie. E se me lo chiedi, credo che continui ad alimentare la fiammella della speranza che tu ti faccia coraggio e glielo chieda. Perché credi che una donna così attraente sia rimasta vedova? Non è certo per mancanza di proposte, te lo posso garantire!"

Salt spostò lo sguardo sul liquido rosso scuro nel suo bicchiere, con le guance magre che si colorivano. "Diana era la moglie del mio migliore amico e cugino, Tony. Ha sempre goduto e sempre godrà della mia più alta considerazione, ma questo è tutto quello che posso, e potrò mai offrirle."

"Certo. Ma Diana non ti ha mai considerato un fratello," argomentò Sir Antony. "Purché tu lo sappia." Fece una risatina fiacca. "Nessuna meraviglia che tu non voglia che torni presto a Parigi, se Diana non lo sa. Avrai bisogno di rinforzi quando le presenterai il tuo matrimonio come fait accompli. E la reazione di Caroline... se non hai informato la tua sorellina che sta per guadagnare una cognata, mi auguro che non stia venendo a Londra, perché non saremmo in grado di farcela con due femmine afflitte..."

"È Jane Despard," lo interruppe Salt a voce bassa.

Lo sguardo di Sir Antony non lasciò mai il bel volto spigoloso del conte ma sulla sua bocca aleggiò qualcosa a metà tra un sorriso assurdamente stupido e la meraviglia più assoluta, tanto da sembrare intontito come se qualcuno gli avesse dato uno scappellotto dietro la testa. Lo stupore gli fece bere il vino in un sol sorso, mentre si rendeva finalmente conto del perché sua sorella maggiore e Lady Caroline erano state tenute all'oscuro dell'imminente matrimonio del conte. La sposa era talmente al di fuori del registro sociale, che in effetti, il fatto di essere stata ripudiata dal padre non era niente se paragonato al suo depravato stile di vita, visto che aveva vissuto da nubile sotto il tetto di un vecchio mercante di Bristol, che se la verità fosse mai stata rivelata alla famiglia e agli amici, avrebbero messo in dubbio la sanità mentale del capo della famiglia, se poi fosse stata diffusa, beh, la famiglia Sinclair sarebbe stata ridicolizzata e quindi rovinata socialmente.

Non essendo un tipo da evitare le responsabilità, ed essendo genuinamente affezionato a Salt, Sir Antony fu lieto che l'avessero richiamato a casa prima della fine delle trattative di pace per restare al fianco del conte in questo difficile momento.

"Pensavo... viste le circostanze al momento della proposta... che lei avesse rinunciato al precedente impegno..."

"Miss Despard mi ha informato che deve sposarmi."

Sir Antony restò un momento a bocca aperta. "Cosa? Dopo aver fatto marameo alla tua precedente proposta? La sfacciataggine di quella strega!" Poi si rese di colpo conto che stava parlando della futura moglie del suo amico. "Pensavo che Miss Despard avesse ancora un minimo di decenza e che ti avrebbe rifiutato," aggiunse, molto più pacatamente.

Il volto di Salt era rigido e pallido. Fu uno sforzo per lui parlare. "Che Dio mi aiuti, Tony, lo pensavo anch'io."

QUATTRO

Q UANDO ARTHUR ELLIS ritornò di sopra, in salotto, trovò
Jane da sola, seduta accanto al fuoco con il volto rivolto verso
le fiamme che crepitavano con nuova vitalità tra i ceppi anneriti. Per un angoscioso momento pensò che avesse gettato tra le fiamme
le carte su cui aveva lavorato per ore e gli caddero le spalle al pensiero
di dover riscrivere tutte le quattro pagine di fitta e minuta scrittura. Ma
la diceva lunga sulla sua natura gentile il fatto che, quando si rese
conto che la fidanzata del conte aveva pianto, pensò che, in effetti, la
giovane donna non potesse essere biasimata per aver distrutto un documento chiaramente preparato per umiliarla e imprigionarla.

Le offrì il suo semplice fazzoletto bianco, dicendo solennemente:
"Devo chiamare Lady Despard?"

Jane scosse la testa e si tamponò le guance prima di voltarsi verso il
segretario con un sorriso gentile. "No, signor Ellis, grazie. Sto bene. In
effetti mi sento meno apprensiva riguardo a domani di quanto lo sia
stata per settimane. È stato qualcosa che ha detto... se crede a quello
che gli hanno detto i medici, ed è stato dieci anni fa, allora... è ragionevole pensare che non abbia mai ricevuto il medaglione. E se non l'ha
mai ricevuto... non poteva sapere che cosa mi era successo... ma
perdonatemi, signor Ellis, dovete pensare che abbia la testa vuota. Sto
blaterando di cose di cui non potete sapere assolutamente nulla."

"Meno apprensiva? Non vi preoccupa il contenuto del documento
di Lord Salt?" Senza essere invitato il segretario si sedette di fronte a

Jane e senza pensarci riprese il fazzoletto. "Vi sentite meglio riguardo a domani, Miss Despard?"

Jane sorrise con una mano sul volto vedendo la sua espressione confusa. "Signor Ellis, credo che la vostra lealtà dovrebbe essere rivolta a sua signoria e alla difficile situazione in cui si trova, obbligato a un matrimonio che non desidera minimamente. Perdonatemi, vi ho sconcertato, di nuovo. Vi hanno ordinato di ritirare il documento con la mia firma o affrontare le terribili conseguenze? Oh! Signor Ellis," aggiunse quando lui diede una rapida occhiata al piccolo scrittoio e un enorme sollievo gli apparve sul volto lentigginoso, "pensavate che lo avessi bruciato? Che vergogna. Quando avete senza dubbio passato molte ore riflettendo su ogni parola, e la vostra calligrafia poi, così precisa."

"Mi dispiace di dover essere stato proprio io a leggere a voce alta," confessò il segretario, con lo sguardo fisso sul bel volto di Jane. "Se ci fosse stato un altro modo, se non fosse stato necessario che io fossi presente, per evitarvi l'imbarazzo, ma sfortunatamente..."

Jane sfiorò la mano del giovane uomo. "...Lord Salt non riesce a leggere la pagina stampata senza gli occhiali. Se legge senza occhiali per un certo tempo, specialmente i giornali, soffre di insopportabili emicranie. Dovrebbe portare le lenti ma si rifiuta di farlo in pubblico perché glielo impediscono il suo orgoglio e la sua vanità. Uomo ostinato. Ma ho già detto troppo e voi mi guardate come se mi fosse cresciuta un'altra testa!"

Il segretario fu talmente sorpreso che la fidanzata del conte sapesse del problema di vista del suo datore di lavoro, che annuì e si alzò insieme a lei. Pochissime persone sapevano che aveva una memoria eccezionale che gli permetteva di nascondere questo handicap in quasi tutte le occasioni, specialmente quando doveva fare dei discorsi alla camera dei Lord oppure quando doveva lavorare nei comitati, dove i documenti venivano distribuiti in anticipo. Quanto a vedere sua signoria portare i suoi occhiali dalla montatura d'oro sul lungo naso sottile, Arthur Ellis era certissimo che le persone cui era stato permesso si potevano contare sulle dita di una mano. Solo quando era chiuso nel suo studio, con il solo Arthur, il conte si permetteva di chinarsi su un documento e leggere con l'aiuto delle lenti. Veniva da chiedersi come facesse Miss Despard a conoscere questo intimo dettaglio riguardo al suo futuro marito, ma invece di chiederlo, disse, diffidente:

"Sua signoria mi ha ordinato di offrivi la mia assistenza per la scelta dei vostri beni personali, quelli che devono restare con gli Allenby e quelli che devono essere trasferiti nella vostra nuova casa di Grosvenor Square."

"Vi ringrazio per l'offerta, signor Ellis," rispose Jane, prendendo il documento dallo scrittoio, "ma avevo già previsto le direttive di sua signoria e ho portato con me solo un portmanteau e due cappelliere. Gli abiti e le scarpe, quelli che avevo, li ho lasciati nel Wiltshire perché fossero distribuiti tra le mogli e le figlie dei poveri della parrocchia." Porse il documento, senza firma, al segretario con un sorriso di scusa. "Temo di non avere intenzione di firmare questa odiosa epistola, signor Ellis. Mi dispiace solo che dobbiate riferire la notizia a sua signoria. Spero solo che la sua ira male indirizzata sia di breve durata e che possa trattenere il resto finché potrà avere la possibilità di scaricarla su di me."

Arthur Ellis scoppiò in un'involontaria risata e scosse la testa. Non poteva biasimarla ma era sorpreso che questa delicata bellezza avesse la forza di carattere di non essere spaventata e di tener testa al suo imperioso datore di lavoro. Arthur prevedeva tempi interessanti per il conte, una volta che avesse sposato Miss Despard.

La trepida attesa per l'imminente sposalizio diede un certo slancio al suo passo, il giorno dopo, mentre si occupava del suo lavoro, nonostante un'anticamera piena di postulanti e gli appuntamenti della giornata che avevano già subìto un sostanziale ritardo, per l'arrivo di Lady St. John con i suoi due figli al seguito.

Il segretario non approvava Lady St. John e la sua prole birichina ma non toccava a lui dirlo, né ne aveva il diritto. Non lo sorprendeva che la dama scegliesse sempre di far visita l'unico giorno della settimana in cui il conte riceveva i postulanti, quindi il giorno più pieno di impegni che passava in casa.

Il martedì, il palazzo di Lord Salt a Grosvenor Square era aperto, per dare l'opportunità a chiunque volesse presentare il proprio caso al conte di Salt Hendon, che fosse riguardo a una sinecura, la richiesta di patrocinio per un lavoro letterario o qualche altro sforzo artistico, ai venditori che presentavano le merci del fabbricante o a persone che avevano qualche collegamento di poca importanza con la famiglia Sinclair o le proprietà del conte e che richiedevano in qualche modo la sua assistenza. I postulanti raramente riuscivano ad ottenere un colloquio la prima volta che lo richiedevano, e aspettavano tutta la giornata nell'anticamera gelida e cavernosa con il suo pavimento di marmo e senza fuoco nel camino. Non c'erano mai abbastanza sedie e la gente restava in piedi per ore solo per sentirsi dire di ritornare il martedì successivo per ricominciare ad aspettare. I più persistenti ritornavano tre o quattro martedì di fila e tutto per il privilegio di poter presentare il proprio caso nei quindici minuti di udienza loro concessi con il conte.

Niente di tutto questo significava qualcosa per Lady St. John, che veleggiò nello studio del conte con un fruscio di sottane di velluto italiano color oliva, con squisiti ricami, il suo seguito appresso, senza un solo sguardo alla folla senza nome, silenziosa e tremante in coda su entrambi i lati della porta a due battenti, sorvegliata da due domestici con le livree blu e oro dei Sinclair.

Arthur cercò di proseguire con il suo lavoro, come se lei non ci fosse, ma fu ovviamente un compito impossibile quando la dama si drappeggiò su un angolo della massiccia scrivania di mogano del conte senza nessun riguardo per i documenti importanti che le sue sottane facevano cadere sul pavimento. I suoi due figli, poi, il maschietto e la femminuccia, si arrampicarono sulle ginocchia dello zio Salt, pretendendo la sua attenzione. E, naturalmente, le visite di Lady St. John richiedevano invariabilmente il coinvolgimento della maggior parte dello staff del palazzo, per fornire cure e nutrimento a lei e ai suoi figli. La cucina si attivò immediatamente per sfornare i piccoli biscotti alle mandorle che le piacevano tanto e lo speciale tè Bohea, forte esattamente come lo richiedeva il suo palato. Il maggiordomo dovette accorrere per essere a disposizione dei capricci di sua signoria e almeno quattro domestici in livrea furono spediti a tenere d'occhio i due bambini per assicurarsi che i danni ai tappeti, ai volumi rilegati in pelle su tutte le pareti, ai mobili di mogano e ai divani imbottiti restassero minimi. E tutto questo nonostante Lady St. John fosse arrivata con la sua dama di compagnia, il tutore dei bambini, una governante e il paggio negro, il cui arduo compito era di precedere sua signoria portando un cuscino di seta sul quale era appoggiato il ventaglio di milady.

Jane era ferma davanti alla porta della magione palladiana del conte in Grosvenor Square, nel bel mezzo dello scompiglio di metà mattina. Il sottomaggiordomo la squadrò. I capelli acconciati in modo semplice e senza cipria, il suo abito fuori stagione, di seta color oro antico con una sottana di leggero pizzo cui mancava il cerchio richiesto dalla moda, sopra al quale c'era un mantello di lana con il colletto un po' liso, e il fatto che fosse arrivata senza una cameriera al seguito, quasi convinsero l'altezzoso ometto a chiuderle la porta in faccia.

Non era importante che fosse indubitabilmente la donna più bella su cui avesse mai posto gli occhi, tanto bella da togliere il fiato. Aveva un compito da svolgere. Andava bene ammettere postulanti servili il martedì ma una bella donna, senza la sua cameriera, era tutta un'altra faccenda. Una faccenda che lui, Rufus Willis, sottomaggiordomo in questa nobile casa, non era proprio sicuro di voler affrontare. Solo il fatto che Jane fosse arrivata con la carrozza del conte gli fece decidere che era meglio lasciarla entrare, via dal freddo intenso. Forse era la nuova cameriera che il signor Jenkins, il maggiordomo, gli aveva chiesto di aspettare? Ma non si era aspettato che la ragazza usasse l'entrata principale. Senza un inchino, ma solo con un lieve cenno di commiato, Willis ordinò a Jane di seguire il domestico nell'anticamera davanti allo studio. Poteva aspettare con il resto della massa di bisognosi che reclamavano l'attenzione di sua signoria e le sue tasche profonde, finché avesse parlato con il signor Jenkins per capire che cosa dovevano farne. Poteva aspettarsi una lunga attesa.

Nell'anticamera cavernosa, Jane fu abbandonata dal domestico senza nemmeno un piccolo inchino e questo, insieme al suo mantello sciupato, indicò con certezza alla folla in attesa che non era nessuno di importante, con tutta probabilità solo una domestica appena assunta. Ma in mezzo a quella folla di uomini semi-congelati, la sua bellezza fu una distrazione ben accetta e le fu immediatamente offerta la rara comodità di una sedia, quando diversi gentiluomini balzarono in piedi, immediatamente catturati dalla sua grazia squisita e naturale. Un gentiluomo di mezz'età, più agile, con un bastone da passeggio di Malacca, fu il primo ad alzarsi e Jane si sedette accanto alla moglie di lui.

Jane non mancò di notare che appena era entrata, tutte le teste imparruccate si erano voltate a fissarla. Coraggiosamente, rivolse un sorriso gentile a tutti loro, come le era stato consigliato dallo sconosciuto dalla voce carezzevole che lei e Tom avevano incontrato quando avevano visitato lo zoo della Torre. Lo sconosciuto aveva al seguito il nipote e la nipote e stava mostrando loro il recinto dei leoni, ma tutti i visitatori erano più intenti a fissare Jane, che non capiva perché. Anche se la vista di quelle bestie maestose tenute in quel piccolo spazio orrendo era triste e deprimente, e forse era per questo che i turisti avevano rivolto la loro attenzione altrove? Questo però non spiegava perché tutte le volte che lei e Tom si erano avventurati fuori da Arlington Street in cerca di luoghi turistici, si erano sempre trovati circondati da una vera folla di ammiratori.

Lo sconosciuto dalla voce carezzevole li aveva illuminati, dicendo che in questa città era perfettamente accettabile che i suoi cittadini, sia i gentiluomini sia le signore, fissassero una giovane donna carina, tranquillamente, senza imbarazzo. Nessuno pensava che fosse men che educato. In effetti era considerato un onore essere fatti oggetto di attenzione, così che all'oggetto di tanta ammirazione si richiedeva di rivolgere un sorriso a coloro che ammiravano la sua bellezza.

Come erano annoiati questi uomini, pensò Jane abbassando infine lo sguardo sulle sue mani fredde, e com'era gelida questa enorme stanza di marmo e legno, senza luce e calore adeguati. Avrebbe voluto avere un manicotto come quello della signora accanto a lei. Chiese alla signora e al marito perché non ci fosse fuoco sulla grata del grande camino e a questa domanda l'uomo di mezz'età con il bastone di Malacca rise e scosse la testa imparruccata.

"Se tenessero acceso il fuoco, sua signoria avrebbe il doppio di postulanti, in attesa di vederlo."

"Sì, ma dato che Lord Salt ha solo un numero limitato di ore in un giorno, dubito che negare ai suoi postulanti un po' di calore sia un incentivo sufficiente per tenere lontana la gente," rispose educatamente Jane. "Fornire un po' di comodità aiuterebbe molto a rendere la gente più gradevole, non credete?"

Il gentiluomo fu momentaneamente colto di sorpresa da un discorso così diretto da un tale scricciolo di ragazza ma sua moglie accolse con entusiasmo la massima di Jane.

"Come avete ragione, mia cara!" Le disse con un sorriso di approvazione, "Questo è il nostro terzo e ultimo martedì di attesa per vedere sua signoria e ognuno è stato freddo come l'ultimo."

Si guardò intorno nella stanza imponente, con il suo altissimo soffitto decorato, il rivestimento di pannelli di legno e il pavimento di marmo, poi guardò i volti stanchi e tirati e aggiunse, a voce alta: "So che sua signoria non può essere ritenuto responsabile del freddo e che lavora tanto e duramente a favore di quelli che gli devono fedeltà, ma non farebbe male mettere un po' di fuoco sulla grata e forse aggiungere una sedia o due, o una panchina."

"Ben detto, signora!" Concordò un signore anziano che indossava una parrucca con i capelli lunghi, oramai fuori moda. Parecchi altri gentiluomini annuirono con le loro teste incipriate e ci fu un generale mormorio di assenso. Perfino i domestici in livrea, gelati anch'essi fino alle ossa, diedero uno sguardo di approvazione alla donna.

"Ora, signora moglie, non c'è motivo di lamentarci di sua signoria," la rimproverò il vecchio gentiluomo, "non dopo tutto quello che ha fatto per il nostro ragazzo."

La donna si pentì immediatamente e disse in confidenza a Jane, come se fosse un'amica di lunga data: "Abbiamo molto per cui ringraziare i buoni uffici di sua signoria. Con tutto quello che ha quotidianamente da fare, è stato un tale atto di gentilezza da parte di Lord Salt prendere Billy sotto la sua ala."

"Il nostro Billy è un ragazzo molto brillante ed era a Oxford con il segretario di sua signoria, il signor Ellis," aggiunse orgogliosamente il marito. "Era deciso a venire a Londra a cercare di far fortuna, ma non si rendeva certamente conto della difficoltà di trovare un impiego remunerativo senza la necessaria intercessione di gente influente. Siamo ben introdotti nel nostro piccolo angolo di Wiltshire, non creda, ma la metropoli è tutto un altro paio di maniche."

"E con altri cinque figli da lanciare nel mondo, non è che potessimo aiutare Billy quanto avremmo voluto," si scusò la moglie con un sorriso di comprensione rivolto al marito, che si chinava verso di loro con l'aiuto del suo bastone di Malacca, per evitare di pesare troppo sul suo alluce gottoso, e stringeva con affetto la spalla della moglie.

"Ma sua signoria ha trovato un posto per il nostro Billy al Ministero degli affari esteri, sotto la guida di Sir Antony Templestowe," continuò il marito, aggiungendo fiero, a beneficio di Jane: "Sir Antony è un diplomatico molto distinto e Billy è certo che l'accompagnerà quando Sir Antony si imbarcherà la prossima volta per una terra straniera."

"Vostro figlio non poteva trovare un mentore migliore di Lord Salt," commentò Jane, capendo che la coppia stava cercando conferma del successo del loro figlio. "E con la tutela di Sir Antony so che la fiducia riposta in lui da Lord Salt sarà ampiamente giustificata."

"Grazie, mia cara," disse la moglie, togliendo la mano calda dal manicotto e posandola sulle dita gelate di Jane. "Santo cielo! Le vostre mani sono fredde come i blocchi di ghiaccio che galleggiano sul Tamigi! Vorreste prendere in prestito il mio manicotto per qualche minuto, bambina mia?"

Jane scosse la testa e ringraziò la donna, più che mai imbarazzata per il suo mantello liso, un regalo di suo padre per Natale, quando aveva diciassette anni, che non aveva avuto il coraggio di dar via, nemmeno quando il signor Allenby le aveva regalato un nuovo mantello di velluto foderato di pelliccia, con lucenti bottoni d'argento. Nascose in grembo le mani fredde, sotto il mantello, mentre il freddo intenso che saliva dal pavimento di marmo le penetrava nelle dita e risaliva verso le caviglie sottili, e rabbrividì, non per il freddo ma per l'apprensione di quello che stava per succedere; era la prima volta che si permetteva di pensare alle conseguenze del portare avanti il matrimonio con Lord Salt. Il fatto che Tom non fosse con lei aumentava il suo timore. Era andato a prendere l'avvocato come testimone, una delle clausole del testamento di Jacob Allenby, e aveva promesso che non ci avrebbe messo più di un'ora, quando l'aveva depositata sulla soglia della residenza del conte. L'ora era quasi passata.

"Che peccato che sua signoria non riesca a trovare una moglie con la facilità con cui ha trovato un impiego al nostro Billy," annunciò bonariamente il marito e la sua frase fece uscire Jane dalla sua fantasticheria e chiedere, con curiosità. "Perché lo dite, Signore?"

"Come, signorina? Un gentiluomo con la ricchezza e l'aspetto e un antico titolo da trasmettere ai suoi discendenti, perché Lord Salt non dovrebbe sposarsi? È ragionevole pensare che gli serva una contessa al suo fianco, non è forse vero, moglie?"

"Certamente, signore!" dichiarò la moglie, con uno sguardo circolare nella stanza per assicurarsi che tutti gli altri occupanti gelati stessero ascoltando la loro conversazione. "Ma come, a sua signoria piacciono perfino i bambini… beh, deve essere così, dato che gli ultimi due martedì che siamo stati qui, ha sempre trovato un'ora o due, tra i suoi appuntamenti, da passare con il figlio e la figlia di Lady St. John."

"Il ragazzo è il suo erede, moglie," confidò il marito con un'espressione saputa. "E tra voi e me e quelli dell'aristocrazia locale del nostro piccolo angolo di mondo, che partecipano regolarmente alla Caccia Salt, ci sono tutte le ragioni di credere che abbia intenzione di fare di

Lady St. John la sua contessa. E vorrei che mi nominassero una coppia meglio affiatata!"

Almeno una dozzina di teste incipriate intorno all'anticamera annuirono, approvando la sua dichiarazione e ci fu un generale mormorio di consenso a indicare che la maestosa creatura che era passata in mezzo a loro con il suo seguito, senza uno sguardo per nessuno, aveva il portamento nobile e il contegno condiscendente consoni alla contessa di Salt Hendon. Una minoranza dei postulanti rimase in silenzio, dissentendo e fissando le porte ostinatamente chiuse dello studio, tutto perché la signora in questione li teneva lontani dall'appuntamento che avevano ottenuto.

Un gentiluomo con un tupè assurdamente alto, gambe inguainate nelle calze che mostravano i polpacci imbottiti e una bracciata di pergamene arrotolate, che era arrivato nell'anticamera solo pochi minuti prima, osò dare voce al silenzioso risentimento, dicendo con una voce querula.

"Io dico! Ma se sua signoria diventerà la contessa, nessuno di noi vedrà più l'interno di quello studio. Io per primo. Non le piace la poesia, proprio per niente."

Jane non poté evitare di sorridere a quella dichiarazione, un lieve sollievo, nella generale conversazione riguardo alla necessità di Lord Salt di avere una moglie, che aveva portato il calore sulle sue guance pallide. La moglie lo vide e, prima che il marito potesse lanciarsi in un attacco contro il giovane uomo con l'assurdo tupè, disse, sussurrando piano: "Zitto, marito, basta parlare di sua signoria. Abbiamo fatto arrossire questa giovane donna con tutti i nostri discorsi di moglie e figli per Lord Salt e non è giusto, se è venuta per unirsi al personale di sua signoria. Oh, guarda, i domestici stanno aprendo le porte!" Si voltò a guardare Jane con un sorriso soddisfatto. "Il signor Ellis uscirà presto con la lista, così non dovrete soffrire il freddo ancora per molto."

"Mia buona donna, per favore, non alimentate le speranze della bellezza," pronunciò il gentiluomo dal tupè assurdamente alto che, notò Jane, indossava abiti confezionati in un tessuto adatto a un gentiluomo. "Finché Lady St. John non farà la sua grande uscita, la nostra speranza è pari a quella che l'inverno sgeli prima dell'arrivo della primavera." Sbuffò così forte alla sua stessa battuta da far scendere una spolverata di cipria dalla parrucca che si depositò sopra il labbro, facendolo sternutire, con i rotoli di pergamena che volavano e rotolavano sotto le sedie per tutto il pavimento di marmo. Completamente nel panico, il gentiluomo poeta si mise a quattro zampe, muovendosi freneticamente attraverso il freddo marmo, senza darsi pensiero del ricco abbigliamento, per recuperare la sua preziosa collezione di poesie, con sommo piacere e divertimento dei postulanti.

Jane si sentì dispiaciuta per il giovane uomo e andò immediatamente a recuperare uno dei cilindri che si era fermato nel suo angolo dell'anticamera, dietro al gentiluomo con il bastone di Malacca. Dovette abbassarsi per raccoglierlo, l'aveva in mano e stava per alzarsi quando si sentì una voce femminile, vicina, chiara e autoritaria sopra il trambusto generale dei commiati. La voce era accompagnata da un profumo femminile inebriante che, come per una stregoneria, fece venire immediatamente la nausea a Jane, che si lasciò andare sul pavimento di marmo. Non era il profumo in sé a essere offensivo. Era dolce, con accenni di lavanda e di rose e, se fosse stato usato con moderazione, nessuno avrebbe potuto trovarlo offensivo. Ma per Jane rievocava echi del passato e fu obbligata a mettersi la mano davanti al naso e a respirare a fondo attraverso la bocca, ripetendosi che l'attacco di nausea sarebbe passato, che non c'era ragione di farsi prendere dal panico.

Rimase seduta sul pavimento, aspettando che il malessere si attenuasse, con la pergamena del poeta arrotolata in grembo, sentendosi stupida perché quel particolare profumo aveva il potere di suscitare in lei la nausea. Non ci volle più di un minuto per ricordare dove aveva sentito prima quel profumo particolare e la voce femminile cui apparteneva. L'identificazione cavalcò le ondate di nausea che l'assalivano. Non lo aveva sentito prima o dopo quella notte in cui il suo bambino le era stato strappato dal corpo prima del suo tempo. Suo padre l'aveva condannata come la più sordida e immorale creatura al mondo, e non aveva più voluto avere nulla a che fare con lei, per aver perso la verginità così a buon mercato, ma mettere al mondo il frutto marcio e bastardo della sua immoralità, come suo padre aveva brutalmente marchiato il suo bambino mai nato, non era mai stata una scelta possibile.

Jane sbirciò attraverso una fessura tra le sedie che si affacciavano sull'anticamera, per dare un volto al quel profumo offensivo. La signora era in piedi, così vicina che se Jane avesse teso un braccio tra due sedie avrebbe potuto mettere le dita sulle sottane di prezioso

velluto, dal largo cerchio della signora. Due domestici in livrea e un
paggio nero, con un turbante di seta verde brillante, erano di fianco a
questa creatura vestita in modo magnifico, che doveva essere niente di
meno che la maestosa cugina del conte, Lady St. John.

Sua signoria agitò un ventaglio di seta delicata contro il suo seno
bianco, i capelli raccolti e incipriati, drappeggiati di perle, nastri e
piume, il bel viso accuratamente truccato con cosmetici, una mouche
all'angolo degli occhi nocciola che completava la sua toilette. Non
guardò né a destra né a sinistra verso la folla di postulanti, ma diritto
in basso verso il gentiluomo-poeta che si agitava davanti alla punta
delle sue scarpine rivestite di seta.

Immediatamente dietro all'abbagliante Lady St. John, c'era una
donna dall'aria stanca il cui abbigliamento ben tagliato e la piccola
cuffia di pizzo indicavano che era la cameriera della signora. E dietro di
lei, due bambini in ricchi abiti di seta, la bambina con una replica
dell'abbigliamento di sua madre, il ragazzino, più giovane e malaticcio
ma veramente un piccolo gentiluomo, nei suoi calzoni di seta abbinati
al panciotto. Jane li riconobbe come la nipote e il nipote dello sconosciuto dalla voce carezzevole che lei e Tom avevano incontrato davanti
alla gabbia dei leoni. Ma non sembravano più i ragazzini sorridenti
dello zoo della Torre.

"Mio caro signor Wraxton! Perché state strisciando sul pavimento
di Lord Salt?" si meravigliò Lady St. John con un sorriso malizioso.
Agitò davanti a sé la mano ingioiellata. "No! Non alzatevi per me.
Sembrate molto a vostro agio laggiù. In effetti, non credo di aver mai
visto un gentiluomo più adatto a fare la parte del devoto cagnolino.
Ma con quell'interessante pettinatura si potrebbe confondervi con un
fenicottero! O forse un maiale che grufola cercando tartufi?" Voltò la
sua testa deliziosamente pettinata a sinistra e a destra, come se fosse
ovvio che la compagnia lì riunita dovesse trovare divertente la sua
battuta. "Sì, credo che stiate proprio cercando i tartufi, tartufi di
approvazione da Lord Salt per i vostri piccoli sforzi creativi." Quando il
gentiluomo-poeta nell'assurdo tupè riuscì a rimettersi in piedi, tenendo
stretto al petto il fascio di rotoli di pergamena che aveva recuperato
con una mano, mentre con l'altra impediva al tupè di scivolargli negli
occhi, la dama diede un colpetto alle pergamene con una lunga
unghia. "Ma come! Sono *altre* poesie per il divertimento di Lord Salt?"

"L'ultima selezione di poesie, cara Lady St. John," annunciò fiero Hilary Wraxton.

"Se sono assurde come le ultime, forniranno a sua signoria un diversivo dilettevole, anche se effimero."

Hilary Wraxton era radioso, il sarcasmo di Lady St. John completamente frainteso, nonostante diverse teste imparruccate stessero apertamente sogghignando a sue spese. "Grazie, milady. Spero nel patrocinio di Lord Salt in vista della loro pubblicazione."

Lady St. John alzò le sue sopracciglia arcuate e abbassò gli angoli della sua bocca dipinta, in segno di sorpresa. "Lo pensate davvero, signor Wraxton? Lungi da me disilludervi ma se sono ridicolmente sciocche come i vostri sforzi precedenti, state sprecando il tempo di Lord Salt. So perfettamente che cosa ha in mente Lord Salt per loro... via tra le fiamme del caminetto." Con questa crudele dichiarazione, e le risate di apprezzamento di diversi gentiluomini annoiati seduti in anticamera, Lady St. John uscì maestosamente dal palazzo di Grosvenor Square con il suo seguito, lasciando il signor Hilary Wraxton a curarsi l'orgoglio ferito e a stringere al petto i rotoli di pergamena come se fossero in pericolo imminente di finire in cenere.

"Credo che Lady St. John stesse scherzando, signore," gli disse gentilmente Jane, consegnando al gentiluomo-poeta la pergamena che aveva recuperato, "ma non dovete credere alla mia parola. Chiedetelo al signor Ellis che sicuramente confermerà che le poesie che avete consegnato a Lord Salt sono intatte."

"Miss Despard!" Esclamò il segretario, con la grossa agenda degli appuntamenti rilegata in cuoio stretta al petto, mentre si affrettava attraverso la lunga anticamera verso Jane. Si inchinò davanti a lei. "È molto che aspettate? Mi aspettavo che il signor Jenkins mi informasse del vostro arrivo. Mi scuso per il ritardo. Sua signoria ha avuto dei visitatori senza invito..."

"Lady St. John e i suoi due bambini?" Chiese Jane con un sorriso di comprensione vedendo la sua espressione esasperata.

"Effettivamente," rispose il segretario, che non riusciva a nascondere il suo disappunto. Tornò in fretta a sorridere e guidò Jane verso la porta. "Per favore, venite nello studio, dove il fuoco è acceso."

"Dico, Ellis! Aspettate!" Lo interruppe ansiosamente Hilary Wraxton, incuneandosi tra Jane e il segretario. "Le mie pergamene sono al

sicuro, amico mio? Lord Salt le ha già viste? Che cosa ne pensa? Non le
ha ridotte in cenere, vero?"

"Scusate, signor Wraxton?" rispose Arthur Ellis con un tono scioc-
cato. "Non posso dirvi se sua signoria abbia letto qualcuna delle vostre
poesie, signore, ma posso dire senza timore di smentita che Lord Salt
non ha certamente gettato nel fuoco le vostre pergamene. Ora, se
volete scusarci. Miss Despard...?"

Jane esitò, diede un'occhiata ai genitori di Billy che le sorridevano
incoraggianti e toccò la manica del segretario. "Signor Ellis, Tom non è
ancora arrivato, quindi dobbiamo aspettare. Forse, nel frattempo, Lord
Salt potrebbe vedere questa brava gente, che si presenta qui da tre
martedì di fila?"

Il segretario guardò la coppia, percepì il nervosismo di Jane e le
sorrise rassicurante. "Sarete più comoda se attenderete l'arrivo di vostro
fratello nello studio di Lord Salt, Miss Despard. Vedrò che cosa posso
fare per i Church."

Con questo, si allontanò, senza guardare a destra né a sinistra verso
la pletora di postulanti, che era certo stessero impazientemente
cercando di cogliere il suo sguardo, per avere un segno che avrebbero
ottenuto un colloquio con il conte in un futuro prossimo. Aveva imparato a essere cieco agli sguardi supplicanti, a volte ostili, sempre speran-
zosi, della folla che cercava di ottenere qualche beneficio dal suo nobile
datore di lavoro. Jane invece non poté fare a meno di avere la sensazione, mentre passava davanti a questi silenziosi gentiluomini imparruccati, che pensassero che aveva saltato la coda, proprio come aveva
fatto Lady St. John prima di lei, tutto perché era una donna graziosa.
Che potevano sapere, queste facce imbronciate, che si sentiva come se
stesse andando a farsi cavare un dente. Nessuno poteva avere la minima
idea che era sul punto di sposare uno dei nobiluomini più ricchi e più
influenti nel regno.

La sensazione non diminuì entrando nello studio del conte, anche
se la lunga stanza aveva un camino a entrambi i lati, con elaborate
mensole di mogano e un fuoco ruggente in ogni grata che radiava un
calore confortante. Questo rifugio privato era talmente in contrasto
con la spartana gelida anticamera, che Jane sbatté gli occhi e non poté
evitare di guardare meravigliata. Dappertutto le candele bruciavano
vivaci negli elaborati candelabri a muro e due candelieri riempivano la
stanza di luce. Tutto era confortevole e comodo, ma in un modo

talmente sontuoso che il visitatore si sentiva tutto meno che a suo agio.

Tre pareti erano coperte dal pavimento al soffitto di scaffali stipati di tomi rilegati in cuoio, i ripiani più in alto raggiungibili per mezzo di due scale di mogano, collegate a una lucida sbarra che correva per tutta la lunghezza degli scaffali. La quarta parete aveva alte finestre a ghigliottina, incorniciate da pesanti tende di velluto rosso e oro, trattenute ai lati da spessi cordoni dorati, per permettere la vista del traffico nell'elegante piazza su cui si affacciavano. C'erano tappeti orientali sul pavimento di legno e, al centro della stanza, un'enorme scrivania di mogano a due posti, con due grandi poltrone su ogni lato. Gli unici altri mobili erano diverse poltrone e sofà, sistemati davanti a entrambi i camini.

Accanto a uno dei camini, tre domestici in livrea stavano silenziosamente sistemando l'arredamento e ritirando quelli che sembravano i resti di un tè, senza dubbio presieduto da Lady St. John. Il segretario ignorò questa attività e si avvicinò alla scrivania e Jane lo seguì di nuovo. Il signor Ellis appoggiò attentamente l'agenda degli appuntamenti, aperta, tra le pile ordinate di documenti, di diverse altezze, accanto a pergamene, diversi libri e un elaborato calamaio Standish con penne e inchiostro, suggelli e sigilli. Jane notò che tra tutto questo ordinato disordine, non c'erano gli occhiali cerchiati d'oro del conte.

In effetti non vide il conte finché non fu troppo tardi. La sua voce la fece sobbalzare e girare di colpo verso il secondo camino, dov'era in piedi davanti al fuoco dietro la grata. Era vestito ancora più splendidamente del giorno prima, se possibile, eccetto che non aveva i capelli incipriati ma lasciati naturali, del loro colore castano chiaro, semplicemente legati sulla nuca con un nastro nero di seta. Il panciotto era abbinato ai calzoni, di seta color crema, riccamente ricamati che, a una più attenta osservazione, rivelavano uno schema complesso di tralci, frutti e piccoli uccelli tessuti in modo intricato, alla cinese. Uno jabot di pizzo delicato, con un nodo elaborato, fibbie di diamanti alle ginocchia, calze bianche e un paio di scarpe a tacco basso, nere, lucidissime con grandi fibbie incrostate di diamanti, completavano la magnifica toilette. Se Jane era stata imbarazzata, in anticamera, per il suo vecchio mantello di lana, qui al caldo e nella magnificenza dello studio, trovarsi a faccia a faccia con uno sposo assolutamente irreprensibile la faceva sentire terribilmente inadeguata al compito che l'aspettava.

Quando però il segretario restò alla scrivania e fu invitata ad avvicinarsi da sola al conte, riuscì ad alzare la testa e a sembrare calma anche quando Salt la esaminò dalla testa ai piedi e ordinò al maggiordomo, che si era silenziosamente infilato nella stanza dietro di lei, di prendere il mantello e portarle un bicchiere di vino.

"Preferirei una cioccolata calda, milord," chiese Jane, scrollandosi dalle spalle il mantello e tendendo le mani gelate verso il calore del fuoco. "Mi dispiace, ma nella vostra anticamera si potrebbero coltivare i ghiaccioli." Quando non arrivò una risposta, alzò gli occhi e non fu sorpresa di vedere il conte che la guardava con aria di muta disapprovazione. Pensò che avrebbe dovuto abituarsi a quello sguardo per quello che la riguardava, quindi si rassegnò e aggiunse, senza scusarsi: "Mi sono disfatta degli abiti che mi aveva dato il signor Allenby e sono rimasta con solo questo vestito e il mantello di lana, tutto quello che mio padre mi ha permesso di tenere quando mi ha gettato fuori dalla sua casa."

Il conte emise un lieve sbuffo di imbarazzo e distolse lo sguardo. Inesplicabilmente, la sua scelta di parole lo metteva acutamente a disagio, come l'abito che Jane indossava. L'ultima volta che l'aveva visto era stato quando l'aveva aiutata a toglierselo nel padiglione d'estate. "Il distorto senso dell'umorismo di sir Felix, senza dubbio. Comunque, quell'abito vi stava meglio quattro anni fa."

La sorpresa perché aveva riconosciuto l'abbigliamento mise in ombra il commento spregiativo.

"Non credo proprio che mio padre vedesse alcunché di umoristico nella mia umiliazione, non credete?" Disse a bassa voce, con un nodo che si formava in gola, mentre studiava il bel profilo del conte e si chiedeva se dentro di sé lui provasse una traccia di rimpianto per quello che le aveva fatto. Le fece dire spontaneamente: "Non gli ho mai detto di voi, non vi ho tradito."

A quelle parole, il conte voltò la testa e la fissò con uno sguardo duro.

"*Voi* non avete mai tradito *me*?" disse in tono di scherno. "Quelle come voi non conoscono il significato di questa parola."

"Quelle come me, milord?" Chiese incuriosita, rabbrividendo per la violenza dell'esclamazione.

Il conte digrignò i denti. "Touché, Miss Despard. Voi ed io lo sappiamo molto bene, quindi non serve che mi guardiate come se parlassi una lingua straniera." Abbassò gli occhi su di lei e aggiunse, con un pizzico di disprezzo, come leggendo i suoi pensieri: "E non crediate che io abbia il minimo rimorso per quello che vi è accaduto."

"No, signore?" Rispose coraggiosamente Jane e scrollò le spalle, anche se le sue parole la ferivano più di quello che poteva far vedere. "Non importa. Mi prendo io la responsabilità delle mie azioni, non biasimo nessun altro."

La sua semplice risposta lo prese alla sprovvista. "Molto nobile, Miss Despard, ma le vostre azioni ignobili vi rivelano per quello che siete."

Jane sorrise tristemente. "A volte le azioni mascherano quello che sentiamo veramente. Ma io non ho mai mentito per dare a un altro false speranze."

A quel punto Salt non riuscì a contenersi. Era così infuriato che l'afferrò per le braccia e la tirò accanto a sé, con la faccia contro la sua. "Come osate fingere di essere la parte lesa in questa unione spregevole!" Sibilò. "Come osate pretendere di *dovermi* sposare! Dovete! Ah! È solo uno stratagemma per giustificare il fatto che mi state obbligando a questo... questo *inferno*. Non vi rimorde la coscienza per aver accettato la proposta della mia corona nobiliare in circostanze spregevoli? Vorrei potervi mettere quella dannata cosa ai piedi e andarmene!"

Jane fissava il suo bel volto, distorto dalla rabbia repressa, e si obbligò a restare calma. Quanto avrebbe voluto gettargli in faccia la sua corona nobiliare e scappare, per non rivederlo mai più. Ma sapeva che era una bugia. Aveva pensato a lui tante volte negli ultimi quattro anni da diventare una malattia. All'inizio l'aveva biasimato per la sua situazione, ma non era una persona naturalmente portata all'odio ed era evaporato presto, lasciandole un senso di perdita, triste e profondo, e la cognizione che lo amava ancora. Non questa incarnazione che le sorrideva beffardamente, ma l'uomo che era quattro anni prima, gentile e amabile e onorevole. Non conosceva per niente questo essere, e non desiderava sposarlo ma doveva pensare a Tom e alla rovina in cui sarebbe incorso se lei non avesse deciso di continuare con il matrimonio. Desiderava che il fratellastro fosse con lei in quel momento. Desiderava che la cerimonia finisse in fretta, almeno quanto questo estraneo, che la teneva talmente stretta che sicuramente le erano venuti i lividi sulle braccia.

"Milord... le braccia..."

La lasciò andare all'istante. Era così fragile e le braccia erano così sottili che era sicuro di averle fatto male. Pieno di rimorso e irritato con se stesso per aver permesso alla rabbia di avere la meglio su di lui, si voltò verso il fuoco mormorando delle scuse.

"Perdonatemi Miss Despard. Non era mia intenzione farvi male."

"Farmi male? Immaginate che questa situazione sia meno infernale per me, milord?"

Con una mano tesa sulla mensola, il conte voltò la testa e vide le lacrime nei begli occhi azzurri. "Solo voi potete far finire questo supplizio prima che cominci."

Il labbro inferiore di Jane tremò e lei abbassò lo sguardo, per asciugarsi in fretta le lacrime su uno straccetto di pizzo che chiamava fazzoletto, prima di alzare la testa e guardarlo. "Non ho intenzione di tirarmi indietro milord. Non posso. Spero solo che non intendiate farlo voi, di nuovo, perché io..."

"Scusate?" La interruppe, girandosi per affrontarla. "Che cosa intendete dire con *tirarmi indietro*?"

"...devo veramente sposarvi senza ulteriore ritardo," concluse lei, guardando affascinata il volto del conte che impallidiva. Sembrava malato. Fece un passo verso di lui allarmata, solo per vederlo arretrare, come se non sopportasse la sua vicinanza.

"Mi state accusando di rottura di promessa?" Le chiese, meravigliato, sentendosi disorientato e un po' senza fiato, come se fosse stato colpito sulle scapole da un oggetto pesante.

"Potete chiamarlo come volete, ma non cambia la verità, milord."

"Verità?" Salt riuscì appena a pronunciare la parola. "Di che verità si tratta?"

Jane capiva bene perché sembrasse malato, dato che aveva espresso coraggiosamente a voce alta un fatto indisputabile. Poteva essere un nobile ma, come tutti gli uomini della nobiltà, il conte si vantava di essere prima di tutto un gentiluomo e la sua parola era sacra. Ma aveva commesso quello che la confraternita dei gentiluomini considerava il peggiore dei peccati. Non aveva mantenuto la parola data... a lei. Aveva annullato il loro fidanzamento due mesi dopo che avevano fatto l'amore nel suo padiglione d'estate la notte del ballo della caccia di Salt e l'aveva lasciata andare alla deriva nel mondo.

CINQUE

Q UATTRO ANNI PRIMA, al ballo della caccia di Salt, dopo un mese di corteggiamento segreto, il conte aveva proposto a Jane di sposarla e lei aveva accettato. Una ragazza non può dimenticare un'occasione del genere. Ricordava tutto di quel momento, fino al più piccolo dettaglio. Gliel'aveva chiesto nel padiglione d'estate, con la sua vista sul placido lago blu, fino a un antico ponte di pietra. L'esterno palladiano di fredde colonne di marmo e il tetto a cupola celavano un interno opulento ed esotico, replica degli appartamenti privati di un principe ottomano di cui era stato ospite il conte durante il Grand Tour. Le stanze erano decorate con un magnifico mosaico di piastrelle colorate e manufatti turchi, tappeti, tende di seta e cuscini ricamati che brillavano nella luce mutevole di centinaia di candele accese.

Indossava l'abito che portava ora e lui le aveva regalato il medaglione di zaffiri e diamanti, un cimelio di famiglia, le aveva detto. L'anello di fidanzamento che portava ora, con gli zaffiri e i diamanti incastonati in una fascia d'oro e che era troppo grande per il suo dito, era lavorato nello stesso stile e Jane ragionò che doveva essere parte di un set cui apparteneva anche il medaglione.

Le aveva mostrato il fermaglio segreto dietro il medaglione, che lo apriva a rivelare un piccolo spazio tra le pietre preziose e il fondo d'oro dove si poteva riporre un memento, una ciocca di capelli o un bigliettino. Le aveva fatto promettere che se mai si fosse trovata in difficoltà,

doveva mandargli un biglietto nello scompartimento segreto del medaglione e lui sarebbe venuto. Glielo aveva fatto promettere perché era in
partenza, doveva tornare immediatamente a Londra e sarebbe stato
assente per due settimane, forse un mese e quando fosse tornato avrebbero annunciato il loro fidanzamento e il matrimonio sarebbe seguito
subito dopo.

Gli aveva mandato il medaglione con un biglietto, quando si era
resa conto di essere rimasta incinta. Lui non era venuto. Un mese dopo
aveva ricevuto la sua lettera, con la quale rompeva il fidanzamento.

Il giorno in cui le aveva chiesto di sposarlo era stato il più felice
della sua vita ed era per sempre scolpito nella sua memoria. Aveva
considerato il giorno in cui era arrivata la lettera con cui rompeva il
fidanzamento come il peggiore della sua vita, pensando che la disperazione non avrebbe mai potuto essere più profonda... e poi le avevano
tolto il suo bambino.

Aveva tenuto la lettera. Avrebbe voluto bruciarla, trasformare in
cenere le sue orrende parole, che parlavano di rincrescimento ed errore
ma la sua balia, che non sapeva né leggere né scrivere e riveriva la
parola scritta, aveva preso la lettera e l'aveva riposta al sicuro, dicendo
che forse sarebbe arrivato un giorno in cui la lettera sarebbe stata utile.
Jane si chiese dov'era finita quella lettera e si voltò a guardare il conte,
in piedi accanto alla finestra dello studio, con le mani dietro la schiena,
che fissava la piazza sotto di lui, l'ultimo postulante che se ne andava
con uno sguardo al suo profilo forte. Si chiese se tra le sue carte il conte
avesse tenuto copia di quella fatidica lettera, forse no. Non avrebbe
desiderato che il suo segretario si imbattesse in un'epistola così incri-
minante.

Povero Arthur Ellis. Un giovane uomo così coscienzioso e buon
lavoratore, non avrebbe mai sognato che parte dei suoi doveri di segretario di un grande nobile sarebbe stata di trattare i dettagli più sordidi
del matrimonio di sua signoria. Si chiese se aveva avuto il coraggio di
informare il suo datore di lavoro che lei aveva rifiutato di firmare
l'editto per il suo imprigionamento, e immaginò di no, perché di certo
il conte gliel'avrebbe messo sotto il naso appena fosse entrata nello
studio.

Jane si alzò dalla poltrona quando il segretario accompagnò
dentro i successivi postulanti, il marito e la moglie con cui aveva
passato una gelida ora conversando nell'anticamera. Il signor Church

alzò il suo bastone e la moglie sorrise gentilmente, prendendo atto della sua presenza mentre si avvicinavano alla scrivania del conte. Jane agitò la mano per salutarli e guardò Salt staccarsi dalla finestra e parlare con la coppia. Si sarebbe seduta di nuovo ma un gentiluomo robusto con la parrucca incipriata e una redingote di seta azzurro cielo, che si era infilato non visto nella porta a due battenti, attirò la sua attenzione.

Era sfuggito all'attenzione del signor Ellis, che era stato incluso nella conversazione del conte con la coppia, e non tentò di avvicinarsi alla scrivania, ma camminò in silenzio in punta di piedi lungo la libreria, tenendo la schiena vicino agli scaffali, come per non disturbare il conte.

Jane riconobbe immediatamente il robusto intruso come il gentiluomo dalla voce carezzevole che lei e Tom avevano conosciuto allo zoo della Torre, e si alzò per andare a salutarlo. Era quasi arrivata da lui prima che lui la vedesse accanto a una delle scalette e fu tanto sorpreso e contento di vederla da dimenticare completamente che era entrato nello studio di nascosto.

"Per Giove! Che piacevole sorpresa," annunciò Sir Antony Templestowe, inchinandosi sulla mano tesa di Jane. "Ora posso riparare la mia mancanza alla Torre. Non mi ero presentato e non ho colto il vostro nome né quello dell'eccellente giovanotto in vostra compagnia, vostro fratello, immagino? Siete stati entrambi così gentili da venire in soccorso di questo scapolo e intrattenere i miei nipoti."

"Oh, ma stavate già facendo un ottimo lavoro nel mantenere vivo il loro interesse, anche senza il nostro intervento, signore," disse Jane in tono incoraggiante. "Mi sembrava di aver capito che erano di buon umore perché godevano di libertà in compagnia del loro zio, piuttosto che sotto la stretta tutela di una governante dalla faccia severa?"

"Avete immaginato tutto in quel poco tempo che abbiamo passato davanti alla gabbia dei leoni? Splendido! Tra parentesi, i miei nipoti sono rimasti affascinati da voi quanto la folla degli ammiratori, e mi hanno duramente rimproverato per la mia mancanza di buone maniere, perché non avevo scoperto il vostro nome e il vostro indirizzo." Aggiunse poi con un sorriso confidenziale: "Spero che abbiate accettato il mio consiglio riguardo agli sguardi di apprezzamento dei londinesi?"

Jane annuì timidamente. "Sto facendo del mio meglio, signore, ma devo ammettere che non credo che riuscirò mai ad abituarmi a un'attenzione così indecente."

"Col tempo, dimenticherete che ci sono," le assicurò e tese la mano al conte che aveva attraversato la stanza per unirsi a loro. "Dovresti veramente far accendere il fuoco nel camino là fuori, Salt," disse bonariamente, "non ci si deve meravigliare se nove su dieci dei tuoi postulanti non riescono a mettere insieme due parole in tua presenza, quando si devono scongelare davanti ai tuoi occhi. Ovviamente, l'altra ragione per cui ammutoliscono potrebbe essere che li abbagli con la tua magnificenza. Ho già visto quel panciotto?"

Mantenne lo sguardo fisso sul conte e diede una significativa occhiata furtiva a Jane, che Salt ignorò. Sir Antony avrebbe potuto picchiarlo per averglielo fatto dire: "Allora, non vuoi presentarmi la tua graziosa postulante che, vorrei aggiungere, perché è troppo timida per dirtelo lei stessa, è la più recente bellezza di Londra ed è circondata da ammiratori dovunque vada." Sorrise a Jane che stava arrossendo fino alle radici dei suoi capelli corvini. "Se fossi in voi, signora, chiederei la protezione di sua signoria nella sua posizione di Conservatore dei Parchi di Westminster. Sono sicuro che potrebbe mettervi a disposizione una dozzina o giù di lì di agenti per proteggervi dalla folla disordinata di ammiratori. Che ne dici, Salt?"

Salt voltò la testa mentre segnalava al suo segretario di avvicinarsi con un gentiluomo con la parrucca dai capelli lunghi.

"Che cosa dovrei dire? Che tra meno di un'ora, Miss Despard, come mia moglie, avrà a disposizione tutta la robusta protezione che potrebbe desiderare per respingere le orde adoranti. Miss Despard, lasciate che vi presenti Sir Antony Templestowe, che, devo aggiungere, un giorno assurgerà al ruolo di ambasciatore, anche se giudicandolo dal suo stupido sorriso avreste tutti i diritti di pensare che sia più adatto a Bedlam."

Lo stupido sorriso di Sir Antony rimase fisso e lui non aveva idea di dove indirizzare lo sguardo, al severo sposo o alla sposa che arrossiva. Si sentiva stupido come appariva e si sentì forte il suo sospiro di sollievo, quando un trambusto davanti alla porta distolse l'attenzione dal suo caso acuto di chiacchiere a sproposito.

Arthur Ellis sparì nell'anticamera e ritornò quasi subito con Tom Allenby e il suo avvocato, entrambi con un'espressione truce. Due domestici stavano chiudendo in fretta le porte dello studio, come per negare l'ingresso a chiunque stesse chiedendo insistentemente dall'anti-camera di essere ammesso, senza l'invito, nel sancta sanctorum del conte di Salt Hendon.

"Ci scusiamo per il ritardo, milord," disse Tom senza preamboli e presentò il suo avvocato al conte, aggiungendo, quando riconobbe Sir Antony: "Signore! Che piacevole incontro. Jane ed io stavamo rimpro-verandoci solo l'altro giorno di non essere stati abbastanza sfacciati da chiedervi il vostro nome e indirizzo. Vero Jane?"

"Potete sedervi tutti e prendere il tè con i pasticcini più tardi," interruppe bruscamente Salt. "Andiamo avanti, per favore. Sono lieto che abbiate portato il vostro avvocato, signor Allenby. Forse potreste essere così gentile da fornirmi una copia del testamento di Jacob Allenby."

"Non credo sia necessario, vero, milord?" Chiese Jane, scambiando un'occhiata ansiosa con Tom.

Salt alzò le sopracciglia. "Ma visto che *dovete* sposarmi, Miss Despard, penso che sia veramente necessario, no, milady?"

"Sarei lieto di darvi una copia del testamento di mio zio," disse Tom, con un sorriso rassicurante a Jane, "ma non sarà possibile fino a dopo che mia sorella sarà diventata Lady Salt, dato che il mio avvocato non ne ha portato una copia con sé."

Il conte fece un sorrisino: "Oh, non temete, signor Allenby, ho intenzione di sposare vostra sorella, senza tenere conto del contenuto del testamento di Jacob Allenby. Voglio solo soddisfare la mia curiosità. Ora vogliamo farla finita con quest'affare tedioso? Ho un pomeriggio pieno di appuntamenti e mi aspettano alla Camera, dopo cena."

Il segretario e Tom Allenby si scambiarono uno sguardo preoccu-pato che Jane non mancò di notare: "Che c'è Tom? È tutto in ordine, vero?" Chiese in tono preoccupato e guardò l'avvocato per avere una risposta, ma fu Tom che parlò, rivolto al conte.

"Milord, le ho chiesto di aspettare in anticamera finché avessi una possibilità di spiegarvi la faccenda, ma mia madre…"

"No, signor Allenby. Lady Despard non è la benvenuta," dichiarò Salt con estrema educazione, dicendo sottovoce al suo segretario: "Falla uscire. Che io sia dannato se riceverò qui quella donna."

"Sì, milord," rispose Arthur Ellis, ma rimase dov'era. "Farò scortare fuori Lady Despard immediatamente."

"Temo non sia così semplice, milord," si scusò l'avvocato, schiarendosi la gola, e continuando coraggiosamente nonostante lo sguardo del conte fisso su di lui. "Secondo i termini del testamento di Jacob Allenby, Lady Despard deve essere testimone del matrimonio di Jane Catherine Despard, oppure…"

"Non lascerò che i desideri di quel mercante, vivo o morto, dettino quello che devo fare! Questa è la fine della questione. Parroco, stiamo perdendo tempo" dichiarò Salt bellicosamente e tornò a grandi passi alla sua scrivania per cercare la licenza speciale. L'ometto con la parrucca dai capelli lunghi aprì in fretta la sua bibbia rilegata in cuoio, nel punto in cui teneva le sue note e poi guardò ansiosamente gli astanti.

"Jane, mia madre deve essere presente" sussurrò Tom a Jane, con uno sguardo preoccupato diretto al conte dal volto scuro che stava frugando tra le carte sulla sua scrivania: "È la penultima condizione del testamento di zio Jacob."

"Perdonate la mia curiosità, signor Allenby," chiese Sir Antony diffidente, "ma se Lady Despard non è presente al matrimonio di vostra sorella…?"

"L'eredità di Tom sarà di nuovo ritardata. Non posso permettere che succeda," disse semplicemente Jane e premette la mano del fratellastro. "Non preoccuparti, Tom, gli parlerò io."

"Forse dovreste permetterlo a me, Miss Despard?" Suggerì Sir Antony con un sorrisino rassicurante. "Sono noto per aver fatto più volte cambiare idea a sua signoria."

"Grazie, milord. Ma gli farò capire le mie ragioni," disse fermamente Jane. "Dopo tutto, fa il testardo per principio e qui la posta in gioco è molto più alta di qualunque colpo inflitto all'orgoglio di Lord Salt."

Sir Antony si inchinò ai suoi desideri e guardò Jane avvicinarsi alla massiccia scrivania e al suo enorme proprietario, che aveva portato l'occhialino a un occhio, che appariva gigantesco. "Che giovane donna straordinaria," disse con approvazione: "Piccolina ma straordinariamente tenace."

"Non capisco perché non vogliate accettare la presenza di Lady Despard quando solo ieri vi siete trovato a faccia a faccia con lei ad Arlington Street," ragionò Jane con calma. "È per il bene di Tom che vi chiedo di acconsentire alla richiesta. Ed è l'ultima occasione in cui avrete bisogno di vederla. Sebbene vada oltre la mia comprensione perché una creatura così stupida vi dia fastidio. A meno che..."

"Miss Despard, non sapete assolutamente nulla di..."

"...non desideriate interrompere i rapporti con lei perché l'avete portata a letto e ora volete dimenticare che quella liaison ci sia mai stata?"

Salt restò a bocca aperta e riuscì a malapena a sussurrare: "È questo, è questo che vi ha detto quella sgualdrina stramatura?"

"Sanno tutti che liaison occasionali sono comuni tra la gente del vostro rango, quindi non è che dovreste lasciarvi imbarazzare da lei," aggiunse Jane, colloquialmente, ignorando il rossore furioso del conte. Jacob Allenby non aveva fatto segreto dei collegamenti peccaminosi del conte con la sua famiglia e dato che la sua matrigna era nota per aver avuto parecchie relazioni con i ricchi signori del Wiltshire, Jane aveva fatto due più due. "Non ritengo che dirà niente sul fatto di aver condiviso il vostro letto, perché non vorrebbe mettere in imbarazzo Tom. Se mi diceste che cosa state cercando, forse potrei aiutarvi?" Aggiunse, cambiando bruscamente argomento. Lo guardò fissare, stringendo gli occhi, le pile di documenti che stava spostando e rimettendo a posto senza un ordine particolare, almeno così pareva a Jane, sapendo che non riusciva a leggere la stampa e che non trovare il documento avrebbe solo aumentato la sua agitazione, e probabilmente influenzato negativamente la richiesta dell'avvocato. Quando la guardò sospettoso, Jane aggiunse, con un sorrisino comprensivo: "Sarebbe un fardello così grave per il vostro nobile naso portare occasionalmente il peso di un paio di occhiali, milord?"

"Licenza speciale," brontolò imbarazzato, ignorando la sua domanda e mettendosi da parte per permetterle di avvicinarsi alla scrivania. "Grazie," mormorò quando lei gli tese un foglio di pergamena che aveva il sigillo dell'Arcivescovo di Canterbury. "Miss Despard, ci sono certi particolari riguardanti quella donna che non ho intenzione di discutere con voi o chiunque altro. È un affare di famiglia, per il quale mi rifiuto di permettere a Jacob Allenby di ottenere vendetta dalla tomba."

"Vendetta?" ripeté Jane, irritata. "È questo tutto quello cui riuscite a pensare? Non pretendo di sapere assolutamente nulla della faida tra i conti di Salt Hendon e gli Allenby, anche se avete confermato la mia idea che la mia matrigna sia in qualche modo coinvolta in quella disputa. Quello che so è che, se non le permetterete di essere testimone del mio matrimonio, il mio fratellastro, che è la parte innocente in tutta questa storia, vedrà severamente compromesso il suo futuro, tutto per un colpo inferto al vostro orgoglio, e io non posso permetterlo."

"E che cosa intendete fare al proposito, Miss Despard?" disse languidamente il conte. Quando Jane aprì la bocca e poi la richiuse su un ragionamento zoppicante, aggiunse: "Mi sorprende che Allenby non si sia premurato lui stesso di darvi una spiegazione unilaterale della faida, come voi la chiamate, tra gli Allenby e la mia famiglia. Basti che vi dica che avete colpito nel segno. La vostra matrigna ha recitato bene la sua parte in quel piccolo melodramma." Tenne la licenza speciale sotto il mento di Jane. "E per quanto riguarda il mio orgoglio… quando c'è di mezzo quella famiglia, non ne ho."

"Se il testamento di Jacob Allenby non è rispettato alla lettera, non è solo il futuro di Tom che sarà compromesso, ma quello della gente che conta su di lui per la sua stessa esistenza," obbiettò Jane. "Brava gente che lavora nelle sue fabbriche. Certamente anche voi potete capire queste circostanze? Ci devono essere dozzine di persone che contano su di voi per la loro sussistenza e, se la quantità di persone nella vostra anticamera è un buon indizio, ce ne sono altrettante dozzine che aspettano di potervi presentare il loro caso nella speranza di ottenere il vostro patrocinio. Non posso credere che voi, un genti-luomo, possiate volontariamente causare la rovina di un giovane e di quelli che dipendono da lui, e che non vi hanno mai fatto del male, tutto a causa di una faida che avete con la famiglia di sua madre, ma di cui lui non ha colpa."

Il conte abbassò gli occhi sul suo volto arrossato e sull'intensità dei suoi occhi azzurri e dovette ammettere che le sue appassionate obie-zioni erano giuste e sorprendentemente generose. Lo stupì e lo irritò, sentire una piccola fitta di invidia al pensiero che mostrasse una tale passione a favore del fratellastro e gli fece dire, in tono insolente: "Molto ben enunciato, Miss Despard. Quando serve ai vostri scopi, vi aspettate che mi attenga ai principi di un gentiluomo, però mi avete accusato di condotta disdicevole per un gentiluomo." Le solleticò il mento con la pergamena. "Allora com'è?"

"Non stavo discutendo la vostra condotta nei miei confronti, milord," replicò con tranquilla dignità, girando l'anello di fidanza-mento tra le dita, dietro la schiena.

Il conte sollevò un sopracciglio. "Miss Despard, parlate con tale offesa presunzione che vi prego di fornire le prove dell'accusa che mi avete fatto."

Gli occhi azzurri di Jane sostennero il suo sguardo: "Certamente. Al momento e nel luogo opportuno, che non sono questi. Avete una stanza piena di astanti che ci aspettano. Prima sarà finita la cerimonia, prima potrete mettervi alle spalle questo penoso episodio e bandirmi nel luogo isolato che sceglierete. Ma non potete esimervi, Tom non potrà cominciare la sua vita come uomo di mezzi, indipendente, senza la presenza di Lady Despard al mio matrimonio, per quanto la circostanza sia sgradita per entrambi."

Il conte rise scettico. "Quindi mi sposate per il bene di Tom?"

Jane annuì, tutta contrita, con gli occhi fissi sulle fibbie di diamanti sulla linguetta delle sue scarpe di pelle lucida. Aveva dei piedi così grandi. "Se ci fosse stata un'altra strada, milord, l'avrei presa con piacere."

Il conte sorrise, mostrando i denti bianchi. "Con quella faccia così lunga, quasi mi avete convinto," motteggiò. "Quindi, per il bene di Tom dovrete fare tre cose ed io farò quello che mi chiedete: firmate quel documento che il povero Arthur mi ha restituito senza la vostra firma, fornitemi le prove che non sono un gentiluomo e ditemi perché state sposando me per il bene di Tom."

Jane sospirò, sconfitta e si voltò verso la scrivania, come qualcuno diretto al ceppo del carnefice, ma il conte le afferrò la mano e la fece voltare verso di lui. "La firma e la spiegazione possono aspettare dopo il matrimonio. Ma voglio sapere ora perché dovete sposare me."

Jane glielo disse.

Non era sicura di come avrebbe reagito alla notizia che lo stava sposando solo per permettere al suo fratellastro di ereditare quello che era legittimamente suo, e in questo modo permettergli di pagare ai suoi lavoratori i salari arretrati, ma non si sarebbe mai aspettata di vederlo reagire in quel modo.

"Avreste potuto sposare *un uomo qualunque* e incassare immediatamente le centomila sterline che di diritto avrebbero dovuto andare al vostro fratellastro?" Chiese incredulo. "Quel mercante privo di scrupoli non ha indicato espressamente il nome di Tom e il suo petardo gli è scoppiato in mano. Deve essere la giustizia divina!" Poi scoppiò in una

risata incredula, come se gli avessero raccontato una storiella
divertente.

Se non fosse rimasta completamente stupefatta dalla sua reazione,
Jane sarebbe stata lieta del suo buon umore, perché aveva cancellato il
risentimento dal suo volto, mostrando l'uomo che ricordava e amava.
Non poté fare a meno di sorridere.

Il resto della compagnia riunita nello studio respirò più agevol-
mente a questo cambio di atmosfera e il conte restò sorprendentemente di buon umore per tutta la cerimonia, nonostante la presenza di
Lady Despard, che si era infiammata d'orgoglio per la sua importanza,
e aveva avuto la soddisfazione di sapere che il conte aveva dovuto capi-
tolare e accettare la sua presenza.

A cerimonia conclusa, il conte si chinò sulla mano della sua sposa
e, mentre si raddrizzava, ammiccò a Jane, anche se non c'era niente di
giocoso nel suo atteggiamento e il suo sguardo conteneva un intento
minaccioso.

"Ora che Tom ha le sue centomila sterline, io pretendo un paga-
mento," le mormorò all'orecchio. "Tornerò tardi, ma mi aspetto che
mia moglie stia alzata ad aspettarmi e sia pronta a compiere il suo
dovere coniugale."

LA NUOVA CONTESSA di Salt Hendon non aspettò sveglia suo marito.
Era esausta, emotivamente e fisicamente, per la lunga giornata che
sembrava non dovesse finire mai. Era entrata nello studio, ritenuta da
tutti quelli nell'anticamera solo un'altra postulante, o forse una nuova
domestica assunta tra il personale del conte, e aveva lasciato il suo
calore come la sesta contessa di Salt Hendon, non sentendosi per
niente diversa, ma era stata condotta in fretta a una suite di stanze al
secondo piano, che odoravano di vernice fresca e della colla della
nuova tappezzeria, e che brulicavano di attività. Una sarta, una modista, una bustaia, un calzolaio, un numero impressionante di cucitrici e
diversi assistenti erano tutti indaffarati nei loro vari compiti, mentre gli
operai erano occupati a sistemare l'arredamento di mogano splendidamente intagliato e ad appendere pesanti tende di damasco intorno al
nuovo, enorme letto a baldacchino.

Jane non aveva mai visto un letto simile, le dissero che ce n'era un altro, il suo gemello, in effetti, nella camera del conte. Le colonnine di mogano intagliato arrivavano al soffitto di gesso scolpito, e c'era una testata scolpita che incorporava lo stemma araldico della Casata dei Sinclair. Diversamente dai drappeggi intorno al letto del conte, che erano di velluto cremisi scuro, quelli di Jane erano decisamente più femminili, di damasco azzurro pallido e giallo, in tinta con le tende che coprivano le finestre a ghigliottina e che si intonavano con la chaise longue e lo sgabello davanti al tavolino da toilette, nello spazioso spogliatoio.

La governante si scusò per la mancanza del fuoco nei camini nello spogliatoio e in camera. Era stato chiamato uno spazzacamino per controllare che cosa bloccasse il flusso del fumo, probabilmente vecchi nidi della precedente primavera. Come la maggior parte delle stanze e dell'arredamento del secondo piano, questa suite non era mai stata usata da quando il conte aveva comprato la casa qualche anno prima. L'unico occupante del secondo piano era il conte ma, dato che passava la maggior parte del suo tempo, quando il Parlamento era in sessione, nella casa di città di Arlington Street che divideva con Sir Antony Templestowe, questo palazzo spazioso e moderno era stato tristemente trascurato.

Ovviamente ora le cose sarebbero cambiate in meglio. La casa aveva un disperato bisogno di una padrona, disse la governante, con un sorriso gentile a Jane, che arrossì e andò in fretta nella stanza seguente, un salotto grazioso, pieno di luce, arredato alla cinese, con tappezzeria a peonie, tendine di seta coordinate e mobili cinesi di mogano intagliato. La governante sperava che sua signoria non avrebbe obiettato a farsi prendere le misure per i suoi abiti e tutto il necessario in questa stanza, dove c'era un bel fuoco nel camino. Un paravento decorato era stato piazzato in un angolo proprio a questo scopo e, accanto al paravento, nervosa e imbarazzata, c'era una giovane donna non molto più vecchia, ma considerevolmente più alta, di Jane. La giovane donna fece velocemente una riverenza e fu presentata dalla governante come la nuova cameriera personale, appena assunta di sua signoria, Springer.

"Oh, no, quel nome non va assolutamente bene, signora Jenkins," disse Jane, con un sorriso alla donna nervosa che fece un'altra riverenza. "Una volta avevo un beagle che si chiamava Springer. Devi avere un nome proprio, vero?"

"Anne, è Anne, milady," profferì timidamente la cameriera.

"Legami di parentela con Springer, il maggiordomo di Arlington Street?"

Anne sorrise: "Sì, milady. È mio padre. Lui e mia madre si occupano di sua signoria quando desidera fermarsi a quell'indirizzo," e ricevette un'occhiata talmente truce dalla governante, per aver parlato a vanvera, che fece un'altra riverenza, dicendo: "Devo andare a prendere la sarta, milady? E c'è il gioielliere che è venuto per sistemare il vostro anello, e al calzolaio serve una delle vostre scarpe, se a vostra signoria non dispiace... ma forse vostra signoria vorrebbe del tè, prima di cominciare?"

"Sì, il tè e il gioielliere. Grazie, Anne," disse Jane.

"Se non avete bisogno di me, milady, devo ritornare in cucina," si scusò la governante. "La cuoca ha bisogno di me per finire i preparativi per la cena di domani, dopo il torneo di tennis di sua signoria e, con una casa piena di ospiti..."

"Una casa piena di ospiti? Qui? Domani?"

"Sì, milady. Sua signoria mi ha detto di non disturbarvi con i preparativi," spiegò la governante, "dato che vostra signoria avrà abbastanza da fare oggi. Ma se desiderate vedere il menù?"

Jane scosse la testa: "No, è tutto, signora Jenkins. E grazie per quello che avete fatto per farmi sentire benvenuta." Poi si mise nelle mani della dozzina e più di persone assunte dal conte per assicurarsi che avesse un guardaroba consono a una contessa, in vista dell'arrivo dei primi ospiti per l'annuale torneo di Royal Tennis e la cena.

Quando fu veramente pronta per dormire, aveva perso il conto del numero di abiti che le erano stati appuntati e poi tolti, dei metri e metri di sete, velluti, damasco, cotoni cinesi e indiani e altri fini stoffe, troppo numerose da ricordare, che erano stati avvolti intorno al suo corpo sottile, e sopra pannier che avvolgevano i suoi fianchi snelli e poi venivano tagliati e imbastiti e rimossi per essere cuciti dalle industriose sarte.

Da dietro il paravento decorato, la bustaia e le sue due assistenti le allacciarono diversi corsetti scollati e corpetti finché pensò che le costole si sarebbero incrinate. Alcuni erano di tela rigida e stecche di balena rivestita di seta e lino, altri erano ricamati e molti erano coordinati con le sottane e dovevano rimanere in vista. Le due *emigrées* francesi poi, le presentarono una vasta scelta di diafane sottovesti, camicie da notte con bottoncini di perla e la scollatura profonda, rifinite con nastri di satin e pizzo, vestaglie di seta delicatamente ricamate di tessuto coordinato, e una montagna di calze di seta e giarrettiere, tutte, le assicurarono con sorrisetti d'intesa, garantite per piacere sia ai mariti sia agli amanti.

Jane arrossì, tirandosi la trapunta fino al mento, mentre ricordava i loro sorrisi d'intesa e le risatine confidenziali, come era arrossita in loro compagnia, e scivolò nel sonno sulla chaise longue nella camera fredda. Non era nel suo nuovo enorme letto a baldacchino, perché mancava ancora il materasso nuovo di piume d'oca e d'anatra che non era stato consegnato, una disattenzione per cui la governante continuò a scusarsi, finché Jane non le assicurò che sarebbe stata altrettanto comoda e calda se le avessero preparato un letto sulla chaise longue.

Il conte la trovò lì un'ora dopo, alla luce di un candelabrum gocciolante.

Da dietro la porta del salotto provenivano il ronzio e il rumore dell'attività di diversi artigiani e donne che erano fin troppo contenti di lavorare a turno alla luce delle candele, per tutta la notte, per soddisfare i suoi desideri. Le coperte erano scivolate sul pavimento, lasciando Jane al freddo e rannicchiata su se stessa, per cercare di scaldarsi nella sottile camicia da notte di lino, che si era arrotolata intorno alle ginocchia, permettendogli di dare un'occhiata di apprezzamento alle caviglie sottili e ai piedi snelli coperti dalle calze.

Con i capelli raccolti in una sola lunga treccia che le scendeva sulla schiena, e con la camicia che la copriva dalla gola ai polsi, sembrava assurdamente giovane e pura. In effetti, non sembrava un giorno più vecchia di sua sorella Caroline, che aveva solo diciassette anni e mezzo, un confronto che gelò i suoi ardori meglio di un semicupio di acqua fredda. Non che avesse avuto l'intenzione di disturbarla così tardi ma era curioso di vedere come si era ambientata, e se lo aveva effettivamente aspettato come le aveva ordinato.

Non si era veramente aspettato che gli obbedisse ed era lieto di trovarla addormentata. Anche se perché fosse sulla chaise longue... niente materasso sul letto... e niente fuoco nel camino. Avrebbe avuto a che ridire con Jenkins il mattino seguente. Nessuna meraviglia che la stanza fosse fredda come la piazza deserta di fuori. Sarebbe sicuramente congelata se avesse dormito lì tutta la notte.

Deciso, la sollevò dalla chaise longue, stando attento a non svegliarla e fu sorpreso quando, nel sonno, lei gli mise le snelle braccia intorno al collo e si premette contro lui in modo invitante, trovando il calore contro il suo panciotto. Il conte era fin troppo conscio che sotto la sottile camicia da notte lei era nuda, salvo le gambe inguainate nelle calze. Ma non era sua intenzione portarsi a letto la sua sposa quella notte. Voleva solo portarla al caldo e dormire anche lui, dopo quella giornata estenuante. Ma, mentre la portava senza sforzo attraverso la porta aperta che collegava i loro appartamenti, non poteva ignorare la sensazione seducente delle sue giarrettiere sotto le dita, o la cognizione che dalle ginocchia in su le sue cosce morbide erano completamente nude.

Era così leggera. Lo aveva dimenticato, o forse si era costretto a dimenticarlo con l'aiuto di una sfilza di amanti occasionali, tutte, nonostante la loro abilità nel dargli piacere, dimenticate alle prime luci dell'alba. Era in quelle ore che il ricordo di Miss Jane Catherine Despard era più acuto. Baciarla, darle piacere, il ricordo della sua pelle dal profumo dolce, il suo sorriso adorabile e lo sguardo di quei ridenti occhi azzurri lo tormentavano nel dormiveglia. Ma non l'indomani mattina, o nessun'altra mattina dopo quella. Se ne sarebbe accertato.

La sua camera era calda e invitante, con molta luce e un fuoco che ruggiva nel camino. Il suo valletto era occupato nello spogliatoio, dove due domestici stavano riempiendo un semicupio con acqua calda. Andrews non si accorse che il suo padrone era tornato, finché non tornò in camera per ripiegare le coperte dell'enorme letto a baldacchino, scoprendo una bella addormentata infilata sotto le coperte. Ebbe quella visione di grazia prima di vedere il suo padrone, che era in piedi dall'altra parte del letto e si slacciava lentamente il panciotto, con lo sguardo fisso sulla sua sposa.

Senza una parola o uno sguardo, il valletto girò sui tacchi e tornò nello spogliatoio, dove buttò giù in un sorso il goccio di brandy che preparava tutte le sere per il conte.

"Andrews, c'è una remota possibilità che io possegga una camicia da notte?"

"Una camicia da notte, milord?" Ripeté il valletto, versando al conte un altro bicchiere di brandy e prendendo il panciotto che si era tolto. Sapeva perfettamente che il conte non aveva indossato quel particolare articolo di abbigliamento un sol giorno (o più precisamente una notte) in tutta la sua vita da adulto. Riuscì comunque a non far percepire la sua sorpresa. "Credo che potrei essere in grado di trovare una camicia da notte, anche se in che condizioni..."

"Prendila e basta," disse seccamente Salt, togliendosi la camicia dalle spalle squadrate e lasciandola cadere nelle mani volenterose del suo valletto. Si avvicinò al semicupio e fissò il proprio riflesso nell'acqua calda immobile, le mani sui fianchi stretti e il dorso che si allargava ampio, offerti all'ammirazione del suo valletto. "Devo essere pazzo," brontolò tra sé e sé. "Chi si mette degli indumenti per andare a letto con sua moglie, la prima notte di nozze? Pazzo!"

Anche il valletto la pensava allo stesso modo.

SEI

Il RAGAZZO DELLA posta che suonava la campana delle undici segnalò l'ultima raccolta di posta per la giornata e infranse l'aria immobile e gelata della notte. Era troppo freddo, in quel quartiere alla moda che circondava Grosvenor Square, per venditori ambulanti, ladri, borsaioli e gli allegroni che normalmente circolavano per le strade, perfino a un'ora così tarda. Anche i portantini erano scarsi. Ma poi una carrozza si fermò fuori da una particolare casa di città in Audley Street, ne scese una signora con un mantello, col cappuccio foderato di pelliccia, e che indossava zoccoli con un alto plateau per tenere lontano il fango dagli scarpini di satin.

Era appena arrivata dal teatro di Drury Lane, dove aveva goduto delle attenzioni del circolo di amici maschi di suo figlio e dell'ammirazione di due gentiluomini di età più vicina alla sua, che avevano lasciato i loro biglietti da visita e avevano chiesto il permesso di farle visita il giorno seguente. Non aveva idea di che trattasse la commedia o il nome degli attori, ma aveva passato la serata circondata da maschi ricchi e titolati, quindi era più che soddisfatta della sua incursione a teatro.

Il suo umore allegro si dissolse, comunque, appena il portiere con la puzza sotto il naso di questa palazzina alla moda la fece entrare. Non era la benvenuta, lo vedeva sui volti del portiere, del maggiordomo e della cameriera della signora, tutti con il volto acido. La fecero sentire inferiore e a buon mercato, come se i suoi vestiti fossero non proprio *comme il faut*, sotto i loro gelidi sguardi di disapprovazione. Ma aveva aspettato tutto il giorno questo appuntamento con l'arrogante Diana, Lady St. John, figlia di un barone, cugina di un conte, madre del suo erede e imparentata con almeno tre casate ducali.

Questa decana della moda e beniamina dell'alta società aveva gentilmente concesso a Lady Despard cinque minuti del suo tempo, ma solo con il favore delle tenebre. Ma a Lady Despard non importava di non essere benvenuta, né le sarebbe interessato essere ammessa dall'entrata di servizio. Aveva un messaggio da consegnare e notizie importanti da riferire a sua signoria, e non vedeva l'ora di spiare la sua reazione. Lacrime velenose, sperava, almeno. Ottenne molto di più.

Fu accompagnata nel boudoir di sua signoria perché c'era il fuoco acceso nel camino. Normalmente, i visitatori di provincia ottenevano udienza nel salotto sul davanti della casa, ammesso che ottenessero un colloquio. Lasciò gli zoccoli nell'ingresso, insieme al mantello. Non le offrirono un rinfresco e diedero ordini al portiere di chiedere al cocchiere di aspettare, la visitatrice di Lady St. John non sarebbe rimasta più di qualche minuto.

Lady Despard era in piedi davanti al camino e si scaldava le mani, quando Diana St. John entrò in silenzio nella stanza. Era in déshabillé, con una vestaglia di broccato gettata negligentemente sopra la camicia da notte e i capelli di un chiaro castano ramato pieni di cartine arricciacapelli. Il volto, però, era perfettamente truccato, fino alla mouche attentamente applicata all'angolo delle labbra dipinte.

Diana St. John diede uno sguardo alla donna accanto al camino, con il corpetto succinto e scollato e i capelli incipriati a formare un'alta pettinatura, e sorrise a labbra strette. La sua eccezionale memoria non le era venuta meno. Non sarebbe stata in grado di ricordare il nome della donna ma il suo maggiordomo gliel'aveva fornito. Però sapeva chi era: la moglie di un signorotto qualunque, sorella di un mercante di Bristol, Allenby si chiamava, ed era la matrigna di *quella creatura*. Com'era gratificante che la bellezza di Lady Despard fosse sbiadita più in fretta della sua, nei quattro anni dal loro unico e solo incontro durante la Caccia di Salt.

"Vi siete *data* alla città, signora?" chiese Diana St. John con un mezzo sorrisetto, mentre avanzava nella stanza.

Non si sedette, né offrì una sedia alla sua visitatrice, e si irritò quando la donna non mostrò il dovuto rispetto al rango con una riverenza.

"Teatro di Drury Lane, dove ho visto una meravigliosa commedia, di un commediografo molto famoso ma non ricordo né l'una né l'altro," rispose Lady Despard, ignorando completamente l'allusione alla sua discutibile moralità. Scrutò apertamente Diana St. John dalla testa ai piedi: "Son rimasta sorpresa di non vedervi, milady. Tutti quelli che contano erano a teatro stasera. Certo, le signore della nostra età devono avere almeno una sera di riposo alla settimana, per recuperare la bellezza. La stagione di Londra deve essere così faticosa per voi, mentre a Bristol..."

"Non mi importa un accidente di Bristol, né ho tempo per le vostre chiacchiere insignificanti. Che cosa volete?"

"Vergogna, milady! Di certo non c'è bisogno di essere rudi," commentò Lady Despard con un broncio e, cogliendo il proprio riflesso nello specchio sopra il camino, non poté trattenere uno sguardo di auto-ammirazione. "Specialmente perché ho fatto lo sforzo di venire qua a quest'ora tarda con notizie di vostro interesse, scombinando notevolmente il mio calendario sociale..."

"Se non gli avete ancora tolto il prurito, il vostro potenziale amante vi cercherà domani, se lo pagate abbastanza. Allora, perché siete venuta?"

Lady Despard si prese un momento per sistemarsi un piccolo fiocco tra i riccioli incipriati. "Sapete che il mio caro fratello Jacob è stato sepolto tre mesi fa?"

Diana St. John alzò un sopracciglio. "E come potrei saperlo, signora, visto che fate già a meno del lutto? O non vi siete nemmeno preoccupata di vestirvi di nero?"

Lady Despard si sentì offesa. Arricciò le labbra dipinte. "Il nero non mi dona. Ho indossato il grigio per piangere Sir Felix ed è stato sufficiente. Povero Jacob," aggiunse con un sospiro, come se il suo triste rimpianto potesse riparare la mancanza degli abiti a lutto. "È sopravvissuto al vaiolo per morire di una complicazione ai polmoni. Una tale perdita per me e per mio figlio..."

Diana St. John scrollò le spalle con cinica indifferenza. "Tre mesi o tre anni, la morte di Allenby non è assolutamente importante. Non avete bisogno della mia simpatia. Senza dubbio vi ha lasciato più di quello che meritate."

La sua visitatrice sembrò compiaciuta: "Ventimila, da usare come più mi piace."

Diana St. John accantonò l'eredità con una sbuffata sdegnosa. "Robetta. Allora? Il vero motivo per cui siete qui?"

"Ventimila da usare come voglio, una volta che vi avrò riferito il messaggio di Jacob. Un avvocato mi aspetta in carrozza per assicurarsi che abbia fatto quello che richiede il testamento del mio caro fratello."

"Oh, *per favore*. Non un messaggio dall'oltretomba! Che cosa può mai volermi dire quel tronfio moralista?"

Lady Despard sorrise con le labbra strette: "So quello che avete fatto a Jane. Me l'ha detto Jacob."

Nella stanza cadde il silenzio. L'unico suono, il ticchettio dell'orologio sopra la mensola del camino.

Lady Despard attese guardando.

Alla fine, Diana St. John sbadigliò, come se fosse annoiata e disse, atona: "Allora vostro fratello ha provato un'ombra di rimorso ed è stato abbastanza debole da confessarvi la sua parte in quel tedioso melodramma. Io ho semplicemente adempiuto ai desideri di Sir Felix, di far sparire il frutto marcio del disonorevole comportamento di sua figlia nel modo più veloce possibile."

"Jacob ha trovato estremamente interessante che voi sapeste della gravidanza di Jane prima che lei lo confessasse a Sir Felix."

"E allora? Una volta aperte le gambe a Salt non ci voleva molta immaginazione per supporre che ne sarebbe seguita una gravidanza. Dopo tutto," disse con un piccolo sorriso solo per sé, "sua signoria è eccezionalmente virile."

"Sapevate che il seduttore di Jane era Lord Salt, mentre il padre non lo sapeva. Jane non l'aveva detto a nessuno. Ne avete fatto il lavoro della vostra vita, sapere tutto sulla sua virilità, vero, milady?"

"Chiedo scusa?"

"Le abitudini di Lord Salt, più precisamente con chi è andato a letto e quando, se le ha messe incinta e quante volte e che cosa avete fatto voi per loro, e le altre che si sono trovate *incomodate*."

Diana St. John andò alla porta e la spalancò.

"Non so assolutamente a che cosa stiate alludendo. Parlate per enigmi, signora! Se questo è tutto quello che avete da dire, andatevene prima che vi faccia portare via di peso."

Lady Despard rimase dov'era.

"Tra voi e me, milady, a mio fratello Jacob non importava un fico secco di quante puttane avesse messo incinta Lord Salt, o di che cosa avete fatto per liberarle delle loro gravidanze indesiderate, senza che sua signoria ne fosse al corrente. Ma lo preoccupava, e molto, che aveste superato il segno con la piccola Jane, che era una vergine."

"Quella creatura avrebbe dovuto pensare alle conseguenze del suo comportamento, prima di permettere a Salt di allargarle le gambe."

"Qual era la preparazione medicinale che avete fornito a Sir Felix?" Guardò nella sua borsetta a rete e ne tolse un foglio di carta, lo aprì e sorrise. "Ah! Eccolo, sciroppo di artem-artem*isia*." Tese il foglio. "C'è l'indirizzo del vostro farmacista sullo Strand."

Diana St. John digrignò i denti: "Conosco l'indirizzo, sgualdrina insolente. Uscite! *Subito*."

"Ma non vi ho ancora riferito il messaggio di Jacob," rispose Lady Despard con un broncio, rimettendo il foglio nella sua borsetta, godendosi immensamente la rabbia crescente della donna. Quando Diana St. John spalancò la porta, aggiunse, con una scrollata di spalle: "Non vedo che importanza abbia adesso. Non dopo gli eventi di oggi, ma Jacob voleva che sapeste che allegato al suo testamento c'è un documento con i nomi delle vostre clienti, donne che si sono trovate ad aspettare un bambino, e i servigi che avete reso loro come procuratrice di aborti, un crimine da impiccagione, sia per la cliente sia per il fornitore, così mi dicono gli avvocati di Jacob."

Diana St. John mantenne i lineamenti perfettamente composti, come se Lady Despard non avesse nemmeno parlato. Non avrebbe certamente confermato le accuse o la minaccia sottintesa. "Ho una giornata piena di appuntamenti, domani. Senza dubbio l'esaltante scena sociale di Bristol vi sta chiamando. Buona notte, signora."

Lady Despard rimase ferma accanto al camino. "Mi sembra che voi ignoriate quello che è successo oggi a Grosvenor Square."

"Grosvenor Square?"

"Veramente non avete idea di che cosa sia accaduto a Lord Salt oggi, milady?"

Un po' della fredda facciata di Diana St. John si incrinò. Tornò in mezzo alla stanza. "Accaduto?"

"Il conte di Salt Hendon si è sposato oggi pomeriggio."

Diana St. John rise come se le avessero raccontato una storiella buffa. "Impossibile!"

Lady Despard la guardò sbattendo gli occhi, non riuscendo a capire come quella donna potesse trovare divertente una tale notizia.

"Voi, creatura senza cervello! Come se sua signoria potesse sposarsi senza che la sua famiglia lo sapesse. Come se io avessi potuto essere all'oscuro di un tale evento memorabile. C'è un ordine logico in queste cose, nella nostra cerchia. Potrà essere comune nelle fogne di Bristol..."

"Quale delle mie parole non avete capito, milady? Lord Salt si è sposato oggi pomeriggio. Sono stata testimone..."

"Voi? Che assurdità! Perché, proprio voi, tra tutte le persone di questa terra del buon Dio, avreste dovuto essere testimone del suo matrimonio? Ora so che state dicendo baggianate. Ero a Grosvenor Square solo ieri mattina. Martedì è a casa per i postulanti. C'è sempre una folla di mendicanti alla sua porta. E nel pomeriggio è in Parlamento. È sempre tanto ligio al dovere, fastidiosamente. Non avrebbe avuto tempo di sposarsi, di martedì. Forse un giovedì o un sabato, ma mai un martedì. Non ha nemmeno tempo per me, anche se io mi accerto di restare un'ora, solo per ricordargli che cos'è importante nella vita, che ha dei doveri verso Ron e me. Solo perché sappia che io sono lì per lui... sempre."

"Non avete chiesto della sposa..."

"Non si sposerebbe senza consultarmi," continuò testardamente Diana St. John, autoconvincendosi, ignorando il commento. "Non visita la sua amante senza che io lo sappia. Vi posso dire quando la visita e quante volte monta la sua puttana in una notte. Mi sono assunta il compito di saperlo. E se fa tanto da dare un'occhiata a una giovane donna adatta, sono lì per accertarmi che la ragazza porti altrove il suo interesse. Fortunatamente, la sua reputazione di libertino di solito lo precede, e questo spaventa quelle pudibonde. E non si può mai essere troppo cauti nello scegliere la donna giusta per essere la sua amante," si vantò. "Deve interessargli abbastanza da distrarlo, ma non tanto che non si possa persuaderlo a passare alla prossima distrazione. Deve essere incapace di avere figli, o almeno non volere marmocchi e sapere di dover venire da me per liberarsi di eventuale prole indeside-rata, nella fastidiosa eventualità che succeda. Vedete come mi preoccupo del suo benessere?" Premette le mani tremanti l'una contro l'altra e cercò di sorridere. "Tra occuparmi della sua carriera politica, che sta avanzando a grandi balzi, sedere per lunghe, monotone ore nella galleria delle signore alla camera dei Lord, fare la padrona di casa alle cene politiche del partito, e in altre occasioni quando me lo chiede, per non parlare di portare Ron a trovarlo il più spesso possibile, e il compito oneroso di tenere traccia della sua vita amorosa, raramente ho un momento per me. Quindi è impossibile per lui trovare il tempo, men che meno sposarsi alle mie spalle…"

Lady Despard pensò che Diana St. John stesse delirando come una folle, e che forse la sua mente aveva, in effetti, ceduto. Non aveva idea di cosa dire in risposta al sermone sul suo buon lavoro a favore del conte che, chiaramente, anche per un codice morale decadente come il suo, oltrepassava i limiti della decenza e violava il diritto del nobiluomo alla sua riservatezza. Ma nel lungo silenzio che seguì, sentì che doveva dire qualcosa.

"Siete piena di considerazione per il suo benessere, milady, ma forse avreste potuto risparmiarvi un mucchio di tempo e di preoccupazione se l'aveste semplicemente sposato voi."

"Sposarlo?" ripeté Diana St. John, come se la domanda fosse offensiva all'estremo. "Certo che voglio sposarlo, stupida vacca! Voglio sposarlo da quando avevo dodici anni. Ma una signora non chiede a un gentiluomo di sposarla. Una signora aspetta che le venga chiesto…"

Lady Despard fu sorpresa, ma non turbata. "Allora avete perso la vostra chance e dovete trovare conforto nel fatto che non siete la sola donna destinata a essere delusa."

"Lo conosco da tutta la vita e non una sola volta ha preso seriamente in considerazione lo stato matrimoniale." Continuò Diana St. John, perplessa. "Anche se quattro anni fa è arrivato a un pelo ma, fortunatamente, sono riuscita a porre fine a quel capriccio prima che facesse qualcosa di estremamente avventato e socialmente inaccettabile. Chi ha mai sentito di un Sinclair che sposi la figlia di un signorotto qualunque? Ovviamente ho attribuito quell'episodio all'infatuazione per un bel volto. Quella creatura è ancora così bella come la ricordo? Aveva una carnagione perfetta e quei magnifici capelli neri folti. Troppo magra e troppo poco seno, ovviamente, ma alcuni uomini sono attratti da quel tipo. Si potrebbe perdonare a Salt un momento di concupiscenza, ma il matrimonio…"

"Ha sposato Jane Despard questo pomeriggio, milady. E sì, lei è ancora bella come la ricordate."

Diana St. John rimase di pietra e fissò Lady Despard, incredula, per lunghi minuti. Ma quando quella donna si limitò a fissarla anche lei senza espressione, la paura la invase.

"Salt… *sposato*? Sposato? *Sposato* a Jane Despard?" Si trascinò verso il camino, instabile sui piedi nelle pantofoline, e mise una mano sul poggiatesta di una poltrona, mentre l'altra saliva alla gola che si stringeva. "Oh Dio. Oh Dio. *Oh Dio.*"

"Strano come le cose possano cambiare," disse malinconica Lady Despard. "Avrei dovuto capire che anche quando l'ha bandita, anche quando l'ha fatta abortire, Sir Felix amava ancora sua figlia. Diceva sempre che Jane era il ritratto di sua madre. La sua prima moglie era la nipote di un duca irlandese, lo sapevate? Ma fece un pessimo matrimonio quando fuggì con Sir Felix. È stata la sua morte che l'ha portato a bere e a giocare. Povero Sir Felix. Tragico. Comunque," aggiunse in tono canzonatorio, "non voleva niente di meno di un conte per Jane, e un conte è quello che ha ottenuto con il suo ultimo respiro, il *vostro* prezioso conte, per essere precisi."

Fece una smorfia. Diana St. John sembrava sull'orlo del collasso nervoso. "Devo chiamare la vostra cameriera, milady?"

"Cameriera?" ripeté Diana St. John, intontita.

"Queste notizie vi hanno turbato, milady. Forse un brandy…"

Le dita di Diana St. John che stringevano lo schienale dell'alta poltrona imbottita erano bianche intorno alle nocche. Questa donna era stata mandata qui per farle del male. Stava mentendo. Sì, era così! Stava mentendo. Questo era il modo di Jacob Allenby di tormentarla dalla tomba. Fissò minacciosa la sua visitatrice. "È stato Allenby a istruirvi? Sperava di punirmi con questa menzogna?"

"Non è una menzogna. Anche se, pensandoci, sarebbe la punizione adatta per quello che avete fatto a Jane." Lady Despard ebbe un lampo di acume. "Un qualche tipo di giustizia naturale."

"Giustizia? Ah!" La mente di Diana St. John stava turbinando con un insieme di diniego e possibilità. "Lasciamo che Salt soddisfi la sua lussuria con quella creatura, quante volte vorrà, per quello che me ne importa! Poi vedrete che farò bandire la piccola sgualdrina nel suo piccolo angolo di Wiltshire prima che possiate dire beh."

"Ma sicuramente ha sconvolto i vostri piani, milady?" Chiese Lady

Despard confusa. "Un uomo virile, dell'età di Salt e con le sue capacità, è più che in grado di fare l'amore con sua moglie diverse volte nella sua prima notte di nozze. E sappiamo entrambe che sono fertili. Molto probabilmente, mentre voi siete qui a piangere sul suo matrimonio, lui l'ha già messa incinta." Sorrise alla propria arguzia. "Non è quello che avete cercato di evitare tanti anni fa? Se Jane mette al mondo un erede, che fine farà vostro figlio?" Fece una risatina: "E chiamate *me* stupida vacca!"

Diana St. John era stordita, come se la realtà della prima notte di nozze non le fosse mai venuta in mente. Rimase diritta e composta finché Lady Despard fu poco cerimoniosamente tolta dalla sua presenza. Poi crollò nella poltrona e si mise la testa tra le mani, dando libero sfogo a lacrime di odio intenso e frustrazione montante. Molto più tardi, esausta dall'autocompatimento e svuotata di ogni emozione naturale, cominciò a tramare la sua vendetta.

SALT NON AVEVA idea di quante ore era rimasto sveglio nel grande letto a baldacchino, sdraiato sul fianco a fissare le fiammelle che saltellavano tra i ceppi scoppiettanti, nella profondità del camino della sua camera. Sapeva solo che era scomodo, appoggiato sulla spalla. Ma se si fosse mosso per mettersi sulla schiena o se si fosse girato sull'altro fianco, c'era la reale possibilità di entrare in contatto con la moglie addormentata e voleva evitarlo a tutti i costi.

La camicia da notte serviva effettivamente come deterrente. Che articolo di abbigliamento ridicolo. Largo, senza colletto e con le maniche ampie, sembrava più un lenzuolo con un buco per la testa. Nessuna meraviglia che ne avesse fatto a meno appena aveva lasciato Eton. Gli sembrava che lo avessero fasciato come un neonato; la stoffa si impigliava intorno alle ginocchia e non c'era modo di districarsi senza alzare tutto il corpo dal letto parecchie volte. Non riusciva veramente a sopportare di indossare quella cosa ridicola un momento di più. Certamente il letto era largo a sufficienza da poter dormire nudo e restare comodo senza disturbare sua moglie?

Deciso, scivolò giù dal letto, si strappò la camicia da notte dall'ampia schiena e la gettò disgustato in un angolo buio. Soddisfatto di essersi tolto un tormento, scostò dagli occhi i capelli che gli arrivavano alle spalle, pettinandoli con le dita, e si rimise sotto le coperte per sdraiarsi sulla schiena. Era un tale sollievo poter distribuire il peso in modo uniforme, che riuscì a fissare il baldacchino a pieghe solo per una manciata di secondi, prima di scivolare finalmente in un profondo e benvenuto sonno.

Venti minuti dopo era completamente sveglio.

Continuando a dormire beatamente, Jane era migrata verso il centro del letto in cerca di calore. Era un letto enorme, che permetteva al suo altrettanto enorme padrone di distendersi comodamente, ma se le pesanti cortine intorno alle quattro colonne di mogano non erano tirate, per tener fuori l'aria notturna, e senza l'uso di uno scaldaletto per togliere il gelo dalle lenzuola di lino, non era molto confortevole per la figura sottile di Jane, non abbastanza coperta dalla sottile camicia da notte. Anche le calze bianche potevano fare poco per tenerla calda, visto che si fermavano appena sopra le ginocchia. Ma aveva trovato il sostituto perfetto di un mattone riscaldato nel corpo caldo, e nudo, di suo marito. Alto, largo di torace e con parecchi muscoli ben sviluppati, irradiava calore e conforto e, in una notte d'inverno così fredda, era lo scaldino ideale per il letto e per il corpo. La bella addormentata si accoccolò beata addosso a lui e tornò immediatamente a uno stato di sonno profondo.

Lo stesso non si poteva dire di suo marito, che restava il più fermo possibile, gli occhi fissi sul baldacchino e cercava di fare del suo meglio per ignorare le sue curve morbide e flessuose. Jane aveva la guancia rosata annidata contro la sua spalla muscolosa, un braccio gettato sopra il suo torace, mentre una gamba ben fatta, coperta dalla calza, era posata sopra una coscia robusta. Era appiccicata a lui come carta incollata alla parete. E come se questo non fosse sufficiente come distrazione, i suoi capelli corvini, che erano sfuggiti alla lunga treccia, ricadevano sui cuscini come una criniera selvaggia, facendogli il solletico sotto il mento squadrato e non rasato.

Ignorando il suo stesso editto di restare immobile, perché il braccio e le dita si stavano intorpidendo, spostò il peso tra i cuscini e le coperte, disturbando Jane tanto da farla spostare con lui e poi risistemarsi con la testa ora appoggiata sul suo petto e un braccio intorno al collo. Non c'era niente altro da fare che lasciar cadere il suo braccio sopra di lei.

Chiuse gli occhi, deciso a ignorare le sue morbide curve e la sua erezione crescente, e ordinò alla mente di ricordare gli avvenimenti di quel pomeriggio al parlamento, in particolare il discorso monotono di Bute sul dislocamento delle truppe, ora che la guerra con la Francia si era conclusa e si stava per firmare il trattato di pace a Parigi; poi c'era quel ridicolo dibattimento sulla sospensione dei lavori alla Camera dei comuni per spostare al 31 la festività di San Giorgio, perché il 30 cadeva di domenica.

Normalmente, queste riflessioni lo avrebbero fatto addormentare più alla svelta di una dose di laudano, ma il respiro leggero e regolare di Jane, e la deliziosa distrazione del suo corpo, che si muoveva così ritmicamente e così delicatamente contro di lui, non facevano niente per spegnere il suo ardore. E quando lei si girò e cercò di raddrizzare la camicia da notte arrotolata intorno alle gambe, senza molti risultati, decise di comportarsi da gentiluomo e la aiutò a togliersi il sottile indumento di lino. Lo gettò attraverso la stanza a raggiungere la sua camicia da notte stropicciata.

Mezzo addormentata, Jane restò seduta davanti a lui, completamente ignara di essere nuda, se non per le calze bianche, tenute tirate sopra le ginocchia con nastri di seta legati con un fiocco ordinato, e la massa di lucenti capelli di un nero corvino, che le ricadevano sulle spalle fino in vita in un disordine seducente. Con un "grazie" sonnolento, le palpebre mezze chiuse e un sorriso addormentato, si rannicchiò di nuovo prontamente accanto a lui per godere del calore del suo corpo. Salt non sapeva per quanto ancora avrebbe resistito a quella gloriosa tortura.

Stava per rialzare la trapunta, quando non riuscì a resistere ad ammirare la grazia femminile della sua sposa alla luce tremolante del camino. Dalle dita dei piedi nelle calze alle cosce ben fatte, dalla curva dei fianchi alla rientranza della vita, fino al piccolo seno sodo, era eccitante, affascinante... e sua.

I discorsi monotoni sui trattati di pace e i dibattiti frustranti sull'osservanza dei giorni dei santi scoppiarono come bolle di sapone, mentre scostava una lunga ciocca di riccioli morbidi dal rosa pallido del suo capezzolo e dalla gola.

Il profumo di sapone, di pelle appena lavata e la sua naturale fragranza lo costrinsero a chinarsi su di lei per bearsene. Il suo profumo era delizioso come il suo aspetto, sdraiata al suo fianco con le mani infilate sotto la guancia, lunghi riccioli che le ricadevano attorno.

Poteva quasi convincersi che gli anni passati non ci fossero mai stati, e che questa fosse veramente la notte di nozze che lui aveva programmato per loro, da godere nella sua tenuta nel Wiltshire. Forse se l'avesse baciata, l'illusione sarebbe stata completa...

Le passò leggermente la bocca sulla guancia calda e, quando lei sbatté gli occhi e alzò il mento verso di lui, fece quello che desiderava fortissimamente fare da quattro anni, le baciò la bocca.

"Che bel sogno," mormorò Jane con gli occhi semichiusi.

"Sì, un sogno."

Jane gli mise le braccia intorno al collo e lo tirò verso di sé perché la baciasse ancora: "Avete un buon profumo. Avete sempre un buon profumo."

Salt sorrise: "Davvero?"

Jane gli leccò il labbro superiore: "Anche un buon sapore."

Lui sorrise: "Anche voi."

"Basta parlare, baciatemi."

La fece contenta, prendendosi il lusso di un lungo, lento bacio esplorativo, mentre la bocca di lei si apriva sotto la pressione della sua. Aveva delle labbra così morbide e carnose che avrebbe voluto continuare a baciarla e accarezzarla, finché fosse stato in grado di resistere alla tentazione di entrare in quella carne gloriosamente eccitata, la pregustazione di quello che sarebbe accaduto quasi eccitante quanto l'atto in sé, perché non aveva mai baciato un'altra donna come stava baciando Jane.

Quando l'aveva baciata a forza, quel giorno durante la Caccia, due anni prima, quando lei era sconfinata nella sua tenuta, aveva creduto che quel gesto l'avrebbe guarito dal desiderio per lei. Che se l'avesse baciata, tenuta tra le braccia, finalmente si sarebbe liberato di lei, ma anche quel bacio rubato aveva solo accresciuto la sua infelicità, perché aveva solo riaffermato la sua inadeguatezza, perché la voleva ancora. Esattamente come questi baci, ora con il suo permesso, rendevano il desiderio per lei dolorosamente urgente. Se non l'avesse presa subito, era certo che sarebbe impazzito.

"Toccatemi, Jane, *stringetemi*."

Lei accettò di buon grado e il corpo di Salt si infiammò. Rotolarono nel letto e, quando lui la portò al punto di non ritorno e lei si alzò per premersi contro di lui, con le gambe inguainate nelle calze intorno alle sue cosce forti, gemendo di piacere, ebbe tutto l'incoraggiamento che gli serviva. Non poteva aspettare oltre. Se sentì il suo ansito mentre la riempiva completamente, fu con una parte della mente molto remota. Ma non era poi così preso da non sentire la sua sincera ammissione, nel calore del momento. Evocò in lui la dura realtà della loro unione dolceamara e servì a ricordargli perché stavano dividendo un letto. Non perché fossero appassionatamente innamorati ma perché erano legalmente uniti come marito e moglie. Non c'era romanticismo, ma c'era sicuramente desiderio...

"Come avrei potuto sposare un altro, quando mi avete completamente rovinato..."

Perché aveva scelto quel momento, mentre erano al culmine della passione, nella loro prima notte di nozze per ricordargli il passato? Cercava di castrarlo per averla deflorata? Bene. Si *sarebbe* fermato. L'avrebbe lasciata insoddisfatta. Avrebbe dovuto... ma era arrivato oltre il punto in cui potesse importargli. Tutto quello che importava adesso era la soddisfazione, la propria soddisfazione. Nel calore del momento, nel calore che diventava rabbia, unita a una necessità, che pulsava con il suo membro, di gratificazione fisica, tutto quello che gli importava era riempire lei, sua moglie, con il suo seme, seme sterile e sprecato, ma il suo seme di marito. Quando alla fine il piacere esplose, quando precipitarono insieme oltre il baratro in un oblio incantato, ebbe la vana soddisfazione di sentirla fendere la fredda aria della notte gridando il suo nome di battesimo.

"SARAI DANNATO SE LO FAI e dannato se non lo farai," fu la cupa predizione di Jenkins, il maggiordomo. Sbadigliò rumorosamente. "Che ora è? Tre del mattino e non un minuto di meno."

Il valletto del conte lo squadrò con insonnolito risentimento e si rivolse ancora al messaggero: "È molto urgente il messaggio?"

Il messaggero che veniva da Audley Street scrollò le spalle. "Urgente. Con il dovuto rispetto, signore, a questa ora tarda, nessuno di noi è in grado di discutere il significato della parola."

Il valletto inclinò la testa con la berretta da notte contro la parete del corridoio di servizio male illuminato, fuori dall'appartamento del suo padrone, e fissò la porta dall'altro lato. Jenkins aveva ragione. In qualunque modo, era dannato. Se non consegnava il messaggio di

Lady St. John, lei avrebbe causato un trambusto tremendo e avrebbe chiesto il suo immediato licenziamento. Se l'avesse fatto e fosse entrato nella stanza del suo padrone, in questa, di tutte le notti, sapeva che il conte l'avrebbe licenziato comunque. Non era uomo da scommettere, ma era del parere di correre il rischio di incorrere nell'ira di Lady St. John, piuttosto che disturbare il suo padrone durante la sua prima notte di nozze. Quando ebbe deciso, si allontanò dalla parete e strappò la pergamena sigillata dalla mano del messaggero.

"Di' alla tua padrona che la lettera è stata consegnata. Farò in modo che sua signoria la riceva."

Il messaggero scosse la testa: "Mi dispiace, signore. Non me ne andrò finché non otterrò una risposta."

"Allora trovati un angolino comodo per sistemarti perché passerai qui la notte!" Sibilò il valletto. "Non c'è niente al mondo che possa farmi entrare da quella porta in questa, di tutte le notti. È la prima notte di nozze del conte, per l'amor del cielo!"

Il messaggero rivolse un sorriso lascivo al maggiordomo, ma Jenkins decise che il lacchè si stava prendendo troppa confidenza e doveva essere rimesso al suo posto. "Hai sentito il signor Andrews. Trovati un angolino. Sua signoria non può essere disturbato."

Il messaggero spostò lo sguardo dall'uno all'altro e scrollò le spalle, imperturbabile. "Ecco, vedete, signori, se non ho una risposta entro un'ora, sua signoria ha minacciato di venire lei stessa, per via del fatto che non si fida di tutti voi. L'ha detto proprio lei. Digli, ha detto, che se non ricevo una risposta da sua signoria, verrò là e lo disturberò io stessa. E voi sapete che lo farà."

Sì, Jenkins e Andrews sapevano molto bene di che cosa era capace Lady St. John. Come madre vedova dell'erede del conte, sua signoria abusava frequentemente della sua posizione influente. Il valletto si passò una mano sulla bocca secca e fissò il biglietto sigillato.

"Che cosa c'è di così urgente da far richiedere a Lady St. John la presenza del conte nel mezzo della notte?"

"Qualcosa riguardo il suo ragazzo che vomita," rispose il messaggero. "La sua temperatura è alta, anche, e delira e vuole suo zio Salt. Niente e nessuno potranno calmare il signorino eccetto la presenza di sua signoria."

Il valletto imprecò selvaggiamente sottovoce. Sapeva che il conte era devoto ai figli di Lady St. John. Quando il suo primo cugino e migliore amico, Lord St. John, era tragicamente morto di vaiolo quattro anni prima, il conte si era volontariamente assunto il ruolo di sostituto del padre per i ragazzi St. John. Il valletto sapeva che il suo padrone, in diverse occasioni, aveva lasciato il calore del proprio letto nel bel mezzo della notte per tranquillizzare il figlio malato di Lady St. John. Ma questa notte era diversa da tutte le altre e ad Andrews non piaceva proprio quel compito, in effetti avrebbe desiderato evitarlo, ma sapeva che era solo una pia illusione.

"Hanno chiamato un medico per il ragazzo?" Chiese Andrews al messaggero, sentendo il cappio della decisione che gli si stringeva intorno al collo. Quando il messaggero annuì, sospirò, prese la candela accesa dal maggiordomo e andò alla porta dello spogliatoio. "Dammi un minuto."

"Allora hai intenzione di entrare?" Chiese Jenkins, quasi pregustando il momento. Aggrottò la fronte e scosse la testa: "Coraggioso, Andrews, *molto* coraggioso."

Il valletto non la pensava così. Si considerava il più grande codardo su questa sponda del Tamigi. Con il cuore che gli batteva contro le costole, rimase fermo sulla soglia della cavernosa stanza da letto, con una candela che bruciava in mano, ascoltando attentamente per sentire se ci fossero segni di vita all'interno. Grazie al cielo la stanza era silenziosa e tutto quello che si sentiva era il suono familiare del fuoco che scoppiettava nel camino. Era stata tutt'altro che silenziosa meno di due ore prima.

Non era tipo da giocare d'azzardo, ma avrebbe fiduciosamente scommesso un anno di salario che sua signoria aveva consumato vigorosamente il suo matrimonio, e con soddisfazione di entrambe le parti dell'unione. Mise la candela sul tavolo accanto alla porta, fece due passi e mise il piede su del tessuto. Incuriosito, raccolse il fagotto sotto il piede e tenendolo a distanza di braccio, si rese conto che aveva in mano le camicie da notte di una donna e di un uomo. Il volto gli bruciò per l'imbarazzo ma fece quello che un buon valletto che valeva il suo stipendio avrebbe fatto: piegò con cura gli articoli di abbigliamento e se li mise sul braccio, prima di avvicinarsi al letto a baldacchino alla luce del fuoco.

Dodici anni al servizio del conte non avevano preparato il valletto alla nuova esperienza di disturbare una coppia appena sposata durante la loro prima notte di nozze ma, con sua grande sorpresa e sollievo, la contessa era completamente sveglia, seduta sul bordo del letto, con la schiena appoggiata a una colonnina, avvolta nella trapunta, con la sua massa di riccioli neri lucenti che le scendevano sulle spalle. Stava ammirando il conte, che dormiva spaparanzato nel grande letto, con le lenzuola arrotolate che coprivano appena la sua consistente virilità.

Le guance di Jane si tinsero di rosa vedendo il valletto che incombeva nell'ombra, ma gli rese la vita più facile dicendo, con un sussurro amichevole, come se fosse la cosa più naturale al mondo che il valletto del marito lo disturbasse durante la sua prima notte di nozze: "Oh bene, avete trovato la mia camicia. Mi chiedevo dove fosse sparita. Se volterete gentilmente le spalle me la metterò e saremo entrambi più a nostro agio."

Andrew fece quello che gli chiedeva, arrivando al punto di avvicinarsi a una sedia Chippendale accanto al camino, dove aveva preparato una delle banyan di seta del conte. La offrì a Jane, sempre voltandole le spalle, con la mano tesa dietro di lui. Jane restò in silenzio e tutto quello che sentì fu il fruscio della seta e, prima di capire che cosa stesse succedendo, la contessa apparve davanti a lui, con l'ampia vestaglia di seta avvolta strettamente intorno alla camicia da notte. L'indumento era ridicolmente grande per lei, e la faceva apparire ancora più piccola e assurdamente giovane, tanto che Andrews si sentì quasi spinto a offrirle il suo aiuto per arrotolare le maniche di modo che potesse ritrovare le dita. Ovviamente represse l'istinto e, quando lei si spostò dal letto per avvicinarsi al camino per poter parlare senza disturbare il nobiluomo addormentato, le rivolse un inchino fin troppo zelante.

"Vi prego di scusare questa intrusione, milady," disse, tenendo gli occhi bassi. "Non avrei disturbato sua signoria per nessuna ragione al mondo, però c'è una questione delicata ed io non so proprio come procedere senza sentire l'opinione di sua signoria."

"Deve essere veramente importante… scusate ma non credo di conoscere il vostro nome?"

"Andrews, milady. Mi chiamo Aloysius Andrews, sono il valletto di sua signoria. Vostra signoria dovrebbe rivolgersi a me chiamandomi Andrews."

"Bene, Andrews, io sono completamente sveglia e pronta a offrirvi il mio aiuto, dobbiamo proprio disturbare sua signoria?"

Il valletto diede un'occhiata al letto dove il conte dormiva profondamente, poi tornò a fissare i grandi occhi azzurri di Jane che lo guardavano con franchezza. Anche se non era sicuro che questa giovane sposa sarebbe stata all'altezza delle astuzie sociali di Lady St. John, era, dopo tutto, di fatto, la contessa di Salt Hendon e quindi a suo parere valeva più di tutti. Così le parlò del suo dilemma, Jane ascoltò attentamente e fece tutte le domande giuste così che, alla fine della conversazione, il valletto sentì di aver trovato un orecchio talmente comprensivo, che abbassò la guardia e le confessò le sue vere paure, che il conte lo avrebbe licenziato e che se non lo avesse fatto sua signoria, certamente Lady St. John lo avrebbe gettato per strada.

"Credete veramente che sua signoria sia un nobile così capriccioso da poter licenziare il suo servitore più fidato, dopo dodici anni di onorato servizio, tutto perché ha mancato di informarlo, alle quattro del mattino, che suo nipote sta vomitando?" Chiese Jane con un sorriso.

"Quando la mettete in questo modo, milady, no, direi di no. È sempre stato molto giusto," rispose Andrews e si sentì curiosamente sollevato. "Per dire il vero, sua signoria è il padrone migliore e più giusto che abbia avuto il privilegio di servire, come valet de chambre."

"È quello che pensavo," disse Jane, sicura. "Allora che cosa suggerite che facciamo con la lettera di Lady St. John?"

"Aspetterò fino a domattina," rispose Andrews senza esitazioni. "Non c'è molto che sua signoria possa fare per il ragazzo questa notte, eccetto stare tra i piedi del medico. E se sta delirando non si renderà nemmeno conto se sua signoria è con lui o meno, secondo me. Inoltre," cominciò a dire e poi si fermò, ma quando Jane continuò a sorridergli incoraggiante, aggiunse cautamente: "Lady St. John a volte può esagerare un po' quando si tratta di suo figlio, se sua signoria capisce che cosa voglio dire."

Jane capiva fin troppo bene. La sua matrigna faceva lo stesso con il suo fratellastro, Tom, iperprotettiva e disperata al primo segno di raffreddore e completamene persa in caso di crisi. Sospettava che Lady St. John fosse abituata a chiamare Salt per avere il sostegno di un uomo in caso di crisi, a qualunque ora e senza tener conto del disturbo.

"Allora vi suggerisco di lasciare la lettera sul tavolo da toilette di sua signoria perché possa leggerla domattina," fu il consiglio di Jane. "Se ci saranno cambiamenti nelle condizioni del ragazzino, sua madre indubbiamente manderà un altro messaggero con una richiesta ancora più urgente e allora, forse, dovremo svegliare sua signoria. Ma fino ad allora, aspettiamo e vediamo che cosa succede. Vi sembra ragionevole?"

"Molto ragionevole, milady." Il valletto era d'accordo e raddrizzò le spalle, e la nuvola cupa di disperazione si sollevò dalle sue spalle.

"Ora, se foste tanto gentile da mostrarmi quale porta conduce ai miei appartamenti, ve ne sarei molto grata," disse Jane, come se stesse piacevolmente conversando, alleggerendo l'atmosfera a beneficio del valletto, che era entrato nella stanza con un'espressione così imbarazzata e a disagio, come se fosse stato condannato al patibolo. "Col tempo credo che sarò in grado di ritrovare la strada da sola... questa casa è così vasta e non ho visto nemmeno un terzo delle stanze... il camino in camera mia dovrebbe funzionare, oramai..." E continuò a chiacchierare in questo modo informale finché fu ritornata nel suo appartamento, dove, in effetti, bruciava un bel fuoco nel camino.

Il valletto lasciò la contessa con il passo molto più sicuro. Era riuscita a metterlo talmente a suo agio che, quando aprì le pesanti tende di velluto nella camera del conte per lasciar entrare la luce tenue di un gelido giorno di gennaio, si sentiva ancora curiosamente ottimista. Il piccolo dramma sulla consegna di una lettera di Lady St. John gli sembrava senza importanza e continuò in fretta a vestire il suo padrone per il torneo di Royal Tennis. Diversi gentiluomini che avrebbero giocato, e il loro entourage di sostenitori, erano già arrivati ed erano nel campo coperto a provare i tiri. Ma la notte precedente tornò a tormentare Andrews, quando un domestico entrò silenziosamente nello spogliatoio con la notizia che una Lady St. John molto angosciata era al pianterreno e chiedeva immediatamente udienza al conte.

Andrews deglutì rumorosamente e il rossore rilevatore delle sue guance fu altrettanto evidente. Continuò a eseguire il suo compito, nonostante un'occhiata di traverso da parte del suo padrone, e infilò al conte un panciotto senza maniche, blu veneziano, indossato sopra una camicia di lino dal collo aperto e un paio di calzoni aderenti al ginocchio, che permettevano libertà di movimento mentre si giocava al Royal tennis. Restava solo da infilare al conte le morbide scarpe da tennis di capretto, e fu mentre era inginocchiato che gli fu chiesto a bassa voce di spiegare se la lettera di Lady St. John non ancora aperta sul tavolino da toilette fosse in qualche modo connessa allo stato di angoscia di sua signoria.

Il valletto fece del suo meglio per raccontare la conversazione notturna con la contessa, senza incriminare nessuno dei due per aver preso la decisione di non svegliare il conte. Salt restò in silenzio per tutto il racconto. Ma quando si alzò per uscire, prendendo con sé la lettera che a quel punto aveva letto, imprecò sottovoce e così violentemente che ad Andrews sembrò che lo avesse schiaffeggiato. Sperava solo di aver risparmiato alla contessa l'ira del conte.

SETTE

S ALT ERA DI MALUMORE. Si era svegliato scoprendo che Jane se n'era andata. Che si fosse aspettato che lei dormisse ancora tra le sue braccia, con le sue curve allettanti accoccolate contro di lui, e invece lei non ci fosse, in qualche modo lo metteva di malumore. Lo metteva di malumore essere di malumore per una cosa così banale. Otto su dieci nobili sposati di sua conoscenza non si svegliavano con le loro amanti, men che meno con le loro mogli. E lui certamente non aveva mai passato una notte con un'amante, preferendo il proprio letto per dormire. Una notte con sua moglie, una donna che l'aveva respinto e poi sposato perché obbligata, e già voleva svegliarsi con lei al mattino.

Oddio, che cosa c'era che non andava in lui?

Però conosceva la risposta. Era semplice. Gli era piaciuto fare l'amore con Jane, molto, in effetti, tanto che si era svegliato con un'erezione pulsante, con il desiderio di fare ancora l'amore con lei. Non vedeva l'ora di assaggiarla e sentirla ancora sotto di sé. Si era aspettato che fare l'amore con lei l'avrebbe guarito dal desiderio. Con sua somma sorpresa e irritazione, aveva scoperto che la voleva più che mai.

Già, e, desiderandola, si sentiva miserabile.

Da quando si era svegliato, si sentiva stranamente turbato e non aveva avuto il tempo di riflettere sulla notte appena trascorsa. Era stato troppo rude con lei. Avrebbe dovuto dimostrare più ritegno, prendere le cose un po' più lentamente. Aspettare che fosse completamente sveglia, e non sedurla mentre era semiaddormentata. Non era una vergine, ma quasi; una notte di sesso quattro anni prima non la rendeva un'amante esperta.

Si vantava di essere premuroso in camera da letto ed eccolo qui, addirittura alla sua prima notte di nozze, ridotto al più elementare dei bisogni primari, senza nessuna considerazione per l'inesperienza della sua sposa. Un tale comportamento era imperdonabile, ma era imperdonabile anche che lei avesse avuto l'audacia di gettargli in faccia la sua rovina, quando oramai avevano passato il punto di non ritorno. Restava mentalmente e fisicamente insoddisfatto, e non era il modo di cominciare la giornata.

Quei pensieri cupi lo consumarono mentre attraversava la distesa del palazzo di Grosvenor Square, fino ad arrivare al campo di Royal Tennis che aveva fatto costruire dietro la casa. Il campo coperto permetteva al conte e ai suoi amici maschi di fare esercizio, di rilassarsi e di divertirsi durante i lunghi mesi invernali quando il Parlamento era in sessione, quando faceva troppo freddo, pioveva o semplicemente il tempo era troppo orribile per andare a cavallo. Il campo da tennis di Salt Hendon godeva della reputazione, da parte dei veri sportivi, di essere l'unico posto dove fare seriamente sport in inverno.

Una replica del campo da tennis Tudor trovato nel palazzo di Hampton Court, il campo aveva un pavimento di mattonelle, preziosi rivestimenti di legno e una volta enorme che arrivava fino al tetto a travi. Lungo una delle alte pareti, le finestre erano state posizionate a un'angolatura tale da fornire una luce adeguata, aria e spazio. Lungo la parete opposta c'era la galleria, dove gli spettatori si riunivano in tanti palchi singoli, arredati con cuscini di velluto e morbidi sedili, ciascuno con un cameriere addetto a offrire rinfreschi. Qui mogli, figlie, bambini e amanti dei nobiluomini sportivi potevano passare il tempo a loro agio, bevendo champagne e vino. Nella relativa intimità offerta dalle tende fatte di morbida rete, per assicurarsi che eventuali palline da tennis vaganti non potessero far loro danno, queste donne viziate erano libere di lanciare sguardi lascivi e discutere i meriti del fisico sportivo dei maschi, messo in mostra dai calzoni aderenti e da camicie così bagnate di sudore da appiccicarsi a toraci muscolosi, schiene ampie e braccia robuste.

Il conte salutò i suoi amici. Quattro erano in campo con le loro racchette di noce americano e stavano per cominciare a fare dei tiri di prova, il resto del gruppo circolava accanto alla prima galleria suddivisa in palchi, dalla parte opposta del *tambour*, in conversazione con gli spettatori che si stavano raccogliendo, mentre i domestici sistemavano i lacci delle loro scarpe morbide, toglievano redingote e offrivano rinfreschi su vassoi d'argento. Ma Salt non si unì a loro. Ricambiò i loro cordiali saluti sventolando una mano e continuò a camminare lungo la galleria, in cerca di sua cugina.

Era a metà strada quando Diana St. John apparve dalla porta che dava accesso al campo dalla galleria. Lo vide quasi subito e si affrettò lungo il pavimento di mattonelle, attenta a restare vicina ai palchi degli spettatori, perché i quattro giocatori avevano cominciato un doppio e servivano attraverso la rete, lanciando la pallina verso la parete laterale angolata in modo che schizzasse lungo il tetto inclinato della galleria producendo una rumorosa serie di tonfi prima di ricadere dalla parte opposta della rete. Si fermò davanti al terzo palco, e quando Salt la raggiunse gli gettò le braccia al collo e si aggrappò a lui, scoppiando in lacrime.

"Come sta?" Le chiese il conte senza preamboli e la tirò più vicino al palco, con le spalle che toccavano la morbida tenda di rete, mentre la sua schiena ampia la proteggeva da eventuali palline vaganti.

Diana St. John restò muta. Sembrava non avesse dormito tutta la notte.

"Diana, per l'amor del cielo, parlate!" le chiese, pallidissimo, interpretando la sua espressione disperata come un'indicazione che la temperatura di suo figlio era effettivamente diventata febbre alta. "Ron ha solo la temperatura un po' alta? Starà meglio tra un giorno o due?"

"Oh, Salt. È stata una tale prova," annunciò a voce alta Diana St. John, come per farsi sentire sopra le urla dei giocatori di tennis, e si tamponò in fretta gli occhi con un fazzolettino di pizzo, attenta a non sbavare i cosmetici espertamente applicati. "Non riesco nemmeno a dirvi che notte miserabile ho passato, senza dormire, e la preoccupazione poi. Non riusivo a smettere di pensare che cosa sarebbe successo se avessi perso anche il mio ragazzo. Prima la morte del caro St. John, nel fiore degli anni, e ora, perdere il mio ragazzo… oh, non potrei sopportarlo, Salt. Davvero non potrei. Sicuramente mi ucciderebbe."

"Ma ora sta bene, vero?" Le chiese Salt con voce stridula. "Solo un po' di febbre, nient'altro? Niente di cui preoccuparsi veramente? Parlate Diana!"

Lei annuì e si coprì il volto con le mani prima di guardarlo con le

lacrime agli occhi. "Ma era così caldo ed io ho pensato… ho pensato
che potesse essere il vaiolo. È così che è cominciato con St. John.
Ricordate? La febbre e poi i sudori… ero così spaventata. Avevo così
paura che anche il mio ragazzo avesse potuto prendere il vaiolo. Non
potete nemmeno immaginare che pensiero terribile per una madre!"

"No, ma St. John era il mio migliore amico," le rispose a bassa
voce. "Non vorrei mai rivivere quelle settimane. È stato un incubo."
Quando la donna si aggrappò ancora a lui, lui la abbracciò e la strinse
un momento, dicendo gentilmente: "Ma non succederà niente a Ron.
Lui e Merry sono stati variolati, ricordate? Quindi ci vorrebbe più di
un po' di febbre per togliervi il ragazzo, no?"

"Togliervi, sì, a *noi* due," rispose, insistendo su quella parola: "Per
noi è la cosa più importante, vero, Salt? Lui è il vostro futuro, il *nostro*
futuro. Se dovesse succedergli qualcosa…"

"Ma non gli succederà niente," la rassicurò Salt, allontanandola da
lui proprio mentre uno dei giocatori si precipitava verso di loro, con il
braccio teso per colpire una pallina che veniva diritta verso di loro.
"Penso sia meglio togliervi dal campo prima che veniate colpita."

"Ehi, Tony, bel colpo!" Urlarono dal campo.

Gli spettatori applaudirono entusiasti, una delle donne gridò un
incoraggiamento e le sue compagne ridacchiarono in risposta.

"Splendido *tambour*, signore, ben fatto," disse un'altra voce più
vicina al conte e a sua cugina.

Ma Diana St. John ignorò la partita di tennis così vicina a lei e il
fatto che c'era la possibilità reale di essere colpita da una pallina, o che
un giocatore le finisse addosso. Non le importava nemmeno stare tra i
piedi dei giocatori. Il suo sguardo non si spostò dal profilo attraente del
conte, distratto dalla partita in corso, e le sue labbra dipinte si arriccia-
rono disapprovando che lui non le concedesse tutta la sua attenzione.

"Non so perché non siete potuto venire la notte scorsa," disse stizzita, cambiando immediatamente umore e parlando a voce alta come
prima, dovendo farsi sentire sopra le grida dei giocatori che si incorag-
giavano l'un l'altro. Rimase ferma davanti al terzo palco e fu lieta
quando Salt riportò l'attenzione su di lei. "Ron si sarebbe calmato
molto prima se foste stato lì. E la povera Merry piangeva e chiedeva di
voi, sapete come sia affezionata a suo fratello. Hanno solo l'un l'altra…
e noi. Vi considerano un padre. Beh, perché non dovrebbero quando il
loro caro papà è in cielo? Come faccio a dire a due ragazzini che dipen-

dono da voi che è troppo chiedere al loro zio di venire se sono ammalati?"

"Diana, io..."

Lei lasciò cadere la testa incipriata e poi la alzò, con le lacrime sull'orlo delle ciglia scurite. "Ovviamente non ho il diritto di chiedervelo, e nemmeno di chiedermi che cosa poteva essere così importante da non poter nemmeno mandare una risposta al mio biglietto, né posso presumere che vi importi più di tanto quello che succede ai miei figli..."

"Diana, siete irragionevole," la interruppe Salt, irritato, appoggiandole leggermente le mani sulle spalle nude. "Sapete molto bene che considero Ron e Merry come se fossero miei. Nessuno per me ha più importanza dei figli di St. John e niente mi avrebbe tenuto lontano dal letto di Ron se fosse stato veramente ammalato..."

"Niente e nessuno?" Chiese speranzosa Diana St. John, sorridendogli. "Ron e Merry sarebbero talmente felici di sentirlo dire dal loro zio Salt. Sono qui oggi, sapete. Non sono riuscita a tenere Ron lontano dal vostro torneo di Royal tennis. Il dottor Barlow ha detto che era possibile farlo venire, purché fosse ben coperto. Ne siete certo, niente e nessuno?"

"Niente e nessuno," ripeté il conte, con la tensione che lasciava il collo e le spalle sapendo che Ron non era in pericolo, e felice che Diana avesse portato con sé i bambini. "Ora, permettetemi di spostarvi da questo campo prima che uno di noi o tutti e due veniamo menomati o mutilati dalle eroiche manovre di vostro fratello con una racchetta da tennis."

Un forte 'Urrà!' risuonò accanto all'orecchio di Salt, che si voltò vedendo Sir Antony e Tom Allenby che sorridevano da un orecchio all'altro e si davano delle pacche sulla schiena. Dopo aver stretto la mano ai loro avversari delusi, il duo vincente si avvicinò a Salt e Diana St. John attraverso il campo. Ma Tom si precipitò davanti a Sir Antony, ed era talmente eccitato da ignorare completamente il conte e sua cugina per aprire la rete del terzo palco e chinarsi oltre la balaustra dicendo, felice come un bambino di dieci anni:

"Jane! Jane! Hai visto il mio ultimo colpo? Vero che Sir Antony ha giocato in modo veramente brillante? È un mago nel piazzare la palla. Non ce n'è uno migliore. Sa esattamente se gettarla oltre la rete o alzarla verso la Penthouse, per farla cadere in modo che il tizio dall'altra parte non riesca a raggiungerla! Se non fosse stato per lui non avremmo vinto!"

"Andiamo, Tom Allenby, state esagerando, ve l'assicuro," rispose Sir Antony con una risata bonaria, un cenno a sua sorella e a suo cugino e una mano sulla balaustra perché era ancora senza fiato e gli sembrava che l'avessero preso a pugni dappertutto. "Avete piazzato dei bei tiri tattici che io non sarei riuscito a fare e avete servito il punto vincente. Siamo una bella squadra, vero, milady?"

"Oh, non ce n'è una migliore," rispose Jane con un sorriso ai due vincitori, avvicinandosi alla balaustra, senza uno sguardo alla coppia lontana meno di mezzo metro. Il rossore sulle sue guance, e il fatto che non salutò suo marito o sua cugina, erano un'indicazione sufficiente per Salt che avesse sentito ogni parola. Lo confermò quando disse, con un sorriso impertinente, al fratellastro: "Anche se temo che la visuale fosse parzialmente ostruita e non potessi vedere i colpi sulla linea di caccia da una yarda. È così che si chiama, vero, Sir Antony, la riga più vicina al muro?"

"Gentile da parte vostra ricordarvi il mio monologo sul Re dei giochi, cioè il Royal tennis, milady. Alla maggior parte delle signore gli occhi diventano vitrei quando scendo nei dettagli," disse Sir Antony con un sorriso di approvazione e, non riuscendo a frenarsi perché era contrariato per il modo melodrammatico in cui sua sorella stava mono-polizzando il tempo del conte, aggiunse, nel modo meno diplomatico possibile: "Anche se non mi sorprende che non abbiate potuto vedere parte dell'azione, con mia sorella e l'enorme carcassa di Salt che blocca-vano la visuale."

"Forse dovrei fare quello che mi avevate suggerito dall'inizio, Sir Antony, e guardare la prossima partita dalla Penthouse Gallery Dedans?" Rispose Jane amabilmente, riuscendo a non guardare suo marito. "Da là si vede perfettamente tutto il campo."

"È una splendida idea, Jane," confermò Tom: "Da lassù vedrai tutto. La prossima partita dovrebbe essere qualcosa di straordinario," aggiunse, parlando senza riflettere, l'unica cattiva abitudine che Jane era certa avesse ereditato da sua madre, "perché Lord Church si batterà con sua signoria, e Art mi ha assicurato che è una partita da guardare perché sono avversari di pari valore. Anche se Art ha sentito Lord Church vantarsi che oggi il conte è nettamente in svantaggio rispetto a lui perché ieri non era la *sua* prima notte di nozze!"

Sir Antony rise imbarazzato davanti alla convinzione di Pascoe Church che la notte nuziale avesse indebolito le forze del suo rivale. Ma Diana St. John, cui pareva di aver fatto tutto il possibile per il momento per far sentire la contessa di Salt Hendon spiacevolmente conscia che lei e i suoi figli avevano un posto radicato negli affetti del conte, tenne la bocca recisamente chiusa sull'argomento del matrimonio di suo cugino. In effetti, mantenne un'espressione così controllata che nessuno avrebbe potuto indovinare che dentro di sé stava urlando per la rabbia.

Era appena arrivata a Grosvenor Square quando Sir Antony le era balzato incontro, informandola senza mezzi termini che Salt si era sposato il giorno prima e che lei non doveva fare storie. Diana aveva risposto con un sorriso di superiorità che era storia vecchia e di lasciarla al suo dolore. Poi era corsa al campo da tennis, mentre suo fratello dava seguito all'avvertimento obbligandola a farsi presentare la nuova contessa di Salt Hendon di fronte a una dozzina di nobili atletici che, come un sol uomo, stavano porgendo i loro omaggi alla bellezza della contessa, come se la reincarnazione di Afrodite si fosse degnata di scendere tra di loro.

Che la creatura fosse bella e modesta come Diana St. John la ricordava non fu una gran sorpresa, la Despard l'aveva avvertita, ma vederlo con i suoi occhi minacciò di farle tornare il terribile mal di testa della notte prima. Anni di esperienza nel nascondere i suoi veri sentimenti al mondo le permisero, tuttavia, di soffrire l'oltraggio di fare la riverenza alla nuova moglie di suo cugino. Anche se aveva passato la notte precedente versando litri di lacrime amare sul matrimonio del conte, oggi era abbastanza furba da indossare una maschera di suprema indifferenza.

La sua campagna per far cadere in disgrazia e far bandire la nuova contessa di Salt Hendon, prima che il conte mettesse incinta la sua sposa era già cominciata e non avrebbe avuto tregua.

Così, come aveva fatto quando era stata presentata la prima volta, Diana St. John si inchinò silenziosamente al rango e poi si ritirò nei palchi degli spettatori. Una volta sistemata con le sue amiche, continuò a tessere la sua tela di dicerie e contro dicerie. La *crème de la crème* femminile dell'alta società era fin troppo impaziente di assorbire ogni sussurro malizioso su una sconosciuta ragazza di provincia, che aveva avuto la sfrontatezza di usurpare il loro posto e sposare uno di loro. Il conte di Salt Hendon non era solo lo scapolo più ricercato del regno, era anche un esempio eccezionale di sfrenato vigore maschile, come non se ne vedevano da quando quella ragazzetta francese aveva catturato il cuore di quell'incallito libertino del duca di Roxton, nel '43.

Sir Antony sorrise dolcemente mentre la sua intrigante sorella correva via e disse al conte: "Bene, sarà meglio che dimostri al tuo segretario che si sbagliava, Salt, perché ho scommesso dieci sterline che annienterai Pascoe in meno di mezz'ora."

"Mezz'ora? Perché dovrei metterci tanto?" Mormorò Salt in risposta, distratto dalla visione di sua moglie, abbigliata con uno dei tanti abiti nuovi che aveva ordinato di fare per lei, e che ora erano stipati nei suoi guardaroba fino a farli scoppiare.

Stava pensando come fosse meravigliosamente carina in un abito di seta verde pallido e rosa, *à la française*, con le maniche aderenti del corpetto ricamato che mettevano in evidenza le sue lunghe braccia sottili. Approvava anche la sua elegante pettinatura. Erano sparite le trecce arrotolate, fuori moda. I capelli, lunghi fino alla vita, erano raccolti morbidamente in cima alla testa e assicurati con fermagli di perle, con dei nastri intrecciati, mentre lunghi riccioli ricadevano sciolti sulle spalle. Fu stupito nel vedere che aveva rovinato l'effetto della scollatura profonda, quadrata, che avrebbe mostrato al meglio il suo piccolo seno rotondo, indossando un fichu di stoffa leggerissima, goffamente arrotolato sopra il seno sinistro. Certamente avrebbe potuto chiederlo, e la sua cameriera avrebbe sistemato quell'inutile articolo di abbigliamento femminile in un modo più attraente. E poi notò il quadrato di lino bianco infilato nella scollatura del corpetto, sembrava quasi un bendaggio improvvisato...

Rispondendo in ritardo alla dichiarazione di Sir Antony, finalmente disse, con una smorfia: "Allora Pascoe Church è convinto di potermi annientare?"

"Non esattamente annientarvi, milord," ammise Tom, guardando Sir Antony.

"Batterti certamente, caro amico," disse Sir Antony tutto felice, con uno sguardo a Jane e un altro al suo miglior amico, che gli confermava che lui e Tom avrebbero fatto meglio a sparire, per lasciare alla coppia un momento di intimità. "Ma so che dimostrerai che Pascoe ha torto. Non voglio perdere dieci sterline. Allora, Tom, andiamo a ripulirci e poi andiamo nel palco dei giocatori ad aspettare la nostra prossima partita. E mi andrebbe bene anche qualcosa da bere, muoio di sete."

"Che cosa vi siete fatta?" chiese Salt a Jane, a voce bassa, appena Sir Antony e Tom furono fuori portata d'udito.

Allungò la mano per alzare il fichu e controllare il bendaggio ma Jane si tirò indietro, allontanandosi dalla balaustra e riprendendo il suo posto sul cuscino di velluto marrone. La balaustra non era un deterrente per Salt, che si limitò a saltarla con un volteggio per sedersi accanto a lei sulla panchina. Cercò ancora di sollevare il fichu ma Jane gli spinse via la mano.

"Io... a me piace. È la moda."

"Stupidaggini. È orribile ed è un crimine nascondere un seno tanto bello. Toglietelo."

Jane arrossì suo malgrado a quel complimento spontaneo ma non tolse il fichu: "No, milord, non lo toglierò."

"Milord?" Alzò le sopracciglia: "Bene, milady, lo toglierò io per voi."

A quel punto Jane alzò gli occhi: "No, per favore. Mi sento più a mio agio se lo porto."

Salt aggrottò la fronte, percependo il suo disagio: "Che cos'è successo?" Le chiese gentilmente. "Perché avete un bendaggio nascosto sotto quel fichu?"

"Niente. Non è niente," sussurrò, senza guardarlo negli occhi e, segno eloquente del suo disagio, chiazze di colore macchiarono di rosa fragola la sua gola bianca. "Per favore, ora avete una partita di tennis e vi stanno chiamando."

"Se vi siete fatta male ho il diritto di saperlo," le disse burbero: "Cosa succederebbe se qualcuno me lo chiedesse e io non potessi rispondere? Non sembrerei un bruto insensibile?"

"Lo hanno già chiesto," ammise Jane, abbassando gli occhi e guardando l'anello di zaffiri e diamanti, che era stato ristretto e che ora calzava perfettamente il dito affusolato. "Sono stata sbadata con una ciotola di tè e mi sono scottata. Questo basterà."

"Che cos'è successo veramente?" Le chiese, ignorando gli sfottò alle sue spalle e gli urli che lo invitavano a sbrigarsi, altrimenti Pascoe Church avrebbe vinto per abbandono.

"Non importa, non si poteva evitare. Per favore, andate."

"Possono aspettare. Ora fatemi vedere."

Jane scosse la testa, una mano sugli strati arrotolati di seta sottile per impedirgli di togliere il fichu.

"Non è una richiesta," dichiarò Salt bruscamente.

Lentamente, con un sospiro di disfatta, Jane lasciò cadere la mano in grembo. Questa volta, quando allungò la mano per toccarla non si ritrasse, ma non alzò nemmeno gli occhi. Salt srotolò gli strati di seta leggera e lasciò cadere il fichu sul pavimento, mostrando la curva delicata del seno bianco nel corpetto ricamato, molto scollato e il bendaggio improvvisato che era inserito nell'orlo e copriva il seno sinistro. Alzò delicatamente il bendaggio e inspirò forte.

Quello che il giorno prima era un capezzolo di un rosa delicato, ora era rosso come carne cruda. A uno sguardo frettoloso poteva sembrare una scottatura. Se avesse avuto gli occhiali per controllare più da vicino, sapeva che avrebbe visto che la pennellata di rosso che le attraversava il seno era, in realtà, una serie di piccoli rilievi rossi, che assomigliavano a una dolorosa escoriazione. In effetti era un'escoriazione e ne capì immediatamente l'origine, sentendosi arrossire. Rimise a posto in silenzio il bendaggio, raccolse il fichu e rimise i leggeri strati di seta intorno alle spalle nude di Jane, poi piegò un ginocchio davanti a lei per sistemarglielo meglio, in modo che il drappeggio fosse uniforme. Incrociando la lunga sciarpa sopra il seno, legò i capi in basso sulla schiena e inserì il tessuto eccedente nell'allacciatura del corpetto. Sicuro che fosse così che la portavano le signore di sua conoscenza, rimase accucciato e le prese le mani.

"Jane, guardatemi," la invitò, ma lei continuò a fissarsi le mani e il conte dovette alzarle il mento con un dito. Jane continuò a tenere gli occhi bassi, le guance erano rosse come mele e appariva, in tutto e per tutto, la timida sposa del giorno dopo la notte di nozze. Lo sconforto del conte aumentò tanto da fargli dire bruscamente: "Avrei dovuto avere la decenza di radermi. Mi dispiace, sono stato sbadato, avete una pomata? Bene," disse, sollevato, quando lei annuì in fretta. "Vi-vi ho fatto male quando io... no, non l'arrossamento. Quando io... oddio, sto blaterando come un idiota!" disse bruscamente e si alzò, passandosi una mano tra i folti capelli castani mentre si voltava a guardare attraverso il campo da tennis, senza vedere nulla. Si sedette accanto a lei: "Voglio dire... voglio dire, quando io... quando noi..."

"So che cosa volete dire," lo interruppe a bassa voce. "Sì, ma solo per un attimo," gli confessò e, quando lo vide reagire con uno scatto, aggiunse, con una franchezza che lui trovava inimitabile: "È che abbiamo fatto l'amore solo una volta, beh, effettivamente sono state due volte, nel padiglione d'estate, ma solo quella volta, se capite che cosa voglio dire, e sono passati quattro anni, così, anche se fare l'amore è effettivamente meraviglioso, avevo dimenticato che i primi momenti sono un po' scomodi e, dato che siete un uomo alto, è solo naturale che... oh mio Dio! Adesso sono io che blatero. Per favore, perdonatemi..."

Jane era balzata in piedi, con il volto acceso di mortificazione per aver avuto la faccia tosta di commentare a voce alta le notevoli dimensioni della sua dotazione. Che cosa doveva pensare di lei? Non avrebbero dovuto discutere di cosa succedeva in camera tra marito e moglie, nello spazio aperto di un campo da tennis, con oltre venti persone intorno. Si sentiva stupida e maldestra per aver confessato un momento d'ansia. Quello che avrebbe dovuto dire era che fare l'amore con lui era stato altrettanto meraviglioso e soddisfacente come nel padiglione d'estate, ma non ci riusciva. Senza dubbio era perfettamente accettabile per le sue amanti sottolineare le sue dimensioni o colmarlo di lodi per la sua tecnica e resistenza, ma non era qualcosa che lui avrebbe voluto sentire dalla moglie con l'enorme esperienza di ben due notti!

Il silenzio si protrasse e, quando ebbe il coraggio di guardarlo, l'espressione corrucciata le confermò il disgusto per la sua franchezza. La sua umiliazione fu completa quando uno dei domestici si avvicinò alla balaustra, per ricordare a sua signoria che Pascoe Church lo stava aspettando e il conte cambiò bruscamente argomento.

"Andrews ha fatto tutto il possibile per non implicarvi nella faccenda del biglietto di Lady St. John di ieri notte," le disse in tono colloquiale, "ma credo di dover ringraziare voi per avermi permesso di dormire indisturbato."

Questo la fece sorridere: "Allora non siete arrabbiato perché non vi abbiamo svegliato?"

"Arrabbiato? No, ve ne sono grato, specialmente visto il torneo di oggi," ammise. "Diana è semplicemente una madre iperprotettiva. Che non è una brutta cosa ma a volte può essere stancante. Come senza dubbio avrete visto attraverso la rete, è solita drammatizzare troppo la situazione quando si parla dei suoi figli. Ma le sue intenzioni sono buone."

Buone intenzioni? Dovette chiedersi Jane, ricordando l'effetto che aveva avuto su di lei il forte profumo di Diana St. John nell'anticamera e se per caso non fosse folle, a pensare che la donna avesse inscenato tutta la commedia fuori dal palco della galleria dov'era seduta lei, sapendo perfettamente che la nuova contessa di Salt Hendon era seduta dietro la rete, e che quindi aveva un posto in prima fila per vedere la dichiarazione di possesso di Lady St. John nei confronti del conte di Salt Hendon. Desiderava con tutto il cuore che Salt avesse ragione e che sua cugina non intendesse nuocerle, ma c'era qualcosa in Diana St. John che la rendeva diffidente e la spaventava, e queste sensazioni non erano facili da mandar via.

"C'è una cena dopo il torneo," le stava dicendo Salt. "È un po' un cimento, se non si è abituati a restare seduti per trenta portate e le chiacchiere politiche. Dopo, c'è un recital. Se non ve la sentite e preferite ritirarvi, farò le vostre scuse e Diana può subentrare e..."

"No," disse fermamente Jane e sorrise: "Andrà tutto bene, davvero."

Le strinse piano una mano e poi si voltò verso il campo e alzò la mano verso Pascoe Church, che stava roteando la racchetta in aria come se fosse pronto a conquistare l'intera consorteria di giocatori di tennis presenti. Si voltò a guardare Jane. "Mi stanno chiamando. Starete bene qui da sola?"

"Sì, perfettamente, ora andate," gli assicurò guardandolo volteggiare sopra la balaustra e correre in campo.

Fu da subito una partita veloce, allo spasimo, entrambi gli uomini tennisti di talento. Colpivano duramente e velocemente la piccola palla solida, che schizzava in tutte le direzioni, con l'ulteriore incertezza data dal *tambour* e dall'angolo tra la parete e il pavimento, che offrivano scelte di posizionamento eccitanti che tennero Jane sull'orlo del suo cuscino di velluto, in attesa di vedere dove sarebbe atterrata la pallina. Salt era più bravo ad anticipare dove sarebbe caduta la pallina e, essendo più alto e avendo gli arti più lunghi del suo avversario, era in grado di allungare di più la racchetta e di arrivare più spesso alla palla. Ma Pascoe Church era più leggero e più veloce sulle gambe, e rimbalzava per il campo sulle punte dei piedi, ricordando a Jane un gallo cacciato da una volpe molto decisa.

Dalla galleria arrivava parecchio sostegno vocale per entrambi i giocatori e Jane si trovò presto ad applaudire e a gridare incoraggiamenti con il resto dei nobili spettatori. A intervalli, quando era il momento di cambiare lato, e prendere qualche minuto di pausa prima di riprendere la partita, i domestici portavano ai giocatori salviette calde e rinfreschi, e i lacchè correvano in giro con degli stracci legati a lunghi pali, per asciugare il sudore dalle mattonelle.

In molti dei palchi nella galleria, la rete era stata scostata per permettere agli spettatori di chinarsi sopra le balaustre e conversare con gli spettatori negli altri palchi, oppure con i giocatori. Era un momento di conversazione a voce alta, di brindisi e di domestici che andavano e venivano con bottiglie di chiaretto e di champagne. Poi si sentì un alto grido di incoraggiamento tra gli uomini e un tale putiferio di fischi, risatine e urletti femminili dall'altra parte del campo, dove Salt e Pascoe Church stavano riprendendo fiato e chiacchierando, che perfino Jane si chinò fuori dal suo palco con il resto degli spettatori della galleria, per guardare in fondo al campo quale fosse la ragione del trambusto.

Un certo numero di articoli di abbigliamento femminile era stato gettato in direzione dei due giocatori ed era atterrato ai loro piedi. Almeno tre ventagli, un fichu, una maschera, due borsette a rete, un certo numero di guanti e perfino un paio di calze con le giarrettiere coprivano il pavimento del campo. Un altro guanto volò in aria e atterrò vicino alla punta della scarpa sinistra di Salt. Non fu il guanto che raccolse, ma una calza femminile munita di giarrettiera. Drappeggiò questo articolo femminile sulla testa cordata della racchetta e poi la tese con il braccio, come fosse una spada, e fece un inchino con uno svolazzo esagerato.

Si sentì un altro applauso quando andò a restituire la calza alla legittima proprietaria, e diverse signore che ridacchiavano, indubbiamente ubriache, negarono ad alta voce che quell'oggetto intimo fosse loro, alzando le sottane sopra le caviglie, come se fosse necessario fornire la prova dei loro immodesti dinieghi. Jane non riusciva a vedere a chi avesse offerto la racchetta Salt, con un altro inchino, ma non ci furono dubbi sul significato dell'offerta, quando una delle dame nel palco accanto a quello di Jane, che si stava sporgendo tanto sopra la balaustra, agitando il suo ventaglio, che il suo grosso seno rischiava di fuoriuscire dal corpetto scollato, fece un annuncio alle sue compagne, che Jane sentì sopra le risate e gli applausi di tutta la galleria.

"Ecco, Eliza, che cosa ti avevo detto? Salt ha scelto Jenny

Dalrymple e questo mette fine al regno di Elizabeth Outram come *maîtresse en titre*. Non durano mai più di un anno, mai."

"Sono fortunate a durare così tanto, visto che la sua spada è raramente nel fodero."

Ci fu una serie di sbuffate poco femminili e uno scoppio di rumorose risate.

"Oh, Eliza! Hai un tale modo volgare e pittoresco di esprimerti!"

"Come fa Diana a sopportare le sue infedeltà?" Chiese una terza voce, attraverso la sottile parete che divideva il palco di Jane dall'altro.

"Come tutte noi," fu l'altezzosa risposta. "Cecità selettiva. Non tocca a noi obiettare alle scappatelle di un amante, e certamente non a quelle di un marito. Non è che queste distrazioni significhino qualcosa."

"Le mie certamente no."

"Eliza! *Eliza*! Smettila o mi scoppierà il corsetto! Ragazza dispettosa."

"Ma la sua sposina?" chiese la voce lamentosa. "Sarà comprensiva come il resto di noi? Voglio dire, sapete qualcosa di lei?"

"Dimmelo tu, Susannah. Che ne sappiamo della piccola *parvenue*?"

"Nessuno di noi sa niente, anche se Diana ha detto qualcosa a proposito di Salt che sposava la piccola sempliciotta per pagare un debito di gioco. Dio! Che spreco di carne nobile. Per la figlia di un mercante di vetro azzurro di Bristol, nientemeno."

"Non c'è abbastanza carne su quelle ossa, per soddisfare un uomo dai forti appetiti come Salt. Le ha sempre preferite con il seno abbondante e le cosce grandi."

"Non è una grande sorpresa visto che è solido come un toro ed è anche dotato alla stessa maniera."

Ci fu un altro scoppio di risa e di risolini finché quella con la voce lamentosa disse: "Per un uomo dell'abilità fisica di Salt deve essere stato un accoppiamento insoddisfacente."

"Molto insoddisfacente."

"Particolarmente quando lo sposo ha il diritto di aspettarsi che la sposa sia intatta, la prima notte di nozze."

"Che cosa vorresti dire?"

"Diana dice che se mai uscisse la verità… dovete promettere che non direte una parola…"

"Non una parola!" risposero tutte in fretta.

"Non è qualcosa che un uomo desidera che i suoi amici, e certamente non i suoi nemici politici, scoprano riguardo sua moglie. Ha a che fare con l'orgoglio maschile."

"Che cosa? La caraffa era già crepata?"

Ci fu un urletto collettivo inorridito. "Non era vergine la prima notte di nozze!"

"Oh, Eliza! Mi sorprendi, quando cominciavo a pensare che hai le pigne in quella bella testolina. Angioletto furbo! Sì, merce guasta."

"Che cosa volgare!"

"Sì, volgare come il suo lignaggio. Che cosa ci si può aspettare? Certamente questo vetro azzurro ha delle imperfezioni."

"Furba!"

"Il debito di gioco di Salt deve essere stato veramente enorme."

"E non è nemmeno una di noi."

"Definitivamente non una di noi, mia cara Eliza."

"Povero Salt."

"E povera Diana. Non dimentichiamo Diana. Come deve soffrire. Ma con tale coraggio!"

"Oh sì! Susannah, hai *proprio* ragione. È innamorata di Salt da *sempre.*"

"Sì, Eliza, sappiamo tutte che Salt è il grande amore di Diana, ma non lo diciamo a voce alta."

"Che peccato che St. John si sia messo tra i due."

"Non in tutto, mia cara Susannah. Si dice, e Diana non ha mai smentito questa voce, che i suoi due marmocchi…"

"… siano di Salt?"

Ci fu un altro ansimare collettivo.

"Buon Dio! Straordinario!"

"Ma… non ci sono anche delle voci che dicono che lui è sterile?"

Una delle donne emise un suono che ricordava un fagiano spaventato. "Salt? *Sterile*? Non fare l'allocca, Eliza! Un esemplare di mascolinità divino, che può continuare per ore e ore, sterile! Dai!"

"Beh, anche se non è sterile, chi lo sa? L'artemisia amica di Diana è sempre pronta a mettere fine a qualunque riproduzione indesiderata."

"Davvero Susannah? Interessante, *molto* interessante."

"Sì, sapevo che l'avresti pensato. Mi ha aiutato in una circostanza veramente difficile."

"Arta *chi*?" interruppe la voce lamentosa.

La spiegazione venne data come parlando a un bambino, o a uno che non conoscesse la lingua. "*Artemisia*. sciroppo di artemisia. Certamente ne hai sentito parlare? Ti libera dei marmocchi indesiderati prima che siano formati."

"Oh! *Quell'*artemisia. Pensavo che ti riferissi a un'amica di Diana che si chiama Artemisia."

"Beh, è così! È un'amica particolare di Diana, in bottiglia."

Ci fu una risatina collettiva e poi le voci delle donne tornarono alla questione della paternità dei figli di St. John.

"Stravede per i marmocchi di Diana."

"Sì, vero Susannah. Giustamente direi."

"Proprio come dovrebbe fare un papà."

"Ma non l'avete sentito da me."

"No, non da te."

"Ha perfettamente senso."

"Perfettamente." Echeggiarono all'unisono due voci femminili.

"Stanno giocando! Ho scommesso trenta sterline su Pascoe Church vincente!"

"Eliza! Mi sbagliavo," annunciò la sua amica disgustata: "Hai *veramente* le pigne in testa."

OTTO

MENTRE SORSEGGIAVA IL TÈ da una delicata ciotolina di porcellana nel Salone Giallo, Jane continuava a desiderare di essersi allontanata dalla parete del palco della galleria, e di non aver ascoltato le dicerie e le contro dicerie riguardanti Lady St. John e suo marito. Osservandola attraverso la rete, era chiaro che Diana St. John era infatuata di suo marito. Ma lui lo sapeva? Ed erano amanti? Non ne aveva idea.

Jacob Allenby l'aveva continuamente catechizzata sull'ipocrisia dilagante nell'alta società. Su come la classe dirigente fosse affetta dal vizio in tutte le sue forme, e come il conte di Salt Hendon fosse colpevole di tutte le inenarrabili colpe della sua classe, proprio come tutti gli altri abitanti di Gomorra, come Jacob Allenby definiva continuamente Londra ed in particolare i dintorni di Westminster. E sua signoria aveva commesso il crimine che i suoi depravati fratelli ritenevano più odioso: aveva sedotto una vergine e poi l'aveva abbandonata mentre aspettava un bambino.

Le aveva predicato questo sermone talmente spesso che Jane era diventata immune alle sue profezie di fuoco infernale e zolfo. Vivendo in una casa nelle zone selvagge del Wiltshire, senza un quadro che ravvivasse le pareti, il fuoco nel camino permesso solo a giorni alterni, e con la proibizione assoluta di usare frivolezze come gli specchi e le cianfrusaglie femminili, il nefando stile di vita del conte di Salt Hendon era un mondo a parte. Comunque, ora che era la contessa di

Salt Hendon, le interessava parecchio e la preoccupava. La preoccupava perché era innamorata di suo marito e, visto che lo amava, prima avesse firmato quel documento che la bandiva a Salt Hall, meglio sarebbe stato per la sua pace mentale.

Una forte risata si intrufolò in queste riflessioni e Jane si ricordò che era nel Salone Giallo, dove le signore si erano riunite in attesa dei signori che, avendo finito di giocare le loro partite di Royal Tennis, si stavano facendo il bagno e vestendo per prepararsi a una buona cena. Con le sottane a molti strati di seta e broccato allargate intorno a loro, i ventagli dipinti e di avorio che sventolavano su seni arrossati e spinti in alto dai corsetti, le signore passavano il tempo sui vari divani e poltrone vicino ai due camini, chiacchierando tra di loro.

Diana St. John serviva il tè con tutto l'aplomb di qualcuno abituato a quel compito. Ovviamente aveva fatto mostra di rifiutare, quando il maggiordomo e quattro domestici in livrea erano arrivati con i carrelli su cui erano ammucchiati il servizio da tè di Sèvres, piatti di dolcetti e una varietà di torte e pasticcini, la teiera e l'urna del caffè sui loro sostegni d'argento. Ma Jane, non sapendo assolutamente nulla su come comportarsi da padrona di casa con un branco di matrone dell'alta società dall'occhio lungo, era più che lieta di lasciare l'onore a Lady St. John, anche se avrebbe messo in evidenza la sua mancanza di capacità sociali. La sua calma capitolazione alla competenza di Lady St. John le aveva fatto guadagnare qualche cenno di approvazione delle matrone più vecchie, ma le amiche più strette di Diana St. John erano tutte sorrisi compiaciuti per la loro amica, come se avesse vinto una piccola battaglia con la giovane contessa.

Jane vide quegli sguardi di meschino trionfo ma li ignorò e, non potendo unirsi alla conversazione sulla politica e su gente di cui non sapeva nulla e che, se fosse stata incline al cinismo, avrebbe potuto pensare fosse continuamente indirizzata verso quegli argomenti da Diana St. John e dalla sua coorte, per il preciso scopo di escluderla, si era poco a poco avvicinata alla finestra che guardava sulla piazza sottostante. Qui sorseggiava il suo tè e guardava il traffico di portantine, carrozze e carri tirati da buoi, con i loro conducenti e i loro cani, manovrare comodamente nelle ampie strade di Grosvenor Square.

Stava studiando l'alveare di attività che accompagnava l'arrivo di una grande carrozza carica di bagagli fuori da uno dei palazzetti, con i domestici in livrea spediti fuori al freddo per sistemare i gradini e aiutare gli occupanti a scendere il più presto possibile e permettere loro di correre all'interno, al caldo di un buon fuoco, quando con la coda dell'occhio colse un lampo di movimento attraverso le larghe porte che davano sulla sala da pranzo. Ancora movimento e una risata, e Jane andò alla porta in tempo per vedere due bambini, il figlio e la figlia di Lady St. John, che correvano lungo un lato del lunghissimo tavolo di lucido mogano che era stato preparato con argenti e cristalleria per oltre trenta invitati. Li rincorreva un uomo con un abito scuro e, dietro di lui, camminando a passo svelto, una donna vestita di grigio con una pettinatura severa.

Diversi servitori in livrea continuavano il loro lavoro, sistemando sul tavolo, in modo equidistante, i centritavola pieni di frutta e fiori, sotto lo sfavillio di tre candelieri di cristallo con le candele accese. Altri stavano posizionando scaldavivande e vassoi d'argento su due lunghe credenze, appoggiate alle pareti da entrambi i lati del massiccio camino di marmo, sotto l'occhio vigile di un sottomaggiordomo dallo sguardo d'aquila. Nessuno di questi servitori prestava la minima attenzione ai ragazzi che giocavano intorno al tavolo, e sembrava non gli importasse, eccetto quando i ragazzi St. John impedivano loro di compiere il loro particolare compito e anche allora si limitavano a scostarsi e poi continuavano con il loro lavoro. L'uomo, che Jane decise doveva essere il tutore del ragazzo, insieme alla governante della ragazzina, erano svelti a mettersi tra i servitori indaffarati e i ragazzini ridenti quando era necessario.

Quando però il ragazzo spinse di lato due sedie Chippendale e si tuffò sotto il tavolo, seguito immediatamente dalla sorella che ridacchiava, il tutore e la governante persero la pazienza e lanciarono vuote minacce nei loro confronti se non si fossero mostrati immediatamente. Gli avventurosi ragazzi ignorarono ovviamente le minacce a vuoto, e rilanciarono a loro volta, pretendendo immediatamente dolcetti e punch, altrimenti sarebbero rimasti sotto il tavolo. Fu solo quando il tutore si alzò le maniche e si offrì di bastonare entrambi se non riemergevano immediatamente, che Jane si fece coraggiosamente avanti e fece rilevare la sua presenza.

Il tutore e la governante diedero uno sguardo a Jane, riconobbero dalla sua delicata bellezza e dagli abiti ricamati che non era una domestica e doverosamente, anche se con riluttanza, si allontanarono dal tavolo come richiesto. Toccò al sottomaggiordomo sussurrare alle loro spalle che chi parlava era la contessa di Salt Hendon, e a quel punto il tutore si piegò in due in un inchino finché il naso quasi colpì le ginocchia e la governante sprofondò in una riverenza così profonda che quasi si ribaltò. Ma Jane non vide niente di tutto questo perché si era chinata con cautela, con una mano appoggiata al bordo del tavolo per restare in equilibrio, per sbirciare sotto il tavolo.

"Salve, vi ricordate di me, allo Zoo della Torre?" Chiese con un sorriso amichevole ai due ragazzi St. John, stretti tra le gambe tornite di una coppia di sedie.

"Salve, a voi piacevano di più i leoni," dichiarò il ragazzo, con gli occhi scuri diffidenti, come se si aspettasse l'inevitabile predica sul loro pessimo comportamento.

"E i tuoi preferiti erano gli elefanti," rispose Jane.

"Mi piacerebbe cavalcare un elefante, un giorno," annunciò il ragazzo.

"Ho sentito che in India usano gli elefanti proprio come noi usiamo i cavalli da tiro."

Gli occhi nocciola della ragazzina si illuminarono: "Davvero? Posso cavalcarne uno anch'io?" Chiese speranzosa a Jane.

"Non essere ridicola, Merry!" disse il fratello deridendola. "Sei una ragazza. Le ragazze non possono cavalcare gli elefanti."

La ragazzina fece il broncio: "Se vado in India…"

"Le ragazze non possono cavalcare gli elefanti e non possono andare in India. Le ragazze non possono fare niente."

Merry mostrò la lingua al fratello e disse, cupa: "Io sì, se voglio!" E guardò Jane cercando il suo sostegno, poi disse, più tranquilla: "Posso andare in India se voglio, vero?"

Jane sorrise alla ragazzina, vide l'espressione testarda sul volto del fratello, come se si aspettasse che lei fosse d'accordo con lui e disse placidamente: "Non è una questione di non potere, no davvero. Dipende tutto da quello che succederà quando sarai una giovane donna adulta. Ovviamente va da sè che sarai una signora alla moda e sposerai un uomo molto affascinante e importante…"

"Proprio come lo zio Salt?" Chiese speranzosa la ragazzina, e quando il fratello protestò gli mostrò un'altra volta la lingua.

"Sì, proprio come vostro zio Salt," disse tranquillamente Jane, cercando di non sorridere. "Se sposerai un gentiluomo che deciderà di andare in India un giorno, allora, naturalmente, andrai con lui."

"Se fosse importante come lo zio Salt, il marito di Merry non andrebbe in India," dichiarò enfaticamente il ragazzo. "Sarebbe un nobile e sarebbe necessario qui, per governare il regno."

La ragazzina aprì la bocca per parlare, ma Jane la precedette, dicendo con dolcezza: "Questo è verissimo ma forse il futuro marito di tua sorella potrebbe essere un diplomatico, come l'altro vostro zio, Sir Antony, e andrà in India per degli incarichi importanti su richiesta del Re."

La ragazzina sorrise trionfante al fratello, che dovette ammettere che Jane poteva avere ragione, anche se aggiunse altezzosamente, con le narici frementi che ricordavano in modo allarmante suo zio Salt quando era al colmo dello sdegno: "La mamma dice che i diplomatici sono politici falliti. Oppure che sono stati mandati lontano perché sono un imbarazzo per le loro famiglie."

"Ma certamente vostro zio Sir Antony non è né l'una né l'altra cosa?" Chiese Jane, stupita.

"La mamma dice che lo zio Salt ha mandato via lo zio Tony perché l'ha trovato a pomiciare con la cugina Caroline," il ragazzo alzò gli occhi sprezzanti e incrociò le gambe sottili, aggiungendo, perché questa specie di conversazione lo faceva sentire a disagio e la bella signora lo stava guardando stranamente: "Qualunque cosa significhi pomiciare. Ma questo è quello che ho sentito che diceva la mamma alla vecchia Lady Porter, quindi deve essere vero."

Jane nascose il suo stupore ma doveva essere apparsa esterrefatta, perché la ragazzina le offrì conforto e una spiegazione.

"Oh, allo zio Tony non importa vivere all'estero. Me l'ha detto lui. E mamma dice che la cugina Caroline è troppo giovane per sposarsi." La ragazzina aggrottò la fronte riflettendo. "Ma fra poco avrà diciotto anni. A me piacerebbe sposarmi a diciotto anni. Non è troppo presto per sposarsi, vero?"

Il fratello aggiunse, perché Jane sembrava confusa: "Abbiamo sempre chiamato zio Salt zio, anche se è nostro cugino. E chiamiamo la cugina Caroline cugina, anche se è la sorella dello zio Salt, perché è troppo giovane per essere chiamata zia. È semplice, in realtà."

"Ma non troppo giovane per sposarsi, vero, Ron?"

Suo fratello scrollò le spalle: "Non ne so molto, Merry, ma se vorrai sposarti a diciotto anni, io non farò obiezioni."

Merry sorrise raggiante ricevendo quella lode e, sentendosi generosa, chiese a Jane: "Vi piacerebbe unirvi a noi?" Abbassò la voce a un sussurro. "Ma dovrete restare in silenzio perché ci stiamo nascondendo dallo zio Salt. Ci trova sempre ma non oggi, checché ne dica. Non sospetterà mai che ci nascondiamo sotto il tavolo!"

"Sei una tale testa di legno, Merry!" la accusò suo fratello con un'occhiata imbarazzata a Jane. "Non puoi invitare un'ospite dello zio Salt a venire sotto il tavolo. Che cosa ne direbbe la mamma?"

"Oh, non sono uno degli ospiti," assicurò loro Jane con un sorriso e, mettendosi carponi, strisciò sotto il tavolo.

Sorprendentemente, trovò che tra le gambe tornite delle sedie c'era un sacco di spazio e infilando le gambe calzate di seta sotto le gonne riuscì a restare seduta comoda con i due bambini: essere piccola e snella a volte aiutava. Sorrise al ragazzo che la guardava incantato e cauto. Senza dubbio non aveva mai visto un adulto sotto un tavolo, prima. Era un'esperienza nuova anche per Jane ma si stava divertendo, e si sentiva molto più a suo agio in compagnia di questi due bambini di quanto si fosse sentita con la compagnia tediosa e le conversazioni incomprensibili nel Salone Giallo.

"Avrei dovuto presentarmi. Potrà essere una sorpresa per voi, ma sono la moglie di vostro zio. Ci siamo sposati ieri."

"Non sembrate abbastanza vecchia da essere la moglie di nessuno, ancor meno dello zio Salt," dichiarò Ron, poi si riprese immediatamente: "Scusate, non avrei dovuto dirlo."

"Oh, ti assicuro che sono più vecchia di quello che sembro," gli disse Jane incoraggiante. "È solo perché non sono molto alta e ho le ossa piccole, e tutti i Sinclair sono grandi e grossi in confronto."

Merry annuì. "Eccetto la cugina Caroline. Lei è piccola come voi e ha dei bei capelli rossi. Ma io penso che voi siate molto bella, come una fata in fondo a un giardino. Mi piacciono specialmente i vostri lucenti capelli neri."

Jane arrossì. "Davvero? Grazie. Allora suppongo che non vi dispiacerà avermi come zia? Potete chiamarmi zia Salt, anche se mi fa sentire molto vecchia, quindi zia Jane sarebbe più carino. Ma solo se lo volete. Non mi offenderò se non lo farete. Dopo tutto, non mi conoscete." Tese la mano al ragazzo. "Ma mi piacerebbe che imparassimo a conoscerci."

I ragazzi si scambiarono un'occhiata prima che il ragazzino le stringesse la mano. "Vi chiamerò Lady Salt, se per voi è lo stesso."

"Io la chiamerò zia Jane," disse la bambina sicura di sé, stringendo la mano a Jane e rivolgendo un'occhiata torva al fratello. "Perché mi piace ed è troppo bella per essere chiamata zia Salt oppure Lady Salt, che sembra compassato, e perché zio Salt vorrebbe che lo facessimo. Sai che lo vorrebbe, Ron."

"Va benissimo se … Ron? Se Ron mi chiama Lady Salt e se tu mi chiami Zia Jane."

"Se volete tutta la tiritera, sono l'Onorevole Aubrey Vernon Sinclair St. John," offrì il ragazzo con riluttanza. "Aubrey come mio padre e Vernon come il padre dello zio Salt, il quarto conte. Gli amici mi chiamano Ron. Voi potete chiamarmi Ron." Diede una spinta amichevole al braccio di sua sorella. "Questa è Merry. In realtà è l'Onorevole Magna Diana Sinclair St. John. Chiamata come lo zio Salt. Beh, il suo nome di battesimo è Magnus ma immagino che voi lo sappiate già, visto che siete sposata con lui. Noi la chiamiamo Merry. Abbiamo otto anni e tre quarti e siamo gemelli, se non l'avevate ancora indovinato."

Jane non l'aveva indovinato. Ron era più piccolo, molto più magro e molto pallido, con occhiaie scure sotto gli occhi, e non sembrava molto robusto. Aveva un contegno serio, che poteva essere una conseguenza della sua salute cagionevole. Ma gli occhi castani, i capelli color sabbia e il lungo naso sottile lo facevano assomigliare moltissimo a suo zio Salt, fatto ancora più interessante, viste le narici frementi e la conversazione che aveva sentito nella galleria del campo da tennis. Merry era molto diversa. Irradiava vitalità, le guance erano rosate e il sorriso smagliante. Il contrasto con il suo gemello non poteva essere più evidente. Entrambi erano vestiti con una versione in piccolo della moda degli adulti, Ron con cravatta di pizzo, panciotto riccamente ricamato e calzoni di seta nera. Merry portava un corpino aderente di seta bionda e strati di gonne ricamate con piccoli boccioli di rosa. I capelli, per fortuna, non erano incipriati o impomatati quindi i riccioli color rame le ricadevano sulle spalle. Jane non poté evitare di pensare che sarebbero stati più comodi con abiti più semplici, meno aderenti, che permettessero il gioco e il movimento, come li portavano i ragazzini della parrocchia accanto al villaggio dove aveva abitato, ma suppose che la loro madre li vestisse così quando andavano in società.

"Avete fratelli o sorelle?" Chiese Merry, sfiorando guardinga le dita di Jane.

Jane le prese prontamente la mano.

"Ho un fratello, Tom. C'è anche lui oggi. Era con me allo Zoo della Torre, l'altro giorno. Vi presenterò durante la cena, se lo desiderate."

"Noi non ceniamo a tavola con gli adulti," confessò Merry. "Mangiamo nella nursery. Mamma dice che non si dovrebbe chiamarla nursery perché lo zio Salt non si aspetta di avere dei bambini da mettere lì. La sconvolge sentirla chiamare nursery, vero Ron?"

"Sì ma a Lady Salt non interessa sapere dove mangeremo e non le importa cosa pensa la mamma della nursery," la rimproverò Ron. Guardò Jane con una smorfia impacciata. "Comunque è veramente un peccato che dobbiamo mangiare lassù da soli, quando tutto il divertimento è qui da basso."

"Sono d'accordo. Ma forse la vostra mamma pensa che sia meglio perché non sei stato bene e devi riposare?" Suggerì Jane.

"Non sono stato bene? Riposare?" Ron fece una faccia disgustata. "Non sono malato!" Poi corresse la dichiarazione dicendo mitemente: "A volte mi vengono i crampi allo stomaco…"

"… ma la mamma gli dà una medicina e quando vomita si sente bene di nuovo."

"*Merry.*"

"È vero," assicurò Merry a Jane, accoccolandosi contro di lei e guardando francamente Jane negli occhi azzurri. "Mamma dice che Ron non sta bene, anche quando noi pensiamo che stia bene, e gli fa bere una medicina dal sapore orribile per farlo stare meglio. Ma a te non piace prendere quella medicina, vero Ron? Ma se si rifiuta di farlo, lei lo fa legare al letto e gli caccia…"

"*Merry.*"

"… la medicina in gola. E lo fa stare solo peggio, vero Ron? Perché vomiti e vomiti. Poi lo zio Salt deve venire a dare a Ron un'altra medicina che lo fa sentire molto meglio, quando non era vero che era ammalato fin dal principio."

"Merry! Smettila!" Ordinò Ron, imbarazzato e infuriato. "A Lady Salt non interessa l'armadietto delle medicine di mamma."

"Oh caro, che cosa difficile per te, Ron," disse Jane con un sorriso comprensivo, nascondendo la sensazione di allarme. "Sai, anche mio fratello Tom subiva lo stesso destino con sua madre. Le madri si preoccupano per uno sternuto o il minimo segno che i loro figli possano non star bene. Ma non dovreste essere troppo duri con vostra madre, nessuno di voi. Deve amarvi molto per essere così preoccupata. Sono sicura che le passerà e vi lascerà presto in pace."

"Almeno non si può dare la colpa a Ron della visita del medico di ieri notte," aggiunse Merry.

"Oh?" Jane si avvicinò e cercò di non mostrare il suo interesse. "Eri tu quella con la febbre?"

Merry fece una risatina e scosse i riccioli color rame. "Io? No! Lo zio Salt dice che ho la cos-*costituzione* di un toro," annunciò fiera.

"Era la mamma con uno dei suoi tremendi mal di testa," spiegò Ron con riluttanza.

"Soffre sempre di terribili mal di testa," lo interruppe Merry allegramente. "Clary e Taylor dicono che facciamo sempre venire il mal di testa alla mamma. Quindi dobbiamo restare zitti in casa e camminare in punta di piedi nei corridoi."

"Ma il mal di testa della notte scorsa era veramente terribile," disse Ron, difendendo sua madre. "Per il dolore la mamma ha svegliato tutta la casa e non c'è stato niente che i servitori potessero fare per aiutarla, quindi hanno dovuto chiamare il medico nel bel mezzo della notte."

"Clary ha detto che era veramente furiosa," le confidò Merry sussurrando con timore reverenziale. "E quando succede, nessuno si può avvicinare alla mamma per giorni. Ma in questa casa non siamo per niente obbligati a camminare in punta di piedi," aggiunse con un sorriso radioso. "Lo zio Salt ci lascia correre dappertutto come vogliamo."

"Ma non nelle stanze aperte al pubblico," aggiunse seriamente Ron. "Dove tutti possono entrare e vedere lo zio Salt. E specialmente non il martedì, quando ci sono tutti quei mendicanti seduti ad aspettare che zio Salt faccia qualcosa per loro. Allora dobbiamo comportarci nel migliore dei modi, perché siamo dei Sinclair e non sarebbe giusto per un Sinclair fare la figura di una persona comune. Ma dato che la maggior parte delle stanze in questa casa è vuota, ci sono mucchi di posti per correre e giocare a nascondino. Questo è l'accordo che abbiamo fatto con lo zio Salt, vero Merry?"

"Sì."

Ron sospirò. "Ma stasera per noi sarà la nursery, perché la mamma non sopporterebbe di essere disturbata a cena, dopo la rabbia furiosa di ieri notte. Già così ha fatto fatica a salire in carrozza per venire qua."

"Ma c'è tanta gente qui oggi che fa molto più rumore di noi, quindi non è proprio giusto," si lamentò Merry.

Con trenta ospiti seduti al grande tavolo e intenti a divertirsi, anche Jane non pensava fosse giusto. E se la loro madre poteva sopportare il continuo sbattere della pallina da tennis che colpiva il tetto della galleria, senza che le tornasse il mal di testa della notte prima, perché non poteva tollerare due bambini che cenavano, circondati da adulti festanti? Ma non toccava proprio a lei interferire negli editti della madre. Però Jane sapeva che non sarebbe stata capace di restare seduta a cena, e men che meno mangiare, col pensiero di quei due bambini che mangiavano da soli in una stanza cavernosa, mal illuminata e probabilmente gelida, se la nursery assomigliava al resto delle stanze in quella casa. Aveva mangiato tante volte al freddo e da sola che non ne sopportava il pensiero.

"Milady, i signori hanno raggiunto le signore nel Salone Giallo," la informò Willis, il sottomaggiordomo, accucciandosi per guardare sotto il tavolo. "Posso aiutarvi a uscire da lì sotto?"

"No!" dissero i bambini all'unisono, con uno sguardo implorante a Jane.

Quando il tutore e la governante osarono guardare sotto il tavolo, dai due lati del sottomaggiordomo, fissando i bambini come si aspettassero che la seguissero fuori dal tavolo, Jane vide le due faccine farsi tristi e non ebbe il coraggio di rovinare la loro partita a nascondino.

"Grazie ma credo che resterò qui finché sua signoria non ci scopre," rispose pacatamente Jane. Guardò deliberatamente il tutore e la governante per assicurarsi che fossero inclusi nell'ordine. "E vi sarei grata se dimenticaste che siamo qui, altrimenti rovinerete il gioco, dando a sua signoria un ingiusto vantaggio."

Il sottomaggiordomo chinò la testa confermando l'ordine, ma il tutore e la governante rimasero talmente a bocca aperta che la loro mascella sarebbe potuta cadere sul pavimento, quando Jane aggiunse all'impassibile Willis: "Se ci riuscite e se non è di troppo disturbo, potreste trovare spazio a tavola per altri due coperti? Accanto a me, naturalmente." Sorrise a Ron e Merry. "Mi sembra giusto che tutti i Sinclair siano presenti alla mia prima cena, non siete d'accordo?"

Con i bambini che annuivano felicissimi, il sottomaggiordomo andò a svolgere il suo compito, con perfetta compostezza, mentre la governante e il tutore si allontanavano, in attesa della prima opportunità per informare Lady St. John dei sorprendenti sviluppi. Non passarono molti minuti, tra l'andirivieni dei servitori dal passo felpato, che i tre sotto il tavolo sentirono il passo misurato e le voci di due gentiluomini che conversavano. I due signori arrivarono in mezzo alla stanza. In effetti, erano arrivati proprio dove erano rannicchiati i tre sotto il tavolo. Merry fece l'inutile gesto di portarsi il dito grassoccio alle labbra sorridenti, per assicurarsi che i suoi complici rimanessero in silenzio, e poi curvò le spalle tutta allegra. Perfino gli occhi di Ron si illuminarono, si abbracciò le ginocchia e agitò le dita nelle sue lucide scarpe nere.

I due signori che conversavano rimasero fermi accanto al tavolo. Erano il conte di Salt Hendon e Sir Antony Templestowe. Ron e Merry erano in un tale stato di estasi, aspettando di essere scoperti dai loro amatissimi zii, che si spinsero velocemente e in silenzio più lontano lungo il tavolo sul pavimento lucidissimo, per nascondersi in mezzo alla selva di gambe delle sedie, lasciando indietro Jane, con la possibilità di essere la prima a essere scoperta. Ma Jane non riuscì a evitare di lasciarsi prendere dall'entusiasmo dei piccoli, almeno finché non sentì di che cosa parlavano i due uomini e poi fu lieta che i bambini si fossero allontanati e non fossero a portata di udito.

Lei stessa avrebbe voluto essere a centinaia di chilometri da lì.

"SUO FRATELLO È UN BRAVO RAGAZZO," stava dicendo Sir Antony, "e un buon giocatore di tennis, per qualcuno che professa di aver giocato solo qualche partita a Oxford. Sei sicuro che io non abbia mai incontrato sua madre, prima?"

"Assolutamente," fu la secca risposta di Salt.

"Strano. Quando è entrata maestosamente nello studio, ieri, ero sicuro di averla incontrata prima. C'è qualcosa... sei sicuro che non sia mai stata a Salt Hall?"

"Tony, se hai intenzione di annoiarmi parlando della volgare Lady Despard ti farò sedere accanto a Jenny Dalrymple, che ha il cervello grande come un pisello e una conversazione altrettanto interessante."

"Davvero?" Rise Sir Antony. "Allora cos'è stata quella storia della calza e della giarrettiera, sul campo da tennis?"

Salt appoggiò il bicchiere di vino sul tavolo, a trenta centimetri di distanza da dove Jane era rannicchiata. "Non ho dubbi che Diana pensi che Jenny sia materiale perfetto per un'amante. Esattamente come Elizabeth prima di lei e Susannah prima ancora. Tutto seno e niente cervello."

"Diana? Sì, ho sentito che si interessava…"

"Un eufemismo diplomatico, caro amico. Tua sorella ha l'errata convinzione di controllare la mia vita, dentro e fuori dalla camera da letto. Quello che non ha capito, e che non capirà mai, è che permetto le sue innocenti interferenze solo nelle questioni che ritengo di poco conto."

Sir Antony rise di nuovo ma Jane sentì il nervosismo nella sua voce. "Beh, c'è proprio cascata, lei e metà dell'alta società. Diana si comporta fino in fondo da contessa di Salt Hendon per procura. Posso chiederti perché glielo lasci fare?"

"Le dà qualcosa da fare. È nata per fare la padrona di casa di un politico. In effetti, se fosse nata uomo, sarebbe stata un eccellente politico. Molto più brava di quanto tu potrai mai essere, a maneggiare le armi della politica."

"Grazie tante!" disse Sir Antony, offeso.

"Lo intendo nel più gentile dei modi, Tony. Tu hai una coscienza, ed io mi fido assolutamente di te, ma questo non fa presagire niente di buono se speri di farti strada fino in cima al mucchio di letame politico qui a casa. Ti aiuterò ad arrivare al rango di ambasciatore esattamente per via di queste tue mancanze. Abbiamo bisogno di più gente come te in posizioni influenti e continuerò a fare quello che posso per riuscire a realizzarlo."

"La tua fede nelle mie capacità mi confonde," commentò seccamente Sir Antony. "Anche se non sono sicuro che il tuo discorso fosse completamente elogiativo."

"Mio caro Tony, il mio antico pedigree mi dà il diritto a un seggio in cima alla merda politica, da dove sono in grado di far buon uso delle tue capacità," commentò Salt con enfasi esagerata. "Per ribadire l'ovvio, il titolo di conte e più ricchezza di quanta me ne serva mi danno un'influenza illimitata. Ti stavo facendo un complimento. Tu ti sottovaluti."

"Ma, e Diana?"

"Se fosse un uomo…" rispose Salt, con la voce leggermente tesa, poi fece una brevissima pausa prima di continuare, in tono colloquiale: "È molto brava a organizzare il mio calendario sociale, qualcosa che, francamente, mi annoia a morte. Ma tu sai quanto me che i calendari sociali sono un male necessario per un uomo nella mia posizione. Le sarò sempre grato per essersi assunta questo compito, anche se non gliel'ho chiesto. Ma non sono cieco riguardo alle sue motivazioni. Che abbia passato i limiti assumendosi il compito di mezzana... la farò smettere... oh? Allora lo sapevi? Suvvia! Non c'è niente di sacro?"

"Per Diana? E per quanto riguarda te? Temo di no," si scusò Sir Antony.

Jane sentì Salt sbuffare in tono irritato e lo guardò avvicinarsi di un passo al tavolo, tanto che la punta della sua scarpa sfiorò l'orlo delle sue sottane. Raccolse in fretta gli strati di seta, stringendoli a sé e, facendolo, urtò la gamba di una sedia. I due bambini trattennero il fiato, come Jane, ma quando il conte e Sir Antony continuarono a parlare, quelli sotto il tavolo ripresero a respirare più liberamente.

"Ho tollerato le interferenze di tua sorella nella mia vita dalla morte di St. John, perché davano alla sua vedovanza un'occupazione e uno scopo," disse freddamente Salt. "Speravo che col tempo si sarebbe risposata. Il fatto che abbia, come mi hai riferito senza mezzi termini al White, aspettato che io la chiedessi in moglie, mi fa capire che permetterle di organizzare i miei impegni sociali e fungere da padrona di casa alle cene politiche del mio partito è stato un errore di giudizio. Per essere franchi," aggiunse con un sospiro, ammettendolo, "ho permesso a tua sorella di farlo perché le impediva di interferire in questioni molto più importanti nella mia vita."

"Il tuo matrimonio, ad esempio?" chiese Sir Antony troppo in fretta, e avrebbe voluto mordersi la lingua. Perché riusciva a essere un consumato diplomatico con chiunque altro, ma con Salt riusciva solo a blaterare come uno scolaretto? Cercò di recuperare. "Se ti è di consolazione, Diana ha preso la notizia meglio di quanto mi aspettassi. Certo ha finto di sapere già che ti eri sposato e mi ha quasi sputato in faccia, per aver osato raccomandarle di comportarsi bene. Oso dire che avere degli ospiti qui oggi sia servito a temperare il suo umore. È stata una buona mossa da parte tua."

Salt si lasciò sfuggire un lungo sospiro. Sembrava stanco. "Rimandare l'inevitabile, ecco che cos'è stato. Non voglio che tua sorella debba essere più imbarazzata o più turbata del necessario per il mio matrimonio. Che mi sia sposato, è stato già un colpo per lei. Quando saprà in che pantano sono caduto, ne sarà mortificata."

"Pantano?"

"Che Jane mi ha sposato per *il bene di Tom*."

Sir Antony sbraitò: "In modo che suo fratello potesse ereditare quello che era giustamente suo e finalmente mettere il cibo sulla tavola dei suoi leali lavoratori, che erano senza salario da tre mesi? Credi a questa baggianata?"

Jane trattenne il fiato nel silenzio che seguì, finché il conte disse semplicemente: "Sì, ci credo. È una storia troppo patetica per essere inventata. Domani avrò una copia del testamento di Jacob Allenby, quindi scoprirò esattamente a che cosa abbia costretto suo nipote e mia moglie quel mercante lunatico."

"La rende meno una sposa mercenaria, quindi," commentò leggermente Sir Antony. "Certamente non sembrava il tipo, ben lungi."

"Tony, in qualunque modo la indori, la pillola è comunque difficile da ingoiare. E ora che ho una moglie, Diana non può più comportarsi da padrona di casa. Conto sul tuo aiuto per far intendere ragione a tua sorella. Deve abbandonare i suoi impegni sociali a mio favore e deve essere fatto nel modo più gentile e veloce possibile, in modo da non rendere entrambi ridicoli davanti ai nostri amici e alla famiglia. Già adesso, è là dentro a servire il tè come se fosse compito suo e non è così, è compito di mia moglie."

"Quindi non hai intenzione di mandare in campagna Lady Salt?" Chiese Sir Antony, fissando suo cugino. "Hai intenzione di fare veramente *una moglie* di tua moglie?" E si diede dello sciocco perché aveva permesso alle parole di uscire senza riflettere. "Quello che intendevo dire…"

"So che cosa volevi dire," rispose beffardamente Salt, prendendo il suo bicchiere di vino. "Lady Salt resterà qui finché potrò portarla io a Salt Hall," dichiarò e aggiunse, come se dovesse giustificarsi, perché Sir Antony lo guardava incuriosito: "Il Parlamento non chiuderà le sessioni fino a Pasqua e non ho altra scelta che restare a Londra fino ad allora. Particolarmente con tutte le voci su Bute, che potrebbe dimettersi da un momento all'altro, anche se non credo che succederà tanto presto. Terrà duro finché potrà. Sua Maestà lo convincerà a restare. E dato che Lady Salt resterà a Londra, mio caro Tony, mi aspetterò che adempia ai suoi doveri, da buona moglie."

Doveri di buona moglie in camera da letto, era quello che stava pensando. Fino alla notte prima, mentre era sdraiato accanto a lei in quella ridicola camicia da notte, aveva tutte le intenzione di usarla e poi bandirla a Salt Hall, appena avesse potuto fare i preparativi per impacchettare lei e il suo nuovo guardaroba in una carrozza. Poi, avevano fatto l'amore e ora non sapeva che cosa volesse fare di lei, a parte entrare nel suo letto appena possibile.

"Pensi che sia in grado di cavarsela? Essere la contessa di Salt Hendon, fungere da padrona di casa alle tue cene, accompagnarti ai balli e alle feste e tutto il resto?" Chiese Sir Antony, scrutando intensamente il conte che stava bevendo dal suo bicchiere, e sembrava lontano chilometri coi suoi pensieri. "Da quello che ho potuto capire da suo fratello, tua moglie non è uscita dalle mura del suo piccolo giardino del Wiltshire per oltre quattro anni." Diede un colpetto di tosse, imbarazzato. "Jacob Allenby era molto possessivo. La teneva rinchiusa. Aveva paura che attirasse i cani randagi. Niente di strano. Devi ammettere che c'è una qualità fiabesca in lei, e con la sua innegabile bellezza e gentilezza, beh, è..."

"... una combinazione irresistibile per i cani randagi! Apprezzo l'avvertimento."

"Ascolta, Salt, non intendevo niente di male. Per dirti la verità, trovo lei e suo fratello deliziosamente franchi e senza pretese, ed è un cambiamento molto gradito quando tu ed io respiriamo un'aria densa di cinismo e adulazione. Penso solo che dovresti tenerla d'occhio, ecco tutto. Anche se come potresti farlo con tutti gli impegni parlamentari che hai..."

"Oppure dovrei nominare un cane da guardia al mio posto. Forse nominerò te. In effetti, consideralo fatto."

"Salt, sii ragionevole! Non puoi chiedermelo."

"Sì, invece. Come hai detto, ho troppo da fare e tu non hai niente di meglio da fare finché sei a Londra, Bedford non ti manderà a chiamare finché non glielo dirò io." Mise una mano sulla spalla di Sir Antony. "Inoltre, sei l'unico uomo cui posso affidare il compito di aiutare Jane nella terra emotivamente desolata dell'alta società. Ah! Ecco Willis. Avete visto Lady Salt? Lady St. John ha accennato che mia moglie vagava da queste parti un po' di tempo fa?"

"Lady Salt era qui, milord," disse sinceramente il sottomaggiordomo. "Ed è stato un po' di tempo fa..."

"E il signorino Ron e Miss Magna? Li avete visti?"

La risatina di Merry e il furioso invito al silenzio risparmiarono al sottomaggiordomo ulteriore disagio. Salt lo lasciò libero con un gesto della mano e si rivolse a Sir Antony con un dito sulle labbra prima di dire, in tono noncurante.

"Non solo è sparita Lady Salt ma anche quei piccoli farabutti, Ron e Merry. Io mi domando, Tony, ci sono due bambini più fastidiosi in tutta Londra?"

"Oh, certo non solo a Londra?" Suggerì Sir Antony, reggendogli il gioco e annuendo quando il conte indicò il tavolo. "Arriverei al punto di dire che farebbero vergognare i francesi. Ho visto i bambini francesi. Innocui moscerini al confronto dei nostri Ron e Merry."

Si sentì un'altra risatina e un altro 'Ssst' e lo sfregare di una sedia, quando Merry spinse di lato il fratello perché le aveva fatto una smorfia. Jane cercò di calmarli entrambi e loro si tranquillizzarono. Ma Salt li aveva sentiti e aveva visto la sedia muoversi vicino a dove era nascosta Jane, e credeva di sapere esattamente dov'erano nascosti i ragazzi.

"Moscerini, hai detto, Tony?" rispose Salt, spostandosi sulla sinistra e pronto all'azione. "Se i ragazzi francesi sono moscerini," annunciò a voce alta mentre si piegava, abbassando una spalla, e allungava una mano sotto il tavolo cercando di afferrare un bambino, "allora Ron e Merry St John devono essere dei topi, per aver preso casa sotto il mio tavolo. E anche dei topi poco furbi, visto che si fanno prendere così facilmente! Uscite a ricevere la vostra giusta punizione, topi!"

Questa dichiarazione fu accompagnata da acuti urletti di divertimento, e parecchio trambusto e spostamento di mobili, mentre Ron e Merry guardavano deliziati Jane che veniva afferrata per la caviglia. Erano fuori dalla portata di Salt ma zampettarono dall'altra parte del tavolo urlando che non c'erano topi di nome Ron o Merry, in quella sala da pranzo.

Sir Antony si unì alla mischia, correndo dall'altra parte del tavolo per chiudere la via di fuga, mentre la servitù in livrea di gala guardava affascinata, insieme a quegli ospiti curiosi che erano usciti dal Salone Giallo al suono delle sedie che cadevano, agli urli e alle grida.

"Due topi da questa parte, milord!" gridò Sir Antony, gettando da parte due sedie e accucciandosi per guardare sotto il tavolo. "Accidenti! Due topi molto grossi hanno fatto la tana qui, in effetti, e solo un gatto delle dimensioni di un leone dello Zoo della Torre potrebbe prenderli. Uscite, topi! Uscite prima che il leone di Grosvenor Square vi mangi in un sol boccone!"

Ci furono altri urletti divertiti, quando Sir Antony balzò in avanti per prendere Merry, che urlò così forte che Ron dovette coprirsi le orecchie con le mani. Proteggersi le orecchie rese più lenta la sua fuga e si fece prendere dallo zio Tony, che lo afferrò per la manica della sua redingote di velluto, mentre Merry tirava il risvolto del paramano di Ron cercando di staccarlo dalla presa dello zio. Ma Sir Antony tirò più forte e all'improvviso ci fu un suono inquietante, quando si strappò una cucitura sulla spalla della redingote di Ron. Senza più sostegno, Sir Antony partì di colpo all'indietro e scivolò sulla schiena sul pavimento di legno lucido, liberando Ron, mentre Merry rideva vedendo suo zio in una posizione così poco dignitosa, con le gambe inguainate nelle calze bianche per aria e spaparanzato in mezzo al pavimento, ai piedi dell'attonito sottomaggiordomo.

"Ah! Preso!" Annunciò Salt con soddisfazione e rinsaldò la presa sulla caviglia del suo topo, mentre guardava sopra il tavolo tra due centrotavola decorati, per vedere che cosa stesse succedendo e dove stessero guardando una dozzina e più di ospiti, e altrettanti servitori intenti a fissare la baldoria nella sala da pranzo di sua signoria. "Tony? Tony, hai preso l'altro topo?" Chiese ridendo, mentre il suo topo continuava a dimenarsi e non voleva smettere di ribellarsi. "Lo spero! Altrimenti il mio topo sarà solleticato a morte finché il suo socio non capitola. Tony? Dove sei? Potrebbe essere una tortura molto lunga in effetti," aggiunse minacciando scherzosamente il suo topo, mentre stringeva più forte la mano intorno alla caviglia sottile, "...se tu, mio caro topo, non lasci andare la gamba di quella sedia e non esci tranquillamente."

Tirò la sua prigioniera, trascinandola velocemente verso di sé per la caviglia, raccolse un fascio di sottane e la tirò fuori dal tavolo, gettandosela sulla spalla con un solo fluido movimento. Senza scarpe, scalciante, con i piedi e le caviglie sottili nelle calze bianche in mostra al resto del mondo, il conte le ordinò di smettere di agitarsi e, per impedire alle sue gambe di scalciare e alle sottane di seta di gonfiarsi, le mise un braccio sotto il sedere, tenendola sulla spalla, impedendole contemporaneamente di scivolare completamente sopra la propria spalla e finire sulla testa.

Non c'era più molta resistenza in questo topo, perché stava ridendo e protestando allo stesso tempo. Picchiò i pugni sulla sua schiena e gli disse, a testa in giù e con la voce attutita dalla redingote di velluto, che era un bruto e un demonio e che lei non si sarebbe arresa, per quante torture le avesse inflitto. I topi restano uniti! Riuscì solo a farlo ridere più forte, tanto che dimenticò dov'era e diede una sculacciata sul sedere del suo topo, fingendo scherzosamente di essere arrabbiato, dicendo che avrebbe continuato a infliggerle la punizione finché non avesse rivelato la posizione dei suoi amici topi.

"Salt, mettimi giù," lo implorò Jane, anche se si stava divertendo immensamente. "Mi gira la testa e mi sento svenire!"

Ci furono altri urli divertiti e risate dall'altra parte del tavolo, quando due teste apparvero e videro il conte con la sua contessa sulla spalla, che le dava una scherzosa sculacciata. Saltarono in piedi e corsero intorno al tavolo, ignorando la loro governante, il loro tutore e perfino la loro madre, che uscì dalla folla di spettatori sbalorditi per rincorrere i suo figli, chiedendo che quell'assurdità smettesse immediatamente e di comportarsi come imponeva la loro educazione. Ma Merry e Ron erano troppo presi dal momento e stavano cercando di liberare il loro compagno topo dalla prigione del conte. Anche Sir Antony, che si era rimesso in piedi e aveva recuperato la sua dignità, spazzolato i calzoni di seta e sistemato la cravatta di pizzo, si unì ai nipoti, ignorando la sorella.

Prima che lo raggiungessero, Salt aveva fatto scivolare Jane sui piedi inguainati nelle calze e l'aveva lasciata andare, dopo essersi assicurato che avesse ripreso l'equilibrio. Quanto a riprendere la sua dignità, vedendo le facce mute del loro pubblico, non era proprio certa che l'avrebbe recuperata molto presto e si voltò per appuntarsi i capelli scomposti. Il suo fichu doveva essere risistemato, le sottane erano stropicciate, non aveva idea di dove fossero finite le scarpine di satin e non riusciva ad alzare la testa perché il volto era arrossato per l'imbarazzo.

Che cosa ci facesse Jane sotto il tavolo, Salt poteva immaginarlo guardando i suoi due nipoti birichini. Aveva capito immediatamente, quando aveva afferrato la caviglia e l'aveva tirata verso di sé da sotto il tavolo, che c'era sua moglie tra le sue braccia, ma era troppo preso dal gioco perché gli importasse un fico secco chi li vedeva.

"Non ci hai catturati tutti, zio Salt!" annunciò orgogliosamente Merry, mettendosi davanti al conte e guardando il suo volto arrossato. "Ron e io siamo stati troppo svelti per te e lo zio Tony, vero?"

Salt sorrise al visetto rivolto verso l'alto e diede un pizzicotto al piccolo mento appuntito.

"Veramente troppo veloci, Merry."

"Ed era un buon nascondiglio, vero?" Chiese ansiosamente Ron, con uno sguardo sopra la spalla verso sua madre e i due servitori che stavano calando su di loro. "Tu non avevi idea che fossimo sotto di te per tutto il tempo, vero, zio Salt?"

"Assolutamente nessuna idea. Uno dei nascondigli migliori che abbiate mai trovato, senza dubbio," gli assicurò Salt. "E siete stati molto silenziosi," guardò Jane: "Tutti e *tre*."

"Siamo stati silenziosi come topi!" Esclamò Merry, guardandosi attorno per ottenere approvazione per la sua battuta.

"Aubrey e Magna Sinclair St. John!" disse a voce alta Diana St. John, arrivando maestosamente accanto ai suoi figli. "Sono molto delusa da entrambi," disse in tono imbronciato. "Dove sono le vostre maniere? Non vi avevo detto del terribile mal di testa di vostra madre? E state correndo nella sala da pranzo di vostro zio come dei monelli da strada. Andrete con Clary e Taylor in quella stanza al piano di sopra dove mangiate normalmente e vi comporterete in modo consono a un Sinclair. Questo è tutto. No. Non voglio sentire le vostre scuse. Andate."

"Sì mamma, certamente mamma," borbottarono insieme entrambi i bambini, con un'occhiata spaventata alla loro madre. Ma proprio mentre il tutore e la governante si facevano avanti, Merry si spostò dal fianco del fratello, corse dal conte e gli prese la mano, indicando Jane.

"Lei ha detto che potevamo cenare con voi."

"Merry," sussurrò suo fratello. "Non si dice *lei*, è Lady Salt."

"Ma io voglio chiamarla zia Jane," rispose Merry. "Ha detto che potevo!"

"Magna, Aubrey! Come osate comportarvi come marmaglia! Mostrate il giusto rispetto a vostro zio e fate come vi ho chiesto, date la buona notte!" Ordinò Diana St. John, facendo segno alla governante e al tutore di riprendere in mano i bambini. "Sapete benissimo che non mangiate in sala da pranzo quando abbiamo ospiti e questa è la fine della questione!"

Obbediente, Merry fece una riverenza e Ron si inchinò al conte, con gli sguardi bassi. Ma Merry non lasciò andare la mano del conte e si sentì un po' confortata dal fatto che nemmeno lui lasciasse andare la sua. Fu allora che Jane si fece avanti e si rivolse tranquillamente alla loro madre.

"Ho detto io a Merry e Ron che potevano cenare qui con noi," guardò il conte e poi l'espressione marmorea di Diana St. John. "È che deve essere molto triste mangiare da soli nella nursery. E anche freddo, se so qualcosa di questa casa."

"Che cosa potete mai sapere di questa casa? Siete qui da cinque minuti!" Sussurrò malignamente Diana St. John in faccia a Jane, perdendo l'autocontrollo per un breve istante e poi riprendendo la maschera di fredda indifferenza, aggiungendo altera, e a voce abbastanza alta perché gli ospiti la sentissero: "Non apprezzo interferenze nell'educazione dei miei figli, milady. Sono la loro madre. So io quello che è meglio per loro."

Ma la breve perdita di controllo e il fatto che i suoi figli la temessero avevano permesso a Jane di penetrare dietro la maschera della donna. La faceva rabbrividire il fatto che, se Diana St. John si fosse impegnata, sarebbe stata capace di usare più di un'arma politica per ottenere quello che voleva. Jane decise che era il momento di essere coraggiosa per i due visini ansiosi che la guardavano.

"Sono così lieta che non abbiate più il mal di testa per cui avete dovuto chiamare il medico nel bel mezzo della notte," disse Jane amabilmente, guardando Diana St. John negli occhi. "Forse però, guardare la partita di tennis non vi ha giovato…?"

Gli occhi nocciola di Diana St. John si spalancarono e poi si ridussero a due fessure, e la sua bocca dipinta si contorse in un sorriso. "Potete pensare di essere molto furba…"

"Lascia perdere, Di," sibilò sottovoce Sir Antony. "Non renderti ridicola."

Diana St. John sorrise dolcemente a suo fratello e gli batté la manica con le bacchette d'avorio del suo ventaglio. "Stupido ragazzo! È proprio da te cascare come una pera cotta davanti a un bel musino."

Salt sorrise incoraggiante ai suoi figliocci, che lo guardavano in ansiosa attesa, poi si rivolse in tono pacato alla loro madre. "Diana, accettate il consiglio di Tony. Non vedo che ci sia di male a lasciar partecipare i bambini. E dato che Lady Salt ha dato a Ron e Merry il permesso si sedersi a tavola con gli adulti, possono farlo. Ma devono comportarsi al meglio," aggiunse, con una smorfia scherzosa ai due bambini, tornati di colpo felici, che annuivano entusiasticamente, "e fare quello che chiederà loro Lady Salt, altrimenti si troveranno rinchiusi nella nursery."

"Non lo permetto!" esplose Diana St. John prima di riuscire a fermarsi. "Clary, Taylor! Prendeteli."

"Ma dato che questa è casa mia e questa è la mia tavola," disse Salt a voce bassa, "non tocca a voi decidere diversamente."

"Ma sono i *miei* figli," dichiarò Diana St. John, in tono di sfida, tirando via i suoi figli dal fianco del conte e stringendoli contro le sue sottane gonfie. "E farò quello che ritengo opportuno."

Salt inclinò la testa con esagerata gentilezza ma c'era il gelo nella sua voce. "Vi suggerisco di misurare le parole, mia cara. St. John ha lasciato i suoi figli alla mia sola custodia."

Lady St. John impallidì e lasciò andare immediatamente Merry e Ron che, dopo una breve esitazione, corsero dal conte e lo abbracciarono. Era sull'orlo delle lacrime di rabbia, mentre guardava i suoi figli che andavano per mano a Salt verso l'estremità del tavolo, ma riuscì a trattenersi con uno sforzo di volontà. Prima di prendere posto a tavola, proprio mentre il maggiordomo annunciava che la cena era servita, disse in fretta a Jane: "Non siete niente di più di un singhiozzo nella sua vita. Fastidioso quando c'è, ma prima o poi il singhiozzo si fa sparire, usando qualunque mezzo, e poi non ci si ricorda nemmeno di averlo avuto."

NOVE

"Non preoccupatevi per Diana," assicurò Sir Antony a Jane, mangiando la zuppa di piselli. "Il matrimonio di Salt le ha causato un duro shock, non lo nego. Ma si adeguerà. Dovrà farlo, non ha alternative."

Ma Diana St. John era sicura di avere delle alternative e per tutta la lunga cena, seduta solo a qualche posto di distanza dal conte a capotavola, circondata dai politici potenti e titolati, ebbe la soddisfazione di vedere la nuova contessa di Salt Hendon consegnata dall'altra parte della tavola, dove sedevano le mogli obbedienti, a far da padrone di casa per le nullità, i vecchi, i giovani e quelli politicamente insignificanti. Perché suo fratello avesse voluto fare il cavaliere e sedersi con la contessa in mezzo ai vermi, Diana non riusciva a capirlo, forse sperava di ottenere il favore del conte, tenendo compagnia alla sua mogliettina. Ma dato che Salt non aveva guardato nemmeno una volta verso sua moglie, e aveva passato la serata parlando di politica con Diana e il loro gruppo di amici, decise che lo stratagemma di suo fratello era andato a vuoto.

E mentre chiacchierava e rideva, agitava il ventaglio così graziosamente e teneva banco tra quelli che avevano influenza politica, ricevette una notizia interessante da Lady Porter, il cui passatempo preferito era prestare attenzione a tutti i pettegolezzi che riguardavano i capicameriere di Westminster. Diana aveva recentemente perso una valida cameriera di camera di nome Anne Springer a favore di Jenny

Dalrymple, e succedeva che la sorella di questa Anne Springer fosse la camerista di Lady Porter. Lady Porter però era categorica nell'asserire che l'ottima cameriera di Diana non era andata da Jenny Dalrymple ma era proprio in questa casa, appena assunta come cameriera personale della contessa di Salt Hendon, per stare vicino al suo promesso sposo, un certo Rufus Willis, sottomaggiordomo di Lord Salt. Lady Porter insisteva. Dopo tutto, la sua fonte, la sorella di Anne Springer, era completamente attendibile.

Quando arrivò il momento per le signore di ritirarsi nella Long Gallery per prendere il tè, lasciando i signori a tavola con il loro porto, Diana St. John sparì per mezz'ora. Trovò facilmente la strada attraverso le sale pubbliche, fino al labirinto di corridoi scarsamente illuminati che portavano alle stanze private occupate dal conte e dalla contessa, al piano di sopra. Qui, nelle stanze appena pitturate e graziosamente arredate che erano della contessa di Salt Hendon, scoprì la sua ottima cameriera Anne.

La giovane donna era in mezzo a una pletora di sottane squisitamente ricamate in una varietà di tessuti preziosi e colori; una dozzina di paia di scarpe coordinate erano allineate sul pavimento di legno lucido e sul sofà erano impilate con cura le calze e tutte le altre cianfrusaglie femminili. Stava canticchiando a bocca chiusa ed era occupata ad appendere, piegare e mettere a posto il nuovo enorme guardaroba di sua signoria. Con lei c'erano due sarte e una modista, sedute tutte insieme con ago e filo sotto la luce di un candelabro, accanto al calore del camino, mentre davano gli ultimi punti a un paio di cappellini e corpetti.

Diana St. John storse la bocca a una spesa così eccessiva per una creatura che ai suoi occhi non era degna degli abiti scartati dalla sua governante, e spedì in fretta le sarte e la modista in un altro spogliatoio, minacciandole che i loro conti non sarebbero stati pagati se mai avessero aperto bocca riguardo alla sua presenza. Fu compiaciuta quando la sua ottima cameriera Anne fece una riverenza rispettosa, e deliziata quando vide la paura negli occhi della donna.

"Non ho tempo da perdere per sapere perché hai detto una bugia alla mia governante circa il tuo nuovo impiego," dichiarò freddamente Diana St. John, girando intorno alla donna con un fruscio minaccioso delle sue ampie sottane. "Basti a dire che se mi renderai un piccolo servigio dimenticherò che sei una bugiarda e quindi non informerò il conte, così che non ti getteranno per strada, che è il posto giusto per i servitori disonesti."

"Milady, io—"

"Ti ho chiesto di parlare? Non ho tempo, idiota! Ascolta. Sai scrivere? Bene. Annoterai tutte le mosse della contessa. E voglio dire *tutte* le mosse. Voglio sapere tutto quello che c'è da sapere di lei, dal suo colore favorito a quello che preferisce bere a colazione, a che ora del giorno riposa, va a cavallo, chi sono i suoi fornitori; in particolare chi la visita e perché, ma, più importante, quando e quante volte sua signoria si avvale dei suoi diritti coniugali."

Anne sbatté gli occhi, chiedendosi se aveva sentito bene. "Milady?"

"Terrai anche una registrazione dettagliata di quando Lady Salt ha il ciclo mensile…"

Anne scosse vigorosamente la testa ma tenne gli occhi fissi sul pavimento. "Oh no, milady, non potrei…"

"… e, cosa ancora più importante, quando smette di mestruare. Devo sapere il giorno esatto del mese."

"Milady! Oh, per favore, non obbligatemi! *Per favore*," protestò Anne, arrossendo fino alle radici dei capelli castani. "Non posso dirvelo, non posso riferire su quando fanno… fanno *quello*; sul ciclo mensile di sua signoria. Non posso…"

Diana St. John afferrò il braccio della donna, avvicinando il volto quasi a toccarla. "Sì, puoi e lo farai, altrimenti informerò il conte che la nuova cameriera personale della contessa alza le gonne per il suo sottomaggiordomo."

Anne era inorridita. Scoppiò in lacrime. "Mai! Mai! Il signor Willis è un uomo onorevole, milady. Noi non abbiamo mai… non prima del matrimonio. Siamo fidanzati."

"Smettila di blaterare, ragazza. Non sarai fidanzata per molto se sarete licenziati entrambi."

"Oh, per favore, milady, no. Il signor Willis ha lavorato tanto per arrivare a essere il sottomaggiordomo. Un giorno spera di…"

"Smettila di piagnucolare!" Ordinò Diana St. John e la lasciò andare con uno spintone. "Se vuoi che questo Willis si innalzi a quelle vette inebrianti e diventi maggiordomo, sarà meglio che faccia quello che ti ho chiesto, altrimenti entrambi sarete per strada senza referenze e nessun posto dove andare. Nessuno vi darà un impiego, non se io avrò voce in capitolo. L'unica alternativa che ti resterà sarà di fare la puttana e lui il magnaccia." Appoggiò il mento sulle stecche del ventaglio d'avorio e rifletté un momento, prima di guardare la cameriera tremante con aria d'intesa. "Si è servito di lei ieri notte, no? Sai quante volte l'ha montata…"

"No! No! Ovviamente no, milady," la interruppe Anne, con le mani tremanti sul volto bagnato di lacrime. "Io non origlio alle porte!"

"Sarà meglio che cominci, se vuoi mantenere il posto," dichiarò Diana St. John, indifferente. "Willis potrà continuare a coltivare il suo sogno di diventare maggiordomo in qualche casata di terz'ordine, e avrete entrambi vitto e alloggio per il resto dell'inverno."

Le lacrime rigavano le guance di Anne che tirava su col naso rumorosamente. Sapeva di dover cedere all'oltraggiosa richiesta di Lady St. John. Aveva lavorato abbastanza a lungo in casa St. John da sapere che le minacce di sua signoria erano serie. Una padrona intransigente che si aspettava che la sua servitù obbedisse senza fare domande, e i bambini St. John non se la passavano meglio, specialmente il ragazzino. La cosa più scioccante era che sua signoria dava al figlio un medicinale ricostituente, che il più delle volte richiedeva la visita del medico per curare il bambino di un malore di cui soffriva inutilmente per mano della sua iperprotettiva genitrice.

E le sfuriate di Lady St. John, poi. Solo pochi servitori ne erano stati personalmente testimoni. Molti cercavano immediatamente un altro impiego. Anne era stata presente a una di queste sfuriate e aveva chiesto a suo padre di trovarle un altro posto. Non poteva restare in una casa dove la padrona strappava le lenzuola e i cuscini, mandando piume in giro dappertutto, e schiaffeggiava la sua cameriera personale, tutto perché non riusciva a dormire senza un medaglione di zaffiri e diamanti che teneva sotto il cuscino di notte.

Tre cameriere addette alle camere e la sua cameriera personale, con il segno rosso dello schiaffo sulla guancia, avevano dovuto buttare all'aria la camera finché avevano trovato il prezioso gioiello. Era stata Anne, in effetti, a trovarlo. Era scivolato lungo la testata scolpita e si era incastrato tra il materasso e il legno di supporto. Era un gioiello elaborato, con una lavorazione accurata e un grande zaffiro lucente incastonato su un fondo d'oro e circondato da diamanti. Anne se l'era visto strappare di mano senza nemmeno un grazie, e le cameriere erano state mandate via con la minaccia urlata che, se mai il medaglione fosse sparito un'altra volta da sotto il suo cuscino, Lady St. John avrebbe licenziato l'intero personale di casa.

Anne era stata molto infelice in quella casa e, quando suo padre le aveva trovato il posto di cameriera personale della nuova moglie del conte, che si era dimostrata essere una giovane donna pacata dal carattere dolce, Anne si era considerata la ragazza più fortunata al mondo. Ma non c'era modo di sfuggire alla spietata Lady St. John. E non poteva nemmeno parlare con la contessa, che era giovane e inesperta e che non avrebbe probabilmente creduto a una nuova cameriera contro la parola della cugina del conte. E certamente non voleva guai per il suo promesso sposo, Rufus Willis.

Ma il pensiero di osservare ogni mossa della contessa, di registrare ogni suo intimo rapporto con il conte, le faceva rivoltare lo stomaco e le fece dire, coraggiosamente: "Per favore, milady, non mi costringete a farlo… Lady Salt è stata così buona e gentile con me."

Diana St. John andò alla porta. "Così buona e gentile, in effetti, che non sospetterà mai la sua cameriera." Con un colpetto del polso aprì il ventaglio d'avorio. "Sai che questo gennaio è il più freddo che si ricordi? La gente sta letteralmente *gelando* per strada…"

SALT SI ERA INFILATO la banyan di seta rossa ed era seduto al tavolo da toilette a limarsi le unghie curate, lieto che la giornata fosse finita. Si era divertito moltissimo giocando a tennis, specialmente perché aveva vinto contro quel dandy di Pascoe Church, sei a tre. Ma la cena era stata tediosa e, quella sera, le chiacchiere sulle manovre politiche di Rockingham e Newcastle, e le speculazioni sulla possibilità o meno che il favorito del Re, Lord Bute, si dimettesse, non lo avevano particolarmente interessato, e questo nonostante i tentativi di Diana di mantenere la conversazione incentrata su argomenti politici. Era troppo distratto per preoccuparsi di fornire più di qualche commento, distratto perché desiderava sapere che cosa stava succedendo in fondo al lungo tavolo, dove sua moglie teneva banco con Ron e Merry, Sir Antony, il suo segretario e Tom Allenby.

Non era riuscito a vederla oltre i centritavola, anche se sentiva ogni tanto qualche scoppio di risa dall'altra parte del tavolo. E due volte i bambini erano venuti a trovarlo, cosa che trovava adorabile, Merry seduta in grembo e Ron appoggiato alla sua spalla, intenti a raccontargli come si stessero divertendo a restare con i grandi. Lo rassicurarono che si stavano comportando benissimo e che poteva chiedere alla zia Jane, se non voleva accettare la loro parola. Gli dissero semplicemente che Lady Salt a loro piaceva tantissimo e che suo fratello Tom era una persona eccellente, che sapeva un mucchio di cose sulle navi e sul vetro azzurro.

Più tardi, quando i signori avevano raggiunto le signore nella Long Gallery per il recital, era stato l'ultimo ad arrivare e aveva trovato Pascoe Church nel pieno della conversazione con sua moglie. Sir Antony, Arthur Ellis e Tom Allenby erano tutti posizionati strategicamente vicino, non diversamente da mastini che sorvegliassero l'osso del padrone. Aveva sorriso tra sé e sé all'espressione dei loro volti. Nessuno di loro era felice che l'eloquente Pascoe fosse intento a monopolizzare il tempo di Jane. La maggior parte delle signore era gravitata dal lato opposto della sala, dove teneva banco Diana; Merry e Ron appollaiati rigidamente sul sofà accanto alla loro madre e, dalle loro espressioni cupe, non molto felici di essere lì.

Salt si sentì obbligato a salvarli dalla forzata buona condotta. Passò l'ora prima del recital giocando a 'scale e serpenti' con loro, dall'altra parte della Long Gallery, seduti sul tappeto davanti all'altro camino, dove lui e i due ragazzi potevano fare tutto il rumore che volevano, senza disturbare gli adulti.

Quando l'ultimo degli ospiti se n'era andato, Jane si era ritirata e lui era rimasto nel suo studio con Sir Antony, a chiacchierare con un brandy in mano. Finalmente Sir Antony gli augurò la buona notte e andò nelle sue stanze, al primo piano. Con Tom Allenby e sua madre che risiedevano nella casa di città di Arlington Street, residenza abituale di Sir Antony quando era a Londra, Salt gli aveva assegnato un appartamento nel palazzo di Grosvenor Square, un'offerta che il cordiale Sir Antony aveva accettato di buon grado.

Era stato il commento buttato lì da Sir Antony su Jane mentre gli augurava la buona notte, che fece decidere Salt a cercare sua moglie prima di andare a dormire. Nessuna meraviglia che la contessa fosse una cosina trasparente, con quell'appetito da passerotto. Non aveva mangiato altro che una ciotola di zuppa di piselli, dicendo che il cibo era troppo ricco per lei e che era abituata a pasti molto semplici, e solo una portata a pasto.

"Io ti domando, Salt," aveva continuato Sir Antony con una sbuffata incredula mentre appoggiava il suo bicchiere di brandy vuoto, con tutto il vino bevuto prima, durante e dopo cena che gli scioglieva la lingua, "quale mercante pieno di soldi mangia dei pasti semplici? E solo una portata? Tom mi ha confidato che suo zio permetteva a Jane di accendere il fuoco solo a giorni alterni. Puoi immaginare una farfalla così delicata vivere un'esistenza così frugale? Per non parlare del fatto che Allenby ha lasciato un testamento che sfida l'umana comprensione," aggiunse mentre barcollava verso la porta. "E la cosa si fa sempre più interessante, sai? Aspetta di leggerlo! Voglio dire, dovrò vederlo con questi occhi per credere che quel vostro vicino, il mercante, abbia lasciato a Caroline diecimila sterline. Sì, lo sapevo che questo ti avrebbe fatto sedere di colpo e prestare attenzione! Sì, tua sorella Caroline, Salt. Il giovane Tom mi ha confidato che suo zio ha assegnato questa somma a Caroline, e nessuno di noi riesce a capire perché. Se me lo chiedi, due più due non fanno quattro, quando si parla di Jacob Allenby. Buona notte."

Salt era dello stesso parere. Era rimasto completamente sbalordito dalla confessione di Sir Antony e quasi portato a pensare che troppo brandy gli avesse confuso la mente. Ma il risentimento di Jacob Allenby era molto profondo quando si parlava dei conti di Salt Hendon, e includere Caroline nel suo testamento era una specie di squallida vendetta che il mercante si stava prendendo dalla tomba. Tenere poi Jane al freddo e darle pasti miseri…

Gettò la limetta sul tavolo ingombro, lasciò libero Andrews per la notte e andò a piedi nudi in camera di sua moglie, dicendosi che non le aveva augurato la buona notte. Inoltre, voleva assicurarsi che avesse messo della pomata sul suo orribile lavoro della notte prima. Santo cielo, era stato proprio un somaro sconsiderato… se il cibo era troppo ricco per lei, perché non lo aveva detto? Aveva uno staff di venti persone in cucina, oltre al pasticciere, al fornaio e ai lavapiatti. La cuoca le avrebbe preparato un piatto di patate con montagne di burro, se era quello che desiderava, la stupidina.

Non trovandola in camera, entrò nello spogliatoio e la trovò che era appena uscita dal semicupio e si stava asciugando dietro al paravento dipinto. C'erano delle chiazze d'acqua sul pavimento, dalla vasca al paravento, e nell'aria aleggiava il profumo particolare del suo sapone.

Salt si appoggiò al caminetto per aspettarla e fu piacevolmente sorpreso di scoprire che il lungo specchio dietro il paravento era a un angolo tale che, da dov'era mentre si scaldava le mani, gli era possibile vedere quello che succedeva, alla luce tremolante delle candele, nella zona dello spogliatoio nascosta dal paravento. Avrebbe certamente fatto riposizionare lo specchio, il giorno dopo... ma non subito.

Osservò la moglie che si asciugava alla luce di un candelabro, cercando di usare un telo da bagno che era chiaramente fatto per qualcuno grande il doppio di lei. Quando inciampò incidentalmente in un angolo che strisciava sul pavimento, e le volò via di mano, la sentì rimproverare l'asciugamano come se fosse animato e sorrise con indulgenza, chiedendosi perché mai avesse preso la decisione pudica di andare dietro il paravento, quando sarebbe stato molto più confortevole e caldo asciugarsi davanti al fuoco. Ma quei pensieri evaporarono in fretta quando lei si piegò all'altezza della vita per raccogliere il telo da bagno.

Le sue intenzioni di sgridarla perché non aveva mangiato la cena, di augurarle la buona notte, prima di ritornare al suo freddo letto a baldacchino, si dissolsero in fretta quando sentì l'eccitazione crescente. Incantato, la guardò gettare da parte il telo e poi voltarsi verso lo specchio. Cogliendo qualcosa nel suo riflesso, Jane si avvicinò e alzò le braccia per togliere la batteria di fermagli che trattenevano i suoi lunghissimi capelli. Il disagio di Salt aumentò, mentre Jane restava in mostra, nuda e disinvolta davanti allo specchio. E quando sciolse i capelli, chinandosi in avanti prima di buttare indietro la testa in modo che i capelli corvini ricadessero, sbrogliati, fino in vita, era deciso a condividere il suo letto.

Non sapeva quanto tempo fosse rimasto accanto al camino ad ammirarla, sbalordito perché questa bellissima e affascinante donna era finalmente sua moglie, ma fu abbastanza perché la cameriera personale di Jane desse un colpetto di tosse e poi corresse dietro il paravento con la testa china. Salt si voltò in fretta verso il camino, con il volto arrossato per l'imbarazzo di essere stato colto ad ammirare furtivamente sua moglie. L'intrusione della cameriera era stata efficace quanto un tuffo nel gelido Tamigi.

"Sua signoria? Qui? Oh? Perché non mi avete detto che eravate qui, milord?" Gli disse Jane, mettendosi in fretta la sua sottile camicia da notte di cotone e infilandosi una vestaglia di seta, senza preoccuparsi di allacciarla. Lasciò andare Anne con un sorriso, dicendole di dormire qualche ora, che se l'era meritato e che sembrava stanca. Sperava di non averle dato troppo da fare in un giorno. Ringraziò Anne per essere rimasta sveglia fino a tardi, e disse che avrebbe deciso l'indomani mattina che cosa voleva indossare.

"Non è necessario ringraziare la cameriera per aver svolto il suo compito," le disse Salt con una risata, mentre Anne lasciava in fretta la stanza con la testa bassa e chiudeva la porta, lasciandola accostata. "Lei resta sveglia finché non ha finito il suo lavoro e se significa che sua signoria arriva a casa da un ballo alle tre del mattino e ha bisogno di lei, così sia."

"Comincio veramente a sentirmi dispiaciuta per Andrews," rispose Jane scherzosa, in piedi accanto a lui, e scaldandosi le mani davanti al fuoco. "Nessuna meraviglia che sia così efficiente. È paura, non devozione, la sua."

Salt la guardò stupito, si rese conto che stava scherzando e le tirò per gioco un lungo ricciolo, dicendole con un sorriso: "E la paura riuscirebbe a far mangiare qualcosa a vostra signoria? Mi dicono che avete mangiato solo una ciotola di zuppa. Non basta a sostentarvi."

"Vi assicuro che le porzioni che servono qui potrebbero nutrirmi per una settimana. Beh, forse non una settimana, ma una ciotola di zuppa e un po' di pane erano la mia cena abituale. Quindi non avete bisogno di fissarmi in quel modo."

"In che razza di casa indigente vivevate, perché una ciotola di zuppa costituisse la cena?" Chiese incredulo. "Quell'uomo non poteva nemmeno curarvi come si deve? Meno male che era un invalido, costretto su una sedia. Con questo suo modo spietato di economizzare non sarebbe mai riuscito a mantenere una moglie, le spese di un'amante e quello che sarebbero costati i marmocchi di entrambe."

A Jane si strinse la gola e distolse lo sguardo. "Sono sicura che il signor Allenby avrebbe potuto imparare qualcosa da voi. Susannah, Elizabeth e Jenny non hanno reclami da fare, vero?"

Il conte le afferrò il braccio e la voltò verso di lui. "Non stavamo parlando di me ma di quell'uomo…"

"Preferirei non parlare di lui," gli rispose a voce bassa, fissandolo negli occhi castani. "Mai."

Le sopracciglia del conte si unirono sopra il lungo naso ossuto: "Vi ha trattato male? Ditemelo."

Jane deglutì e scosse la testa. No, non gliel'avrebbe detto, non ancora. Non poteva. Non voleva la sua pietà. Non voleva che fosse gentile con lei solo per un senso di simpatia per la vita che aveva vissuto sotto la protezione di Jacob Allenby. Come l'avesse trattata come una sgualdrina che aveva bisogno di essere costantemente corretta; come avesse dovuto ascoltare i suoi infiniti sermoni sui costumi immorali del conte di Salt Hendon, ripetendole che stava molto meglio così com'era che come moglie di un marito infedele. Così trattenne le lacrime e cercò di impedire alla voce di tremare quando disse sfrontata. "Ve lo dirò se mi parlerete di Susannah e Elizabeth e Jen—"

"Non siate assurda!" le disse, sbuffando imbarazzato e lasciandola andare. "È tutto un altro paio di maniche."

"Oh?" gli disse curiosa. "Quindi si suppone che io ignori l'esistenza di queste donne con cui voi passate il tempo, però vi preoccupa che quel Jacob Allenby mi abbia dato un tetto quando mio padre me l'ha rifiutato?"

"Certo che mi preoccupa."

"Perché?" Gli chiese semplicemente. "Potrò anche essere stata gettata per strada da mio padre per una notte di passione illecita, ma negli anni successivi voi avete folleggiato con... quante donne? Dieci, venti, trenta, forse di più; non tutte contemporaneamente, anche se... se ne aveste avuto una mezza possibilità..."

"Non sapete di che cosa state parlando."

Jane sospirò. "No, in effetti non so niente di orge." Lo guardò apertamente, come se stesse riflettendo sulla questione. "E non voglio nemmeno saperne niente. Quindi, per favore, se dovete partecipare a queste attività, preferirei che fosse qui, a Londra e non nel Wiltshire." Quando Salt la guardò incredulo, incapace di rispondere, Jane fece una risatina coprendosi la bocca con la mano e disse: "Potrò anche essere una completa novizia nel letto coniugale, ma non sono *ignorante*."

"Il matrimonio non è una faccenda di cui ridere." Disse, secco. "Deve essere preso *molto* seriamente."

Jane perse immediatamente il sorriso. Era insorto come se fosse lei la colpevole. Si chiese che cosa volesse dire. Le loro idee sul matrimonio erano certamente diverse. Jane poteva aver avuto le stelle negli occhi a diciotto anni ma, quando lui aveva rotto il loro fidanzamento, quelle stelle si erano spente in fretta. E, proprio perché non dimenticasse mai che cosa significava innamorarsi di un nobile, Jacob Allenby le aveva dipinto molto chiaramente e cupamente come sarebbe stata la sua vita come moglie di un nobile ricco e vigoroso, che poteva avere tutte le donne che voleva. Pensava di essersi preparata a questo matrimonio ma si sbagliava. Non riusciva proprio a sopportare il pensiero di dividerlo con le altre.

Immaginò che fosse nudo sotto la vestaglia di seta rossa. Era aperta alla gola e mostrava una distesa di petto nudo e dove finiva, alle ginocchia, le gambe erano nude. Con i capelli castano chiaro sciolti sulle spalle e quello sguardo intenso da presbite, che lo obbligava ad alzare l'alta fronte per guardarla, era attraente in modo devastante. Un aspetto simile, insieme alla sua abilità e resistenza come amante, di cui si ricordava acutamente, dopo aver fatto l'amore con lui la notte prima, faceva capire come le Susannah, le Elizabeth, le Jenny e certamente le Diana dell'alta società, fossero completamente infatuate di lui.

Jane non pensava che fedeltà e costanza facessero parte del suo vocabolario coniugale, mentre riportava lo sguardo sui suoi occhi castani. Lei poteva aver preso seriamente i voti coniugali, perfino considerarli romantici e sentiti, ma uomini dello stampo del conte di Salt Hendon vedevano lo scambio di voti come qualunque altro contratto, legalmente vincolante e interamente a loro vantaggio.

"Sono d'accordo con voi, milord," rispose pacata. "In effetti, oserei dire che le mogli prendono i voti matrimoniali molto più seriamente dei loro nobili mariti."

"Ora siete voi che mostrate la vostra ignoranza sulla nobiltà," disse il conte, guardando nel fuoco, come se l'argomento fosse troppo sgradevole per parlarne apertamente. "Le mogli nobili sono disoneste; i mariti si curano poco dei loro bisogni sessuali. Credetemi, lo so."

Jane non dubitava della sua esperienza di prima mano. Le sue amanti dovevano avere un marito da qualche parte o averlo avuto in qualche momento. Sospirò mentalmente e desiderò che la prendesse semplicemente in braccio, la portasse a letto e facesse l'amore con lei. Tutto quello che voleva in quel momento era amore, risate e condividere l'espressione fisica di quell'amore con lui. Non voleva pensare alla sua vita amorosa con le altre donne. Almeno per quella notte, era esclusivamente suo.

Non poteva prevedere il futuro, se sarebbe rimasto suo per una settimana o due, o forse un mese, quindi era pronta ad afferrare l'occasione e godersi sia lui sia il loro tempo insieme, senza paura né speranze. Ma non era folle. Non aveva intenzione di aspettare finché ne avesse avuto abbastanza di lei e poi fare la parte della moglie scartata, passiva, quando lui fosse tornato al suo solito stile di vita. Tom le aveva detto, a cena, che lui e sua madre avevano affittato una casa appena girato l'angolo in Upper Brook Street. Lady Despard intendeva rimanere a Londra per altre sei settimane, prima che Tom tornasse a prenderla per riportarla a Bristol. Jane aveva tutte le intenzioni di lasciare Londra con loro. Sperava solo che Salt non si stancasse di lei prima di allora. Non voleva restare nei dintorni quando l'avesse messa da parte per la sua nuova favorita, né voleva sopportare il trionfo di Diana quando fosse successo.

Amore e risate e fare l'amore, ecco di che cosa aveva bisogno quella notte.

"Ovviamente sono sicura che non abbiate rimpianti, per aver fatto l'amore con tutte quelle donne," disse in tono leggero, colloquiale, sapendo che lo stava provocando terribilmente. "Per non parlare delle orge, dove probabilmente non vi ricordate nemmeno con quante donne vi siete rotolato. Ma non vi è mai venuto in mente che c'era la possibilità di prendere qualche terribile malattia venerea, mentre facevate quelle capriole?"

"Ovvio che ci abbia pensato!" rispose brusco, con l'imbarazzo e la rabbia che annullavano lo shock nel sentir sollevare un tale argomento. "Che cosa pensate che sia? Matto?"

Jane guardò il soffitto decorato e cercò di non sorridere. Era ancora più bello quando era imbarazzato e di malumore. "Jacob Allenby mi ha raccontato una volta di un tipo di malattia venerea che spesso infetta i libertini e che, se lasciata a se stessa, li fa impazzire. Dicono sia la malattia che ha ucciso Re Enrico..."

"Non è possibile che stiamo avendo questa conversazione!" disse brusco.

"Ma se non posso avere questa conversazione con mio marito, con chi potrei averla?" Chiese Jane francamente, guardandolo con l'aria di aspettarsi una risposta.

Il conte si schiarì la voce, a disagio, pur sapendo che Jane aveva tutti i diritti di avere una risposta.

"Non dovete preoccuparvi," disse a scatti, passandosi una mano tra i capelli. "Non ho mai... ecco, non ho mai frequentato le comuni prostitute. Per quanto riguarda le altre... ero... *sono*... estremamente attento e da ottobre, quando io... noi... non ho... come ho detto," aggiunse bruscamente, sembrando incapace di completare la frase sotto il suo sguardo fisso, "non vi dovete preoccupare."

"Oh, *molto* confortante," disse, in apparenza non convinta. Aveva colto l'allusione al mese di ottobre, il mese in cui si erano ufficialmente fidanzati, ma per il momento fu contenta di accantonarla, mentre continuava a punzecchiarlo senza pietà. "Ma che ne dite delle donne che avete frequentato? Vi siete mai fermato a chiedere loro se erano state altrettanto considerate?"

"Scusate?" Disse, inorridito al pensiero, con l'imbarazzo che cresceva a ogni frase che Jane pronunciava. Non gli avevano mai parlato con tanta franchezza, un'abitudine tutta di Jane, e certamente non aveva mai discusso apertamente la sua vita amorosa con nessuno. E qui c'era la sua novella sposa, che gli faceva domande sui suoi trascorsi sessuali, nientemeno! Era troppo esterrefatto per essere furioso.

"Non vi è mai capitato di pensare che le vostre amanti, o qualcuna delle vostre storie occasionali, potessero aver preso qualcosa dagli altri loro amanti?" Continuò Jane, con tutta la tranquillità di qualcuno che stesse discutendo il menù con la governante. "È facile per voi dirmi che siete assolutamente sano, ma Elizabeth e Susannah e..."

"Basta! Questa conversazione è andata troppo oltre!" Ringhiò. Poi aggrottò la fronte. "Come fate a conoscere i loro nomi?"

"Oppure dovevano comunicarvi la loro storia clinica prima che le portaste a letto?" aggiunse, allontanandosi in direzione della porta della camera da letto. "Nomi?" Scrollò le spalle. "Ero sotto il tavolo della sala da pranzo mentre parlavate con Sir Antony, ricordate? E i palchi degli spettatori nel vostro campo da tennis hanno le pareti molto sottili. Sareste sorpreso di sapere che cosa ho appreso dal vostro branco di ammiratrici."

Il conte era sconvolto. "Non sono le mie ammiratrici e..."

"No? Beh, certamente non posso biasimarle per avervi guardato ben bene nei vostri calzoni da tennis che, tra parentesi, non lasciano niente all'immaginazione..."

"Non prenderei come oro colato le chiacchiere di un branco di galline frustrate. Niente?" Aggiunse, con il volto che assumeva una sfumatura violacea. "*Niente* del tutto?"

"Niente del tutto," dichiarò Jane, sorpresa che fosse così schivo davanti all'aperta ammirazione. Le si formò una fossetta sulla guancia sinistra. "Allora non dovrei credere nemmeno a quello spettacolino? Non ho mai visto tanta biancheria femminile lasciata alla pubblica visione. E nientemeno che su campo da tennis!" Sorrise dolcemente, con una mano sullo stipite. "È stato molto cavalleresco da parte vostra restituire a Jenny Dalrymple calza e giarrettiera. Senza dubbio sarà più che contenta di fornirvi la sua completa storia clinica, ora che le avete offerto il posto di amante in carica." Alzò il nasino, senza aspettare una risposta e, girando sulla punta dei piedi nudi, scomparve nella sua camera, dicendo sopra la spalla, scuotendo i lunghi capelli. "Non molto romantico ma piuttosto ragionevole, viste le circostanze."

Salt la fissò, senza parole. Non aveva una risposta. Quelli che, sul campo sportivo, erano stati una pagliacciata e un trucchetto da giocatore, erano stati ridotti da sua moglie a un infantile scherzo da due soldi. Pascoe Church non solo aveva adocchiato la precedente amante di Salt, ma aveva anche messo gli occhi su Jenny Dalrymple. Sapeva che, restituendo la calza e la giarrettiera con uno svolazzo, avrebbe impedito a Church di concentrarsi sulla partita di tennis. Era stata solamente quella, la sua intenzione.

Non l'aveva detto a nessuno, e riusciva appena ad ammetterlo con se stesso, ma rubare quel bacio a Jane durante la caccia aveva avuto serie ripercussioni sulla sua virilità. Con sua preoccupata meraviglia, e una paura crescente che ci fosse qualcosa che non andava in lui, aveva perso il suo vorace appetito in camera da letto. Non per dire che fosse diventato un monaco. Ma dall'ottobre precedente, quando era stata fissata la data per lo scambio dei voti matrimoniali per la prima settimana di gennaio, aveva evitato la sua amante. Ne dava la colpa a Jane, esattamente come dava la colpa a lei per l'attuale sano risveglio del suo appetito sessuale.

Era ancora sulla porta che rifletteva, quando Jane mise la testa nello spogliatoio con uno sguardo malizioso.

"Non so che cosa stiate aspettando. Non ho intenzione di chiedervi il referto del medico, se è quello che vi impedisce di unirvi a me nel letto coniugale."

"Piccola strega!" Esclamò, con la tensione che si scioglieva. Tornò alla vita mentre lei spariva di nuovo, ed entrò a lunghi passi in camera della moglie. "Dovrei sculacciarvi, signora moglie!"

"Come avete fatto in sala da pranzo?" Gli chiese ridacchiando e saltellando verso il letto a baldacchino. "Mi vedete tutta tremante di terrore, milord."

"Non solo una strega, ma anche una sgualdrinella e per giunta una civetta!"

Jane sfrecciò via e si arrampicò sul materasso, usando le tende di damasco per arrampicarsi. Salt si lanciò per prenderla, afferrò la vestaglia, che le scivolò facilmente dalle spalle, e rimase con un pugno di stoffa setosa in mano, mentre Jane crollava sul materasso nella sua sottile camicia da notte, ridendo della sua incapacità di prenderla. A quel punto, salì sul letto con lei, la sollevò e la lanciò in mezzo ai cuscini. Jane gli lanciò un cuscino di piume, che il conte afferrò al volo prima che lo colpisse al mento. Ora stavano ridendo entrambi e prima che Jane riuscisse a fuggire, la immobilizzò sul letto, mentre si dimenava, le si mise a cavalcioni e le tenne i polsi sopra la testa.

Jane gli rivolse un sorriso da folletto. "Devo fare un favore a vostra signoria e voltarmi in modo che possiate sculacciarmi?"

"No, milady," mormorò, abbassandosi per baciare le sue labbra piene, e l'intensità nei suoi occhi castani la eccitò e la spaventò allo stesso tempo. Le lasciò andare i polsi e scivolò lungo il suo corpo per baciarle i piedini eleganti, con i baci che proseguivano lungo le gambe snelle, mentre le mani le alzavano la camicia sottile sopra le ginocchia e poi le allargavano gentilmente le cosce. "Ho in mente una tortura molto più lenta e squisita."

DIECI

Q UANDO SCIVOLARONO finalmente in un sonno profondo, abbracciati nel disordine di lenzuola e cuscini, era mattina presto, in quelle poche ore di completa quiete, quando era ancora buio e non si sentivano ruote di carrozza, nemmeno il clop clop degli zoccoli dei cavalli sul selciato in Grosvenor Square. Jane dormiva profondamente, rannicchiata contro il corpo caldo del marito ma il conte, che era caduto in un sonno profondo solo per svegliarsi una manciata di ore dopo, era completamente sveglio, alla debole luce del fuoco morente nel camino, e fissava senza vederlo il baldacchino a pieghe sopra la testa. Era confuso, stregato e sconcertato dalla sua sposa, e la faccenda lo spaventava a morte.

Il cuore gli batteva forte in petto, proprio come quando aveva osservato di nascosto la Jane di diciassette anni tra la piccola nobiltà che si era riunita per vedere la caccia; gli aveva letteralmente tolto il fiato. Era stato entusiasta di scoprire che la sua straordinaria bellezza era pari al suo pudore e alla sua natura diretta ma gentile. Lì c'era una ragazza tanto onesta quanto bella, non toccata dal cinismo e dall'adulazione. L'aveva cercata, corteggiata e rovinata il giorno del suo compleanno. All'apparenza, aveva recitato fino in fondo la parte del Casanova titolato. Ma era stato diverso. Lei era diversa. Lui era diverso. Si era innamorato follemente, voleva sposarla e farne la sua contessa. Le aveva chiesto di sposarlo e poi aveva perso la testa nel padiglione d'estate, dimenticando la sua educazione di gentiluomo e aveva fatto l'amore con lei.

Perché Jane non si era fidata che tornasse da Londra? Aveva un'opinione così bassa del suo carattere da credere che fosse capace di prendere la sua verginità con false promesse d'amore e poi abbandonarla? Che tipo d'uomo era per lei? Com'era possibile che lo avesse accusato di rottura di promessa, quando lui non aveva rotto il loro fidanzamento?

Perché non aveva aspettato il suo ritorno? Aveva confessato la sua disgrazia a suo padre ed era stata buttata fuori di casa, e lui si era visto restituire il medaglione come prova della sua volubilità. Non riusciva a crederlo, ed era rimasto sconvolto quando aveva saputo che Jane aveva accettato la protezione di Jacob Allenby, un uomo che lui disprezzava più di chiunque altro. Non aveva senso. Quattro anni dopo, non aveva ancora un senso.

Si sentiva tradito.

Motivo per cui il giorno prima era stato intenzionato a farle firmare un documento che stabiliva le regole secondo cui avrebbe dovuto vivere come sua moglie e contessa, regole per demoralizzarla e umiliarla, facendone una prigioniera virtuale nella sua tenuta, perché voleva punirla per aver rotto il loro fidanzamento, per aver tradito il suo amore. Eppure, oggi, non riusciva ad averne abbastanza di lei.

Ma non le avrebbe permesso di entrargli nell'anima, solo per consentirle di mandare in pezzi una seconda volta le sue speranze e i suoi sogni. Si sarebbe accontentato del sesso, con lei. A letto sapeva esattamente come si sentiva Jane, quali erano i suoi bisogni e i suoi desideri e, per di più, poteva soddisfare i propri forti appetiti carnali. Se le due notti precedenti ne erano un esempio, per quanto concerneva la libidine, nessuno dei due avrebbe mai avuto il bisogno di cercare soddisfazione altrove. Libidine, pura e semplice, lo capiva. La libidine non era complicata. La libidine si poteva soddisfare. La libidine sarebbe andata benissimo per entrambi.

Dormì fin dopo mezzogiorno e si svegliò completamente riposato. Comodamente sdraiato nel letto di Jane nella penombra, con il fuoco riacceso nel camino ma le cortine ancora da scostare per mostrare il cielo invernale, fu contento di non pensare a niente di più complicato di quello che avrebbe mangiato a colazione. Sapeva che il suo paziente segretario lo stava sicuramente aspettando nello studio, con l'agenda degli appuntamenti aperta e una pila di corrispondenza che richiedeva la sua risposta, la sua firma o il suo sigillo ma, per una volta nella sua vita, aveva intenzione di ignorare gli urgenti affari di stato e di fare colazione con calma con sua moglie... che non era accanto a lui.

Dov'era andata?

Rannuvolato, buttò da parte le coperte, trovò la vestaglia, coprì le sue nudità e si tolse i capelli dagli occhi. Versò dell'acqua fredda da una caraffa dipinta nella bacinella di porcellana sul comodino e si buttò un po' d'acqua in faccia. Sentendosi ragionevolmente sveglio, andò a cercarla. Aveva dimenticato che a quell'ora, non solo il suo segretario sarebbe stato al lavoro, ma che tutta la servitù era in piedi da mezza giornata e che tutti erano attivamente impegnati nei loro compiti.

Diversi servitori erano riuniti nel bel salottino della contessa, sotto la direzione di Willis, il sottomaggiordomo, cui era stato affidato il compito di essere, per sua signoria, una guida discreta verso le sue nuove responsabilità e doveri come contessa di Salt Hendon. Una guida esperta per tutte le questioni riguardanti il servizio avrebbe assicurato che la casa del conte non avrebbe subito sconvolgimenti. Il maggiordomo non poteva essere più d'accordo, ed era fin troppo lieto che il conte avesse dato a Willis il compito di condurre per mano la giovane contessa, lasciando a lui il compito più importante di provvedere ai bisogni del conte. Naturalmente, Willis non aveva menzionato il fatto che assistere la contessa gli avrebbe dato la possibilità di restare in contatto con la sua promessa sposa, Anne.

Due domestici, la governante, la cameriera personale di sua signoria e Rufus Willis erano tutti in piedi al margine del tappeto Aubusson, accanto a una chaise longue, un sofà e una poltrona sistemati accanto al camino. Willis e la governante stavano controllando i menù della settimana con Arthur Ellis, che era seduto sul bordo della chaise longue a righe rosa, con l'agenda degli appuntamenti del conte aperta sulle ginocchia. Ma la sua attenzione, come quella di tutti gli altri, era concentrata sulla contessa, rannicchiata davanti al camino.

Vestita in una spuma di sottane di seta rosa pallido ricamata, si era tolta le pantofoline di seta e tendeva i piedini coperti dalle calze bianche verso il calore del fuoco. I capelli non erano acconciati, una grossa treccia, dello spessore di una fune le pendeva sulla schiena, con la punta a formare un anello e fermata da un nastro rosa. Stava dondolando quel nastro di seta appena fuori della portata di un gattino bianco dal pelo morbido, con la punta delle orecchie nera. Ogni tanto abbassava il nastro fino alla portata della palla di pelo, in modo che potesse raggiungerlo con le zampette, affondare i suoi dentini bianchi e far finta di averlo catturato. A quel punto Jane staccava il nastro e lo allontanava, ridendo dei giochi del gattino che saltava sulle zampe posteriori, solo per ribaltarsi e ricadere sulle quattro zampe. Allora lo raccoglieva, lo accarezzava, gli strofinava il volto sul pelo morbido per poi rimetterlo a terra e ricominciare il gioco.

Nonostante fosse occupata con il suo nuovo e affascinante compagno di giochi, ascoltava attentamente la discussione tra Willis e la governante che si chiedevano se fosse il caso di servire il rinfresco ai Lord dell'Ammiragliato, al Cancelliere dello Scacchiere e al Consiglio della Corona prima o dopo la riunione del consiglio. Toccava al conte offrire il rinfresco ma, visto lo stomaco debole del Cancelliere, per non parlare della propensione di parecchi Lord a bere troppo ancor prima che cominciasse la riunione, si discuteva se fosse ragionevole mangiare prima. Ma mangiare prima significava anche che c'era la possibilità che diversi Consiglieri della corona soffrissero di un grave torpore post-prandiale. A quel punto la riunione si sarebbe protratta più a lungo di quanto desiderasse il conte, che aveva un impegno a teatro la stessa sera.

"Perché non servire il rinfresco durante la riunione?" Suggerì Jane, distogliendo l'attenzione dal gattino ma continuando a far penzolare il nastro per distrarlo. Diede un'occhiata al segretario, che aveva i gomiti sull'agenda che aveva in grembo e lo sguardo sulla vivace palla di pelo. "Ovviamente sarebbe più difficile per voi tenere il verbale della riunione, signor Ellis, con i camerieri che andrebbero avanti e indietro con i piatti e le loro signorie distratte dal cibo, ma mi sembra l'unico modo per far contenta la maggioranza dei Consiglieri. Naturalmente io non so niente di queste faccende e voi dovrete chiedere l'approvazione di Lord Salt, ma in questo modo sarebbe possibile far finire la riunione in tempo perché il conte possa cambiarsi per andare a teatro."

La governante e il sottomaggiordomo si guardarono l'un l'altro, come se non ci avessero mai pensato ma fosse esattamente la risposta che stavano cercando. Qual era l'opinione del signor Ellis?

Ma il signor Ellis non aveva sentito una parola. Era troppo preso a guardare la contessa che giocava con il gattino bianco e nero, un regalo di un nuovo ammiratore; uno dei tanti regali che erano arrivati quella mattina ma certamente quello più gradito. C'erano bouquet di fiori, cartoncini di invito, fazzoletti profumati, un manicotto di pelliccia, un ventaglio dipinto a gouache e diversi ninnoli ancora incartati. Il gattino era stato consegnato nel suo cestino foderato di velluto, con una ciotolina di porcellana e una pinta di panna fresca. C'era un biglietto legato al cestino:

"Pascoe, Lord Church, manda i suoi complimenti a Jane, contessa di Salt Hendon. Che possa essere una buona madre per Visconte Quattrozampe."

Il segretario non era certo di che cosa significasse il biglietto, ma sentiva che conteneva un messaggio per il conte e che il suo datore di lavoro non ne sarebbe stato lieto, per quanto la contessa fosse felice del regalo di Lord Church. Ebbe la sgradita soddisfazione di veder confermato il suo sospetto quando il conte sbalordì l'intera compagnia apparendo sulla soglia non rasato, in vestaglia e insofferente.

"Signor Ellis? Che ne pensate della mia idea?" Ripeté Jane, e sorrise quando il segretario trasalì, annuì e riportò lo sguardo sull'agenda.

Quando Willis ripeté il suggerimento della contessa per il rinfresco del Consiglio della Corona, Arthur Ellis confermò in fretta, dicendo che sarebbe stato più che lieto di redigere il verbale durante il rinfresco e che il cibo sarebbe stato una gradita distrazione per quei Consiglieri che tendevano a uscire dal seminato, una circostanza che infastidiva particolarmente il conte.

Intingendo la penna in un calamaio sistemato sulla chaise longue accanto a lui, fece un'annotazione a margine dell'agenda, e stava per passare all'argomento seguente quando tutti i servitori nella stanza reagirono con muta sorpresa, divennero immobili come statue e poi fecero la riverenza o si piegarono in un inchino, tenendo lo sguardo fisso a terra. E quando la contessa si rimise in fretta in piedi con un sorriso radioso, il segretario capì immediatamente chi c'era alle sue spalle. Schizzò in piedi, con l'agenda stretta al petto, rendendosi conto, con sommo dispiacere, di aver premuto l'inchiostro fresco sul davanti del suo migliore panciotto di lana marrone.

"Santo cielo!" esclamò Salt, fermandosi di colpo e facendo un passo indietro verso la porta, alla vista inaspettata della mezza dozzina dei suoi servitori di grado più elevato che occupava il salottino di sua moglie. Nonostante il suo imbarazzo per essere in deshabillé, il gattino lo incuriosì. "Dove avete trovato quell'animale feroce, milady?"

"Si chiama Visconte Quattrozampe," gli rispose Jane, lisciandosi le pieghe delle sottane. Raccolse il gattino miagolante e lo presentò al marito. "Sono certa che lui crede di essere molto feroce, ed è quello che conta."

Salt tenne la piccola palla di pelo bianca nel palmo della grande mano e inconsciamente gli fece il solletico sotto la gola con un lungo dito. "Vedo che sua signoria ha ricevuto più di un gattino con la posta del mattino," commentò, per nulla sorpreso dei regali e dei fiori ammucchiati sul sofà e sparsi sul tappeto. Aveva un'idea precisa da chi potessero venire. Al torneo di tennis, tutti i maschi presenti si erano complimentati con lui per la bellezza e la grazia di sua moglie. Sorrise a Jane: "E chi vi ha mandato questo bruto?"

"Lord Church," gli disse semplicemente Jane e prese il biglietto che era stato legato al cesto del gattino. "Guardate... Oh! Che stupida, non avete gli occhiali," si scusò, quando Salt si infilò in tasca il biglietto senza leggerlo, sembrando ancora più a disagio, se possibile, visto che non era rasato, i capelli gli ricadevano in disordine sulle spalle ed era nudo sotto la seta sottile della vestaglia. Jane riprese il gattino quando il conte glielo tese.

"Restituitelo," le ordinò e poi si rivolse al segretario. "Ellis, ci vedremo nello studio tra un'ora." Piroettò su un tallone nudo e uscì in fretta dall'appartamento di Jane per andare nel proprio.

Jane lo seguì, con il gattino stretto al corpetto di seta.

"Non potete essere così meschino! Solo perché mi sono lasciata sfuggire che avete la vista debole..."

"Non sono così puerile, stupidina!" rispose in tono burbero, continuando a camminare.

"Se volete la verità, siete semplicemente e testardamente irragionevole riguardo al portare gli occhiali in pubblico. La vista debole non è niente di cui vergognarsi. Non quando siete perfetto sotto tutti gli altri punti di vista. Tutti hanno qualche particolare fisico che non gli piace e che non possono cambiare."

"Già, così dice la perfezione fatta donna!"

Jane fece una smorfia. "E ora chi si sta comportando come un bambino? Solo perché ho un aspetto piacevole non vuol dire che non abbia difetti. Vorrei essere più alta e più rotondetta, come la maggior parte delle donne. E la mia bocca: non mi piace, ho un broncio perpetuo. Mi fa sembrare una bambina viziata. Non ridete. È vero."

Salt si fermò sulla porta delle sue stanze e la guardò con un sorriso. "A me piacete esattamente come siete, Jane, *specialmente* la vostra deliziosa bocca. Ma il gattino deve essere restituito."

Jane arrossì a quel semplice complimento. "E voi siete sempre bello anche se portate gli occhiali," gli disse timidamente, guardandolo. "Il gattino resta."

"Come fate a dirlo se mi avete visto portare quei dannati affari una sola volta, ed è stato anni fa! Il gatto deve andarsene."

"Devo essere una delle poche persone che vi hanno visto con gli occhiali. Quindi non è qualcosa che si può dimenticare, no? Siete semplicemente testardo. Non rimanderò indietro il gattino."

Il conte appoggiò le sue larghe spalle allo stipite della porta sbuffando, si tolse di tasca il biglietto di Lord Church e glielo tese. "Che cosa dice?"

Jane gli lesse il biglietto a voce alta.

"Il caro Pascoe," disse il conte strascicando le parole con un sorrisetto storto. "È pieno di considerazione per il vostro benessere, milady. Fa di mia moglie una madre quando io non posso. Il gattino deve assolutamente essere restituito."

Spalancò la porta e continuò a camminare fino a raggiungere il suo spogliatoio. Con sua somma sorpresa, Jane lo seguì in quella privatissima roccaforte maschile. Quando Andrews vide la contessa, appoggiò immediatamente il rasoio e la coramella, coprì la bacinella di acqua saponosa con un asciugamano e si ritirò con un inchino nel salotto, per trovare qualcosa da fare finché il conte non fosse stato pronto a farsi rasare.

"Credete che mandarmi il gattino sia stato uno scherzo crudele nei vostri confronti?" Chiese con calma, accarezzando Visconte Quattrozampe, che stava miagolando e aveva probabilmente bisogno di un altro piattino di crema dopo tutto l'esercizio fatto con il nastro. "Se mi obbligherete a restituirlo non è forse vero che Lord Church saprà di aver raggiunto il suo scopo?"

"Non vuol dire che io debba accettare il suo sostituito per un figlio!"

Jane inclinò la testa, riflettendo. "Come fa Lord Church a sapere della diagnosi del medico?"

"Chi non lo sa?" rispose secco, con un gesto brusco della mano, poi aggiunse, a suo beneficio, quando la vide che continuava a guardarlo, aspettando una risposta. "Tra la nobiltà, la notizia che un conte non è in grado di produrre un erede è materiale da prima pagina." Si strofinò la guancia, fece una smorfia sentendo la barba ispida sotto le dita, si passò la mano tra i capelli non pettinati, altrettanto disgustato dal loro stato di disordine. "Ora, se me lo permettete, vorrei rendermi presentabile," aggiunse, molto più calmo. "Ho un pomeriggio pieno di appuntamenti e poi un precedente impegno a teatro."

"Vi siete mai chiesto se i medici non si fossero sbagliati?" Gli chiese a voce bassa, ignorando la sua richiesta di lasciarlo vestire. "Forse potreste aver procreato un bambino, o più bambini, e dato che il medico aveva detto che non ne sareste stato capace, non vi siete nemmeno preoccupato di pensare che quei figli avrebbero potuto essere vostri?"

Salt sorrise a disagio e le diede un buffetto sulla guancia arrossata. "Che il cielo mi aiuti, Jane, le vostre domande terribilmente franche spaventerebbero qualcuno con i nervi meno saldi. Prima mi fate una paternale sul fatto che avrei potuto prendermi una malattia venerea e ora dite che potrei involontariamente aver generato un bastardo o due. C'è qualche argomento di cui non parlereste?"

"Non con mio marito," rispose Jane con un timido sorriso, ma il suo sorriso svanì mentre pensava a come spiegare il resto dei suoi pensieri. Era pienamente convinta che non avesse mai ricevuto il medaglione con il suo biglietto che lo informava della sua gravidanza. Ma come fare ad affrontare questo argomento senza spiattellare la verità e rivelargli tutta la lacrimevole storia, con il rischio di non essere creduta? Avrebbe potuto pensare che fosse una demente! Forse sarebbe stato meglio affrontare il discorso da un'altra angolazione, che potesse magari convincerlo che era fertile come chiunque altro. A metà del suo discorso sconclusionato si rese conto di aver affrontato l'argomento nel modo sbagliato, ma oramai era troppo tardi.

"Dal poco che ho sentito ieri sul campo da tennis, c'è molto delle attività della nobiltà che non capisco," disse tranquillamente, facendo un giro nello spazioso spogliatoio di suo marito, con il gattino addormentato nell'incavo delle braccia conserte. "Sembra che, purché sia discreta, una donna sposata possa avere una storia, diciamo, così per dire, con il miglior amico di suo marito, se lo desidera, senza che nessuno batta ciglio. Certamente, in un caso del genere, se la donna resta incinta, come fa a sapere chi è il padre? Suo marito o il suo amante?"

Salt incrociò lentamente le braccia sul petto, con gli occhi castani fissi sul volto un po' arrossato di Jane. Con la voce alterata le disse: "Io lo avrei saputo."

"Ma è proprio questo il punto. Se i medici si sono sbagliati e siete fertile, non lo avreste saputo. Potreste tranquillamente essere il padre di Ron e Merry e come fareste a saperlo? Solo se la loro madre vi confessasse la verità, e non è molto probabile che lo faccia, dato che suo marito era il vostro migliore amico." Stava straparlando ora, perché Salt la stava fissando, il volto pallidissimo. "Ron vi assomiglia tantissimo ed è facile da capire, visto che suo padre e voi eravate primi cugini. Ovviamente non ho mai incontrato St. John, quindi non so quanto vi assomigliasse, e potrebbe benissimo essere lui il padre, ma non sono la sola che sembra farsi questa domanda. Così, vedete, potreste essere in grado di generare un figlio ma, dato che credete ai medici, non avete mai sospettato che potreste essere virile come ogni altro uomo."

"Quando mi avete accusato di aver rotto la mia promessa pensavo di non poter scendere più in basso nella vostra considerazione. Vedo che mi sbagliavo," enunciò molto calmo, con una voce che gelò il sangue nelle vene a Jane, mentre si avvicinava a lei. "Ora mi accusate di aver cornificato il mio miglior amico e cugino. Non solo, ma di aver messo incinta sua moglie con la mia prole. Se non fosse così spregevole sarebbe da ridere."

"Ma se voi e Lady St. John eravate amanti e voi potete generare un figlio…"

"Che io possa generare un figlio o no è irrilevante in questa discussione!" esclamò, afferrandole con forza le spalle e svegliando il gattino dormiente. "Potrò anche essere cieco, ma siete voi che avete bisogno di occhiali per capire! Quello che non riuscite a vedere, quello che non riesce a penetrare dietro la bella facciata per entrarvi nella mente, è che St. John era il mio migliore amico."

"Questo non impedisce a Diana St. John di essere follemente innamorata di voi!"

"Nonostante l'infatuazione di sua moglie per me, non avrei mai tradito St. John, neanche dopo la sua morte." Dichiarò pacatamente Salt, spingendola indietro verso la porta. "St. John lo sapeva. Con sua amara delusione, sapeva anche di potersi fidare più di me che della sua stessa moglie! Quindi, signora, la vostra discussione sulla mia fertilità ha fatto fiasco."

Jane lo fissò negli occhi castani. "Ron e Merry sono due ragazzi splendidi e se non di St. John, allora vorrei che fossero vostri."

"Non lo sono," dichiarò enfaticamente il conte. "Questa enunciazione dei fatti dovrebbe spegnere ogni fiammella di speranza che possiate avere che io possa darvi un figlio." La lasciò andare, con la gola improvvisamente secca e aprì di scatto la porta che portava nell'appartamento di Jane. "Dovrete accontentarvi di fare da madre al piccolo bruto che avete in braccio. Sta miagolando per avere del latte. Sarà meglio che compiate il vostro dovere. Ora, per favore, siate buona e lasciatemi in pace con le mie mancanze."

Jane non si mosse. Non staccò gli occhi da suo marito. Distratta, accarezzò il gattino, sperando di fargli dimenticare la fame ancora per un po'.

"Non vi sono mai venuti dei dubbi sull'opinione dei medici?" Insistette, aggiungendo, con voce esitante: "Che forse, se due persone si amano profondamente, le loro preghiere di avere un figlio potrebbero essere esaudite?"

A quel punto Salt, che stava guardando sopra la testa di Jane, abbassò lo sguardo per fissarla direttamente negli occhi, occhi azzurri pieni di lacrime. Era triste e speranzosa allo stesso tempo. Non dubitava che la tristezza di Jane fosse genuina. Gli fece sentire una fitta di inadeguatezza così acuta da fargli male al cuore. Che ironia che avesse avuto anche lui lo stesso illusorio desiderio cui Jane aveva appena dato voce, dopo aver fatto l'amore con lei nel padiglione d'estate. Le aveva chiesto di sposarlo, consapevole di non poterle dare figli ma continuando sconsideratamente a credere che forse, se si fossero amati abbastanza, la loro unione sarebbe stata benedetta.

Che sciocchezze romantiche!

Era perfettamente informato delle battute sussurrate negli ultimi dieci anni tra gli appartenenti all'alta società, sul fatto che il vigoroso conte di Salt Hendon non riusciva a mettere incinta nemmeno una puttana. Sul libro delle scommesse al White, le quote erano cento a uno che avrebbe messo al mondo un figlio, cinquanta a uno che sarebbe riuscito a mettere incinta un'amante, venti a uno che sarebbe rimasto senza figli.

Non riusciva però a evitare di desiderare fino allo spasimo l'impossibile. Che cosa non avrebbe dato per mettere incinta Jane, vederla diventare paffuta e rotonda con il loro bambino. Ma non sopportava di pensare a quella possibilità, perché avrebbe significato che stava diventando paffuta e tonda con il figlio di un altro uomo. E quello, per lui, sarebbe stato l'inferno in terra.

Si sentiva uno straccio, proprio come il suo aspetto. Con il senso di inadeguatezza venne l'amarezza e la rabbia.

"Ma voi non mi amate, signora. Mi avete sposato per il bene di Tom ed io ho rispettato il desiderio di vostro padre in punto di morte e ho fatto di voi una contessa. Questa è la somma totale della nostra unione. Che entrambi proviamo piacere fisico come marito e moglie è un puro caso. Accontentatevi di questo. È una merce rara nella nostra cerchia, ed è più di quello che hanno in comune la maggior parte dei mariti e delle mogli nobili."

Jane chinò la testa per asciugarsi in fretta le lacrime, poi alzò risolutamente il mento.

"Sapete che non basta, per nessuno di noi."

"No. Non insistete," disse a denti stretti. "Non *posso* generare un figlio. Non avrò *mai* un figlio. Voi resterete *sterile*. Il nostro matrimonio è destinato a restare *senza figli*. In quanti modi ve lo devo dire?" Aggiunse, afferrandole le braccia e torcendo involontariamente la seta delle strette maniche sotto le lunghe dita, facendola trasalire per il dolore. La tirò di colpo più vicina a sé. "Non prendetemi per un folle. Capito? Voi appartenete a me e solo a me. I maschi della mia famiglia sono sempre stati teneri con le loro mogli, ma io non credo nei miracoli. Fatevi mettere incinta e non esiterò a uccidere il padre del marmocchio mal concepito. Tenetelo a mente. Vi convincerà a restare una moglie fedele meglio di una cintura di castità." E con questo la spinse fuori dalla stanza e sbatté la porta.

JANE NON VIDE IL MARITO per tutto il resto della giornata. Non si era veramente aspettata di ricevere la sua visita quella notte, era stato talmente furioso con lei. Ma lui era venuto in camera sua nelle prime ore del mattino e si era infilato sotto le coperte. Quando gli aveva chiesto, insonnolita, com'era andata la sua giornata, lui si era scusato per averla svegliata, dicendo di aver letto il testamento di Jacob Allenby e che Tom era molto fortunato ad averla come sorella, poi le aveva detto di tornare a dormire. Ovviamente nessuno dei due ci riuscì e rimasero svegli al buio, ciascuno acutamente conscio dell'altro ma senza sapere se l'altro avrebbe voluto il contatto fisico dopo essersi lasciati in modo così acrimonioso il giorno prima. Jane si sentiva rassicurata che avesse deciso di venire a trovarla e non fosse andato nel proprio letto, o, peggio, nel letto di un'altra.

Non sapeva chi avesse fatto la prima mossa. Tutto quello che ricordava era che, mentre stava scivolando nel sonno, si era ritrovata tra le braccia e accanto al calore del corpo di Salt. E più tardi, alla luce dell'alba, fu svegliata dalle sue carezze e fecero l'amore. Entrambi desideravano ardentemente quel contatto, come se darsi piacere a vicenda fosse il solo modo di comunicare il perdono per le parole aspre pronunciate prima. Non si dissero niente però, e quando alla fine tornarono a dormire l'una tra le braccia dell'altro, soddisfatti e appagati, la felicità fu dolceamara. Nonostante il perdono, le cose restavano irrisolte tra di loro.

Così COMINCIÒ UNA specie di routine nei loro primi tre mesi come marito e moglie.

IL CONTE PASSAVA LE giornate preso dalle macchinazioni politiche delle fazioni dei Whig e dei Tory, e nelle trattative di pace con la Francia, adempiendo i suoi obblighi parlamentari nei confronti dei comitati e di quelli che dovevano i loro incarichi al suo patrocinio, e la ronda infinita di impegni sociali che non richiedevano la presenza di sua moglie.

Si obbligò a partecipare alle partite a carte per soli uomini e alle cene dei suoi amici, la maggior parte dei quali non era sposata o era stata obbligata a matrimoni combinati, dove era uso che i mariti e le mogli vivessero una vita separata, riunendosi solo per un ballo o una festa per cui l'etichetta sociale richiedesse la partecipazione di entrambe le parti dell'unione. Perfino il buon amico di Salt, il conte Waldegrave, che era follemente innamorato di sua moglie Maria, passava le sue ore libere in compagnia degli amici maschi al Club o a Strawberry Hill, la casa dello zio acquisito di Waldegrave, Horace Walpole, e incoraggiava Salt a fare lo stesso.

Che il conte di Salt Hendon, recente sposo, fosse visto in giro in città senza la moglie non era considerato per nulla strano, eccetto da quelle signore romantiche che consideravano una terribile vergogna che un nobiluomo così bello e virile non avesse fatto un matrimonio d'amore. E dai pochi, scelti, amici maschi che a volte cenavano nel palazzo di Grosvenor Square, e che quindi avevano incontrato la nuova contessa di Salt Hendon ed erano dell'opinione che il conte stesse tenendo rinchiusa nella residenza di Londra la sua novella sposa che veniva dalla provincia, solo per averla tutta per sé.

Non era sfuggito a quegli amici intimi, così come ai rivali politici, che quando la contessa di Salt Hendon si avventurava fuori dalla sua gabbia dorata, intorno a lei si accalcava una folla di ammiratori, desiderosi di cogliere un'occhiata della più recente bellezza londinese. E al suo fianco, a tenere lontane le orde, non c'era il conte, ma il suo migliore amico. Sia che fosse per una cavalcata al Green Park, un'uscita per andare a teatro a Drury Lane, un'escursione per far compere in Oxford Street per acquistare una mezza dozzina di paia di guanti e tre nuovi ventagli per il polso sottile di sua signoria, oppure perfino per visitare le tombe nell'Abbazia di Westminster, Sir Antony Templestowe era il costante compagno e campione di Lady Salt.

Le sopracciglia cominciarono ad alzarsi, le malelingue si misero in moto e il veleno cominciò a gocciolare, riguardo alla giovane contessa e al cugino del marito, il diplomatico. Sir Antony non ritornava a Parigi per unirsi all'entourage di Bedford, ma rimaneva a Londra a fare la corte alla moglie del suo migliore amico. Che il conte non fosse assolutamente preoccupato per questo stato di cose e si vedesse raramente in pubblico con la moglie, fece chiedere all'alta società se ci fosse un fondo di verità nelle dicerie secondo cui l'eccezionale bellezza della contessa fosse oscurata dalla sua stupidità e che quindi Salt la tenesse nascosta per paura di quello che avrebbe potuto dire o fare in pubblico che potesse imbarazzarlo.

Diana St. John soffiava sul fuoco di questa diceria, commentando con tutti quelli che le chiedevano della contessa che, dato che in testa aveva solo segatura, non c'era da meravigliarsi se un nobiluomo dell'intelletto e dell'acume politico di Salt considerava sua moglie noiosa all'estremo, no? Che Jane fosse modesta, gentile e sempre educata, ma che non sapesse che cosa dire davanti agli ampollosi complimenti degli estranei, in particolare le attenzioni adulatorie dei gentiluomini, sembrava solo confermare il compendio malevolo di Diana St. John.

Non aiutava la contessa che, quando non era in giro a fare delle escursioni turistiche con Sir Antony, ora che il gelo di un gennaio e un febbraio freddissimi aveva lasciato il posto a un marzo più caldo, anche se ventoso, niente le piacesse di più che passare il tempo nei suoi appartamenti. Con Visconte Quattrozampe acciambellato in grembo, ricamava, disegnava o leggeva. A volte si accontentava di restare rannicchiata sul sedile sotto la finestra a guardare il traffico e i pedoni nella movimentata piazza sotto la finestra del suo salotto; l'attività di questa vasta e rumorosa città era una fonte infinita di meraviglia, per una ragazza cresciuta in un tranquillo angolo del Wiltshire.

Ma il tempo passato da sola era prezioso. Willis passava parte della sua giornata a insegnare alla nuova contessa il modo di gestire una grande casa. Rispondeva a tutte le domande importanti, chi tenesse le chiavi della cantina dei vini, qual era la precedenza a tavola, una duchessa vedova scozzese aveva un rango superiore a una baronessa inglese? Facile rispondere per chi era stato allevato dalla culla a conoscere il suo posto in società, ma un completo mistero per la figlia di un signorotto di campagna. Willis si era rivelato una preziosa fonte di informazioni riguardo alle persone e ai posti che considerava necessario che sua signoria conoscesse.

E se Sir Antony riteneva suo dovere intrattenere la moglie del suo miglior amico mentre il conte era occupato con le faccende del parlamento, il fratellastro di Jane, che era ritornato a Londra da Bristol alla fine di febbraio, veniva a prendere il tè ogni due giorni, per parlarle delle sue ultime avventure in città o nei dintorni, ma in realtà per tenere un occhio fraterno su di lei. Anche se Arthur Ellis aveva accennato solo di sfuggita che non tutto era soddisfacente tra marito e moglie nella casa di Salt, Billy Church disse francamente a Tom che il conte trascurava la contessa, che era segretamente corteggiata dal superiore di Billy al Ministero degli Affari Esteri, Sir Antony Templestowe, e che la sua bellezza aveva attirato tutti i cagnolini azzimati in città.

Tom portava spesso Billy Church con sé ai tè pomeridiani e

qualche volta Arthur Ellis si univa a loro. E quando Hilary Wraxton e
Pascoe Church facevano le loro visite settimanali, con il pretesto di
chiedere come stava Visconte Quattrozampe, Jane si trovava a essere
nel suo salotto circondata da mezza dozzina di giovanotti. Fu così che
la scoprì Sir Antony quando mise dentro la testa incipriata per farsi
offrire una tazza di tè e si unì in fretta al gruppo, con un occhio diffidente verso Pascoe Church. Ma fu coinvolto molto presto dai racconti
di Tom e Billy, dalle loro esperienze nelle zuffe al teatro del Covent
Garden e, quando Hilary Wraxton fu invitato a declamare al gruppo
una delle sue poesie, Sir Antony rise di gusto con il resto della
compagnia.

Salt non visitava mai sua moglie nelle stanze pubbliche durante la
giornata, ma cenava a casa la maggior parte delle sere. Lui e Jane però
non cenavano mai da soli. Sir Antony, nonostante risiedesse nella casa
di Arlington Street, cenava quasi sempre nel palazzo di Grosvenor
Square. Alcune sere anche Arthur Ellis si univa a loro, generalmente
per parlare degli appuntamenti del conte del giorno dopo, e una volta
alla settimana Diana St. John si degnava di venire a cena con i suoi due
bambini. Negli altri giorni, considerava importante arrivare in compagnia quando Salt aveva delle cene pubbliche, e c'era almeno una decina
di suoi colleghi e amici a tavola con lui.

In queste occasioni, Lady St. John si sedeva alla sinistra di Salt ed
era lieta di lasciare Ron e Merry alla contessa. Passava poi tutto il
tempo della cena monopolizzando la conversazione con aneddoti
spiritosi sulla politica e parlando di gente che Jane non conosceva.
Era determinata a eclissare la nuova contessa ma Jane non abboccava
mai all'amo, non mostrava la minima irritazione perché la cugina di
suo marito dominava la compagnia o perché il conte, Sir Antony e
Lady St. John avevano delle infuocate discussioni politiche, fini a se
stesse.

Jane, al contrario, ascoltava in silenzio le conversazioni intorno al
tavolo, dava la sua opinione quando gliela chiedevano e passava la
maggior parte del tempo ad ascoltare Ron e Merry chiacchierare delle
loro giornate. Provava un vivo interesse per le loro attività ed era diventata la loro preferita dall'incidente del 'nascondino' sotto il tavolo nella
sala da pranzo; tanto che, quando visitavano il loro zio il martedì, chiedevano di poter lasciare lo studio per visitare il salotto della contessa
dove, come avevano riferito al conte, avevano il permesso di giocare

con Visconte Quattrozampe e ascoltare poesie dolciastre declamate da un damerino con la parrucca di ferro.

Diana St. John era lietissima che i suoi figli andassero a infastidire la contessa. Significava che lei poteva monopolizzare il tempo del conte. Fu uno di questi martedì pubblici, con la fredda anticamera piena di uomini in paziente attesa dei comodi del conte e Ron e Merry al piano di sopra, che Diana si stese mollemente tra i cuscini sulla chaise longue, al calore del camino più vicino al conte, che era impegnato alla sua scrivania di mogano mentre il suo segretario rimaneva in piedi silenzioso accanto alla sua spalla sinistra.

Le sottane di velluto riccamente ricamate con fili d'argento, ricadevano a coprire il pavimento e lei si era tolta le scarpine coordinate e puntava i piedini verso le fiamme. La pettinatura curatissima era appoggiata a un pugno chiuso e un grosso ricciolo color rame ricadeva sulla scollatura profonda, mentre Diana sventolava un ventaglio di filigrana d'avorio e chiacchierava degli ultimi *on-dit* che circolavano nei salotti riguardo alla relazione della Principessa Augusta con Lord Bute.

Fu così che Sir Antony trovò gli occupanti dello studio, quando infilò la scarpa dalla fibbia di diamanti attraverso la soglia. Che sua sorella stesse tenendo banco non lo sorprese, che suo cugino continuasse a dargliela vinta sì. Alzò un sopracciglio davanti al corpetto scollato che rivelava la tinta rosa scuro dei suoi capezzoli, e il modo in cui era reclinata sulla chaise era un chiaro invito alla seduzione. Che il suo amico continuasse a scrivere senza alzare gli occhi una sola volta e che rispondesse a monosillabi alle sue domande, era una prova evidente del suo livello di interesse. Non aveva mai cessato di stupire Sir Antony, che una donna intelligente come sua sorella fosse una completa idiota quando si trattava dei suoi sentimenti per loro cugino il conte.

"Buon Dio! È martedì e tu porti gli occhiali," esclamò Sir Antony stupito, rivelando la sua presenza con quell'esclamazione che era ben lontana dalla domanda misurata che aveva in mente di fare.

"Ah, è vero," commentò Diana sorpresa, con un'occhiata a suo fratello che si era seduto davanti a lei senza essere invitato.

Salt sbirciò sopra la montatura d'oro, tornò a leggere il paragrafo finale prima di firmare il documento. Poi si alzò, per permettere al suo segretario di sedersi al suo posto e asciugare l'inchiostro con la sabbia, e andò a sedersi su un angolo della sua scrivania, con gli occhiali appollaiati sulla punta del lungo naso sottile. "Sembra che fossi particolarmente irragionevole riguardo all'indossare gli occhiali in pubblico…"

"Vero," confermò Sir Antony.

"Grazie, Tony…è che, così mi dicono, la vista debole non è niente di cui vergognarsi."

"Vero, buon consiglio."

Le labbra del conte ebbero un guizzo. "…quando mi si dice che sono perfetto sotto tutti gli altri punti di vista."

Sir Antony sorrise. "Ah! Bene, lascerò questa stima soggettiva alla vostra bella e franca ammiratrice."

Salt sbuffò imbarazzato. "Sì, è tanto franca da far male."

Diana St. John guardò prima l'una poi l'altra faccia maschile, senza capire che si stavano riferendo alla contessa. Si sedette, con un fremito di eccitazione, fraintendendo completamente l'atmosfera. "Siete stati cattivi a non parlarmi dell'ultimo interesse di Salt," disse con un broncio rivolto a suo fratello, poi guardò il conte. "Allora chi è? Jenny, Frances, Margaret?"

Salt si tolse gli occhiali e li mise in tasca, guardando indietro verso Ellis. "Lasciate stare il resto. Credo che vi cerchino altrove. Possiamo finire di guardare i documenti Rockingham questo pomeriggio."

Sir Antony colse l'opportunità per dare un'occhiataccia a sua sorella e scuotere la testa incipriata, ma Diana St. John non si accorse assolutamente dell'avvertimento e continuò. "Oh, Salt, non ditemi che avete fatto di quella Morton il vostro ultimo interesse. Non potrei sopportarlo. Immagino come gongolerà quando la vedrò la prossima volta al Mall."

"Non stavo per dirvi niente del genere, mia cara," disse recisamente il conte, cui era sparito tutto il buonumore. Si rivolse a Sir Antony: "Presumo che anche tu sia desiderato altrove?"

"Oh, allora non avevi dimenticato il nostro impegno di oggi pomeriggio?"

"Per niente. Sei stato mandato a prendermi?"

"No."

"Allora forse pensavi che lo avessi dimenticato. Vergogna, Tony!"

Sir Antony sorrise. Dentro di sé stava esultando di gioia. Era qualcosa che la contessa si era lasciata sfuggire durante una delle loro molte escursioni fuori dal palazzo di Grosvenor Square, che gli aveva fatto capire che c'era una svolta positiva negli eventi all'interno della casa del conte. Si era affezionato a Jane e apprezzava veramente la sua compagnia, senza un secondo fine. Non c'erano dubbi che Jane amasse il conte. Essendo un giovanotto romantico, sperava che un giorno i sentimenti di Jane per il cugino fossero ricambiati.

Una settimana prima, Jane aveva inavvertitamente rivelato che lei e il conte avevano cominciato a passare le serate, dopo cena, nello studio, dove suo marito le stava insegnando a giocare a scacchi. Un piccolo dettaglio domestico, preso da solo, ma conoscendo il conte come lo conosceva lui, Sir Antony vedeva in quel gesto un passo enorme verso l'armonia matrimoniale nella casa di Salt Hendon. E questo significava che lui sarebbe stato un passo più vicino a veder esauditi i propri piani matrimoniali, quindi le sue ragioni non erano interamente altruistiche. E, proprio in quel momento, sentì il nome dell'oggetto dei suoi desideri e sogni, e scosse la testa per liberarla dalle ponderazioni romantiche per sentire sua sorella dire, in tutta serietà, mentre si rimetteva le pantofoline. "Ma certamente non potete avere nessuna obiezione contro George Rutherford come partito ideale per vostra sorella? Vale quindicimila sterline l'anno, non un penny di meno, e ha una tenuta in Irlanda grande come il Surrey. Caroline potrebbe fare peggio."

"Molto peggio, ma può fare di meglio."

"Hai qualcuno in mente?" Chiese Sir Antony, e si diede dello stupido quando sentì il tono ansioso della sua voce.

Salt lo guardò fisso. "No ma, quando l'avrò, sarai il primo a saperlo, Tony."

Diana chiuse il ventaglio con un colpo secco. "A quasi diciotto anni, si può quasi dire che Caroline sia rimasta troppo a lungo sullo scaffale…"

"…dove resterà fino al suo ventunesimo compleanno, e non un giorno di meno."

Sir Antony fece un piccolo inchino a suo cugino, dimostrando di aver capito. "Tre anni non sono molto lunghi, quando si ha tutto il resto della vita per essere sposati." E cambiò bruscamente argomento. "Sarà meglio che non facciamo aspettare sua signoria. Credo che l'intrattenimento nella nursery stia per cominciare."

Diana St. John non riusciva nemmeno a pronunciare quella parola ma la curiosità ebbe la meglio. "N-Nursery? Che intrattenimento?"

"Certamente Ron e Merry te ne hanno parlato, Di?"

Diana scrollò le spalle nude. "È possibile, cianciano in continuazione di stupidaggini che mi danno il mal di testa. Niente che valga la pena di ricordare."

Salt fece una pausa, mentre un domestico in livrea teneva aperta la porta, e la guardò fisso. "È l'anniversario del giorno in cui è nato il loro padre. St. John avrebbe compiuto trentaquattro anni, oggi."

UNDICI

RA TALE LA CACOFONIA di rumori che proveniva da dietro la
porta che portava alle stanze progettate come nursery, che Salt si
fermò di colpo, con Sir Antony e Diana dietro le sue spalle larghe. Ma
non era il rumore in questa parte della casa che lo faceva esitare. Non
metteva piede al terzo piano da quando aveva ispezionato la casa prima
dell'acquisto, quattro anni prima. Non ricordava nemmeno la configu-
razione delle stanze, quante ce ne fossero e come erano arredate,
ammesso che contenessero qualche mobile. Gli sembrava di ricordare
che l'agente immobiliare gli avesse detto che con una buona mano di
vernice fresca, una bella tappezzeria alle pareti e tende coordinate, oltre
a un buon fuoco nel camino, le stanze sarebbero state perfette per una
nidiata di nobili bambini.

Non aveva più rivolto un pensiero a quelle stanze, fino a quel
momento. Aveva perfino accantonato come farsesco il rifiuto di Diana
di menzionare quelle stanze con il loro nome, come un mezzo melodrammatico di proteggere i suoi sentimenti di inadeguatezza per non
essere in grado di generare dei figli. Ma in quel momento, di fronte alla
soglia, gli sembrò che l'affettata dimostrazione di rifiuto di Diana non
fosse così melodrammatica, dopo tutto, perché sembrava ridicolo
tenere un memoriale di compleanno per un padre morto, in una
nursery che sarebbe rimasta, per lui, silenziosa come una tomba.

Ma non poteva deludere Ron e Merry.

Aveva due dita sulla maniglia della porta quando Diana gli passò davanti, in una calca di gonne, per spalancare le porte. Interpretò male la sua esitazione, prendendola per l'imbarazzo di dover essere obbligato a entrare in una nursery sprecata. La sua rabbia furente, la convinzione che la contessa avesse in qualche modo deciso di sbeffeggiarla usando proprio le stanze che tanto disprezzava, fu sufficiente a farle abbassare la guardia e a parlare, senza un pensiero per le proprie parole o per il pubblico.

Lo sbattere della porta contro la parete tappezzata non interruppe il chiacchiericcio e il movimento. Quelli che sentirono l'esclamazione di Lady St. John sopra il fracasso rimasero a bocca aperta e alcuni visetti si contrassero per lo spavento alla vista della signora furiosa. Con uno sguardo, Diana abbracciò tutta la compagnia, adulti che prendevano il tè con i pasticcini, mentre i bambini giocavano ai birilli o alle belle statuine sotto la guida delle loro tate e dei tutori da un lato della lunga stanza. Tutti erano felici e contenti e si stavano divertendo. Il calore e il colore, le pareti appena dipinte e i mobili imbottiti, i tappeti turchi che coprivano il pavimento, dove i bimbetti facevano i primi passi e i bebè grassocci gattonavano, tutto la faceva ribollire di risentimento. Poi riconobbe la giovane donna in piedi accanto a Jane e i suoi occhi nocciola si spalancarono per la nuova scoperta, poi si ridussero a due fessure di pura malizia.

Vide la contessa prima che Jane vedesse lei.

"Bene, è proprio da voi buttare all'aria la casa di sua signoria con una patetica dimostrazione di felicità domestica!" E con una mano alla gola, e un'espressione di sbalordita incredulità che avrebbe reso orgogliosa qualunque attrice, si voltò verso il conte con un fruscio di gonne per dire, con un rumoroso sussurro. "C'è Lady Elizabeth Bute. Quella stupida creatura ha invitato le sorelle *Bute*!"

Sir Antony aveva visto le figlie sposate del rivale politico del conte appena era entrato nella stanza e, anche se era sorpreso, non era così sdegnato né biasimava Jane. Come faceva Jane a sapere del collegamento? Entrambe le giovani signore erano sposate e quindi usavano il cognome del marito. La loro presenza nella casa della nemesi politica del loro padre era una chiara indicazione che guardavano a Jane con grande favore, e che erano pronte a sopportare il dispiacere del loro padre statista per aver visitato la sua casa, piuttosto che della mancanza di acume politico della contessa di Salt Hendon. Sir Antony era sorpreso che sua sorella fosse così cieca davanti a quel gesto. Ma, pensò con un sospiro depresso, quando si trattava di Salt, era sua sorella che diventava una sempliciotta.

Jane non colse l'esclamazione di Diana né il suo tono di derisione, perché stava conversando con Lady Elizabeth Bute Sedley, di cui teneva in braccio l'ammiratissimo neonato, mentre la figlia di due anni di Lady Elizabeth era intenta a reclamare l'attenzione assoluta di sua madre, chiacchierando il più possibile, con un pugnetto appiccicoso stretto sulle sottane di Jane e una balia che cercava di staccare le dita grassocce dalla seta delicata. Così, quando Jane si girò su un piedino inguainato in una pantofola di seta, con il bambino in braccio, non fu per rispondere al commento malevolo di Diana St. John, ma sperando di vedere suo marito.

I suoi occhi azzurri si illuminarono e il sorriso divenne radioso, ma svanì quando Salt si limitò a sbattere le palpebre come se fosse un'estranea. Quando lo vide ondeggiare, con il volto pallido come la cravatta di pizzo dal nodo elaborato che aveva al collo, mise cautamente il neonato addormentato nelle braccia della balia, sollevò la bambina di due anni, che fu portata via dalla sua balia, e corse al suo fianco attraverso la stanza affollata.

Sir Antony teneva Salt per il gomito. "Va tutto bene, amico, ti tengo."

"È... è... starò bene tra un attimo," borbottò il conte, mortificato di essere così stupido da farsi colpire dalla visione di Jane con un bambino in braccio e un altro attaccato alle sue gonne.

Fece un respiro profondo e, cercando qualcosa per mascherare la sua momentanea debolezza, si guardò attorno, vedendo la gente senza vederne i volti. Ma il cuore non si calmava e continuava a battere forte in petto. Nessuna meraviglia, aveva subito un duro colpo. Il sogno ricorrente che aveva avuto tutte le notti per due settimane, aveva preso vita davanti ai suoi occhi. Non completamente accurato, dato che nei suoi sogni (o erano incubi) Jane era in stato di avanzata gravidanza. Ma il bambino tra le braccia e quella attaccata alla gonna erano proprio come li evocava nei suoi sogni disturbati. Era così vivido e ripetitivo, quel sogno, che una notte si era svegliato coperto di sudore ed era immediatamente fuggito nelle sue stanze per buttarsi addosso dell'acqua fredda.

La notte seguente era stato lontano dalla stanza di Jane, e quella successiva una seduta del parlamento a tarda ora gli aveva dato la scusa per cenare con Sir Antony e passare la notte nella casa di Arlington Street. Da solo, in un letto freddo, mentre fissava il soffitto di gesso nel buio, aveva meditato sulle ragioni del sogno ricorrente ed era arrivato alla conclusione che era il senso di colpa che lo tormentava, senso di colpa per aver sposato Jane sapendo di non poterle dare dei figli. Le aveva negato la maternità per servire i suoi bisogni egoistici. Il senso di colpa lo stava divorando. Lui, che aveva passato la vita a comandare e a ottenere a volontà, si sentiva completamente impotente per la prima volta in vita sua e non aveva idea di cosa fare, e questo lo faceva sentire misero.

"Siete arrivato giusto in tempo per lo spettacolo di burattini, milord," disse allegramente Jane, come se non ci fosse nulla fuori posto, ma con uno sguardo preoccupato a Sir Antony, che aveva lasciato andare il gomito del conte per permettere a Jane di prendergli il braccio. "Il signor Wraxton avrebbe voluto cominciare l'intrattenimento pomeridiano ma Ron e Merry non hanno voluto ascoltare le sue preghiere. Hanno detto che dovevamo aspettarvi ed eccoci qui."

La folla si divise, per lasciar andare il conte e la contessa dall'altra parte della stanza e poi si richiuse immediatamente dietro di loro, inghiottendoli in un mare di seta prima che Diana St. John potesse seguirli. Non le diede molto fastidio che i genitori profumati dei preziosi marmocchi le avessero mostrato la schiena, solo che avessero osato prendere le parti della contessa contro di lei. Così com'era, essere lasciata in fondo alla stanza le dava un'opportunità perfetta per scivolare fuori inosservata per cercare la cameriera della contessa.

Jane guidò Salt in un angolo della stanza, dove gli adulti avevano cominciato a sedersi su una serie di sedie dallo schienale a pioli, davanti alle quali c'era una mezza dozzina di bambini seduti con le gambe incrociate su morbidi cuscini, davanti a una piattaforma rialzata con un teatro dei burattini. Balie, governanti e tutori erano in piedi da una parte, con i bambini più piccoli e i neonati in braccio, mentre servitori in livrea correvano in giro con vassoi d'argento pieni di cibo e bevande per il pubblico.

"Zio Salt, zio Salt! Siediti qui vicino a Tom. Siediti qui! Sta per cominciare!" ordinò Merry ansiosa, afferrando la mano del conte.

"Non lo spettacolo dei burattini," la corresse Ron sbuffando. "Dobbiamo ascoltare una noiosissima poesia, prima."

"Ma sei ansioso come tutti noi di vedere la parrucca di ferro del signor Wraxton," ribadì Merry. "Non è vero, zia Jane?"

Salt si schiarì la voce, dando una veloce occhiata per la stanza, con la vernice fresca azzurro polvere, carta da parati a ramage e morbide tende coordinate. Sorrise a sua moglie.

"Tutto lavoro vostro, milady?"

"Non posso reclamare tutto il merito. Tony, Merry, Ron e Tom hanno offerto la loro esperta opinione sull'arredamento. Anche se sospetto che Ron e Tom negheranno ogni coinvolgimento in un'impresa così femminile. Tony però è fatto di un'altra pasta."

La frase fece ridere Salt, con un'occhiata ai capelli scuri del fratellastro di Jane, che scrollò le spalle, sconfitto. "Non ne dubito. Non è un'attività molto maschile, scegliere campioni di tessuto."

"Parla per te, Salt," si intromise Sir Antony, con l'occhialino incollato a un occhio e ammiccando a Tom. "Saresti sorpreso di sapere quante belle ragazze ci sono dietro i banconi dei negozi di tessuti di arredamento."

"Zio Salt! Seduto!" Ordinò Merry, indicando una sedia vuota al centro della fila, mentre si precipitava verso uno dei due cuscini infiocchettati davanti alle gambe ad artiglio della sua sedia. "Zia Jane! Zia Jane! Qui! Qui!"

Jane lasciò andare il braccio del conte e stava per allontanarsi per prendere il suo posto sul cuscino tra Merry e Ron, ma il conte le afferrò la mano.

"Mi state abbandonando, milady?"

Jane guardò la sua mano possessiva sul polso. "Io… i bambini mi hanno riservato un cuscino ed io ho promesso…"

Salt la lasciò andare e si sedette dove gli avevano indicato, gettando indietro le falde della sua redingote. "Naturalmente vi hanno piazzato ai miei piedi, il che è solo giusto e corretto."

Jane guardò su, vide che ammiccava e si voltò per affondare nel suo cuscino accanto a Merry. Salt si chinò per sussurrarle all'orecchio, prima di appoggiarsi all'indietro per godersi lo spettacolo.

"Scambierei volentieri i posti, se fosse in mio potere farlo."

Le sue parole le riverberavano ancora nelle orecchie, quando Hilary Wraxton attraversò a passettini il palco centrale, vestito di una redingote giallo canarino con calzoni coordinati, fibbie di strass sulle grandi linguette delle scarpe dal tacco rosso e un fazzoletto di pizzo in mano.

Srotolò la pergamena e la tenne a distanza di braccio, poi si schiarì la voce, come se stesse facendo un annuncio, come i banditori di strada. Ma gli occhi erano tutti incollati alla sua testa. Portava una parrucca dai capelli lunghi, tutti stretti riccioli marroni, con un festone di nastri gialli sopra ciascun orecchio.

Una voce femminile, anziana e stridente interruppe il silenzio stupefatto.

"Che cosa hai detto, caro ragazzo? Ferro? Quel tizio porta una parrucca di *ferro*?"

"Non si distinguono da quelli veri."

"Cosa? Dovete essere matto! È dannatamente evidente che quella cosa non è vera!"

"Tranquilli! Signori e marmocchi presenti."

"Scusate."

"Ah! Ah! Non si distingue il crine di cavallo da quelli veri, quindi perché il ferro dovrebbe essere diverso? Sì? Va bene. Creazione ridicola."

"Spero che il poema sia meglio dei fronzoli."

"È un'*ode*."

"*Od*... ore. Ah! Ah!"

"Oh, state zitti e lasciatelo cominciare."

"Dai, forza."

"Come si chiama quest'ode?"

"*Ode a una dannata parrucca di ferro*. Ah! Ah!"

"Non è per niente divertente, George."

"Che cosa hai detto riguardo a una carrozza, caro ragazzo?" Tornò la stessa voce anziana e stridente. "Pensavo stessimo parlando di parrucche?"

"Ascolta, zia! La poesia di Hilary. È chiamata *Ode* e riguarda una carrozza."

"Buon... Dio!"

"Ssst!"

I bambini si stavano comportando meglio degli adulti, che ridacchiavano dietro i ventagli e ridevano a crepapelle dietro i fazzoletti di pizzo. Jane voltò la testa verso il conte.

"Vedete a che cosa deve sottostare il povero signor Wraxton per guadagnarsi il vostro patrocinio, milord."

Salt le tirò scherzosamente un ricciolo.

"Indossare una parrucca di ferro per un pomeriggio con i bambini è veramente scendere in basso, milady. Ma perché gli serve il mio patrocinio?"

"Oh! È *vero* che l'avete trascurato! Il povero signor Wraxton sarà molto deluso se scoprirà che le sue poesie si accumulano nel vostro studio, intonse e non lette."

Salt continuò a giocare con i suoi capelli.

"Sono stato piuttosto occupato ultimamente... se il *povero* signor Wraxton vuole biasimare qualcuno, sarà meglio che se la prenda con voi. No! Non potete negarlo. Ora smettetela di distrarmi," aggiunse altero, con gli occhi fissi sul palco. "Devo prestare tutta la mia attenzione all'ode di Hilary." E alla maniera di un sultano, scosse languidamente una mano coperta di pizzo perché il signor Wraxton cominciasse la sua recitazione: '*Ode a una carrozza ben molleggiata*'.

> *Oh, il tuo tormento per un solco nella strada*
> *Per il fango e il letame, il nevischio e la fanghiglia...*

Era normalmente dopo cena, quando bevevano il tè o il caffè nella Long Gallery e i suoi figli convincevano Salt e Sir Antony, e quella creatura dai grandi occhi azzurri e la carnagione radiosa, e qualunque altro ospite che avesse voglia di fare giochi infantili, a giocare alle sciarade, che Diana St. John spariva silenziosamente al piano di sopra, nella stanza privata della contessa.

Non si allontanava mai più di mezz'ora per volta. E quando ritornava, senza che si fossero accorti che se n'era andata, rimuginava, in collera perché, per quanto lottasse per restare una forza nella vita del conte dopo il suo matrimonio, con le sue visite dirompenti del martedì con i bambini al seguito, restando nella sua orbita a tutte le feste, cene politiche, riunioni e serate a teatro, c'era un'area della vita del conte che restava off-limits e al di fuori del suo controllo. Poteva continuare a insinuarsi nelle sue ore diurne, ma le sue notti appartenevano completamente a sua moglie e, con suo furioso disgusto, solo a sua moglie.

Che non avesse fatto una scappatella una sola volta dal suo matrimonio le divorava costantemente il fegato, giorno e notte. Cercava di autoconvincersi che per un uomo dell'esperienza e dai forti appetiti come Salt, la gratificazione fisica era necessaria e banale come soddisfare la fame e la sete, niente di più e niente di meno. Ma fu solo quando la cameriera personale della contessa le disse, con riluttanza, che il conte non solo aveva passato ogni notte dopo il matrimonio con sua moglie, ma che restava tutta la notte nel suo letto, che Diana St. John cominciò a rendersi conto con amaro disappunto che quelle ferme, spietate convinzioni si applicavano alle amanti di Salt ma, a quanto pareva, non a sua moglie.

Nascondendo la sua rabbia, la frustrazione e l'intensa gelosia dietro una maschera di indifferenza, prese tempo, aspettando che la cameriera le riferisse l'inevitabile notizia che temeva, ma che contemporaneamente voleva disperatamente sentire in modo da poter fare qualcosa per mettere fine alla sua miseria. L'attesa era quasi peggiore della notizia stessa e, dopo due mesi e dopo essersi sentita dire per altrettante settimane che non c'erano notizie, Diana St. John cominciava a sospettare che la cameriera le stesse nascondendo qualcosa.

"Ne sei assolutamente certa?" Le chiese ferocemente, spingendo la cameriera nello spogliatoio della contessa e chiudendo la porta. "Non ti sbagli? Non te lo sta tenendo nascosto?"

Anne tirò su con il naso, sentendosi una miserabile perché per l'ennesima volta abusava della fiducia della contessa, ma era così spaventata da questa donna che le stava minacciosamente vicina tanto che le tremavano le gambe per la paura, che faceva quello che le ordinava, senza fare questioni. "Sua signoria non mi ha detto una parola."

"Questo non vuol dire che non stia procreando, imbecille! Dovresti cercare i segni, *qualunque* cosa che possa darmi un indizio."

"Sì, milady," rispose sottomessa, con lo sguardo al pavimento.

Diana St. John fece una smorfia e si picchiettò le bacchette del ventaglio chiuso sul palmo della mano mentre faceva un giro, pensierosa, nello spogliatoio scarsamente illuminato di Jane. Tornò dalla cameriera, che era troppo terrorizzata per guardarla negli occhi. "Ma da quello che mi dici la sta montando tutte le notti," aggiunse insinuante. "Qualche volta anche due volte per notte. Quindi è ovvio pensare che un maschio così sano e vigoroso come sua signoria abbia piantato abbastanza seme da far crescere un giardino di marmocchi, a questo punto... Dio, c'è da chiedersi dove trovi la forza, con le sedute al parlamento e i dibattiti e le lunghe ore passate da solo nel suo studio a guardare i documenti delle sinecure…"

"Non da solo, milady," la interruppe Anne, appigliandosi alla menzione dello studio e pronta a confidare una notizia interessante, se serviva a distogliere la donna dalla notizia più importante. Quando Diana la fissò e agitò il ventaglio per farla continuare, disse, deglutendo a fatica. "La signora contessa ha preso l'abitudine, prima di andare a letto, di passare un'ora nello studio…"

"*Cosa*?"

"…nello studio del signore."

"*No*!"

Anne trasalì alla ferocia di quel diniego e arretrò quando Diana ricominciò a camminare avanti a indietro.

"Quella è la mia stanza, la *nostra* stanza," ringhiava e la furia repressa era tale che ruppe le bacchette scolpite del suo ventaglio tra il pollice e l'indice. "Lì è dove passiamo il *nostro* tempo. Che cosa ci fa lì?"

"Il signor Willis mi ha detto che sua signoria sta insegnando alla contessa a giocare a scacchi."

Diana St. John sbatté gli occhi. "Scacchi? Perché dovrebbe passare il suo tempo a giocare a scacchi con quella sempliciotta?"

Anne si morse le labbra per non ribattere che essere gentili non era un segno di idiozia.

"Che cos'altro mi puoi dire?"

"Sua signoria a volte porta il suo ricamo nello studio per…"

"Non quello, ridicola creatura! Che cos'altro mi puoi dire di lei, a parte che apre le gambe e gioca a scacchi?"

Anne trasalì a quel linguaggio crudo e si frugò nella mente per cercare qualche altra notizia.

"Parlano… parlano a letto."

"Parlano? *Parlano*? A *letto*?"

"Sì, milady. Quando sua signoria arriva in camera della contessa parlano, a volte per oltre un'ora."

Diana St. John era stupefatta ed espresse la sua confusione. "Ma di che cosa possono mai parlare? Perché dovrebbe aver voglia di parlare con *lei*?"

"Mi dispiace, milady, ma non sento che cosa dicono. Sento solo che parlano."

Diana St. John aveva ancora le sopracciglia aggrottate, dato che questa notizia era così assurda da non poterci credere. Tanto che Anne tremò per paura che la donna si scagliasse su di lei con violenza.

"Una notte, la settimana scorsa, sua signoria non è venuto nel letto della contessa, milady," disse in fretta, odiandosi per essere una tale spiona.

Questa dichiarazione mise fine alla preoccupazione di Diana St. John che smise di camminare e guardò la cameriera con interesse. "Davvero? Ora questo è *veramente* interessante," disse compiaciuta e soddisfatta. "Ti ricordi la notte precisa?"

"Sono state due notti, milady. Mercoledì e giovedì notte."

Le sopracciglia di Diana St. John si spianarono e gli occhi brillarono. Guardò oltre la cameriera a un punto lontano. "Mercoledì *e* giovedì notte! Bene! Bene! Ancora meglio. Due notti lasciata *tutta sola*. Due notti in cui era con qualcun'altra…"

"Oh, non credo, mila…"

"Che ne puoi sapere tu?"

Anne sentì il dolore prima di rendersi conto che l'aveva colpita. Crollò contro il cassettone con una mano sulla guancia che bruciava. "Andrews-Andrews è il valletto di sua signoria e ha detto che una di quelle notti sua signoria è tornato alle prime ore del mattino e non aveva voluto disturbare la signora, è rimasto nel suo letto e…"

"E? E poi? Questo rende conto di una sola notte! E poi? Parla! Parla! Non ho tutta la sera."

"La… la seconda notte, mio padre, il signor Springer, è il maggiordomo ad Arlington Street, ha detto che sua signoria ha cenato con Sir Antony Templestowe e poi è rimasto nella sua vecchia suite perché era molto tardi."

Diana St. John schioccò la lingua, tubò e sorrise. "Bene, piccola Anne. Sei riuscita a impegnare due case a spiare il tuo signore e padrone; tutti i servitori con i loro occhietti lucenti a spiare dal buco della serratura! Ben fatto!" Quasi immediatamente il suo volto si fece scuro. "I servitori lo sanno, ma presumo che la signora sia stata troppo timida per chiedere ai servitori di suo marito dov'era stato quelle notti?" Quando la cameriera annuì, sospirò di sollievo. "Bene la sua reticenza servirà a me." Mise la punta del suo ventaglio rotto sotto il mento di Anne: "Non mi hai ancora detto quello che voglio sapere."

"Milady?"

"Dimmi quello che voglio sapere, o tornerò di sotto e informerò sua signoria di fronte ai suoi ospiti che ho trovato la cameriera personale della contessa sulle ginocchia davanti al sottomaggiordomo!"

Anne dominò il desiderio di scoppiare in lacrime per rispondere esitante. "Sua signoria... sua signoria non ha avuto il ciclo femminile da quando ha sposato il signor conte." Continuò a parlare a vanvera perché il volto di Diana St. John aveva assunto una sfumatura mortale. "E non mangia, milady. E la settimana scorsa aveva la nausea e si sentiva svenire, specialmente al mattino. Sta meglio dopo aver mangiucchiato un biscotto secco e preso una tazza di tè nero leggero, anche se non ne beve mai più di un sorso..."

"Sua signoria non lo sospetta, vero?" Aggiunse ansiosa, scuotendo la cameriera. "Lei non glielo ha detto?"

"No, milady."

Diana St. John emise un rumoroso sospiro di sollievo. "Si può essere grati per la reticenza di quella creatura! Senza dubbio sta aspettando il momento giusto per dargli la bella notizia," disse sarcasticamente e rise. "Pazza!" Fissò Anne, dicendo senza mezzi termini: "Domani mattina manderò un lacchè con un pacchettino. Dentro il pacchetto troverai una bottiglietta blu di sciroppo medicinale. Devi metterne un cucchiaino da tè nella ciotola di tè nero che prepari per la contessa. Assicurati di mescolarlo bene. Potresti dovergliene dare un'altra dose il mattino seguente. Se tutto va bene, la medicina farà il suo lavoro con soddisfazione di tutti." Guardò la cameriera dall'alto in basso con una smorfia altera. "Non hai domande da fare, vero?"

Anne scosse la testa, abbassando il mento. "No, milady," rispose obbediente e fece una riverenza. "Ho capito perfettamente."

Diana St. John diede un buffetto distratto alla guancia arrossata della ragazza, uscì maestosa dall'appartamento della contessa, e scese la larga scalinata per raggiungere gli ospiti nella Long Gallery, sconsolata che le sue peggiori paure fossero state confermate e che la contessa di Salt Hendon aspettasse un bambino, ma sollevata che l'attesa fosse finita e di essere in grado di fare qualcosa.

Appena Anne ebbe chiuso la porta dello spogliatoio, corse verso l'angolo più buio della stanza da dove uscì verso la luce della candela il signor Rufus Willis, con il volto scuro e determinato. Si era incuneato nello spazio tra due alti cassettoni, fuori dalla visuale, però in grado di sentire la conversazione tra la sua promessa sposa e Lady St. John. Era la prima volta che origliava i suoi superiori ma aveva messo da parte i suoi scrupoli, decidendo che la serietà delle accuse che Anne aveva rivolto alla cugina del conte richiedeva misure drastiche.

Strinse a sé Anne, che stava piangendo e, dopo qualche momento, fece un passo indietro e le porse il suo fazzoletto.

"Asciugatevi le lacrime, mia cara," le disse calmo. "Non vogliamo che sua signoria abbia dei sospetti."

"Non posso più sopportare ancora a lungo quell'orribile donna, Rufus," disse Anne tirando su con naso. "Lo so che mi avete avvertito di non parlare in quel modo della cugina di sua signoria ma non vedete che orribile, malvagia creatura è veramente? Vorrei poterglielo dire in faccia. Vorrei non essere così codarda. Lei ora sa del bambino ed è quello che volevamo evitare a tutti i costi!" Afferrò convulsamente la manica del sottomaggiordomo. "Ora mi credete, Rufus? Ora vedete che ha intenzione di fare del male a sua signoria."

"Sì, mia cara. Vi credo," confessò cupamente Willis. "E non siete una codarda, c'è voluto molto coraggio per parlarmi di Lady St. John. Ora devo ritornare ai miei compiti, prima che si accorgano che manco. Non dovete assolutamente somministrare lo sciroppo medicinale a sua signoria. Appena ce ne sarà l'opportunità lo porterete a me."

Anne seguì il suo promesso sposo alla porta di servizio. "Intendete consegnarlo al conte?"

"Sì, mia cara. Non abbiate paura, quando sarà il momento giusto, il conte avrà tutte le prove che servono per sapere che sua cugina è una donna estremamente malvagia e infida." Sfiorò con un bacio la guancia arrossata di Anne. "Siate coraggiosa, Anne. La contessa ha bisogno del nostro sostegno, ora più che mai."

Anne sorrise timidamente ma disse, piena di paura: "State attento, Rufus. Lady St. John è capace di far del male a chiunque si metta sulla sua strada; è accecata dall'amore per il conte."

"Sì," confermò Willis. "Ma Lady St. John non è innamorata del conte, mia cara. È ossessionata da lui. E questo rende la situazione più pericolosa per coloro a cui lui tiene e ancor più per Lady Salt, ora che aspetta un bambino."

JANE SAREBBE STATA MOLTO SORPRESA ma stranamente confortata, conoscendo l'opinione di Willis su Lady St. John, perché ricalcava esattamente i suoi sentimenti di apprensione, per se stessa, suo marito e, ancora più importante, per la nuova vita che aveva in sé. Non osava confidare a nessuno che aspettava un bambino. Non finché non lo avesse detto al conte. Era così felice di pensare che avrebbero avuto un bambino, ma la paura di perdere questo figlio come aveva perso il primo e la reazione incredula di suo marito alla notizia la rendevano diffidente ed esitante. Per prima cosa doveva togliergli dalla testa l'assurda convinzione di essere sterile.

Aveva preso in considerazione la possibilità di confidarsi con Sir Antony, con cui aveva stretto amicizia da quando lo avevano incaricato di sorvegliarla. Lo aveva preso in giro parecchie volte per questo suo nuovo incarico e Sir Antony aveva insistito che preferiva di gran lunga stare in sua compagnia che ritornare a Parigi. A dire la verità, fare acquisti a Oxford Street e partecipare alle letture delle assurde poesie di Hilary Wraxton, mentre il poeta sfoggiava una parrucca di ferro, era immensamente più divertente che ascoltare i monologhi del parsimonioso duca di Bedford. Inoltre, più restava a Londra più aumentavano le probabilità di essere invitato a Salt Hall per le vacanze di Pasqua, e là vedere Lady Caroline. Ovviamente, aveva tenuto nascosta questa speranza finché non si era trovato a confidare a Jane i suoi sentimenti confusi per la sorella di Salt.

"Salt non vuole che Caroline sia presentata in società fino alla prossima Stagione," spiegò Sir Antony, allungato sulla chaise longue nel bel salottino di Jane. La guardava seduta alla finestra, con la testa china sul ricamo. "È comprensibile, visto che non compie diciotto anni fino all'estate. La ritiene troppo giovane."

"Voi che cosa pensate?"

Sir Antony fece un'involontaria risata. Trovava ancora sconcertanti, anche se gradevoli, le domande franche di Jane. "Quello che penso io non conta."

Jane alzò lo sguardo, con l'ago e il filo sospesi. "Ma se amate Lady Caroline ha un'enorme importanza, no?"

"Non è così semplice, mia cara," disse Sir Antony, mettendosi seduto, lasciando cadere le gambe sul pavimento e disturbando Visconte Quattrozampe che si era rannicchiato a dormire su un cuscino ai suoi piedi. Quando Jane rise, le confessò, esitando. "Sono innamorato di Caroline. Ma non so se lei è *innamorata* di me. Pensa di esserlo ma è giovane e ha vissuto una vita ritirata a Salt Hall. Non posso essere sicuro che i suoi sentimenti siano duraturi. Salt è estremamente protettivo, la tratta come una figlia. Beh, è quello che ci si può aspettare, visto che il vecchio Salt è morto quando Caroline era ancora in fasce. Aveva appena sei anni quando è morta anche la madre, quindi Salt è l'unico genitore che abbia mai avuto." Sir Antony divenne di colpo ritroso, raccolse Visconte Quattrozampe, che si stava strofinando contro le sue gambe inguainate nelle calze, per grattargli le orecchie. "Salt ha ragione, nonostante le proteste di Caroline. Dovrebbe avere la sua stagione a Londra, uscire in società, incontrare gentiluomini, ballare alle riunioni e ai balli e avere qualche giovanotto che le cade ai piedi. Deve scoprire dove la porta veramente il suo cuore."

"E mentre lei starà avendo la sua stagione, voi l'aspetterete tra le quinte sperando che maturi un po' e, alla fine, scelga voi?"

"Sì, sembra semplice, vero? Penso che me ne andrò, accetterò un incarico all'Aia o a San Pietroburgo."

"Pensate che Caroline mi piacerà?"

Sir Antony sorrise. "Lo spero, per molti versi è molto simile alle sue pari. Le piacciono i party, adora i vestiti, sa come usare il suo fascino femminile per far fare a un uomo tutto quello che vuole, in particolare Salt. Per altri versi, però, è diversa dalle altre donne, ma questo potrebbe essere il risultato di una vita ritirata. Niente le piace di più che prendere i cani e giocare in giro per la tenuta o galoppare per la campagna con suo fratello. Tra voi e me, ritengo che Salt incoraggi le sue attività più da ragazzaccio. Vuole tenerla sotto controllo il più a lungo possibile, prima di scatenarla contro l'ignara popolazione maschile." Sorrise a un ricordo e aggiunse. "Non ci possono essere due fratelli così diversi che però siano tanto affezionati l'uno all'altra. Mentre Salt è serio e diligente, a prima vista si direbbe che Caroline sia spensierata e indolente. Ma hanno entrambi un cervello di primordine e lei è altrettanto coscienziosa di Salt riguardo al benessere degli affittuari e di quelli che contano sulla generosità dei Sinclair. Ed entrambi hanno un cuore gentile."

Mise Visconte Quattrozampe sulla chaise longue e si chinò in avanti, ancora assorto.

"Mi ha informato l'estate scorsa che vuole viaggiare e che la carriera diplomatica che ho scelto è perfetta per lei, la piccola intrigante!" Aggiunse amorevolmente, sedendosi con una risatina. "Non ha mai messo piede fuori dal Wiltshire ma ha già prenotato il nostro viaggio verso il Bosforo! Riuscite a immaginarlo?"

Jane non ci riusciva e, se le lodi di Sir Antony sulle virtù di Lady Caroline assomigliavano al vero, non vedeva l'ora di incontrare questa ragazza affascinante. Finì un punto e infilò lento l'ago nel tessuto per tenerlo a posto per un altro giorno. "Quindi Salt è pronto a permettere a Caroline di scegliere suo marito?" Chiese con studiata indifferenza. "Pensavo, forse, visto che è una grande ereditiera, che avrebbe potuto prendere in considerazione un matrimonio combinato. Una di quelle unioni politiche tra due nobili e ricche casate."

"Ah! Questo è il tipo di matrimonio a sangue freddo verso cui Diana cerca spingere Salt, per sua sorella. Ma non Salt. Nel profondo dell'ampio e nobile petto del nostro conte batte il cuore di un romantico senza speranza. Non che lo faccia capire. Inoltre," aggiunse Sir Antony, ignaro del rossore sulle guance di Jane, "Caroline non accetterebbe mai un'unione simile, anche se Salt la minacciasse di picchiarla per obbligarla alla sottomissione. Non che lo farebbe, ovviamente, ma capite che cosa intendo dire."

"Salt sa... sa dei piani di Caroline di sposare il suo diplomatico?"

"Saperlo? Ha un'idea molto chiara dei miei sentimenti," confessò Sir Antony. "Ma quanto a conoscere i desideri di Caroline... sono terrorizzato all'idea che Caroline si innamori di un altro, ma per molti versi mi spaventa anche il giorno in cui chiederò a Salt la mano di Caroline. Lui e Caroline sono affezionati come padre e figlia e, come un padre severo e protettivo, sarà riluttante a concedermi la sua mano, anche se sono uno dei suoi amici più cari."

"Tutti i padri sono apprensivi quando si tratta di consegnare la propria figlia nelle mani di un altro uomo. C'è da aspettarselo, ma gli passerà."

"Ho otto anni più di lei, mia cara."

Jane mise da parte il ricamo. "Dodici anni separano Salt e me, e non una volta ho considerato l'età come un impedimento a innamorarmi di lui. Non dovrebbe preoccupare nemmeno voi, se amate veramente Caroline, come mi sembra evidente."

Sir Antony sventolò un polso coperto di pizzo con uno sbuffo di incredulità. "È molto facile per voi dirlo, ma io ricordo vividamente Salt citare la differenza di età tra di voi, e il fatto che avevate vissuto un'esistenza ritirata a Despard Park e non avevate mai avuto una stagione a Londra, come esempi principali del motivo per cui vi siete tirata indietro davanti al matrimonio con lui, tanti anni fa. Ed è per questo che è deciso che Caroline abbia una Stagione a Londra. Non le permetterà di sposarsi finché non avrà ventuno anni e sarà quindi abbastanza cresciuta da sapere che cosa veramente vuole. Sono pronto ad aspettare questi tre anni, se significa che conoscerà bene e con sincerità i suoi sentimenti per me."

"Per un gentiluomo che professa di essere un diplomatico, mancate disperatamente di tatto. Comunque, anche a diciotto anni, io sapevo bene e sinceramente che Salt era l'unico uomo per me. Quindi l'argomento dell'età non attacca."

Sir Antony restò a bocca aperta e in due passi fu da Jane, seduto accanto alla finestra e le prese le mani.

"Mio Dio, sono un somaro senza testa. Perdonatemi. Dovrebbero togliermi tutti i miei incarichi e condannarmi al supplizio della tavola per…"

"…aver parlato con franchezza? Non sarò io a condannarvi. Ma suppongo che parlare francamente non faccia parte delle armi dei diplomatici, vero?"

"No, per avervi sconvolto, mia cara. L'ultima cosa che voglio fare su questa terra è turbarvi." Le baciò le mani, gliele strinse e non gliele lasciava andare. "Non avrei dovuto essere così superficiale con i vostri sentimenti, siamo stati in compagnia l'uno dell'altra abbastanza a lungo da ritenere di essere diventati buoni amici." Sorrise ai suoi occhi azzurri. "E so che amate veramente mio cugino. Vedo l'amore riflesso sul vostro volto tutte le volte che entra in una stanza. Se un giorno riceverò una sola briciola di quell'emozione da mia moglie, sarò un uomo felice. No, non abbassate la testa. Voglio offrirvi il mio aiuto. Forse se mi permetterete di capire che cosa è andato storto tra voi e Salt tanti anni fa, potremmo unire le nostre teste e uscire dal pantano…"

Jane si prese qualche momento per ritrovare la sua compostezza, le parole gentili di Sir Antony le avevano fatto seccare la gola, ma non ebbe la possibilità di rispondere, perché la porta del salottino si aprì ed entrò suo marito, magnificamente vestito con una redingote di velluto blu scuro e trine d'argento. I capelli erano incipriati e legati con un nastro nero, e sul petto c'era il nastro azzurro del Nobilissimo Ordine della Giarrettiera; un certo numero di ordini e decorazioni minori erano appuntati sul petto del suo panciotto ricamato d'argento. Alzò gli occhi dalla scatola rettangolare piatta che aveva in mano e aggrottò la fronte quando Sir Antony e Jane si divisero a disagio. Sir Antony per rimettersi in piedi e Jane per riporre il ricamo.

"Non avete la testa incipriata," dichiarò, con un'occhiata alla semplice pettinatura di sua moglie, con i capelli raccolti a mostrare il suo adorabile collo e fissati con molte forcine e un paio di fermagli incrostati di diamanti piazzati in modo strategico, e con una massa di riccioli che le ricadevano sulle spalle.

"No, non si adatta a me o alla mia carnagione," rispose semplicemente. Estrasse il piedino calzato di seta da sotto metri di morbida seta moiré azzurra. "Ma indosso scarpe con cinque centimetri di tacco, quindi potrò restare accanto a voi e sembrare all'altezza. Anche se dubito che qualcuno mi noterà, accanto a un tale muro di decorazioni."

"Accecanti, vero?" Commentò Sir Antony con apparente irriverenza nei confronti degli ordini nobiliari dell'amico. Si spazzolò le maniche della redingote e stirò le gambe inguainate nelle calze bianche. Anche lui era vestito con le sue sete migliori e aveva la testa incipriata, per partecipare al ballo Richmond. La quantità di merletti ai polsi e alla gola compensava la mancanza di ordini nobiliari. "Il povero Andrews deve essersi fatto sanguinare i pollici appuntandoteli tutti. O indossava i guanti per raccogliere le gocce di sangue prima che potessero macchiare il nobile petto?"

"Quella redingote verde fiorentino ti sta meglio di quanto immagini, Tony," disse Salt con un sorrisino storto e consegnò a Jane la scatola rivestita di velluto. "Quell'abito è incantevole," commentò, ed era il meno che potesse dire, visto che si poteva descrivere Jane solo come bella da togliere il fiato, in un corpino dalla bassa scollatura quadrata con le maniche aderenti e gonne di seta coordinate che accentuavano le sue braccia e la sua schiena sottili. Le sorrise, un sorriso, aveva notato Sir Antony, che il conte riservava unicamente a sua moglie. "La vostra scelta farà risaltare il medaglione."

"Medaglione?" Si sentì dire Jane con il cuore che batteva forte in petto, mentre fissava la scatola piatta che aveva in mano. "Che medaglione, milord?"

"Il medaglione Sinclair."

Restituirle il gioiello di famiglia significava certamente che aveva fatto grandi passi sulla strada che portava a mettersi il passato alle spalle, e che ora era pronto ad andare avanti con lei, verso il futuro. Le portò lacrime di gioia e ricordi dell'ultima volta che glielo aveva dato, nel padiglione d'estate, quando le aveva fatto la proposta di matrimonio.

"Da dove... da dove viene?" Gli chiese, leggermente stordita, esitando ad aprire il coperchio.

"Dalla cassaforte di famiglia, da dove altro potrebbe venire?"

"No. Prima di essere messo in cassaforte. Dopo..."

"Me l'ha restituito Sir Felix," la interruppe sotto voce.

Jane rimase stupefatta: "Mio padre? Non capisco."

"Sir Felix me l'ha restituito su mia richiesta."

"Su vostra richiesta? Avete chiesto che vi fosse restituito? Perché?"

Il conte era a disagio. Diede una breve occhiata a Sir Antony, che fingeva un interesse eccessivo per le unghie curatissime della sua mano destra, poi fissò Jane con uno sguardo franco. "Pensavo fosse giusto e corretto, dopo essere stato informato da Jacob Allenby che avevate posto fine al nostro fidanzamento e vivevate sotto la sua protezione."

Lo sguardo di Jane non lasciò il suo volto attraente. "Non ho mai posto fine al nostro fidanzamento, milord, né il signor Allenby avrebbe potuto dirvi niente del genere."

Salt aggrottò la fronte, per metà incredulo. "Perché lo dite, milady?"

"Perché non ho mai riferito a nessuno che eravamo fidanzati. Mi avevate chiesto di tenere per me il nostro fidanzamento fino al vostro ritorno. Quindi non l'ho detto a nessuno."

"Allora mi chiedo come abbia avuto questa importante notizia il signor Allenby."

"Me lo chiedo anch'io, milord. Ve l'ha scritto?"

"No."

"Allora potrei sapere con che mezzo vi ha comunicato questi miei supposti desideri?"

Il conte inclinò la testa incipriata, impassibile davanti alla sua franchezza. "Attraverso un intermediario di famiglia."

Jane deglutì. "Un intermediario di famiglia?" Ripeté piano, alzandosi sui tacchi e portandosi una mano tremante alla gola. Ma sapeva che nome sarebbe stato pronunciato ancor prima di chiederlo. "Posso sapere il nome di questo intermediario?"

"Diana ha ricevuto il medaglione da vostro padre... Che c'è? State poco bene?" Chiese Salt, facendo un passo avanti.

Jane sbatté gli occhi. L'enormità di quello che le aveva detto le faceva accapponare la pelle e sentire caldo e freddo allo stesso tempo. Guardò Sir Antony e vide che la stava fissando, come suo marito. Che cosa poteva dire? Come avrebbe fatto a credere a lei, e non a Diana St. John, che era la sorella di Sir Antony e che conosceva Salt da tutta la vita? Non poteva però lasciar cadere la questione, quando conosceva la verità di quella bugia.

"Mio padre non sapeva nulla del medaglione. Era all'oscuro del nostro fidanzamento. Io... io ho aspettato finché ho potuto e quando non siete tornato, vi ho mandato il medaglione come mi avevate detto, appena mi sono resa conto che ero... quando ho saputo del... quando io..." Vacillò, troppo sopraffatta per continuare, rimise la scatola tra le mani di Salt e corse nello spogliatoio con una mano tremante che le copriva la bocca per nascondere un singhiozzo.

Anne lasciò cadere la pila di biancheria che aveva tra le braccia e aiutò in fretta Jane a sedersi sullo sgabello. Senza una parola, le versò un bicchiere di acqua aromatizzata al limone e glielo tenne accanto alla bocca, perché le mani della contessa tremavano troppo. Dopo alcuni sorsi e un paio di respiri profondi, Jane tornò in sé. Tenendo le mani in grembo e la schiena diritta, cercò di ricomporsi e raccogliere i pensieri.

Ora sapeva che Salt non aveva ricevuto il medaglione che gli aveva mandato quando era incinta da due mesi. Pensò che Diana doveva aver intercettato il medaglione quando era arrivato alla casa di Arlington Street. Ed era certa che Diana St. John sarebbe stata a conoscenza dello scomparto segreto, proprio come si era assunta il compito di sapere tutto quello che c'era da sapere del conte di Salt Hendon.

E più ci pensava, più si convinceva che era Diana St. John che, sapendo dello scomparto segreto, aveva letto la nota e inviato il suo messaggio non al destinatario, ma a Sir Felix. Si era sempre chiesta come avesse fatto suo padre a scoprire la sua gravidanza, ora era quasi certa di sapere chi lo aveva informato. Come avesse fatto Lady St. John a fargli avere la notizia senza divulgare il fatto che Salt era il padre del bambino, era qualcosa che Jane era certa avesse richiesto tutta l'astuzia della donna, perché, se mai Sir Felix avesse sospettato che era il conte di Salt Hendon che aveva sedotto sua figlia e l'aveva messa incinta, sarebbe corso anche a piedi fino a Londra per imporre al nobiluomo di sposarla.

Solo anni dopo, quando viveva sotto la protezione di Jacob Allenby e suo padre era morente, Sir Felix aveva saputo l'agghiacciante verità di quello che aveva fatto. Con quello che Jane considerava il suo atto più crudele, Jacob Allenby aveva detto a suo padre che il bambino non nato, che lui aveva ordinato di distruggere, non era di lignaggio incerto ma, in effetti, apparteneva a Lord Salt. Che aveva ucciso l'erede del conte di Salt Hendon e che lui, Jacob Allenby, sperava che Sir Felix bruciasse all'inferno per quel crimine.

Jane non dubitava che Diana St. John avesse rimosso e distrutto il pezzettino di carta che informava Salt della sua gravidanza, prima di restituire il medaglione al suo legittimo proprietario. La prova di cui aveva bisogno per convincere suo marito che poteva generare dei figli, che era stata incinta in precedenza, era persa per sempre.

DODICI

"JANE? JANE, STATE BENE?" Chiese il conte, entrando nello spogliatoio. Vide la cameriera che si affaccendava sopra sua moglie e appoggiò la scatola sul tavolino da toilette ingombro. "Se avessi saputo che questo gingillo di famiglia vi avrebbe emozionato tanto non l'avrei tirato fuori." Le prese una mano e la trovò fredda, ma quando le sfiorò delicatamente la fronte sentì che bruciava, nonostante il volto fosse mortalmente pallido. Si accovacciò davanti a lei. "Forse sarebbe meglio se restaste a casa, con questo freddo fuori stagione…"

"No! Voglio accompagnarvi al ballo," rispose, facendo un profondo respiro. Si costrinse a guardarlo con un sorriso radioso. "Starò bene. Veramente. Indosserò quel meraviglioso mantello di pelliccia che mi avete regalato proprio la settimana scorsa, dovrebbe tenermi al caldo. È solo…"

Non riuscì a finire la frase e fu lieta che la sua cameriera si intromettesse con una scusa, che fece immediatamente capire a Jane che Anne era al corrente della sua gravidanza.

"Il corsetto, milord!" Si precipitò a spiegare Anne, con una riverenza e tenendo gli occhi bassi. "Ho stretto troppo il corsetto di sua signoria, ultimamente. Ecco perché ha avuto quei mancamenti e… e il suo pallore. Ci vorrà solo un momento per sistemare tutto."

"Sì, deve essere quello," confermò Jane quando vide Salt che si alzava, non molto convinto. Mise una mano sul coperchio della scatola. "Lasciatelo qui finché potrete mettermelo voi."

Quando restò sola con la cameriera, Jane aprì in fretta il coperchio della scatola e lì, annidato su un letto di velluto, c'era il medaglione Sinclair, un singolo grande zaffiro circondato da diamanti, incastonato in un ovale d'oro. Era sospeso a una catena d'oro, con incastonati diamanti e zaffiri più piccoli. Era un pezzo di artigianato magnifico e attirò un'esclamazione di meraviglia da Anne.

Con le dita tremanti, Jane girò lo zaffiro, attenta a non disturbare troppo la posizione della catena nella scatola, e cercò la minuscola punta d'oro del gancio che, una volta premuta, apriva lo scompartimento segreto dietro lo zaffiro. Ma per quanto cercasse, per quanto le dita scorressero abilmente intorno alle punte d'oro delle incastonature che tenevano a posto le pietre preziose, non trovava il gancio. Doveva esserci, non poteva essere sparito. Sapeva come funzionava, ricordava esattamente dov'era, quindi perché non c'era? Non ebbe un senso finché Anne disse tranquillamente.

"È così bello, milady. Non avrei mai pensato di vedere un medaglione simile dopo aver lasciato la casa di Lady St. John…" Chiuse la bocca quando Jane alzò di scatto la testa. Fece una rispettosa riverenza. "Ho parlato a sproposito. Per favore perdonatemi milady. Vorreste un altro sorso d'acqua al limone?"

Jane scosse la testa. "Continua Anne. Parlami di quest'altro medaglione."

"Sì, milady," rispose obbediente Anne, e raccontò a Jane della drammatica reazione di Diana St. John quando era stato smarrito il medaglione, aggiungendo: "Sua signoria era in uno stato di estrema agitazione, come se la sua salute e la sua felicità dipendessero da quel medaglione. Sua signoria lo tiene sotto il cuscino e dorme con la catena avvolta intorno al polso, tutte le notti, senza fallo. Non lo indossa mai ma non è mai senza. Lo porta con sé perfino quando va a stare in campagna."

Jane voltò il medaglione e lo studiò in silenzio. Sir Antony le aveva detto una volta che il tesoro di gioielli che adornava le orecchie, il collo e i polsi delle mogli dei nobili, era quasi sempre una copia esatta degli originali, che erano al sicuro in cassaforte. Le copie avevano pietre false, in modo da sventare i tentativi di furto da parte di borsaioli, servitori scontenti e, soprattutto, assalti di banditi di strada. Quindi anche questa poteva essere una buona copia con pietre false, che Diana aveva restituito al posto del vero medaglione. Ma perché fare lo scambio? E perché Salt non se n'era accorto? Jane si chiese se avesse esaminato attentamente il medaglione da quando lo avevano restituito. E se mai si fosse preoccupato di mettersi gli occhiali per farlo.

SOVRAPPENSIERO, SFIORAVA IL medaglione con gli zaffiri e i diamanti falsi con le dita, mentre, dal finestrino della carrozza, guardava il traffico di vetture, portantine e uomini a cavallo, avvolta nel suo nuovo mantello di pelliccia, e chiedendosi come fare per recuperare il medaglione vero da Lady St. John. Avrebbe dovuto visitare la casa della donna ad Audley Street, ma quando e che pretesto avrebbe potuto prendere per visitare una donna che chiaramente la detestava? Avrebbe dovuto portare Anne con sé, perché conosceva la casa e i servitori. Forse avrebbe potuto andare con la scusa di portare Ron e Merry a fare un'escursione in città? Avrebbe potuto chiedere a Sir Antony di accompagnarla, senza dirgli che intendeva recuperare il medaglione, avrebbe aggiunto credibilità alla sua visita...

"Un soldo per i vostri pensieri, milady?" chiese dolcemente Salt.

Era seduto diagonalmente davanti a Jane, con Sir Antony di fianco. Non fu sorpreso quando la vide girare lentamente la testa per guardarlo con lo sguardo vacuo, con i pensieri che sembravano lontani mille miglia.

Non le aveva tolto gli occhi di dosso da quando erano partiti da Grosvenor Square per andare alla residenza Richmond, vicino al Tamigi. Sapeva che la sua mente era ovunque ma non lì. Si chiese se non l'avesse lasciata troppo spesso sola durante il giorno, negli ultimi due mesi. Era stato occupato con gli affari del parlamento e una serie di riunioni delle commissioni, ma aveva mantenuto di proposito le distanze, o almeno così si diceva, per permetterle di abituarsi alla sua nuova posizione di contessa di Salt Hendon.

La ragione vera, comunque, era molto più egoistica e autodistruttiva.

Lasciandola sola per molto tempo durante le ore del giorno, era come se stesse aspettando che la folgore colpisse, che cosa fosse questa folgore non lo sapeva, come se non avesse diritto alla felicità che provava quando era con lei. Poteva anche non passare molto tempo in casa, ma sapeva che sua moglie era stata incoronata regina delle fate da un gruppo di giovani gentiluomini creativi, che avevano pretese di grandezza artistica e che non avevano niente di meglio da fare con il loro tempo se non scrivere poesie, recitare commedie e sproloquiare sulla bellezza della contessa di Salt Hendon. Veniva informato dei loro andirivieni e aveva anche letto un certo numero di poesie di Hilary Wraxton, che sapeva essere fonte di divertimento durante i tè della contessa. Salt le considerava piccole creazioni innocue, ma non era particolarmente contento del fatto che la più recente serie di poesie del portatore di parrucca di ferro fosse incentrata sulla sua contessa, che l'aspirante poeta aveva avuto l'assurda pretesa di chiamare la sua 'regina delle fate'.

Comunque, secondo i quotidiani rapporti che riceveva da Arthur Ellis, il sottomaggiordomo Willis e Sir Antony, Jane non si metteva mai in mostra, non flirtava mai con questi giovanotti e i loro costanti complimenti sulla sua bellezza non le avevano mai fatto girare la testa. In effetti, trattava quell'adorazione con il grano di sale che meritava e manteneva una fredda, anche se gentile, distanza dai suoi ammiratori. Quello che osservava lui durante le cene e intrattenimenti simili, gli confermava quei rapporti ma si sentiva comunque a disagio, come se, permettendo alle sue difese di cadere completamente, le sue speranze e i suoi sogni avrebbero potuto essere di nuovo calpestati.

Non aveva una base reale per quest'apprensione, solo la passata esperienza della rottura del loro fidanzamento, che Jane negava recisamente di aver causato. Non è che non le credesse, ma non aveva senso, i conti non quadravano. Però, più tempo passava in compagnia di Jane, meno gli interessavano i dettagli del fidanzamento rotto e quello che era successo in passato o chi avesse torto. Sapeva solo che la sua felicità e la sua soddisfazione future erano nelle mani di sua moglie.

Ripeté la domanda proprio mentre i cavalli rallentavano e la carrozza svoltava nel piazzale della residenza Richmond.

"Stavo pensando a Ron," rispose Jane, distogliendo lo sguardo dal finestrino per guardarlo, "A come è stato bene in queste ultime settimane."

Salt fu sorpreso. "Ron?"

"Sì, aveva le guance colorite al party nella nursery e ha giocato *tre* partite a birilli con i ragazzi Spencer. *E* ha mangiato due fette di torta."

"*E* si stava rotolando sul pavimento ridendo con il resto di noi sentendo l'assurda poesia di Wraxton," interloquì Sir Antony. "*Ode a una carrozza ben molleggiata*, Oddio! Che il cielo ci aiuti quando dovremo ascoltare la sua prossima sciocchezza." Quando la nobile coppia lo guardò come se lo vedesse per la prima volta, sorrise imbarazzato. "Mi avete offerto un posto nella vostra carrozza. Che cosa ci posso fare se ho gli occhi e le orecchie?"

"Non aveva assolutamente colore, alle tre di questa mattina!" Rispose brusco Salt.

Sir Antony diede un'occhiata a Jane prima di guardare il conte. "Chiamato al suo capezzale, *di nuovo*?"

"Sì."

"Quante volte è stato malato nei mesi scorsi?"

Salt scrollò le spalle a quella domanda, pallidissimo. "Troppe volte. L'ultima volta l'attacco è stato il peggiore di tutti."

"Mi dispiace di sentirlo," disse cupo Sir Antony. "Povero piccolo. E povero te per essere stato disturbato a quell'ora," aggiunse con una risatina, pensando che il conte doveva essere lo sposo più sfortunato in tutta Londra, ad essere trascinato via dalle braccia della sua bella moglie a un'ora infausta, per curare un ragazzino malato che non aveva nessuna considerazione per il recente matrimonio di suo zio. Ammirava comunque la devozione di Salt per il bambino, e la contessa per la sua tolleranza.

"Mm, scusa," mormorò, in risposta allo sguardo imbarazzato e di disapprovazione del conte. Girò il profilo verso il finestrino senza tende e la vista della fila congestionata di cavalli e carrozze con gli stemmi sulle porte, che si mettevano in coda uno dietro l'altro per depositare i loro nobili occupanti davanti agli ampi gradini della residenza Richmond, e dove stava guardando anche Jane, con le guance arrossate. Non riuscì però a evitare di dare voce a un pensiero che lo tormentava da un po'. Fu sorpreso quando Jane lo guardò con i grandi occhi azzurri spalancati per la sorpresa, come se, anche lei, avesse avuto lo stesso pensiero, però non avesse osato esprimerlo a voce alta per paura che fosse vero.

"Merry mi ha detto una cosa strana, al ricevimento... mi ha fatto riflettere. Mi ha fatto riflettere parecchio," rimuginò, girando la tabacchiera chiusa che aveva in mano. "Osservazione di una bambina, ma acuta, comunque. Non che potesse avere la più vaga nozione della sua importanza..."

Salt si chinò in avanti sulla panchina imbottita e si sistemò la cravatta, aspettando che la portiera della carrozza si aprisse e che sistemassero i gradini per farli scendere. "Forza, Tony! Questo non è né il momento né il luogo per le chiacchiere."

"Merry ha predetto che Ron sarebbe stato molto malato quella notte."

"Non mi sorprende, dopo tre partite a birilli e due fette di torta!"

Il commento brusco del conte fu completamente ignorato.

"Che cosa vi ha detto esattamente, Tony?" Chiese Jane a bassa voce.

Sir Antony abbassò gli occhi sulla tabacchiera, poi guardò Jane. "Per essere precisi ha detto un paio di cose. Mi ha detto senza mezzi termini che Ron si sarebbe ammalato quella notte perché lo zio Salt era così felice e che era sempre così. Quando sei felice," disse rivolto al conte, "Ron si ammala. Riesci a crederlo? Parole dalla bocca di una bambina."

"Che cosa le avete risposto?" Chiese Jane.

Sir Antony scosse un polso ricoperto di pizzo. "Non lo ricordo, qualche stupidaggine per accantonare quell'idea assurda."

"È assurdo!" dichiarò rabbiosamente Salt. "Merry e Ron sono bambini con pensieri infantili. L'idea che Ron si ammali perché io sono felice è risibile, nel peggior senso della parola."

"Davvero?" Chiese pacatamente Sir Antony. "È veramente assurdo? Pensaci. Io l'ho fatto, a lungo e a fondo. E ho fatto due più due. Hai detto tu stesso che Ron si è ammalato troppe volte negli ultimi tempi."

"Tony, che cos'altro vi ha detto Merry?"

Salt guardò Jane piuttosto sorpreso. "Credete che ci sia qualcosa di vero nelle chiacchiere di Merry, milady?"

Jane e Sir Antony si scambiarono un'occhiata, prima che lei rispondesse con calma. "Sì, ora che Tony ha espresso le sue preoccupazioni, aggiungerò anch'io le mie. E non posso scartare a priori i commenti di una bambina, non quando quella bambina è Merry, che è molto più saggia della sua età e soffre vedendo suo fratello malato."

Fu la volta del conte di alzare un polso coperto di pizzo. Si appoggiò alla testata imbottita e ignorò chi bussava alla porta della carrozza. "Allora, Tony? Che cos'altro ha detto Merry?"

Sir Antony fiutò una presa di tabacco. Finalmente composto, fissò negli occhi in attesa, anche se scettici, il suo amico e non esitò. "Che alla loro madre non piaceva vederti felice, la faceva arrabbiare e le procurava l'emicrania." Guardò Jane, ma si rivolse al conte. "E che, da quando hai sposato Jane, sei sempre felice, il che significa che sua madre è sempre arrabbiata e che quando è arrabbiata fa ammalare Ron."

I colpi sulla carrozza divennero insistenti ma Salt li ignorò, con lo sguardo fisso su Sir Antony. "Ti rendi conto che stai parlando di tua sorella?"

"È improbabile che dimentichi questa parentela. E come suo fratello ritengo di essere in grado di vederla più chiaramente, scusa la franchezza, di te, che in lei hai sempre visto la vedova di St. John e la madre dei suoi figli. Credo ci sia sostanza nelle chiacchiere di Merry." Guardò Jane. "Come lo crede la tua contessa."

"Non voglio continuare a discuterne qui e ora. È il primo impegno pubblico di mia moglie e voglio che sia piacevole."

Sir Antony inclinò la testa incipriata. "Come desideri, ma dobbiamo discutere di questo stato di cose, e presto. Come hai giustamente indicato, stiamo parlando di mia sorella e, non dimentichiamolo, del benessere dei miei nipoti."

"La salute e la felicità di Ron e Merry sono la mia prima preoccupazione."

"Allora siamo d'accordo. Ora apri la portiera, prima che quel povero tizio perda la poca pelle che gli è rimasta sulle nocche."

La portiera della carrozza si spalancò e un domestico in livrea abbassò i gradini. Un altro domestico aiutò la contessa a scendere, Salt le offrì il braccio e la guidò attraverso il piazzale, per raggiungere la coda di ospiti che entravano nella residenza Richmond. Sir Antony salutò la nobile coppia e, vedendo due vecchi amici del Dipartimento del Nord, si allontanò per andare a parlare di politica. Jane si accorse appena che se n'era andato, tanto era distratta dal trambusto e dal rumore delle carrozze che arrivavano e partivano, di paggi con le torce per illuminare la strada ai molti ospiti risplendenti di sete, parrucche incipriate e pettinature elaborate che si dirigevano verso l'interno del palazzo sul fiume di proprietà del duca di Richmond.

Era decisa a godersi il suo primo ballo a Londra ma sapeva che avrebbe dovuto essere impeccabile, che non era il caso mettere in mostra la sua eccitazione. Essendo il suo primo impegno come contessa di Salt Hendon, era acutamente conscia che tutti gli occhi sarebbero stati puntati su di lei. Non tutti gli sguardi sarebbero stati amichevoli, specialmente quelli degli amici di Diana St. John, che avrebbero aspettato che la giovane Lady Salt commettesse un passo falso per poter commiserare Diana St. John per la sfortuna del conte per aver sposato una ragazza tanto rozza.

Jane guardò suo marito e, vedendo il suo volto serio, si rese conto che doveva star riflettendo ancora sulle confidenze di Merry a suo zio Tony ed era decisa a distrarlo. Dopo tutto, se lei doveva divertirsi quella sera con questo ballo e i fuochi di artificio in onore della pace di Parigi, anche lui si doveva divertire.

"Sapete, milord, mi sono appena resa conto che non conosco alcun argomento politico di conversazione e che conosco ancora meno gente di Visconte Quattrozampe. Che, potrei aggiungere, è l'unico visconte di mia conoscenza che faccia letteralmente le fusa quando io parlo a vanvera. I vostri amici mi riterranno una compagnia noiosa?"

"Non credo di essere proprio contento di scoprire che fanno le fusa a mia moglie," rispose con una risata, con le sopracciglia che si spianavano, e la tenne vicina mentre una coppia di domestici in livrea passava in fretta davanti a loro e si infilava tra due carrozze per aiutare i nuovi arrivati. "Io non credo che siate una compagnia noiosa ed è questo che conta."

Jane emise un sospiro studiato. "Ma diversamente da Visconte Quattrozampe, non cercate mai la mia compagnia nelle ore del giorno, quindi non potete sapere se la mia conversazione sia o meno noiosa."

"Questo non è giusto, piccola birichina!" replicò Salt, ignorando i cenni sorridenti di parecchie teste incipriate in coda davanti a lui, che cercavano di farsi notare. Le parlò chiaramente all'orecchio in modo che lo potesse sentire sopra il clamore. "Parliamo a letto, tutte le sere."

"Questo non conta," lo rimbeccò Jane, fingendo di interessarsi alla lunga fila di domestici dal volto di pietra, in piedi spalla a spalla come statue di marmo lungo il sentiero di ghiaia fino ai larghi gradini, anche se era molto contenta che fosse rimasto turbato dalla sua accusa. Sperava non riuscisse a vedere il rossore sulle sue guance alla luce scarsa. "La conversazione non è lo scopo delle vostre visite. Anche se non posso lamentarmi dell'ordine in cui conducete i vostri impegni."

"Impegni. Buon Dio, pensate che io veda le mie visite notturne al vostro letto come... come *impegni*? Un'altra voce della mia agenda da spuntare quando è stata completata?"

A occhi sgranati, Jane sbatté gli occhi verso di lui, con il ventaglio dipinto estratto dal mantello per essere sventolato graziosamente e smuovere le sottili ciocche di capelli neri setosi intorno al suo bel volto. Finse ignoranza. "Non è così, milord?"

"Ovviamente no!" Rispose arrogantemente.

"Oh? Ma so da fonti sicure che fare l'amore con la propria moglie, per un marito, è un *obbligo tedioso*."

"Sapete sicuramente come scegliere il momento per una delle vostre franche conversazioni, milady," dichiarò con la voce esitante, trovando difficile esprimersi in mezzo a uno spazio pubblico, circondato da centinaia di facce che conosceva. "Non è mai stato un obbligo fare l'amore con voi ed è tutt'altro che tedioso." Rispose onestamente. "È un piacere e un privilegio." Quando Jane abbassò il mento sulla spalla, aggiunse dolcemente. "Jane, vengo nel vostro letto perché lo voglio... *tantissimo*."

Jane non si fidò a parlare e gli strinse il braccio, guardando senza vedere l'attività dei domestici che correvano qui e là, di signore che si sistemavano l'inutile novità di trasparenti grembiuli drappeggiati sopra i panier, e di gentiluomini che davano una tiratina alle punte dei loro panciotti elaborati, e vide tutto attraverso una nebbia di felicità. Nonostante l'eccitazione del suo primo impegno pubblico in compagnia del marito, desiderava essere a casa con lui, davanti al fuoco nel suo studio, da soli. Allora avrebbe potuto liberamente gettargli le braccia al collo e dirgli quanto lo amava... che aveva sempre e solo amato lui.

Salt, mal interpretando il suo silenzio perché aveva detto più di quello che avrebbe voluto, ma niente che non fosse la verità, allungò imbarazzato il collo, avvolto nella cravatta in pizzo di Bruxelles dal nodo intricato e deglutì. "Se sto diventando un fastidio, non avete che da dirmelo."

"Oh, lo farò," gli rispose con il suo pronto senso del ridicolo, quando riprese il contegno, facendogli abbassare di colpo la testa per guardarla fisso. Jane cercò di non ridacchiare davanti al suo sguardo di imbarazzato rimorso. D'impulso, si alzò sulla punta dei piedi e gli baciò in fretta la guancia, dicendo, con un gorgoglio di risate. "Uomo assurdo! Il giorno in cui vi considererò un fastidio, fatemi rinchiudere a Bedlam."

Salt rise e le pizzicò il mento.

Ma il sorriso sul volto di Jane morì nell'attimo in cui rimise i tacchi per terra. Baciando in pubblico suo marito aveva commesso, come le aveva detto il signor Willis, due dei peccati capitali dell'alta società:

quello di permettere alle emozioni di vincere sulla buona educazione e quello di mostrare in pubblico un affetto genuino per il proprio coniuge. Si scusò, confusa e imbarazzata, pensando che Salt non avesse apprezzato la sua spontanea e molto pubblica manifestazione d'affetto, e acutamente conscia che più di una dozzina di teste incipriate avevano colto il bacio e la stavano guardando con le sopracciglia alzate e curiosa disapprovazione, da dietro i ventagli e gli occhialini infiocchettati.

Il suo piccolo bacio impulsivo aveva avuto l'effetto opposto sul conte. Preso dal momento, vide solo sua moglie, completamente ignaro di tutti e di qualunque altra cosa. Si chinò a strofinare il volto sui suoi capelli e le sussurrò nell'orecchio. "Se questo non fosse il primo ballo di Lady Salt," mormorò, togliendole il mantello per consegnarlo a un premuroso domestico, dato che erano arrivati all'interno, "la porterei in carrozza e farei l'amore con lei, subito."

Dimenticando momentaneamente il proprio imbarazzo, Jane alzò lo sguardo, con gli occhi spalancati, affascinati: "In carrozza? Subito?"

Salt finse un subitaneo interesse nella posizione di uno della dozzina di piccoli fiocchi di seta cuciti sul davanti del suo corpetto scollato di seta moiré. Raddrizzò abilmente il fiocco più piccolo all'orlo della scollatura del corpetto, permettendo al suo mignolo di accarezzare lievemente la curva del seno nudo. Le sue parole furono tutte per lei. "Sfortunatamente, milady dovrà aspettare quel diletto dopo la fine del ballo. Devo pensare alle povere dita insanguinate di Andrews. Non riuscirei mai ad appuntarmi di nuovo tutti questi ordini."

Mentre le accarezzava furtivamente il seno, Jane fu presa da un'improvvisa fitta di desiderio e si rimise in fila in fretta, sollevando una bracciata di sottane di seta per salire le ampie scale fino alla sala da ballo della residenza Richmond, senza nemmeno ricordare se i suoi piedi avevano toccato il pavimento. Con somma vergogna e sorpresa, non vedeva l'ora che il ballo finisse, prima ancora che cominciasse. E non poté resistere a un commento impudente, mentre aspettavano in fila di essere annunciati dal roboante, altisonante maggiordomo.

"Pensate che sentirebbero la nostra mancanza se offrissimo le nostre scuse e ce ne andassimo presto?"

Il conte non riuscì a nascondere il sorriso, facendo un passo avanti mentre il maggiordomo annunciava ai presenti l'arrivo del conte e della contessa di Salt Hendon. Mantenne il mento squadrato perfettamente diritto e fissò nel vuoto della luce abbagliante di centinaia di candele il movimento colorato della nobile folla, ma riuscì ad ammiccare a Jane. "Comportatevi bene stasera, signora moglie, e mi accerterò che il ritorno a casa valga ogni buca nella strada."

Jane non sarebbe riuscita a fare un resoconto accurato del suo primo ballo nella sua prima stagione londinese perché, dal momento in cui si immerse nella vampa della luce delle candele nel salone da ballo, con il suo turbinio di colori e luci, rumore e musica e l'infinito chiacchiericcio, fu travolta da presentazioni, conversazioni e balli. Non si divertiva tanto dal ballo della caccia di Salt, il giorno del suo diciottesimo compleanno. I quattro anni di cupa solitudine e austerità, come pupilla, per carità, dell'invalido mercante manifatturiero Jacob Allenby, furono finalmente sepolti, con suo marito al suo fianco e la *crème de la crème* dell'alta società che dava il benvenuto a braccia aperte alla nuova contessa di Salt Hendon.

Tutti furono d'accordo che quell'attraente colosso del conte di Salt Hendon e la sua eccezionalmente bella e aggraziata consorte erano una coppia perfetta. Cioè, tutti meno Lady St. John.

Diana St. John si mantenne a distanza dal suo nobile cugino per la maggior parte del ballo, mentre lui restava al fianco di sua moglie. Passava da un gruppo all'altro, apparentemente ignara dell'esistenza del conte, cosa che, concordarono amici e nemici, era assolutamente inusuale. Tutti si aspettavano che ai ricevimenti della società Lady St. John fosse sempre a non più di una persona di distanza dal conte di Salt Hendon. Nessuno sapeva se lui si accorgesse o meno che lei era costantemente nella sua orbita. Per la maggior parte del tempo, lui sembrava trattarla come se facesse parte della sua ombra e continuava con la sua vita. Tutti si chiedevano se sarebbe rimasta ancora parte della sua ombra, ora che lui aveva una moglie, più bella e molto più giovane della pur bella e statuaria Lady St. John.

Risplendente in un abito *à la française*, rosso e oro, con tre volant di pizzo che spumeggiavano dai gomiti fino ai polsi paffuti, Diana St. John passò tutto il tempo in cui il conte e la contessa di Salt Hendon ballarono il minuetto, con la schiena rivolta verso i ballerini, in conversazione con l'ambasciatore italiano, che tenne costantemente lo sguardo inchiodato al suo seno, messo magnificamente in mostra da un corpetto scollato, con una collana di rubini e diamanti annidata nel solco tra i seni. Una creazione di riccioli incipriati, un ventaglio dipinto a gouache, e il suo particolare profumo erano i tocchi finali all'insieme risplendente. Rideva, chiacchierava, era spiritosa e piena di vita, tanto che parecchi degli ospiti fecero commenti sul suo ottimo umore. L'unica persona che riuscì a vedere dietro la facciata fu suo fratello.

Sir Antony era stato abbordato da sua sorella, in un'anticamera appena fuori dal vestibolo principale, appena il suo piede ben calzato aveva toccato il pavimento di marmo della residenza Richmond, che aveva preteso di sapere perché non era stata invitata a dividere il viaggio in carrozza con lui e Lord Salt. Sir Antony subì in silenzio la sua raffica di accuse. Era furiosa di essere venuta sapere che il conte aveva portato sua moglie al ballo Richmond. Risponderle che il suo nobile cugino aveva tutti i diritti di portare sua moglie al ballo era inutile, quindi Sir Antony tenne per sé le sue opinioni.

Non vinceva mai con Diana e aveva smesso di tentare tanto tempo prima. Per sua natura non era un codardo, né era indolente, ma aveva imparato da giovane che la sorella maggiore aveva l'abilità di prendere un punto di vista e rigirarlo perché andasse bene ai lei. Non importava se il suo avversario aveva la ragione dalla sua parte, quando Diana aveva finito di discutere, il suo avversario le dava ragione, anche se solo per puro sfinimento o per il bisogno di sfuggire al suo continuo assalto. Le considerazioni etiche di bene o male non le entravano mai in testa. Le importava solo di averla vinta. Le uniche volte in cui Sir Antony l'aveva vista cedere e ammettere la sua sconfitta, erano state con il conte, e solo perché era follemente innamorata del cugino da quando era una scolaretta e avrebbe fatto qualunque cosa per ottenere la sua approvazione.

Molti dei loro amici e familiari si chiedevano perché una creatura tanto bella e decisa si fosse accontentata di sposare il gentile Aubrey St. John. Sir Antony lo sapeva. St John era un cugino da parte paterna e il migliore amico di Salt, e i due erano inseparabili come fratelli. Quando a Diana fu chiaro che Salt non le avrebbe mai proposto di sposarla, aveva scelto la miglior alternativa possibile, o almeno così pensava, sposando Aubrey St. John. Lord St. John non era Salt, ma era innamoratissimo di Diana. Il matrimonio era stato un disastro fin dall'inizio non da ultimo perché, nonostante il suo atteggiamento sessualmente aggressivo, Sir Antony sospettava che sua sorella fosse frigida.

Il matrimonio si era guastato in fretta, anche prima della nascita dei gemelli, e Sir Antony non aveva dubbi che fosse stata Diana ad allontanare suo marito dal conte, tanto che era stato solo quando St. John stava morendo che i due si erano riconciliati. St. John non aveva detto molto di quello screzio a quel tempo ma una volta, quando aveva bevuto un po' troppo, aveva confidato a Sir Antony che Salt gli aveva consigliato di non sposare Diana e che avrebbe dovuto ascoltarlo; Salt aveva avuto ragione fin dall'inizio.

Sir Antony sperava che il matrimonio del conte avrebbe finalmente gettato in faccia la verità a sua sorella e le avrebbe fatto capire, indiscutibilmente, che il conte di Salt Hendon era fuori dalla sua portata, per sempre. La reazione di Diana St. John al matrimonio non solo lo sorprese, ma lo preoccupò a tal punto che temette per la sua salute mentale. Diana si comportava come se il matrimonio di Salt Hendon fosse un piccolo ma non insormontabile problema, che poteva essere risolto se solo si fosse messa d'impegno a trovare una soluzione. Al peggio, specialmente in compagnia dei loro comuni amici, affettava una maschera di indifferenza, comportandosi come se il matrimonio di Salt non fosse mai avvenuto. Si stava comportando proprio in quel modo quella sera al ballo e lui doveva fermarla, prima che si rendesse ridicola davanti a trecento persone.

Un momento prima che cominciassero le contraddanze, in piedi nella sala dei rinfreschi accanto a una colonna corinzia e fingendo di interessarsi alla folla attraverso il suo occhialino, Sir Antony cercò di far ragionare sua sorella. Diana stava parlando con Pascoe Church, tra gli altri, e Sir Antony le urtò deliberatamente il gomito in modo che lei si voltasse per vedere di chi si trattasse. Sir Antony fece un cenno a Pascoe Church, sorrise a sua sorella, le prese saldamente il gomito e la condusse in un angolo tranquillo accanto a una portafinestra. Qui la lasciò andare e riprese il suo occhialino.

"Generoso da parte tua lasciare un po' di spazio per respirare a Salt, stasera," disse tutto allegro.

Diana arruffò il pelo. "Hai mai sentito l'espressione dare corda, caro fratello?"

"Salt non ha mai ballato alla fine della corda di nessuno."

"Pazzo! Lei. Appena Salt si allontanerà di un passo, lei si impiccherà da sola."

Sir Antony riportò l'occhialino su sua sorella. "Non mi sembra che abbia voglia di lasciare il suo fianco, no?"

"Non può permetterselo, ed è un peccato. Un suonatore di organetto avrebbe più fiducia nella sua scimmia."

Sir Antony non poté evitare di ridere incredulo e scosse la testa incipriata. "Continua pure a cercare di autoconvincerti, Di. Suppongo che non resti al suo fianco solo perché è lì che vuole stare, vero?"

"Non essere tonto, Tony. Vuole stare? Non sei mai stato molto pronto di comprendonio, vero? Se Salt non ti avesse procurato quell'incarico al Ministero degli Affari Esteri, non so proprio dove saresti finito."

Con un sospiro, lasciò cadere l'occhialino appeso al nastro e afferrò destramente due bicchieri champagne dal vassoio d'argento di un cameriere che passava. Ne diede uno a sua sorella, e alzò il suo in un brindisi. "Comodamente sprofondato in una poltrona al White, dietro le pagine di un giornale a farmi gli affari miei, immagino."

La bocca di Diana St. John prese una piega sdegnosa. "Sei sempre stato una tale delusione per papà."

"Non possiamo essere tutti la Regina delle Amazzoni, mia cara," rispose tranquillamente. "Oh, tu potresti. Senza nessun dubbio, Di. Ma c'è una cosa che non sarai mai, la contessa di Salt Hendon. Il posto è preso, *a vita*."

"Ti *odio* tanto che mi piacerebbe buttarti in faccia questo champagne."

"Fai pure," dichiarò, indicando la folla che si divideva in gruppi per la contraddanza, oltre le colonne della sala da ballo. "Almeno tutta questa gente vedrebbe la tua debolezza e saprebbe che sotto quella scintillante dimostrazione di indifferenza hai un cuore. Diana, per favore, prima di innaffiarmi di aceto francese, ascoltami," aggiunse, lasciando perdere qualunque pretesa. "Devi lasciare in pace Salt, per il tuo bene oltre che per il suo. Hai bisogno di fare qualcosa della tua vita. Potresti sposare qualunque grande nobiluomo in questa sala cui serva una moglie ed essere una grande padrona di casa per un politico, sareste una coppia formidabile! Ma c'è un nobile che non avrai mai, in nessun caso."

Diana St. John fissò il fratello minore per cinque secondi buoni, prima di replicare. Sir Antony pensò di aver rilevato una traccia di emozione sul suo volto, finché aprì bocca, e allora gli caddero le braccia davanti alla futilità di cercare di farle comprendere la ragione.

"Mi sono accontentata di un ripiego una volta. Mai più."

"St. John ti amava alla follia, Di, e tu lo sai! Povero cristo, sapeva che il tuo cuore apparteneva a Salt e che lo avevi stupidamente sposato sperando di ingelosirlo. Non ha funzionato, vero?"

"Si merita di meglio di quella ragazzetta di campagna pelle e ossa che ha ora al suo braccio," ruminò Diana St. John, ignorando il commento acido di suo fratello. "L'aveva quasi intrappolato quattro anni fa, finché non sono intervenuta io a salvargli la carriera e il suo buon nome. E non me ne starò seduta a permetterle di rovinare le sue ambizioni politiche ora, non dopo tutto il mio duro lavoro per vederlo arrivare alla grandezza."

"Il *tuo* duro lavoro?" Sir Antony stava ridendo, incredulo. Buttò giù le ultime gocce di champagne e scaricò abilmente il bicchiere vuoto a un cameriere di passaggio. "Suppongo che Salt non c'entri niente con il proprio successo?"

"Ha bisogno di una donna accanto che lo possa aiutare a raggiungere un successo politico ancora maggiore. Qualcuno che sia abile nel gioco politico. Una padrona di casa che non abbia paura di essere spietata e furba, se serve per la sua carriera."

"Non ti è mai capitato di pensare, Di, che quello di cui un nobile nella posizione e con le capacità di Salt ha bisogno, in una moglie, sia qualcuno che si interessi a lui, non alla sua posizione politica o se diventerà Primo Ministro o se formerà un governo con un branco di nobili pettegoli e infidi. Una moglie che non si impicci di politica e che, alla fine della giornata, lo faccia sentire felice e senza problemi?" Sir Antony guardò sua sorella. "No? Non risuona qualche campanellino in quella bella testolina, sorellina mia?"

"Salt potrà anche avere sposato un insetto stecco dagli occhi grandi, ma non ha bisogno di farsi distrarre da lei," dichiarò Diana, come se lui non avesse nemmeno parlato, depositando il suo bicchiere sul vassoio d'argento che le porgeva un cameriere. "Se vuole distrarsi, posso offrirgli un numero infinito di donne che non vedono l'ora di occupare la posizione di amante."

"I tuoi servigi in quell'area non sono mai stati né cercati né richiesti," rimarcò Sir Antony seccamente. "E dato che non ha lasciato il letto coniugale da quando si è sposato, le sue necessità carnali sono ammirevolmente soddisfatte da sua moglie."

"Questo prova solo che è di nascita vile. Le mogli nobili non devono servire da prostitute ai loro mariti, i mariti soddisfano altrove i loro appetiti carnali. È a quello che servono le puttane."

Sir Antony alzò gli occhi verso il soffitto decorato con un sospiro.

"Nostro padre si lamentava che nostra madre avesse i desideri carnali di un salmone scozzese."

"Si stancherà presto di lei," continuò Diana, ignorando il commento del fratello. "Sia che faccia la puttana per lui o no. Lui si stanca sempre delle sue puttane."

Alla fine anche la pazienza di Sir Antony si esaurì. Strinse i denti e piantò gli occhi azzurri scintillanti su sua sorella. "Per l'amor del cielo, Diana! Smettila di chiamarla in quel modo. È sua *moglie*."

Diana toccò scherzosamente il fratello sotto il mento con le pieghe del suo ventaglio. "Oh, che scoppio di emozione Tony! Sei stato stregato anche tu dalla sgualdrina? Questo spiegherebbe l'ultimo pettegolezzo che circola nei salotti, che mentre Lord Salt si impegna duramente a fare discorsi alla Camera, tu ti impegni duramente tra le gambe di Lady Salt."

Sir Antony strappò di mano il ventaglio a sua sorella e lo gettò a terra inorridito. "Mai. Non dovrai *mai* più ripetere quell'oscenità," ringhiò. "Lady Salt ama profondamente suo marito. Io la ritengo onesta e sincera e, anche se la tua cieca gelosia ti ha portato a convincerti che lei possa non essere leale a Salt, non avresti mai dovuto pensarlo di me, tuo fratello! Non potrei mai tradire il mio migliore amico!"

"Sir Lancillotto per Re Artù Salt, certo, Tony!" annunciò sprezzante con una risata squillante, che fece sì che gli ultimi ospiti che si attardavano accanto ai tavoli dei rinfreschi si girassero a guardare con interesse fratello e sorella. "Ma non è quello che *io* credo, che conta. È quello che crede Salt della sua piccola moglie-puttana, no?"

"Per l'ultima volta, Diana," esclamò Sir Antony, senza più pazienza. "Lasciali stare, per il tuo stesso bene. Salt ha tollerato le tue interferenze in passato perché erano innocue, anche se fastidiosamente persistenti. La partita che stai giocando ora è completamente diversa, e la perderai. Ti avverto, supera i limiti con sua moglie e non ti perdonerò mai... mai."

Diana scrollò le spalle nude e cambiò tattica. "Credi che mi importi un fico secco che quella lattaia sia la contessa di Salt Hendon? Mio caro Tony, quello che faccio, lo faccio e l'ho sempre fatto solo per Ron."

Sir Antony era scettico. "È quello che fai *a* Ron che mi preoccupa."

"Scusa?" Per la prima volta, Diana St. John fu colta di sorpresa.

Per la prima volta, durante tutta la conversazione, Sir Antony percepì che sua sorella gli stava prestando attenzione. "Ecco un altro avvertimento cui dovresti dare retta, Di. Se Ron continuerà ad ammalarsi, se continuerai a far chiamare Salt a tutte le ore della notte, potresti trovarti privata dei tuoi figli."

"Sei *ubriaco*? Io sono la loro madre. Salt non me li toglierebbe mai. *Mai*."

Sir Antony continuò a fissarla, con la bocca dura. "È un avvertimento sincero, Di."

Diana voltò la testa e guardò con la coda dell'occhio il conte, ai margini della sala da ballo, che chiacchierava rilassato con quel vecchio libertino di Lord March, il perverso e arguto George Selwyn e il suo mentore e buon amico Lord Waldegrave, mentre la contessa non si vedeva da nessuna parte. Era più felice e contento di quanto l'avesse visto da molti anni, in effetti da quel fatidico ballo della caccia a Salt Hall, quando aveva chiesto la mano di Jane Despard. A Diana fece venire la nausea.

Era ora che facesse la sua mossa con la contessa e la smettesse di perdere il suo tempo in inutili conversazioni con suo fratello. Non riuscì a trattenere un ultimo commento, per esercitare la sua superiorità su di lui, come sempre, e studiato per obbligarlo a mille congetture. Riprese il ventaglio da un domestico ossequioso, che l'aveva raccolto sul pavimento, lo aprì con uno scatto e, sollevando le gonne di seta con una mano, disse a Sir Antony, con un sorriso compiaciuto, prima di uscire maestosamente dalla sala da ballo: "La sposa-puttana di Salt ha un piccolo sporco segreto. È incinta. Ma di chi è il marmocchio?"

Sir Antony restò a bocca aperta davanti a questa allarmante dichiarazione e guardò sua sorella attraversare la sala da ballo, fermarsi a salutare qui una vecchia duchessa vedova con la gotta, là a baciare la guancia con la mouche di una cara amica con un tupè torreggiante, picchiettare scherzosamente il ventaglio sulle nocche di un vecchio libertino che si era inchinato sopra la sua mano tesa, per poi scambiare sorrisi e piacevolezze con un Lord dell'Ammiragliato, prima di sparire dalla visuale, sulla terrazza. Era la più amabile e animata bellezza nel vasto mare di nobili sete e cipria, e un essere completamente diverso da quello che Sir Antony sapeva essere sua sorella e la cosa lo preoccupava.

Avergli gettato in faccia la notizia che la contessa di Salt Hendon era incinta gli fece dimenticare il domestico, che aspettava in piedi accanto al suo gomito. Il servitore era lì da un po'. In effetti, era lui che aveva raccolto il ventaglio di Lady St. John dal pavimento. L'unico segno che avesse sentito l'intera accalorata discussione tra i fratelli era il rossore delle orecchie. Per il resto, rimaneva impassibile. Dentro di sé stava scoppiando e non vedeva l'ora che il ballo finisse per scambiare queste gustose notizie con lo staff al piano di sotto. Ora si fece avanti e presentò una lettera sigillata a Sir Antony, che restava ancora a bocca aperta.

Sir Antony tenne in mano la lettera per un intero minuto prima di accorgersi di averla e, quando si voltò per chiedere al servitore chi l'aveva mandata, si trovò da solo davanti alla finestra. Ruppe il sigillo, con la mente ancora in subbuglio, ma quando aprì l'unico foglio di carta e vide la familiare calligrafia, la mente si svuotò di tutto il resto. Leggere le due frasi gli fece palpitare il cuore e sorridere da un orecchio all'altro. Mise in fretta la lettera nella tasca interna della redingote.

Cinque minuti dopo, faceva le sue scuse ai suoi ospiti, il duca e la duchessa di Richmond e, prima che una testa incipriata potesse girarsi a chiedere perché il diplomatico stesse ritirandosi così in fretta dal più importante evento sociale di fine inverno, Sir Antony era fuori dal portone di ingresso e su un fiacre, diretto a Grosvenor Square.

TREDICI

Jane lasciò la sala da ballo scintillante per l'aria fresca della grande terrazza con la sua vista mozzafiato sul Tamigi, con la mente in subbuglio per tutte le facce nuove e i nomi che era sicura di dimenticare prima della mattina seguente. Stava cercando il suo fratellastro, che aveva intravisto un po' prima nella sala da ballo in compagnia di Billy Church. Le aveva rivolto un saluto con la mano, ma lei era stata presa in un vortice di presentazioni e chiacchiere, e sembrava che tutte le persone di una certa importanza volessero incontrare la sposa del conte di Salt Hendon. Aveva perso di vista Tom nella calca e fu solo più tardi, dopo che Pascoe, Lord Church l'aveva portata via per una contraddanza e Salt era impegnato in conversazione con Lord Waldegrave, che si sentì in grado di scivolare fuori.

Tom aveva detto che sarebbe stato sulla terrazza, ma sembrava che ci fosse anche la metà degli invitati. Le coppie erano uscite dalla casa per camminare sui sentieri di ghiaia oppure per restare accanto alle balaustre di ferro ad ammirare la vista, considerata la migliore di Londra. Camerieri in livrea circolavano con vassoi di rinfreschi o restavano fermi a entrambi i lati della scalinata, che portava gli ospiti da una terrazza all'altra fino ad arrivare al molo, dove ondeggiavano chiatte colorate e barche, che avevano portato gli ospiti per via d'acqua, partendo dal Tamigi più a valle.

Gli enormi banchi di ghiaccio galleggiante che avevano bloccato il fiume a gennaio ora si erano sciolti, così che una miriade di vascelli occupava il fiume per tutta la sua larghezza, dalle piccole barche a remi a due posti, ai velieri e alle chiatte coperte, con festoni di bandierine colorate. Dall'arenile del fiume fino all'orizzonte, dappertutto c'erano mattoni e pietre, i tetti rossi degli edifici e i campanili delle chiese che bucavano il cielo di un blu lattiginoso. Sopra questo conglomerato che era la città di Londra, si alzava maestosa St. Paul, con la gloriosa cupola della cattedrale che faceva sembrare piccolo tutto quello che la circondava, e la cui magnificenza non mancava di togliere il fiato per la meraviglia, da questo punto superlativo di osservazione, sia ai residenti sia ai visitatori della metropoli.

Anche Jane restò senza fiato mentre osservava la distesa del fiume, della città e del cielo che imbruniva. Scese cautamente i gradini che portavano alla sezione successiva della terrazza, più vicina al bordo dell'acqua, tenendo le gonne con una mano, lieta di essere uscita prima che la notte coprisse la vista con la sua coperta scura e che l'aria fredda le penetrasse nelle ossa. Ma gli ospiti avevano previsto l'oscurità e il freddo e c'erano flambeau piazzati strategicamente ai lati dei camminamenti sulle terrazze, pronti per essere accesi non appena fosse stato dato il segnale. E fuori, sull'acqua, ondeggiava la flottiglia di chiatte cariche di razzi e girandole, che avrebbero illuminato il cielo notturno, anche se brevemente, e fatto ricadere sugli ospiti piccole scintille di luce, l'attesissimo gran finale del ballo Richmond.

La musica filtrava dalla sala da ballo e le risate e le conversazioni all'aria aperta gareggiavano con il rumore del traffico sull'acqua e i rumori della città che non dormiva mai. Jane, all'inizio, aveva pensato che non sarebbe mai riuscita a dormire con i rumori costanti e vari intorno a lei, un po' di tutto, dalle ruote delle carrozze che rombavano sui ciottoli, il bestiame condotto al mercato, i venditori che pubblicizzavano le loro merci con le voci cantilenanti, fino al tac-tac degli zoccoli con l'alto plateau che impedivano alle scarpine di seta delle dame di sporcarsi col fango della città. Ma dal suo matrimonio, aveva dormito benissimo, grazie particolarmente al caldo abbraccio di suo marito.

Istintivamente, toccò il medaglione con lo zaffiro che aveva al collo e pensò con ansia al bambino che portava in grembo.

"Pensate che quel medaglione significhi qualcosa per lui?" mormorò una voce al suo orecchio.

Jane si voltò di colpo, vide un lampo di seta rossa e oro e le venne immediatamente la nausea. Stordita e disorientata, tese una mano per aggrapparsi forte alla balaustra di ferro, che era il solo ostacolo tra lei e un tuffo verso l'argine di sotto. Era l'odore prepotente del profumo della donna, non le parole sibilate nell'orecchio, che l'aveva messa in agitazione.

Diana St. John l'aveva intrappolata dove due balaustre si incontravano ad angolo retto. Era in piedi dietro a Jane, con le gonne dal largo cerchio che la inchiodavano e le bloccavano la fuga. A un osservatore casuale poteva sembrare che le due donne stessero ammirando la vista da due punti cardinali diversi, mentre conversavano.

"Quel gingillo non ha più significato per Salt, del volgare anello che è stato obbligato a mettervi al dito," continuò decisa Diana St. John, con gli occhi nocciola fissi sul volto di Jane. "Sua madre indossava il medaglione Sinclair nelle occasioni ufficiali e ai balli importanti come questo perché obbligata; bardatura obbligatoria della sua posizione in società. Ma lo considerava un gioiello di famiglia orribile. Perfettamente adatto a voi."

"C'è qualcosa che posso fare per voi, milady?" Chiese Jane a voce bassa, con gli occhi azzurri che sostenevano lo sguardo della donna, mentre col ventaglio si mandava aria fresca sul volto, nel tentativo di far cessare le ondate di nausea che andavano e venivano con il forte profumo di Diana St. John portato dalla brezza del fiume. Forse, se l'avesse lasciata sfogare, l'avrebbe lasciata in pace?

La bocca dipinta di Diana St. John diventò una linea sottile e diede un'occhiata significativa sopra la spalla di Jane al fiume che scorreva. "A parte annegarvi? No."

Jane deglutì. "Se vi ho offeso in qualche modo…"

"Offendermi? La vostra stessa esistenza mi offende!"

"Perché?"

"Perché?" Ripeté Diana St. John, sconcertata. Come osava quello scricciolo di donna, che aveva la maleducazione di alzare la testa, farle una domanda così diretta? Chi pensava di essere. "Certamente conoscete già la risposta. Oppure avete il cervello piccolo tanto quanto siete scheletrica? Merita molto più di voi. Merita qualcuno che sia all'altezza del suo sangue nobile e del suo rango, qualcuno di cui possa essere fiero, che abbia le stesse convinzioni e le stesse ambizioni. Merita…"

"…voi?" la interruppe semplicemente Jane. "Mi dispiace che non vi abbia sposato anni fa, milady. Forse allora non lo odiereste."

"*Odiarlo?*" Diana St. John conficcò le bacchette del ventaglio chiuso nella pettorina infiocchettata di Jane. "Che cosa vuol dire, che lo odio? Io lo *amo*. L'ho sempre amato!"

"Per una donna che professa il suo amore, passate un mucchio di tempo a interferire senza necessità nella sua vita."

"Come osate..."

"...e a trovare modi per punirlo di non ricambiarvi."

Diana St. John rimase senza parole. Desiderava con tutto il cuore schiaffeggiare il bel volto della contessa di Salt Hendon. Una terrazza piena della *crème de la crème* dell'alta società glielo impedì.

"Furba," riuscì finalmente a dire con la voce bassa, tenendo saldamente il ventaglio contro la pancia di Jane. "Avete un piccolo sporco segreto da dirmi, milady?" La stuzzicò, colpendola ancora con il ventaglio. Quando Jane spalancò gli occhi e istintivamente cercò di spostarsi, trovandosi però immobilizzata contro la balaustra di ferro alla schiena, il sorriso compiaciuto di Diana St. John riapparve. "Scommetterei che è beatamente ignaro del marmocchio che portate in grembo, proprio come quattro anni fa."

"Sì, sono incinta del figlio di Lord Salt, milady," rispose Jane con una calma che celava la sua ansietà. "Potete essere la prima a congratularvi con me."

"Congratularmi? Santo cielo, vedrò voi e il vostro bastardo bruciare all'inferno, prima!"

"Come mai sapete che avevo concepito il figlio di Salt, quattro anni fa?" Chiese Jane nel suo solito modo franco, anche se le ci volle tutto il suo autocontrollo per restare calma, sbalordita com'era dalla ferocia al vetriolo della donna. "Non ho detto a nessuno che era Magnus il padre."

"Errore idiota, ma che applaudo di cuore. Se aveste avuto l'intelligenza di confessarlo a Sir Felix, vostro padre sarebbe corso a Londra a piedi, e Salt sarebbe stato costretto a sposarvi. Proteggendo *Magnus* avete causato la morte del vostro bambino. Buon Dio! Non avete nemmeno avuto la furbizia di tenere le gambe chiuse finché vi avesse portato davanti al parroco. Povera stupida."

"Forse sono stata stupida. Forse in qualche modo sono da biasimare per la morte del mio bambino ma... ero ingenua e disperatamente innamorata e credevo di essere ricambiata..." Quando Diana St. John sbuffò incredula, Jane aggiunse dolcemente, sperando di vedere una scintilla di umanità in quel bel volto dipinto. "E la nascita dei vostri gemelli, quando avete tenuto per la prima volta Ron e Merry tra le vostre braccia? Non avete amato i vostri bambini tanto da star male?"

"Che stupidaggini sentimentali!" disse sprezzante Diana St. John, poi sorrise deliberatamente, colpendo ancora Jane con il ventaglio. "I miei figli valgono molto per me, molto, perché Salt li ama come se fossero suoi. Mio figlio è l'erede di Salt. Farebbe qualunque cosa per mio figlio, lasciare sua moglie nel cuore della notte per confortarmi, al capezzale di Ron. Non crediate che non continuerà a farlo fino a quando lo vorrò, fuori dal vostro letto e accanto a me. Non c'è paragone, non vincerete mai."

Jane guardò Diana St. John affascinata e inorridita dal fatto che vedesse i suoi figli solo come mezzi per arrivare a un fine e quel fine erano il tempo e le attenzioni di Lord Salt; che fosse una gara da vincere, solo per far sì che il conte assistesse il suo bambino malato nel cuore della notte.

Jane espresse a voce alta il pensiero inquietante che le si stava formando in fondo alla mente, sin da quel giorno nell'anticamera gelida, quando era stata sopraffatta dalla nausea all'odore del profumo di Lady St. John. "Eravate lì la notte in cui ho abortito. La vostra voce… il vostro profumo. Li ricordo distintamente."

"Annusatelo, milady," disse melliflua Diana St. John, godendo a intimidire la contessa, il cui volto aveva perso il suo splendore. Forse se l'avesse tormentata ancora un po', la donna avrebbe potuto avere un collasso nervoso e questo magari l'avrebbe portata a un aborto.

"È un profumo molto particolare, vero? La maggior parte degli uomini lo adora. Me lo prepara un piccolo farmacista sullo Strand, un tedesco di talento; profumiere, farmacista e fornitore di tutti i tipi di sostanze per liberarsi dalle malattie indesiderate. Vi fa sentire molto, *molto* nauseata? Che peccato. Lasciate che vi dia qualcosa per espellere la vostra nausea. Vi assicuro che funziona sempre. Sir Felix mi è stato molto grato per i miei consigli e ovviamente non avrebbe potuto essere più contento del medicinale che gli ho fornito."

Jane era sgomenta. "Avete fornito voi il medicinale che mi ha fatto abortire?"

"Dovreste essermi grata che quella faccenda sia stata trattata in modo tanto tempestivo."

"*Faccenda*? *In modo tempestivo*?" Jane lottò contro le lacrime, sentendo che si riferiva in quel modo senza compassione al suo bambino mai nato. "Non avete una coscienza? Ho perso il mio bambino quella notte."

"Non mi state ascoltando, stupida creatura?" disse beffarda Diana St. John. "Non avete perso il vostro bambino. È stato giustamente eliminato per ordine di Sir Felix."

"Non significava niente per voi che Magnus fosse il padre?"

"Significava *tutto*. Cos'avete, il cervello di una gallina? È stato proprio perché era suo figlio che doveva essere eliminato."

"E voi dichiarate di *amarlo*?"

"Sì, *lui*, non la sua prole male acquisita. La perdita di un bambino non ancora formato non è niente, nel grande schema delle cose. Le donne abortiscono tutti i giorni, i bambini muoiono, è un fatto."

Jane rabbrividì, con un misto di paura e di repulsione. Prima fosse riuscita a scappare dall'aura malvagia di questa donna, meglio sarebbe stato. Anni di gelosia furiosa e amarezza avevano trasformato in pietra il cuore di Diana St. John. Era chiaro che la donna aveva perso il senso di quello che era giusto e quello che era sbagliato e ogni mezzo, interferire nella vita del conte, nella vita di Jane, prendere la vita di un innocente, la vita del loro bambino, era accettabile, se le permetteva di raggiungere i suoi scopi.

"Togliete il ventaglio, milady," ordinò Jane.

Invece di fare quello che le chiedeva, Diana St. John spinse più forte il ventaglio nello stomaco di Jane. "Non ci sono garanzie che questo arrivi a termine. Nessuna garanzia. Essere stato concepito nel vincolo del matrimonio non è una protezione. Possono succedere tante cose a una madre e a un bambino prima della nascita…"

"Come osate minacciarmi?!"

Diana St. John colpì ancora, ma questa volta il ventaglio le fu strappato di mano mentre Jane le passava davanti. All'istante, Diana St. John allungò un braccio coperto di velluto verso la balaustra di ferro, bloccando la via d'uscita a Jane.

"Non ho ancora finito con voi," sibilò.

"Ma io ho finito con voi, signora," rispose fermamente Jane. Guardò significativamente il braccio di Diana che le ostruiva il passaggio e poi il volto dipinto della donna. "Avete dimenticato dove siamo?"

Sorprendentemente, Diana St. John l'aveva proprio dimenticato ma era così intenta a rimettere al suo posto questa piccola parvenue, a dimostrarle che valeva meno di niente e che al conte di Salt Hendon non importava nulla della sua moglie di provincia, da aver oltrepassato il punto in cui le importava chi le stesse guardando dalle terrazze.

"Piccola sgualdrina! Pensate di essere l'unico oggetto della sua devozione? Ah! Si è finalmente stancato di voi. È un fatto della vita e sarà meglio che vi ci abituiate. I nobili della razza di Salt posseggono forti appetiti carnali e sono incapaci di restare fedeli. E perché dovrebbero quando si possono permettere di scegliere il meglio? Riandate con la mente a una settimana fa, mercoledì e giovedì notte, per essere esatti." Quando Jane ebbe un sussulto e fece un mezzo giro, Diana St. John sorrise trionfante. "Ah, allora non siete così stupida come supponevo. Quindi saprete che mi sono presa il compito di sapere dove Salt passa ogni singola notte dell'anno e con chi. Quindi, quando vi dico quello che so, sapete che sto semplicemente esponendo dei fatti." Quando Jane la fissò muta, sorrise soddisfatta. "Bene. Ci capiamo. Allora sappiate che mercoledì e giovedì della scorsa settimana, quando non è tornato a Grosvenor Square e al vostro letto, e voi avete passato tutta la notte da sola, forse stupidamente aspettandolo alzata, era con la sua ultima amante. Lei è stata molto paziente e ha mostrato grande indulgenza negli ultimi tre mesi. Dovreste ritenervi fortunata di aver ricevuto tanta attenzione. Ma ora la luna di miele è finita e lui ha fatto il suo dovere nei confronti di sua moglie. Ora tornerà alla sua solita vita, la vita che l'alta società si aspetta da un nobile nella sua posizione."

"Jane? Jane! Eccoti!"

"Tom?"

Jane vide il fratellastro scendere con leggerezza gli scalini della vasta terrazza attraverso un velo di lacrime ed era così ansiosa di raggiungerlo, e sfuggire a quella donna malvagia, che spinse con due mani il braccio di Diana St. John, come se fosse un cancello che potesse girare sui cardini. Ma prima che potesse raggiungerlo, prima di aver fatto più di due passi nella sua direzione, Diana St. John aveva afferrato la balza di pizzo al suo gomito.

"Vi spedirà in campagna. Meglio così, no? Perché non crederà mai che il marmocchio che portate sia suo," annunciò ridendo all'orecchio di Jane. "Non tra mille notti, non dopo tutte le amanti sterili che avuto in questi anni. È tanto più facile spedire un bastardo nelle terre selvagge del Wiltshire. Non lo vedrete più e lui non vi vorrà più a Londra dopo…"

"Che cosa fai quaggiù nell'ombra?" La rimproverò Tom, in tono gentile, raggiungendola, proprio mentre Lady St. John lasciava andare il braccio di Jane. Passò accanto a lui in un ondeggiare di seta rossa e oro, con un sorriso amabile. Tom le fece un cenno e prese la mano di Jane, voltandosi per condurla verso i gradini della terrazza. "Sei mezzo congelata! Salt ti sta cercando dappertutto. I fuochi d'artificio stanno per cominciare e il punto migliore per vederli è dalla cima della terrazza. E sarà meglio che prendiamo il tuo mantello. Ti perderai i fuochi se non ti sbrighi… Jane?"

Si voltò quando Jane si fermò ai piedi della scala. La guardò più attentamente e fu solo allora che vide che era mortalmente pallida e che le guance erano rigate di lacrime.

"Jane? Che cos'è successo? Che cosa ha fatto quella donna per sconvolgerti?" Le chiese, con una rapida occhiata verso Lady St. John che stava salendo le scale proprio mentre il conte stava scendendo.

Diana St. John lo abbordò, con una mano posata possessivamente sul paramano risvoltato di velluto, con le sue gonne che premevano contro le gambe del conte inguainate di seta. Gli stava parlando affrettatamente e lui guardò oltre la sua capigliatura accuratamente costruita, verso Tom e Jane, insieme sulla terrazza più in basso. Tom fece una smorfia. L'indomani non sarebbe mai arrivato troppo presto. Si voltò verso la sua sorellastra, per confidarle che aveva appena raccontato al conte alcune sacrosante verità, ma di non preoccuparsi perché sua signoria sembrava non aver fatto una piega.

Anche se, essendo un po' alticcio, Tom non sapeva con certezza se il silenzio del conte fosse furia minacciosa o dignitosa accettazione. Non importava, il giorno dopo avrebbe sistemato tutto. Aveva i documenti da sventolare sotto il lungo naso di sua signoria. Gli avvocati di suo zio glieli avevano consegnati con l'intesa che Jacob Allenby li aveva destinati al conte, ma solo se Tom avesse ritenuto che era nell'interesse di Jane farlo. Tom aveva tutte le intenzioni di consegnarli al conte nel suo studio il giorno dopo e questo avrebbe sistemato la faccenda, e non ci sarebbe più stato bisogno di parlarne. Le sue labbra, come quelle di tutti gli altri, sarebbero rimaste sigillate. Ne dipendeva la felicità di Jane.

Jane non aveva capito una parola del discorso confuso di Tom, non da ultimo perché il suo incontro con Diana St. John l'aveva lasciata nauseata ed emotivamente svuotata. Quello che aveva capito era che il suo fratellastro aveva abbordato Salt su una terrazza pubblica ed era uscito da quel colloquio *impromptu* senza sapere se il conte fosse o meno arrabbiato. Avrebbe voluto sentirsi meglio per fare delle domande a Tom, ma il sollievo di essere uscita dall'orbita sinistra di Diana St. John era sufficiente per farla sentire stordita. La voce di Tom sembrò allontanarsi mentre cercava di restare diritta. Era sicura che se le avesse portato un bicchiere di acqua al limone si sarebbe sentita molto meglio. Ma prima di riuscire a chiederglielo, le palpebre palpitarono, le ginocchia cedettero e crollò tra le braccia di Tom, svenuta.

UN ODORE ACRE le fece aprire gli occhi. Storse la bocca e spinse via la mano che teneva la penna bruciata sotto il suo naso, e cercò di concentrarsi e capire dov'era. L'ultima cosa che ricordava era Tom che le diceva di aver avvicinato Salt sulla terrazza per dirgli una cosa o due e poi tutto era diventato scuro. Ora c'erano voci e luci e, sembrava, centinaia di volti che la guardavano dall'alto, tra le stelle del cielo notturno. Era sdraiata su una piccola chiazza d'erba, a lato dei gradini della terrazza, in braccio a Tom. Diversi camerieri in livrea stavano guardando verso di lei, alla luce di un flambeau retto da un domestico, come tutti gli uomini e le donne che si chinavano sopra le balaustre di ferro della terrazza per vedere meglio il melodramma della contessa di Salt Hendon che era svenuta durante il suo primo impegno pubblico.

"Aiutami, Tom," mormorò Jane, con le guance arrossate per l'imbarazzo di essere la principale attrazione al ballo Richmond.

"Sei svenuta," disse Tom, dichiarando una cosa ovvia, mentre la aiutava a sedersi. Le diede un bicchiere di punch. "Bevi, ti sentirai meglio."

Jane prese il bicchiere. All'improvviso aveva molta sete. Tese il bicchiere vuoto al domestico. "Per favore, Tom. Aiutami ad alzarmi, prima che Salt scopra che ho dato spettacolo."

Tom le rivolse un sorriso di scusa. "Troppo tardi."

Il nobiluomo in questione, di una testa più alto degli spettatori che li circondavano, si fece strada attraverso il contingente di camerieri in livrea, con il mantello foderato di pelliccia di Jane drappeggiato sul braccio, e si chinò su un ginocchio per metterglielo sulle spalle nude.

"Jane? State bene?" Chiese ansiosamente, con la preoccupazione che passava sopra alle formalità. Le allacciò il mantello, prima di alzarle il mento per guardarla negli occhi. "Che cos'è successo?"

"Sono svenuta, che stupida. Mi sento molto meglio adesso."

"Svenuta? Come? Voglio dire, che cos'è successo per farvi svenire?"

"Un attimo prima Jane stava parlando con Lady St. John accanto alla balaustra e l'attimo dopo è svenuta di colpo," gli rispose Tom scrollando le spalle, cercando di non dar peso alla cosa, per il bene di Jane. "Non mangia molto, sapete, e con tutta l'eccitazione di questa sera, ha avuto un mancamento."

"Diana ha accennato che avete avuto una conversazione spiacevole. Che cose le avete detto per sconvolgerla?"

"*Io*, sconvolgere *lei*?" Jane non riusciva a credere alle proprie orecchie.

"Non tutti apprezzano il vostro modo franco di parlare," la rimproverò gentilmente mentre la aiutava a rimettersi in piedi. "Meglio starle lontana."

Jane si strinse intorno il mantello foderato di pelliccia. "Sarò anche troppo felice di farlo. Se solo lei stesse lontana da me!"

Salt si rannuvolò, la risposta secca di Jane confermava quello che aveva pensato quando dalla terrazza aveva visto sua moglie e sua cugina in un tête-à-tête molto pubblico, sulla terrazza in basso: che fosse stata Diana a cercarla. Fu momentaneamente in imbarazzo. "Il mio matrimonio è stato un grosso colpo... non si è ancora adattata alle nuove circostanze... col tempo vi accetterà come mia moglie. Non ha scelta."

"I sentimenti di Lady St. John nei miei confronti non sono importanti," confessò Jane. "La mia unica preoccupazione è quello che sentite voi..." Non riuscì a continuare quando Salt deglutì, lasciò cadere la testa e la voltò leggermente senza guardarla.. La sua franchezza, questa volta, non sarebbe stata ricompensata. Avrebbe dovuto accontentarsi della restituzione del medaglione Sinclair, per il momento. Jane guardò Tom, che aleggiava ancora sullo sfondo e disse, profondamente mortificata. "Mi dispiace. Non avevo il diritto di imbarazzarvi in un posto così pubblico. Devo veramente imparare a frenare la lingua. Forse sarei veramente dovuta restare a casa, come mi avevate suggerito.

"Sì, forse avreste dovuto farlo," rispose burbero Salt, prendendole le mani, fredde come blocchi di ghiaccio. "Vi avevo avvertito del freddo fuori stagione e siete uscita ugualmente senza coprirvi. Siete quasi congelata. È stato stupido non farsi portare il mantello."

"Sì, stupido," ripeté Jane, con un tono desolato.

"E Tom ha ragione. Non mangiate abbastanza. Nessuna meraviglia che siate svenuta. Affamata a mezzo svestita. Meno male che Tom vi stava tenendo d'occhio," continuò Salt, tirandola più vicina e mettendole un braccio sulle spalle curve per la vergogna. "Volto le spalle per chiacchierare cinque minuti con Waldegrave e Selwyn, e voi ve ne andate per sparire fuori dalle porte senza pensare all'aria notturna e senza dirmi dove stavate andando."

"Sono stata veramente sconsiderata," rispose Jane mesta.

Salt vide Tom sul punto di correre in difesa della sorella ma gli fece l'occhiolino e sorrise sopra la testa abbassata della moglie, e il giovanotto chiuse la bocca. La accompagnò verso la scala che conduceva alla terrazza principale, dove gli ospiti si stavano radunando per aspettare l'inizio dei fuochi d'artificio e disse, con un sospiro simulato. "Non solo ve ne andate a vagabondare ma avete la temerarietà di svenire in piena vista del mondo. Come farò a tenere alta la mia nobile testa per il resto della serata non lo so, signora moglie. E mi chiedete se non sareste dovuta restare a casa? Ditemelo voi!"

A quel punto Tom stava sorridendo insieme al conte ma quando colse l'espressione di vergogna sul volto della sorellastra, seppe che Jane non aveva capito che il marito stava scherzando in quel suo modo burbero e credeva che stesse parlando sul serio e scosse la testa. La cosa divenne presto evidente anche a Salt, quando Jane si girò nel cerchio delle sue braccia e nascose il volto nel suo panciotto ricamato con fili d'argento, ignorando i numerosi ordini e le decorazioni appuntate al petto che le graffiavano la pelle delicata.

"Oh, Jane! No. Non parlavo sul serio," la rassicurò in fretta Salt. "Stavo prendendovi in giro, stupidina. Non vi avrei fatto perdere questo ballo per nulla al mondo," aggiunse cercando di calmarla, cullandola tra le braccia.

Si guardò intorno e vide una panchina vuota, in un punto in ombra accanto alla base della larga scalinata. "Voi salite," disse a Tom. "Noi guarderemo i fuochi d'artificio da quaggiù. E Tom, sono ansioso di sentire quello che avete da dire, domani sera. Buona notte."

Il rumore e la luce fecero sobbalzare Jane, che girò la testa, restando tra le braccia del marito, alla visione meravigliosa dei razzi e delle girandole che partivano dalle chiatte ancorate sul fiume e che accendevano il cielo nero, come migliaia dei candelieri più luminosi. Guardò lo spettacolo avvolta nel caldo mantello accanto a suo marito. Le sue braccia forti intorno a lei erano la fonte maggiore di conforto e di calore, e il suo imbarazzo per essere svenuta davanti a tutta l'alta società fu completamente dimenticato, mentre anche lei esclamava 'ooh' e 'aah' insieme al resto della folla, davanti a quel meraviglioso spettacolo di luci brillanti. Era così divertente che per qualche momento fu in grado di respingere in fondo alla mente il suo scontro con Diana St. John.

Ma non riusciva a restare tranquilla. Non avrebbe potuto rimandare ancora per molto di dire a Salt del bambino. Con la sua figura sottile sarebbe stato molto presto evidente. Quello che non sapeva, e che non riusciva a predire e che la faceva star male per l'ansia, era quale sarebbe stata la sua reazione. Per quanto riguardava le due notti che aveva passato lontano da lei, il suo cuore le diceva di non credere a una donna che era impegnata a distruggere qualunque parvenza di felicità nella vita del conte, ma la sua testa ribadiva che il conte non le aveva fatto promesse di devozione eterna e che il suo passato era fitto di amanti, quindi che cosa le faceva pensare di essere l'oggetto delle sue attenzioni indivise, come aveva giustamente indicato Diana St. John? Poteva aver professato di amarla, quattro anni prima, ma non aveva mai pronunciato quelle magiche parole, dopo il loro matrimonio.

"Sapete, non sono mai stato fermo e in silenzio a un ballo, prima d'ora," annunciò Salt con qualcosa di simile alla meraviglia. "È piuttosto divertente," sorrise alla moglie, come se gli avessero dato un giocattolo nuovo. "Devo anche questo a voi, milady."

Il suo meraviglioso sorriso fece mancare il fiato a Jane; era così genuino e sentito che impulsivamente gli toccò una guancia.

"Magnus, baciatemi."

Il conte abbassò la bocca sulla sua, dicendo in un mormorio. "Sarà un enorme piacere per me, Lady Salt."

PRIMA CHE LE SCINTILLE dell'ultimo razzo avessero illuminato il cielo notturno e fossero cadute, spente, nel gelido Tamigi, il conte e la contessa di Salt Hendon erano sgattaiolati alla loro carrozza in attesa, dove Jane sorprese il marito, mettendogli le braccia al collo e dicendogli: "Dite a John di fare un giro lungo per tornare a casa."

"Siete sicura?"

Jane gli baciò la bocca: "Direi proprio di sì."

"Ma... il vostro mancamento... potrebbe essere più saggio ritornare a casa il più presto possibile."

Casa. Jane sorrise tra sé e sé a quella parola ma fece finta di essere sconsolata. Tolse le braccia dal collo del marito e si sedette sulla panchina di velluto imbottita, con le mani in grembo, fissandosi le dita. "Capisco," disse con un sospiro studiato. "Siete stanco. È stata una serata lunga. Un uomo della vostra età... immagino che ci si debba aspettare che sia stanco."

"*Scusate*? Un uomo della *mia età*? Ho solo trentaquattro anni!"

Jane tenne il mento abbassato perché era sull'orlo di un attacco di ridarella. Il conte era esterrefatto, come Jane si aspettava. Non finiva mai di sbilanciarlo. Ben gli stava, per averle giocato lo stesso scherzo sulla terrazza, fingendo di essere arrabbiato: "Non dovete preoccuparvi che sia... che sia delusa," continuò, riuscendo appena a nascondere l'ilarità. "Possiamo... possiamo sempre fare la strada più lunga qualche... qualche altra volta, quando vi sentirete più all'altezza."

"*Delusa*?" ringhiò Salt. "*All'altezza*? Piccola birbante!" Aggiunse con un tono completamente diverso e la afferrò stringendola. "Non pensiate che caschi di nuovo nei vostri trucchetti! È un gioco che si può fare in due! Sulla terrazza, vi ho turlupinato in modo splendido, anche se sono io a dirlo. Ammettetelo, credevate che fossi veramente arrabbiato con voi."

Jane si accoccolò tra le sue braccia: "Non ammetterò niente, milord."

"Come? Devo sculacciarvi per ottenere un'ammissione da voi?"

Jane gli baciò la guancia: "Se è questo il vostro capriccio, milord."

Salt scosse la testa con finto dispiacere, poi la zittì con un bacio mozzafiato.

Ritirati i gradini, con la carrozza finalmente in movimento, al conte restava solo da dare al cocchiere il segnale giusto. Continuando a baciare sua moglie, alzò il braccio e bussò due volte sulla parete dietro la sua testa, che separava gli occupanti dal cocchiere a cassetta, poi bussò ancora due volte in rapida successione.

Furono sciolti i cavalli e la carrozza balzò in avanti.

Jane riemerse per respirare e chiese, curiosa: "Che segnale era quello?"

"Troppo stanco, ovvio," mormorò Salt, baciandola di nuovo con le dita sull'allacciatura del corsetto e l'altra mano tesa a chiudere le pesanti tendine sulla finestra e sul mondo.

QUATTORDICI

Q UANDO LA CARROZZA del conte si fermò finalmente fuori del palazzo di Grosvenor Square, era coperta di fango, i cavalli erano esausti e il cocchiere, John, aveva assoluto bisogno di una ben meritata caraffa di birra accanto al fuoco in cucina. Il sotto-maggiordomo, il portiere e due insonnoliti domestici uscirono dalla casa per dare il benvenuto a casa al conte e alla contessa. Willis aspettò sotto il portico con il portiere, che teneva un flambeau, mentre i domestici si avvicinavano, uno per sistemare i gradini e l'altro per aprire la portiera.

Una breve frase secca e un solenne scuotere di testa da parte del cocchiere, e i due domestici si allontanarono per aspettare i comodi del conte, accanto al portiere. Willis diede un'occhiata al cocchiere, che osò ammiccare e sorridere in modo malizioso, e si voltò con una smorfia, sparendo all'interno, via dal freddo, per scambiare due parole con il maggiordomo.

Secondo Willis, era oltremodo indecente che il conte portasse una donnina con cui si era sollazzato in carrozza, davanti all'ingresso della casa che ora divideva con la sua giovane contessa. La sua pazienza e la sua resistenza morale erano al limite. Se non fosse stato per la profonda stima e il rispetto per Lady Salt, così disse a Jenkins, che restava in piedi con gli occhi semichiusi ma che ascoltava impassibile nel vesti-bolo dal pavimento di marmo, avrebbe rassegnato immediatamente le dimissioni.

E qual era, dunque, l'opinione del signor Jenkins, visto che la giovane sorella di sua signoria, Lady Caroline Sinclair era arrivata dal Wiltshire non più di cinque ore prima e risiedeva ora in quella stessa casa? E se l'arrivo inaspettato della sorella del conte non fosse stato sufficiente a mettere alla prova la pazienza di un martire, come intendeva trattare il signor Jenkins la delicata faccenda della missiva urgente di Lady St. John, che informava che suo figlio era sul letto di morte e che il conte doveva presentarsi immediatamente ad Audley Street?

Il maggiordomo scrollò le magre spalle e tenne per sé i suoi pensieri.

Quando il portiere spalancò il portone ed entrò il conte, Rufus Willis dovette rimangiarsi le sue parole.

FUORI, NELLA CARROZZA, una distesa di articoli di abbigliamento sparsi per la tappezzeria di velluto, da pannier scartati al panciotto d'argento da uomo con appuntate le decorazioni degli ordini più elevati, gettato in un angolo, suggeriva che gli occupanti avessero fatto l'amore con un'urgenza frenetica. Niente era più lontano dalla verità. Tutto era accaduto con deliberata lentezza, come se gli ingranaggi di un orologio si muovessero a mezza velocità. Dallo spogliarsi a vicenda al buio, al fare l'amore, ogni azione e reazione era stata deliberatamente assaporata. Ogni squisita sensazione, vista, tatto, odorato e gusto, tutto era stato goduto fino in fondo, mentre la carrozza rimbalzava e sferragliava sul selciato irregolare della città deserta e poi fuori, sulle strade fangose delle nuove piazze e vie degli occupanti più ricchi della parrocchia di Westminster.

Spogliato dei suoi abiti eleganti, gloriosamente nudo e profondamente immerso in lei, c'era tanta tenerezza nelle sue mani e nella sua bocca mentre la accarezzava e le dava piacere, e nelle sue parole quando le confessò il suo travolgente bisogno per lei, che Jane riuscì a illudersi che sarebbe stato per sempre suo e solo suo. E quando alla fine erano precipitati insieme nell'oblio, in qualche punto della nebbia del desiderio saziato, sentì il proprio nome e quella breve ma, oh, così preziosa, frase che il conte non aveva mai pronunciato da quanto le aveva chiesto di sposarla, tanti anni prima.

La sua dichiarazione, che avrebbe dovuto renderla supremamente felice, servì solo a fomentare i suoi dubbi, perché non si era dichiarato nella fredda luce del giorno ma al buio di una carrozza in movimento, nel calore di un orgasmo appassionato, con il corpo e la mente in subbuglio. Anche se non aveva esperienza di altri uomini, sapeva istintivamente che non si poteva credere a ciò che veniva detto nel calore della passione, finché non fosse ripetuto nella calma di una mente lucida e di un corpo tranquillo.

Fissando senza vedere il soffitto della carrozza che svoltava in Grosvenor Square, Jane ignorava che mentre lei meditava al buio, Salt era appoggiato a un gomito e la guardava con attenzione. Si chiedeva per l'ennesima volta perché riuscisse a far rispondere questa splendida e ammaliante creatura a ogni sua intima carezza, ma lei continuasse a tenerlo chiuso fuori dai suoi pensieri. Non fu una sorpresa che, quando la carrozza finalmente si fermò sotto il portico e il conte sfiorò il medaglione che aveva al collo, Jane sobbalzasse e abbassasse gli occhi azzurri dal soffitto imbottito della carrozza per guardarlo con un sorriso enigmatico.

"Casa," le disse con un sorriso, infilandosi le mutande.

Si allacciò i calzoni e aiutò Jane a sedersi, prima di rimettersi la camicia stropicciata. Non si preoccupò di rimettersi le calze o le scarpe, e ignorò il panciotto e la redingote. Trovò la sottoveste di Jane gettata su un cuscino e la aiutò a infilarsela ma, quando lei fece per mettersi il corpetto, il conte lo gettò da parte e le mise invece il mantello foderato di pelliccia sulle spalle.

Jane sobbalzò, meravigliata.

"Starete scherzando. Non posso scendere da qui con nient'altro che la sottoveste e le calze!"

"È per quello che vi ho dato il mantello," le rispose allegro e aprì la portiera, lasciando entrare una gran ventata di fredda aria mattutina. "Inoltre, l'unica cosa importante è quella che avete intorno al collo. Il resto si può sostituire."

Jane rimase seduta, stringendosi il mantello intorno alla figura sottile, nonostante Salt fosse sceso e restasse a piedi nudi sui ciottoli. Jane aggrottò la fronte. "E il vostro nobilissimo Ordine della Giarrettiera, milord? Sua signoria dovrebbe metterselo al collo. Dopo tutto, è altrettanto importante e non si può sostituire."

"No," dichiarò semplicemente, afferrandole il polso. "Ho qui tutto quello che importa."

La tirò attraverso la porta. Il mantello le scivolò da una spalla e

Jane squittì e afferrò la pelliccia come se ne dipendesse la sua vita. Ma Salt non si lasciò dissuadere e si gettò Jane, che protestava sorpresa, sulla spalla, con un braccio dietro le sue cosce nude, per tenere ferme le gambe che si dimenavano, e una mano premuta sul mantello, per assicurarsi che non scivolasse ancora.

"Se continuate a dimenarvi," disse con una risata, mentre si voltava e passava davanti a due domestici con la bocca aperta e un portiere dal volto imporporato che aprì silenziosamente la porta, "non garantisco che ce la faremo ad arrivare di sopra con la vostra dignità intatta."

"Dignità?" Jane cercò di sollevarsi per fermare il flusso di sangue alle orecchie, solo per lasciarsi ricadere sconfitta. "Magnus! Smettetela subito!" Ordinò con un sussurro acuto, picchiando con i pugni sulla sua schiena. "Siate ragionevole! Pensate a che esempio state dando ai servitori. Che cosa penseranno di noi? *Magnus*?"

"Mi piace così tanto sentire che mi chiamate con il mio nome di battesimo," disse, in tono colloquiale, ignorando i colpi inefficaci, in piedi nella vasta distesa di marmo dell'entrata, come se fosse la cosa più naturale del mondo che il quinto conte di Salt Hendon arrivasse a casa alle tre del mattino, vestito con nient'altro che una camicia stropicciata che penzolava fuori dai calzoni, a gambe nude e scalzo, con la sua contessa che protestava gettata sopra una spalla, a dar spettacolo delle sue caviglie e dei suoi piedini ben fatti, coperti solo dalle calze.

Lo stupefatto maggiordomo, il sottomaggiordomo e il portiere si scambiarono un'occhiata e un'alzata di sopracciglia che confermò quello che pensavano privatamente: non solo che il conte aveva bevuto ma che la sua contessa era provocantemente nuda sotto il mantello. Li fece restare impietriti, con il maggiordomo che teneva nella mano lungo il fianco il biglietto non sigillato di Lady St. John, aspettando il momento opportuno per interrompere la coppia.

"Nessuno mi chiama Magnus," disse il conte, lasciando finalmente scivolare Jane dalla spalla e lungo il corpo muscoloso per permetterle di restare sui suoi piedi.

Le braccia rimasero attorno al collo del marito e il seno a malapena coperto era deliziosamente premuto contro il suo petto. Continuò a tenerla stretta, con una mano dietro la vita di modo che il mantello, che ora era scivolato fino alla vita, a mostrare la sua schiena sottile sotto il lino fine della sottoveste, non mostrasse carne nuda ancor più provocante.

"Nemmeno mia madre mi chiamava Magnus, nemmeno quando avevo le gonnelline corte e le redinelle per imparare a camminare, mai. Era Lacey quando era vivo mio padre, Visconte Lacey. Sempre Lord Lacey."

"Com'è triste. Un bambino merita di essere chiamato con il suo nome proprio, specialmente dai suoi genitori," rispose Jane, guardando nei suoi occhi castani. "È quello che lo rende *lui*. Non un freddo e distante titolo che è appartenuto ai suoi antenati per generazioni."

Il conte si abbassò a baciarla dolcemente. "In qualche modo sapevo che l'avreste detto," poi, in tono più allegro. "Non un nome molto virile, Lacey. Magnus ha più presenza ed è molto virile, non credete?"

"Oh, molto più virile!" Lo prese in giro Jane. "Virile come Salt, anche se io preferisco Magnus."

"Sapete," aggiunse con una risata, sorprendendosi da solo, "credo che la mia famiglia abbia dimenticato che ho un nome di battesimo."

"Siete di nuovo assurdo!" gli rispose Jane con una risatina. "Certo che conoscono il vostro nome di battesimo, solo non lo usano perché preferiscono che voi restiate in alto, sul vostro piedistallo, li fa sentire più importanti."

"Piedistallo?"

"Il piedistallo su cui di solito vive il nobilissimo conte di Salt Hendon, dove voi e le vostre nobili narici vivete per la maggior parte della giornata."

"Nobili narici? O buon Dio, ho delle nobili narici?"

"Solo quando siete pomposo o quando siete arrabbiato, allora fremono."

Il conte rise forte, come se gli avessero raccontato una bella barzelletta, mostrando un sorriso bianco e perfetto.

"Grazie, devo ricordarlo la prossima volta che mostrerò il mio dispiacere." Abbassò la testa e strofinò la punta del naso contro quello di Jane e disse seriamente. "E quando non sono sul mio piedistallo, dove sono?"

Jane arrossì e abbassò le ciglia. "A letto con me." E poi aggiunse in fretta, con un sorriso, perché sentiva di aver esagerato con le sue osservazioni franche: "Inoltre, la vostra famiglia deve approvare il nome Magnus perché avete una bella figlioccia che si chiama Magna."

"Povera Merry. Che nome le hanno appioppato." La sollevò senza

sforzo tra le braccia. "Spero che continuerete a chiamarmi Magnus...
dentro e fuori dalla camera da letto," mormorò.

Jane appoggiò la guancia sulla sua spalla e si strofinò contro il
collo, dove rimanevano tracce della sua fragranza speziata, con i capelli
scomposti, una massa di riccioli e fermagli allentati, e chiuse gli occhi.
"Solo se è riservato a me," rispose, sentendosi molto insonnolita tra le
sue braccia. "Se non lo può avere nessun'altra."

"Nessun'altra," mormorò, baciandole i capelli in disordine.

Aveva messo un lungo piede sul primo gradino della scalinata
ricurva, quando dal pianerottolo del primo piano arrivò un gridolino
di evidente felicità. La proprietaria del gridolino si precipitò giù per le
scale, una mano sulla lucida balaustra, un'elaborata vestaglia di seta
rosa sopra la camicia da notte e una cuffietta di pizzo sui lucenti riccioli
color rame, legata di traverso sotto il mento appuntito.

Jane sbatté gli occhi come se avesse visto un'apparizione. La ragazza
non era molto più giovane di lei e, anche se aveva i colori dei Sinclair,
le sue belle fattezze avevano più punti in comune con gli Allenby che
con i Sinclair.

"Che diavolo ci fai a Londra?" Ringhiò Salt, accettando che la
ragazza gli gettasse le braccia al collo. "Spero che abbia trascinato con
te la paziente Dawson e metà dei miei lavoratori come scorta?"

"Naturalmente!" Rispose allegra, lasciandolo andare. "All'inizio
Dawson si è rifiutata di accompagnarmi, ma le ho detto che sarei
comunque venuta in città anche senza di lei e adesso è di sopra nelle
mie stanze, a piagnucolare, convinta che la licenzierai. Ovviamente le
ho detto che sono stupidaggini." Fece un passo indietro e fece scorrere
lo sguardo stupito sul conte, dai piedi nudi ai capelli incipriati e piegò
la testa di lato, con beffarda disapprovazione. "Sei andato al ballo Richmond con i capelli incipriati ma senza calze e scarpe?"

"Non essere assurda, Caroline" rispose secco Salt, imbarazzato.

Jane soffocò una risatina contro la spalla del conte, prendendo
immediatamente in simpatia la ragazza, e strinse meglio il mantello sul
corpo nudo.

"Mi chiama *Caro-line* in quel modo pomposo quando è a disagio,"
le confidò Lady Caroline con un sorriso, poi ebbe la temerarietà di
arricciare il suo nasino con la spolverata di lentiggini, per valutare apertamente Jane, seminascosta, dalla massa di capelli scuri ai piccoli piedi.
"Siete molto più piccola di come ricordassi, forse perché sono cresciuta

io, ma siete sempre assolutamente adorabile," commentò, come se si conoscessero. "Siete proprio la più adorabile fata dei boschi che abbia vissuto in fondo al nostro giardino, vero Salt? Quando dico il *nostro* giardino, intendo dire ovviamente la vasta tenuta di Salt nel Wiltshire; ma voi lo sapete. Ci avete mai visti, sulla collina che guardava sul vostro piccolo grazioso cottage? Noi eravamo a cavallo sotto le vecchie querce. Facevamo riposare lì i nostri cavalli. Ma era solo una scusa perché Salt potesse vedere di sfuggita la sua fata dei boschi, siete voi, tra parentesi, che curava il suo giardino…"

"Caroline! Per l'amor del cielo!"

Lady Caroline alzò gli occhi al cielo, per niente imbarazzata di aver fatto diventare molto rosse le orecchie del conte.

Fece la riverenza a Jane e disse, tranquillamente. "Sono Caroline Sinclair. La paziente sorella di Salt. Potete chiamarmi Caro. Anche Salt mi chiama così quando è amabile. Il che non capita spesso, lasciate che ve lo dica."

"Ti chiamerò impossibile, insopportabile e intollerabile," replicò il conte, con il volto in fiamme per la rivelazione pubblica di dettagli che avrebbe preferito passare sotto silenzio. Presentò in fretta Jane, aggiungendo, stancamente: "Caro, hai scelto veramente il momento meno propizio per presentarti alla mia porta, per non parlare del fatto che mi hai disobbedito venendo a Londra."

"Sono veramente spiacente, Salt, ma le mie notizie non potevano aspettare," disse, con un tono tutt'altro che di scusa. "Inoltre, ora che sei sposato ha tutto più senso; comunque," disse, cambiando argomento, "come hai fatto a togliere dalle grinfie della cugina Diana il medaglione Sinclair?"

Jane si mise la mano alla gola: "Questa è una copia."

Salt voltò di scatto la testa verso Jane e poi guardò subito di nuovo la sorella, quando questa disse, tranquillamente: "Sapevo che non ci avrebbe rinunciato senza lottare."

"Scusate? Qualcuno mi vuole dire di che cosa state parlando?"

Le due donne si scambiarono un'occhiata. Fu sufficiente a renderle amiche per sempre.

"Credo che vostra sorella sappia più di noi del medaglione Sinclair, milord."

Salt aggrottò la fronte, aspettando che Caroline si spiegasse.

"Diana tiene il medaglione Sinclair sotto il suo cuscino. Lo fa da anni. Lo so perché una volta l'ho rubato dal suo nascondiglio, se si può chiamare rubare riprendere ciò che ci appartiene di diritto, e sono stata frustata per il mio disturbo."

"Ti ha *picchiato*?"

Caroline scosse la testa, rivolta al fratello. "No, l'ha fatto fare alla sua cameriera personale."

Salt era sbigottito. Guardò Jane e sembrò leggerle nella mente. Sollevò lo zaffiro con un lungo dito. "Non ci sono scompartimenti segreti in questo…"

Jane deglutì e scosse la testa.

"Ma nell'altro, in quello vero, avevate messo un biglietto per me nello scompartimento segreto."

Jane non si fidava della propria voce. Gli occhi azzurri si riempirono di lacrime e il conte ebbe la sua risposta.

Gentilmente, le scostò una ciocca di capelli dalla guancia arrossata. "Voglio sapere tutto, ma forse domani mattina, quando entrambi avremo avuto una buona notte di sonno e potremo parlare del passato…"

Jane annuì.

Intuitivamente, Lady Caroline capì che questo silenzioso scambio tra il fratello e la moglie era importante. Però era abbastanza giovane ed egoista da credere che le sue notizie fossero così interessanti da non poter aspettare. Dopo tutto, era arrivata dal Wiltshire per informare il fratello e non voleva certamente tornarsene di nuovo a letto, dopo essere stata svegliata alle tre del mattino, così spifferò quello che era meglio che il fratello sapesse subito.

"Salt! Vuoi sapere perché sono venuta a Londra?"

"Voglio saperlo?" Rispose il conte con un sospiro stanco, girandosi a guardarla. "Non potrebbe aspettare fino al mattino?"

Lady Caroline sorrise maliziosa: "Sono venuta a informarti che il capitano Beresford ha chiesto la mia mano e io l'ho accettato."

Salt la guardò incredulo e, se Jane non fosse stata sorpresa dall'espressione sul volto di Lady Caroline, che mostrava una fiducia assoluta che il conte avrebbe accettato questa notizia come un fatto compiuto, si sarebbe divertita alla risposta impetuosa di suo marito.

"Il capitano Faccia di bronzo può chiedere anche l'intera tua viziata carcassa, per quello che me ne frega, ma non avrà un solo capello della tua testa!" esplose rabbiosamente. "E per questo mi hai disobbedito e sei venuta a Londra? Ho in mente di farti entrare *io* un po' di buon senso in testa, a frustate."

"Non servirà a niente. Non sono più una bambina!" disse Caroline facendo il broncio con il mento per aria, aggiungendo, per aumentare l'effetto drammatico: "Sono una donna."

"Ah! Sarai una bambina finché io non dirò il contrario."

Lady Caroline sbuffò e mise le braccia conserte, per niente intimidita, né sembrava pensare che il conte intendesse veramente quello che aveva detto. Jane dovette ammirare il suo coraggio.

"Sei insopportabile e pieno di pregiudizi, come Tony," disse, senza scaldarsi, Lady Caroline, e questo sorprese e mise Jane in allerta, visto che si era aspettata capricci e lacrime, come minimo. "Solo perché Beresford è un eroe di guerra senza un soldo, lo scarti a priori. E non è nemmeno che tu lo conosca. Si è trasferito nel nostro vicinato solo due anni fa."

"Che io conosca o no il capitano è irrilevante; è più importante che io conosca *te*." Replicò Salt, e avrebbe continuato se Jane non gli avesse stretto le dita sulla camicia stropicciata.

"Forse sarà meglio continuare questa interessante discussione a colazione?" suggerì quietamente alle sue spalle e non poté sopprimere un sorrisino timido. "Non vincereste mai, per quanto possiate avere ragione, nel vostro attuale stato di déshabillé."

Il suo ragionamento pacato tranquillizzò immediatamente Salt, che le sorrise, prima di tornare da Caroline con un sospiro di stanchezza: "Sua signoria ha ragione, Caro. Questa discussione può aspettare. Sono veramente lieto di vederti qui sana e salva. Ma vai a letto e, per l'amor del cielo, svegliati domattina con un po' di buon senso."

Lady Caroline accettò senza battere ciglio e gli diede un bacio pro forma sulla guancia ispida. "Mi sei mancato, Costoletta Triste."

"Costoletta Triste? Come osi buttarmi giù dal mio piedistallo di fronte a mia moglie, con quel vecchio soprannome da nursery?" Le rispose, con una risatina imbarazzata. "Erano anni che non mi chiamavi così."

"Piedistallo?" Chiese perplessa Lady Caroline a Jane, che non riuscì a sostenere il suo sguardo, poi disse al conte, con colpevole compiacimento e un sorriso da folletto: "Beh, non in faccia."

"Piccola vipera!" Esclamò il conte, dandole un pizzicotto un po' troppo forte sulla guancia e la pungolò aggiungendo: "Le Costolette

Tristi vincono sempre, ricordi?" prima di correre a piedi nudi sulla scala davanti a lei.

Lady Caroline abboccò all'amo e con uno gridolino di piacere, lo rincorse sulle scale, con la vestaglia rosa che sventolava dietro di lei come un mantello e la cuffietta oltraggiosamente di traverso. Salt si fermò sul primo pianerottolo, ad aspettarla. Jane lo guardò afferrare sua sorella alla vita, sollevarla senza sforzo e farla roteare intorno a lui, mentre lei gridava e lui rideva, prima di rimetterla a terra, dove ci fu un amichevole scambio di parole, prima che lui le desse il bacio della buonanotte. Caroline salutò amichevolmente Jane con la mano dalla balaustra prima di scomparire dalla vista.

Jane salì le scale con un passo più tranquillo, tenendo stretto il mantello intorno al corpo sottile, con la mente che turbinava pensando a come era possibile che Lady Caroline Sinclair assomigliasse alle donne della famiglia Allenby. La portò a chiedersi nuovamente, mentre scivolava in un sonno profondo, rannicchiata tra le braccia di suo marito, della faida tra i vicini, il mercante e il nobile, e del lascito a Caroline nel testamento di Jacob Allenby.

E QUANDO SI SVEGLIÒ l'indomani mattina c'era solo una domanda riguardo a Lady Caroline di cui voleva la risposta, ma si svegliò molto tardi, trovandosi, per la prima volta, sola a letto. Normalmente era in piedi e vestita, pronta per la giornata, molto prima che suo marito cominciasse a muoversi, una conseguenza degli editti di Jacob Allenby su come doveva vivere sotto la sua protezione: a letto presto e alzarsi presto, cibo semplice, poche comodità e un mucchio di lavoro per tenere la mente ed il corpo occupati. Un orto pieno di erbe e ortaggi, una dispensa piena di barattoli di sottaceti e conserve, e abbastanza calze resistenti da cucire per riscaldare le gambe di un'armata di donne negli ospizi per poveri, ecco le disposizioni del suo benefattore.

Mentre beveva la sua ciotola di tè nero e mangiucchiava il biscotto secco che Anne normalmente lasciava su un vassoio d'argento sul comodino, ebbe un vago ricordo del calore di suo marito avvolto intorno a lei nel grande letto a baldacchino, solo per sentirlo alzarsi e andarsene l'attimo dopo, o così sembrò a Jane nel suo stato di dormiveglia: una conversazione sussurrata e sentirsi dire di tornare a dormire, poi qualcosa su un biglietto di Diana St. John e Salt che andava ad Audley Street, al capezzale di Ron, ancora una volta.

Finendo il tè e con la nausea sotto controllo, Jane si sentì in grado di affrontare la giornata e, dopo essersi lavata la faccia e le mani con l'acqua tiepida nella bacinella di porcellana accanto al letto, passò nello spogliatoio in cerca della sua cameriera, per farsi aiutare a fare il bagno e a vestirsi per la giornata. Quello che trovò fu la visione preoccupante di Sir Antony, spaparanzato sulla chaise longue accanto alla finestra, con un braccio rivestito di seta sul volto per schermare gli occhi dalla luce e con Visconte Quattrozampe acciambellato sullo stomaco. Indossava ancora gli abiti eleganti e la parrucca incipriata che aveva sfoggiato la sera prima al ballo. Visto lo stato di sgualcitura della sua cravatta, le pieghe profonde nei calzoni di seta e il fatto che non era rasato, Jane pensò che non fosse andato a letto da quando aveva lasciato il ballo.

Accettando senza fare una piega la sua presenza nella sua seconda stanza più intima, si mise una vestaglia di seta sopra la sottile camicia da notte e si sedette davanti allo specchio del tavolino da toilette per spazzolarsi i capelli lunghi fino alla vita, e sciogliere tutti i nodi. Si chiese se Sir Antony stesse dormendo ma immaginò di no. Era disteso di traverso sulla chaise longue, con le braccia e le gambe allargate, ed evitava la luce del sole, solo perché aveva bevuto troppo la sera prima e questo, insieme alla mancanza di sonno, gli aveva procurato un feroce mal di testa. Capì di avere ragione quando la spazzola d'argento si impigliò in un nodo e cadde rumorosamente sul tavolino. Sir Antony si scosse, spedendo il gattino verso la sicurezza del grembo di Jane.

Sir Antony emise un gemito e si spostò tra i cuscini per sedersi, con la parrucca tutta di traverso. Fu uno sforzo e, quando fu diritto, appoggiò i gomiti sulle ginocchia e si prese il volto non rasato tra le mani, sentendosi bilioso. Alla fine riuscì ad alzare la testa e a sorridere debolmente.

"Mi vedete nel mio momento peggiore, milady. Non posso sprofondare più in basso," annunciò. "Perdonatemi ma non avevo nessun altro posto dove andare. Beh, nessun altro posto dove avrei preferito far riposare la mia stanca e ferita carcassa."

"Una ciotola di tè potrebbe farvi bene," disse allegramente Jane e suonò il campanellino che chiamava la sua cameriera. "A me aiuta ad affrontare la giornata, quando mi sento un po' verdognola."

"Dubito che mi aiuterà. Non mi sento verdognolo, mi sento viola,

giallo e ammaccato, una specie di melma. Ma proverò di tutto, specialmente se avrà il potere di restituirmi la mia dignità."

Anne entrò e uscì e se Jane non fosse stata intenta ad ascoltare Sir
Antony l'avrebbe trattenuta, perché la donna era decisamente turbata.
Aveva il volto chiazzato e teneva gli occhi fissi sul pavimento. Che la
sua infelicità fosse aumentata dal fatto che la sua padrona stava intrattenendo un uomo, che non era suo marito, nelle sue stanze private,
non le venne nemmeno in mente.

"Il tè mi è servito, grazie," disse grato Sir Antony, tenendo in equilibrio sul ginocchio la delicata ciotola di porcellana con il piattino.

Sentendosi un po' più in sé, notò Jane per la prima volta. Le sue
guance non rasate si infiammarono e la bocca divenne secca, trovandola seduta davanti allo specchio in una sottile vestaglia di seta, con i
folti capelli corvini sciolti fino in vita, uno spettacolo deliziosamente
eccitante e normalmente riservato ai soli occhi di un marito. Si mise la
testa che pulsava tra le mani e si sentì ancora di più un folle. Non gli
avrebbero mai offerto un'altra sede diplomatica, men che meno sarebbe
assurto al rango di ambasciatore, se non fosse riuscito a ricomporsi,
mentalmente e fisicamente.

Ma non sarebbe nemmeno riuscito ad attraversare la Manica, se
non fosse riuscito ad arrivare a fine giornata senza che Salt lo
scoprisse nello spogliatoio della contessa. Non avrebbe dovuto
permettersi di entrare, ma aveva sentito il bisogno di vederla. La sua
era la voce della tranquilla ragione e aveva bisogno di calma e ragio-
nevolezza nella sua vita in quel momento. Certamente non poteva
parlare con Salt dello scioccante annuncio di sua sorella Caroline, di
essersi fidanzata. Sapeva che Jane avrebbe capito. Ma quando Jane
parlò in tono leggero di Caroline, dimenticò che era sul punto di
essere sfidato dal conte per aver superato i limiti della decenza, e
digrignò i denti.

"Mi hanno presentato a Lady Caroline, questa mattina presto,"
annunciò Jane con aria indifferente, spazzolandosi i capelli sopra una
spalla, davanti, per poi fare una treccia. "Avevate ragione. Mi è piaciuta
subito. È piena di vita e, a quanto pare, di sorprese."

"All'inferno le sorprese!" ringhiò Sir Antony. "Ha avuto la sfacciataggine di mandarmi un biglietto dai Richmond avvertendomi che era
a Londra, e di presentarmi immediatamente, cosa che ho fatto. Si è
gettata tra le mie braccia dicendomi quanto le sono mancato, poi mi

ha annunciato, subito dopo, che il capitano Beresford dei miei stivali le
ha chiesto di sposarla!"

"E voi avete preso male la notizia?"

"Ovvio che ho preso male la notizia!"

"E avete permesso a Caroline di vedere che l'avevate presa male?"

"Le ho detto precisamente che cosa pensavo di un'unione così
scombinata…"

"Penso che le sia proprio piaciuto," mormorò Jane.

"…e che cosa pensavo del suo cosiddetto corteggiatore."

"Ancor meglio."

"Io mi domando, quell'uomo zoppica, una ferita di guerra nella
campagna di Hanover, e se ne va in giro impettito, se uno può
zoppicare e camminare impettito allo stesso tempo, sei anni dopo
essere stato mandato in pensione, continuando a fare l'eroe di guerra!?" Replicò Sir Antony, con la rabbia e la frustrazione che gli impedivano di notare gli acuti commenti di Jane. "Ha meno di duemila
sterline l'anno per vivere e solo la limitatissima prospettiva di ereditare la modesta tenuta di una zia in ottima salute nel Somerset, se e
quando questa schiatterà, cosa che non succederà per almeno una
decade o due. Caroline vale oltre cinquantamila sterline e vive in un
palazzo dei tempi di Re Giacomo che un principe del continente non
sdegnerebbe. Salt le dà tutto quello che chiede. La sua idea di
economia è di comprare solo due dozzine di paia di calze di seta
nuove in un dato giorno invece di tre! Vi sembrano fatti l'uno per
l'altra?"

Jane nascose il sorriso e disse calma, tra un colpo di spazzola e l'altro. "Ma, come avete detto voi stesso, Caroline ama i cani e i cavalli e
trafficare nella la fattoria. Questo sembrerebbe adatto al capitano
Beresford?"

"Certo che va bene per il capitano Beresford, quello che non
capisce è che appena Caroline avrà diciotto anni e sarà presentata in
società, i cani, i cavalli e trafficare nella fattoria non avranno più una
sola possibilità."

"Ma se si amano…"

Sir Antony si mise in piedi all'istante. La ciotola e il piattino che
erano stati in equilibrio instabile sul suo ginocchio, caddero e anda-
rono in pezzi senza che se ne accorgesse. Visconte Quattrozampe balzò
dal conforto e dal calore del grembo di Jane e batté in ritirata nella

stanza accanto, rifugiandosi tra un mucchio di cuscini di piume sul grande letto a baldacchino, il posto dove dormiva di solito.

"Innamorata? Non è innamorata di lui!"

"No, non è innamorata di lui," concordò Jane.

L'ira di Sir Antony scoppiò come una bolla di sapone. Completamente sgonfiato, si sedette, sbattendo gli occhi: "No?"

Jane si meravigliò del funzionamento della mente maschile. Non le serviva cercare di capire come pensasse Caroline. Ragionò che, in fondo, la ragazza era giovane e, se assomigliava anche in parte alla matrigna di Jane, l'unica altra donna della famiglia Allenby che Jane conoscesse, quella mattina si sarebbe svegliata molto fiera di sé per il subbuglio creato la sera prima. Aveva raggiunto i suoi obiettivi. Aveva scoperto la vera natura dei sentimenti di Sir Antony per lei e il conte aveva categoricamente rifiutato il suo fidanzamento con il capitano Beresford. Jane non aveva dubbi che il buon capitano esistesse, o che potesse progettare di sposare un'ereditiera; era perfino possibile che provasse dei sentimenti per Caroline, anche se dubitava molto che le avesse chiesto di sposarlo. E se l'aveva fatto, era veramente un cacciatore di dote e Salt se ne sarebbe liberato in fretta.

"Come fate a sapere che non è innamorata di Beresford?" Chiese Sir Antony. "L'avete incontrata per la prima volta ieri sera." Quando Jane sorrise e continuò a spazzolarsi i capelli, si appollaiò sulla chaise longue e disse, speranzoso: "Si è confidata con voi. Ha avuto un ripensamento riguardo al capitano."

"No, come vi ho detto, l'ho incontrata per la prima volta ieri sera. Ovviamente Salt era furioso e le ha detto senza mezzi termini che non avrebbe mai accettato un'unione con il capitano. Caroline non ha fatto una piega e non ha voluto farsi dissuadere."

"Come se potesse mai farlo! Ma se non è innamorata di Beresford, perché mi sta sottoponendo a questa... questa *tortura*?"

E così andava a farsi benedire la calma affermazione di Sir Antony sull'aspettare che Caroline avesse la sua Stagione prima di dichiararsi. Jane sorrise fra sé e sé. Povero Tony, avrebbe fatto meglio a trasferirsi a San Pietroburgo, o a chiedere a Caroline di sposarlo immediatamente, o a costruirsi una corazza per sopportare la Stagione di Caroline, vederla flirtare con i giovanotti dal sangue caldo e i cacciatori di dote che l'avrebbero corteggiata. Gli avrebbe sicuramente sbattuto in faccia ciascuno dei suoi corteggiatori, per vedere la sua reazione. E se avesse reagito, mal gliene sarebbe incolto, non sarebbe mai più riuscito ad avere il sopravvento in quel matrimonio.

"Sta cercando di forzarvi la mano, Tony," gli disse Jane tranquillamente. "E, informando Salt delle intenzioni del capitano, si sta assicurando che quando voi troverete il coraggio per chiedergli la sua mano, Salt sarà sinceramente sollevato che sua sorella stia per avere un marito accettabile e non un paria sociale. Ovviamente, se Caroline fosse veramente innamorata del capitano, non credo che Salt si preoccuperebbe troppo delle misere duemila sterline l'anno di quell'uomo. Essendo generoso e devoto a Caroline, fornirebbe loro una casa e tutte quelle comodità senza le quali Caroline non può vivere, qualora dovesse sposare un eroe di guerra con un introito modesto."

Sir Antony non ne era così sicuro ma aveva perduto l'espressione testarda. "Lo pensate davvero?"

"Lo credo," disse allegramente Jane. Si voltò per guardarlo. "Sfortunatamente la vostra reazione irosa a quella notizia significa che avete fatto il suo gioco."

"Piccola civetta intrigante," borbottò bonariamente. "Avrei dovuto aprire gli occhi! Ma ero così contento di vederla dopo tutti questi mesi, che non mi è nemmeno venuto in mente che mi avrebbe giocato un simile scherzo." Sorrise e scosse la testa. "Ripensandoci, ha avuto mesi per studiare la sua campagna, no? Suppongo che dovrei essere lusingato."

Jane sorrise nascondendosi dietro la mano. "Molto lusingato e la situazione non è senza rimedio. Secondo me, potete fare una di queste cose. Se siete deciso a sposare Caroline, dichiaratevi immediatamente sperando che Salt accetti, dato che Caroline non ha avuto la sua Stagione; oppure, se siete ancora incerto riguardo a prendere un impegno finché non avrà avuto la sua Stagione, per convincervi che sa che quello che vuole veramente è passare il resto della sua vita con voi, allora dovete accettare freddamente i suoi piani di sposare il capitano."

Sir Antony fece il broncio. "Devo proprio?"

"Ma certo! Non dovrete in nessun modo permetterle di vedere che il capitano vi preoccupa. Io scommetto che manterrà la finzione di essere innamorata di lui per tutto il tempo che vi ci vorrà per dichiararvi, e se non vi piegherete alla sua volontà, troverà la scusa che il capitano si è dimostrato inaccettabile, e passerà a un'altra proposta di matrimonio altrettanto improponibile, tutto per logorarvi."

Sir Antony si strofinò il mento non rasato e sorrise mestamente. "Mi sento già piuttosto logoro adesso…"

"Potreste dover accettare un incarico a Stoccolma, per allontanarvi dalle sue provocazioni," finì Jane con un sorriso di incoraggiamento. Sir Antony sembrava depresso come si era sentita lei quando si era alzata. "Ovviamente, se decidete di fuggire sul Continente, avrete Salt sulla coscienza. Il pover'uomo sarà lasciato solo a occuparsi dell'orda di ammiratori di Caroline."

"Oh, non mi sentirei in colpa. Perché dovrei, quando lui ha voi? Gli darete tutto il sostegno di cui ha bisogno per superare l'intera spiacevole faccenda della presentazione di Caroline a una società che non sa che cosa l'aspetta."

Jane si voltò, arrossendo, e cercò un nastro di seta sul tavolino ingombro, dicendo esitante. "Il conte… potrebbe dover fare a meno di me… io potrei essere indisposta…"

"Accidenti! Sono un somaro senza cervello!" Rispose Sir Antony, cadendo in ginocchio ai piedi di Jane accanto al tavolino da toilette. "Certo! Il bambino! Il parto dovrebbe avvenire all'inizio della Stagione, vero? Me l'ha detto Diana," confessò quando Jane spalancò gli occhi azzurri per la sorpresa. "Non ho idea di come abbia fatto a scoprirlo, ma lei lo sa e ora lo so anch'io." Sorrise mestamente. "Non tocca a me chiederlo e non siete obbligata a rispondermi, mia cara, ma perché non avete condiviso questa magnifica notizia con Salt? Sarà fuori di sé per la gioia sapendo che diventerà padre."

Jane si guardò le mani strette in grembo. "Lui non crede nei miracoli."

"Miracoli?"

"Forse ricorderete che dieci anni fa Salt ebbe quel brutto incidente a cavallo che lo lasciò allettato e sofferente. La contusione e il gonfiore severo ai suoi… a una speciale parte del…"

"Ricordo," la interruppe Sir Antony, per toglierla dall'imbarazzo. "In effetti, mi si stanno riempiendo gli occhi di lacrime al solo pensiero, come succederebbe a ogni altro uomo."

Jane annuì, grata per la sua interruzione, e continuò. "Forse ricorderete anche che i medici che lo hanno curato a quel tempo lo avvertirono che in conseguenza delle lesioni riportate, era improbabile che potesse mai diventare padre."

"Davvero? Che mucchio di ciarlatani! Come potevano saperlo?"

rispose Sir Antony con un sorriso incoraggiante. "Beh, non lo sapevano, perché voi avete dimostrato il contrario. Se fossi Salt li farei
cancellare tutti quanti dal registro dei medici per manifesta ciarlata-
neria e falsità. Potrebbe farlo, sapete."

La battuta riuscì a strappare una risata a Jane. "Lo fate sembrare
così semplice."

Impulsivamente, Sir Antony le prese una mano. "È semplice," disse
gentilmente. "Quando due persone si amano tanto, i miracoli possono
succedere. E se non ci crede," aggiunse in tono più aggressivo,
baciando la mano a Jane, quando gli sorrise con gli occhi pieni di
lacrime, "allora non vi merita. Deve avere la segatura al posto del
cervello!"

"Oppure essere completamente senza cervello," disse il conte, strascicando le parole.

Jane tolse di colpo la mano e si alzò dallo sgabello, mortificata. Era
il modo in cui la guardava suo marito, con uno sguardo fisso, senza
battere ciglio, uno sguardo che si era appuntato per un momento su Sir
Antony, che aveva perso l'equilibrio per la sorpresa ed era ricaduto sulla
chaise longue con un braccio teso ad afferrare i cuscini di seta per
tenersi diritto.

Jane si chiese da quanto Salt fosse lì, appoggiato allo stipite della
porta, e immaginò che fosse arrivato proprio durante la poco diplomatica dichiarazione di Sir Antony, vista la sua pronta reazione. Veniva
dal suo appartamento, dopo essersi fatto il bagno, rasato e aver indossato una redingote ricamata a disegni cinesi che avrebbe potuto stare
alla pari con il magnifico vestito indossato al ballo Richmond. Nonostante l'aspetto esteriore da nobile cortigiano, c'era un'ombra scura nei
suoi occhi castani che continuavano a guardare fisso Jane, e la sua
espressione cupa e stanca suggeriva che non aveva bisogno di un'altra
giornata di macchinazioni politiche ma di una buona notte di sonno.

Jane si decise finalmente a fare un passo avanti, con la preoccupazione per Ron che le faceva dimenticare ogni sensazione di imbarazzo
per essere stata colta in déshabillé nel suo spogliatoio con il miglior
amico di suo marito. "Come sta Ron? Siete riusciti a calmarlo?"

"Salt!" esplose di colpo Sir Antony, nel silenzio che seguì alla
domanda.

"Alzati, Tony," rispose deciso il conte, entrando nella stanza mentre
Sir Antony si rimetteva in piedi e sistemava la parrucca e poi restava

sull'attenti come uno scolaretto colto in fallo. Il conte si rivolse a sua moglie. "Ron stava dormendo tranquillamente quando l'ho lasciato nel suo letto, poco dopo l'alba. Ho promesso che se oggi pomeriggio starà meglio, lui e Merry potranno passare la notte nella nursery. Entrambi non vedono l'ora di incontrare Caro."

"Cosa? Ron è stato male, *di nuovo?*," esclamò Sir Antony. "Accidenti! Sono due notti di fila! Nessuna meraviglia che tu sembri stanco morto." Passò lo sguardo da Salt a Jane, dimenticando completamente l'imbarazzo per essere stato colto a invadere le stanze più private della contessa, preoccupato per suo nipote. "Salt, devi veramente porre fino alla pazzia di Diana o lo farò io. Se non credi a quello che ti ho detto in carrozza circa la tua felicità e…"

"Ti credo."

"…la meschina gelosia rabbiosa di Diana e la malattia di Ron… Oh! Mi credi?"

"Sì, dovevo solo togliermi la benda dagli occhi per vedere quello che stava succedendo, e te ne sono grato… e anche a mia moglie."

Jane toccò l'alto paramano ricamato del conte. "Vi siete occupato della questione?"

"Sì," rispose, senza dire altro, perché non voleva farsi distrarre dal suo dispiacere davanti al comportamento di Sir Antony. Lo sguardo passò brevemente dallo stato di déshabillé di sua moglie, alla ciotola e al piattino rotti accanto alla chaise longue e poi fissò il suo migliore amico.

Che decidesse di rivolgergli un breve e duro rimprovero in francese, fece capire a Jane che non solo era furioso, ma che non voleva che le sue orecchie fossero urtate dal suo discorso al vetriolo. Il rimorso sul volto di Sir Antony confermò i suoi sospetti.

"Hai commesso la dannata *idiozia*, no, hai avuto l'*egoismo* screanzato, di invadere queste stanze private, senza esserti rasato e ancora con l'abito da ballo e, a questo punto, non mi devo più chiedere perché l'ultimo lerciume che circola nei salotti è che stai *fornicando* con mia moglie!"

"Salt, io…"

Il conte alzò una mano, imperioso. "*Je ne veux pas t'écouter.*"

"Ma… *Parbleu!* Devi ascoltare quello che ho da dire. Non è come pensi! Stavo solo…"

"Non puoi sapere quello che sto pensando. *Va-t-en!*"

Sir Antony si alzò coraggiosamente e guardò il conte negli occhi. Era un'esperienza snervante e spiacevole per un giovanotto che adorava il suo mentore. Lo fissò comunque. "La ragione per cui sono entrato, senza essere stato invitato, è perché avevo bisogno…"

"Quello di cui avevi bisogno non ha assolutamente importanza in questo momento," lo interruppe Salt e continuò in inglese, con uno sguardo a Jane per vedere se stava ascoltando. "Se pensi che non sappia che eri sottosopra ieri sera per via dell'assurdo annuncio di Caro e che, pieno di autocommiserazione, sei venuto a cercare la simpatia di mia moglie per il tuo patetico comportamento, allora sei tu che hai la segatura al posto del cervello. Adesso andrai ad Arlington Street, ti rimetterai in sesto, indosserai qualcosa di adatto a un uomo che ha l'ambizione di calcare il palcoscenico diplomatico di San Pietroburgo e tornerai nel mio studio entro un'ora per incontrare il conte Vorontsov. Sua eccellenza ti ha benignamente concesso un'ora del suo tempo prezioso. Ora vattene e lasciami un momento di tranquillità con sua signoria."

"Era veramente in uno stato di ansia spaventoso," disse Jane in difesa di Sir Antony, quando restò sola con il conte.

"Non è una scusa per la sua condotta riprovevole," disse, con un'occhiata ai suoi capelli sciolti, gli occhi castani che scivolavano sul suo seno e poi fissavano i piedi nudi. Riportò lo sguardo sul volto imporporato della moglie. "Quando io non sono qui, la cameriera di sua signoria dovrebbe restare con lei tutto il tempo. Presumevo che Willis avesse insegnato alla contessa quali stanze del suo appartamento sono pubbliche e quali sono strettamente private, off-limits per tutti, eccetto che per suo marito. Non ho intenzione di accettare che mia moglie diventi oggetto dei pettegolezzi della servitù."

"E per quello che riguarda me, milord?" Chiese, alzando il mento.

Salt la guardò stupito: "Stavo parlando di voi."

"No, stavate parlando *a* me, come se io fossi qualcuno senza nessun legame con quella povera creatura di cui spettegolano i servitori. Anche se… non so esattamente che cosa possano trovare da spettegolare riguardo alla contessa di Salt Hendon che potrebbe mettere in ombra la performance del conte di ieri notte. Fa l'amore con sua moglie in carrozza, la porta in casa, entrambi praticamente nudi, davanti agli occhi del maggiordomo, del sottomaggiordomo e di una mezza dozzina di domestici. Per non parlare di essere colti in flagrante in questo stato moralmente riprovevole di semi nudità, da una giovane donna non ancora presentata in società. No, non riesco proprio a capire che cosa potrebbero trovare i domestici, per sparlare di lei, quando sua signoria li ha riforniti con un surplus di materiale scandaloso, su entrambi."

La tirata di Jane fece fare al conte una risata stanca, e l'abbracciò baciandole la fronte.

"Touché, milady. Posso sempre contare su di voi per riportare i pianeti al loro giusto allineamento. Ma sono ancora arrabbiato con Tony," aggiunse seriamente. "Io posso anche considerarlo di famiglia, ma solo a me è permessa la visione eccitante di voi svestita e con i capelli sciolti."

Jane arrossì, abbassando la testa. "È quello che gli avete detto in francese?" Chiese timidamente. "Il povero Tony era in un tale stato per il provocatorio annuncio di Caroline di essere fidanzata con il capitano Beresford."

Il conte sospirò infastidito e prese il posto di Sir Antony sulla chaise longue, evitando le stoviglie rotte, e fece sedere Jane accanto a sé. "Mi sto veramente interrogando sulla capacità di Tony di resistere alle difficoltà della vita diplomatica all'estero, se non riesce a mettere insieme due frasi coerenti davanti a me, quando io sono adirato con lui. Mi dicono che sia un politico veramente competente e astuto ed io credo a questo giudizio, ma…"

"È il piedistallo," gli rispose Jane, rannicchiandosi contro di lui. "Dovete lasciargli vedere che ogni tanto siete in grado di scendere dal vostro piedistallo. Quando siete adirato, potreste intimidire il Dio del Sole. E le vostre narici stavano fremendo."

"Davvero?" Rise il conte con genuino buon umore. "Povero Tony. Ma se pensa, dopo tutti questi anni, che io non sappia che è completamente cotto di Caro, allora crede veramente che io abbia la segatura al posto del cervello."

"Che cosa avete intenzione di fare al proposito?"

Salt sorrise malizioso, reprimendo uno sbadiglio. "Quello che ogni buon genitore, degno di questo titolo, farebbe. Lo lascerò nel dubbio finché troverà il coraggio di avvicinarmi. Inoltre, desidero che Caro abbia una Stagione e riceva almeno una dozzina di richieste di matrimonio inappropriate, prima di sistemarsi con Tony."

"Che comportamento crudele, e così paterno!"

Salt le guardò la mano e giocherellò con le sue dita, dicendo pacatamente. "Avete mille domande da farmi riguardo a Caro, vero?"

E Jane aveva davvero mille domande da fargli. Ma c'era una sola
domanda riguardo a Lady Caroline Sinclair che le sembrava importante. Come sempre, preferì l'approccio diretto.

"Di chi è figlia, Magnus?"

QUINDICI

L A DOMANDA DI JANE gli strappò una risata imbarazzata, ma il conte non stava sorridendo.

"Come sempre, Lady Salt, siete terribilmente franca."

"Non c'è un altro modo per chiederlo, no?"

"Che Dio mi aiuti quando Caro sarà presentata in società," le rispose, continuando a evitare di rispondere. "Sono terrorizzato dall'idea di quel giorno. Avrà dieci corteggiatori ai suoi piedi prima della fine della prima settimana."

"La vostra apprensione è solo naturale. Qualunque genitore di una figlia in età da marito deve sentirsi allo stesso modo," gli rispose francamente, ignorando per il momento il suo tentativo di cambiare discorso. "I genitori vogliono che le loro figlie prendano la strada giusta che le porta al matrimonio, per trovare un gentiluomo idoneo, della stessa classe sociale. Ma questo non porta necessariamente a un matrimonio felice, vero? I genitori cui importa veramente della felicità delle loro figlie, danno lo stesso peso al fatto che sia la persona giusta, oltre che idonea, non è così?"

"Sì. Voglio che Caro faccia un matrimonio adeguato ma voglio anche che sia felice," rispose dolcemente, continuando a giocare con le sue dita. La guardò negli occhi. "Non era l'aspirazione di vostro padre per voi, vero?"

Jane sorrise, mestamente, con il volto rosso per l'imbarazzo per un padre per cui lei era stata solo una delusione.

"Vero, la mia felicità personale non è mai entrata nei pensieri di Sir Felix. Ma in quei pochi momenti che ho passato con vostra sorella, ho capito che i vostri rapporti con Caroline sono molto diversi da quelli che avevo io con mio padre." Continuò, decisa a non farsi distrarre dalla sua domanda originale. "Non avrei mai osato chiamare mio padre 'Costoletta Triste' in quel modo scherzoso, comunque. Né lui avrebbe risposto facendo una gara di corsa per le scale in una maniera altrettanto scherzosa." Aggrottò le sopracciglia. "Non capisco perché vedo una rassomiglianza tra Caroline e gli Allenby, mentre altri non la vedono, ma forse è perché io ho vissuto quasi tutta la mia vita in mezzo a loro. Caroline e la mia matrigna potrebbero essere scambiate per madre e figlia."

Salt le lasciò andare la mano. "Caro non è per niente come Rachel!"

Jane sorrise.

"Chi ha bisogno di occhiali per capire, ora, milord? Non mi stavo riferendo alla moralità discutibile della mia matrigna, né al suo bisogno di vedere la sua bellezza costantemente lodata. Potete pensare che io sia depravata per pensarlo ma credo che se mio padre non fosse stato un… un ubriacone e fosse stato più attento ai bisogni di sua moglie… per quanto vana e stupida, la mia matrigna amava mio padre…" Fece una pausa poi continuò coraggiosamente, sotto lo sguardo fisso del conte. "Se le avesse prestato più attenzione in camera da letto, dubito che avrebbe cercato altrove…"

"Mia cara Lady Salt," disse il conte con finta indignazione, "mi sbalordite. Quando avete raggiunto questa sconvolgente conclusione?"

Jane abbassò lo sguardo. "Dalla nostra prima notte di nozze," gli confessò. "Mi piace fare l'amore con voi perché lo rendete piacevole per me." Gli sorrise, da sotto le lunghe ciglia, dicendo in tono dimesso. "Sapete bene che mi avete completamente rovinato."

Le sopracciglia di Salt si unirono di colpo sopra il suo lungo aristocratico naso, il complimento di Jane evocò le sue parole, la loro prima notte insieme come marito e moglie. Parole che, si rendeva conto ora, il suo senso di colpa aveva frainteso. "Rovinata? *Viziata, soddisfatta.* Ecco quello che volevate dire," le rispose, con la vergogna che lo faceva sembrare brusco.

"Sì, sì, ovvio," replicò Jane con un sussulto, chiedendosi perché di colpo fosse a disagio per la sua onesta confessione riguardo alla sua prodezza come amante. Impulsivamente gli baciò la guancia. "Era un complimento, stupidone. Ora parlatemi di Caroline..."

"Jane, io..."

"...e del suo collegamento con gli Allenby."

"Nessuno vede quello che vedete voi perché è troppo fantastico da credere. Gli Allenby e i Sinclair non si parlano e non socializzano da diciotto anni, nonostante vivano in due tenute confinanti. Ma la somiglianza di Caroline con gli Allenby è talmente forte che Tony, che ha incontrato la vostra matrigna in una sola occasione, mi ha chiesto se l'avesse mai incontrata prima. Chi avrebbe potuto prevedere, alla sua nascita, che avrebbe preso le fattezze degli Allenby come e i colori dei Sinclair?"

"Questo non risponde alla mia domanda."

"No, è vero. Volete provare a indovinare?"

Jane scosse la sua criniera di capelli. "No, perché la risposta che darei potrebbe essere quella giusta ed io non voglio che sia così. E anche perché è una storia sordida di cui nessuno è fiero in famiglia, non è così? La vera nascita di Caroline è stata celata per proteggere lei e, forse, anche i suoi genitori e quindi è stata presentata al mondo come vostra sorella."

Il conte fece un mezzo sorriso, tirandole un ricciolo. "Non troppo lontano dal vero, mia acuta ragazza."

"Jacob Allenby aveva due parenti donne," disse, con la mente che analizzava le possibilità come equazioni matematiche. "C'era Rachel, la mia matrigna, la sorella di Jacob Allenby, ma dato che Caroline ha quasi diciotto anni e diciotto anni fa Rachel era già sposata con mio padre, non sarebbe stato necessario per lei rinunciare alla bambina, se gli fosse stata infedele, poiché avrebbe facilmente potuto farla passare per la figlia di suo marito. E poi c'era l'unica figlia di Jacob Allenby, Abby, Abigail... ma è morta di consunzione quando aveva appena quindici anni..." Jane fece una smorfia, mordendosi il labbro inferiore mentre rifletteva. "A meno che vostro padre fosse un completo reprobo, non riesco a immaginarlo a sedurre Abigail..."

"Mio padre era un uomo fiero e freddo ma assolutamente non un reprobo. Si è sposato in là con gli anni, e sua moglie era giovane, cosa non proprio eccezionale tra i suoi pari, ma era devoto a mia madre, cosa invece eccezionale. Ah, c'è la vostra cioccolata mattutina, milady."

La cameriera di Jane entrò nello spogliatoio portando un vassoio con un brandy per sua signoria e una tazza di cioccolata calda e qualche biscotto secco su un piatto per la contessa. Appoggiò silenziosamente il vassoio sul tavolo accanto al sofà, fece una riverenza, raccolse in fretta i pezzi di porcellana e scappò via.

Salt assaporò grato il brandy, con un'espressione interrogativa verso Jane che mordicchiava un biscotto secco.

"Se è così che vi sostentate, sparirete poco per volta. Se avete fame, quello che vi serve è un bel pezzo di pasticcio di carne o una bella ciotola di zuppa di piselli, non poche briciole su un piatto."

"Oh, no, per favore, no! Solo il pensiero della zuppa di piselli fa sentire *me* verde," lo implorò Jane. Si scaldò le mani intorno alla tazza di cioccolata calda, senza sapere se la bevanda le avrebbe fatto venire la nausea oppure no. Non riusciva a bere il latte. Un altro po' di tè nero con una fetta di limone era quello che desiderava. Ma i biscotti secchi andavano bene. All'improvviso la colpì un pensiero orrendo. Guardando il conte, riuscì a malapena a parlare. "Non... non Jacob Allenby e vostra *madre*..."

Il conte rise di nuovo forte. "Avete degli insoliti pensieri maliziosi, mia cara!" Scosse la testa. "Assolutamente *non* mia madre." Appoggiò il bicchiere di brandy, le tolse di mano la tazza di cioccolata e la mise da parte, poi si impossessò di entrambe le sue mani. Il suo sguardo non lasciò nemmeno un attimo i suoi occhi azzurri.

"Abigail Allenby era la madre di Caro. Abby, St. John e io avevamo solo quindici anni quando Caro è stata concepita. Bambini anche noi... Prima che si scavasse quel solco, prima del concepimento di Caro, quando St. John ed io tornavamo da Eton per le vacanze, impazzavamo per tutta la campagna, St. John e io, Abby e un paio delle ragazze e ragazzi più giovani del villaggio, un po' come gli allegri compagni di Robin Hood. Tony era troppo giovane e Diana troppo 'signora dal naso all'aria', anche a quell'età, per abbassarsi a giocare nei fienili o sugli alberi. Prendeva implacabilmente in giro St. John e me per la nostra preferenza per la compagnia dei marmocchi dei nostri contadini e i ragazzi del villaggio vicino. Trovava sempre nuove scuse per fare la spia su di noi a mio padre. I Sinclair e gli Allenby non avrebbero frequentato gli stessi circoli sociali a Londra, Bath, o anche a Bristol, ma in campagna, come sapete, è piuttosto comune che le famiglie dell'alta e media società socializzino agli eventi locali, le cacce, le fiere e cose del genere."

"È... è lì che è stata concepita Caroline... in un fienile?"

Il sorriso del conte era cupo. "Ed io che stavo chiedendomi come fare a dirvelo! Immagino che sia quello che è successo. Non lo so esattamente. L'ultima volta che St. John ed io vedemmo Abby fu prima che tornassimo a Eton, a San Michele. Doveva essere incinta di tre o forse quattro mesi, allora, ma non ci disse una parola. A Natale, mio padre venne a Londra senza mia madre, con la sorprendente notizia che avevo una sorellina. St. John e io non demmo importanza alla cosa, ma poi... poi mio padre mi frustò quasi fino a ridurmi in fin di vita per aver disonorato il nome della nostra famiglia. Non sfiorò nemmeno St. John, non lo faceva mai.

"St. John non era il più robusto dei ragazzi. Quindi io presi le frustate per tutti e due. Non mi importava. Fu forse peggiore per St. John perché mio padre lo fece assistere alla mia punizione. Suppongo che mio padre si aspettasse una confessione. Nessuno di noi disse una parola perché non sapevamo che cosa avessimo fatto per farlo infuriare. Beh, certamente io non ne avevo idea, allora. Mio padre lasciò St. John a curare la mia carcassa ammaccata e insanguinata, e con il duro avvertimento che potevo andare in giro a vivere promiscuamente come volevo con tutte le sgualdrine che attiravano la mia attenzione, ma che lui sarebbe andato all'inferno prima di dare ricovero a un altro dannato bastardo."

"E Abby? Che cose le successe? È veramente morta di consunzione?"

Con un altro sorriso a mezza bocca, e guardando le mani morbide di Jane tra le sue, Salt continuò: "Abby si rivolse alla tua matrigna, sua zia, per avere aiuto quando si rese conto di essere incinta. Jacob Allenby ordinò ad Abby di non dire niente del bambino finché non fosse stata fissata la data del matrimonio." Salt sospirò imbarazzato. "Rachel e Jacob Allenby usarono la gravidanza di Abby e la minaccia di rivelarla a tutti per obbligare mio padre ad accettare un matrimonio affrettato tra di noi. Non sapevano con chi avevano a che fare. Mio padre non accettava minacce. Gettò gli Allenby fuori dalla sua casa e dalle sue terre."

"E Abby? Che cosa successe ad Abby?"

"Che cosa pensate che potesse fare una bestia come Allenby con una figlia nubile che aspettava un figlio? Quel bacchettone senza coscienza la rinnegò! A che cosa gli serviva quando il conte di Salt

Hendon rifiutava di fare di lei una donna onesta, accettandola nella sua famiglia? La gettò fuori di casa perché se la cavasse da sola. Lei, una ragazzina di quindici anni, educata come una gentildonna, senza nessuno cui rivolgersi! Andò da sua zia, sperando che l'avrebbe accolta. Non la vostra matrigna! Lady Despard voltò anche lei le spalle alla povera ragazza. Abby finì alla nostra porta. Contro gli ordini di mio padre, mia madre l'accolse e la curò. Abby morì tre giorni dopo la nascita di Caro. Non è necessario dire che fu un'idea di mia madre fare di Caro mia sorella. Non so come fece a convincere mio padre, ma ci riuscì."

Jane abbassò gli occhi sulle loro mani, sulle lunghe dita affusolate di lui, con le unghie perfettamente curate, e pianse. Non riusciva a smettere. Piangeva per Abby e per Caroline, perché non aveva mai conosciuto la sua vera madre, e per se stessa, perché avrebbe voluto avere qualcuno tanto compassionevole e comprensivo come la madre di Salt, per accoglierla e proteggere lei e il suo bambino mai nato quando si era scoperta incinta, quattro anni prima. Mai avrebbe potuto immaginare che suo padre avrebbe fatto distruggere il suo bambino non ancora nato.

Prima di rendersi conto di quello che stava succedendo, si trovò tra le braccia di Salt, che le stava dolcemente asciugando le lacrime con il suo fazzoletto bianco. Ma in quel momento, non voleva che lui la abbracciasse. Non sapeva come sentirsi a proposito della sua relazione con Abby Allenby e la parte che aveva recitato nel nascondere a Caroline le sue vere origini. Quindi si allontanò e usò il fazzoletto per asciugare il volto infuocato prima di guardarlo risolutamente in viso.

"Non avevate mai pensato che la bambina che è cresciuta come vostra sorella avrebbe potuto non essere vostra sorella? Non avete mai fatto i conti? Non vi siete mai chiesto perché Caroline avesse i colori dei Sinclair ma i lineamenti di un Allenby?"

"No," rispose semplicemente. "Perché avrei dovuto pensarci?"

"A questo punto oserei dire che non vi abbia mai sfiorato la possibilità di mettere incinta una delle vostre amanti!"

"Jane, non capisco perché siate sconvolta. Mi rendo conto che la storia è sordida e che la morte di Abby sia una tragedia, ma Caro non ha mai sofferto per il fatto di passare per mia sorella. Mia madre l'ha amata come se fosse sua figlia. Io le voglio bene come un fratello. Non le manca nulla. Dio mio, perfino Jacob Allenby ha mostrato di avere una coscienza, alla fine, quando ha avuto l'audacia di lasciare alla sua unica nipote diecimila sterline in eredità, la dote che ha tolto ad Abby quando l'ha ripudiata.

"Che ci crediate o no, avevo venticinque anni quando ho capito da solo che Caro non era mia sorella. Ero tornato a Salt Hall per il nono compleanno di Caro. Lei correva lungo il viale per salutarmi, come faceva sempre, con le braccia tese, fingendo di essere una rondine o un pettirosso o qualunque altro uccellino avesse catturato la sua fantasia in quel momento. I riccioli color rame le rimbalzavano sulle spalle sottili ed era così contenta di vedermi. E a quel punto, mi colpì, all'improvviso. Mi mancò il fiato. Era il ritratto di Abigail Allenby. Allora capii che Caro non era mia sorella, che era Abby la madre di Caro." Toccò gentilmente i capelli di Jane. "Vorrei che capiste…"

Jane si spostò fuori dalla sua portata, sulla chaise longue, non volendo che la toccasse, con il fazzoletto bianco attorcigliato in mano. "Che cosa? Che avevate imparato la lezione con la rovina di Abby Allenby? Che avete seguito il consiglio che vostro padre vi diede con la sferza e da allora vi siete limitato a donne della vostra stessa classe, che sapevano come evitare di restare incinta dei vostri bastardi?" Emise un piccolo singhiozzo, che le si fermò in gola: "Che ironia che l'unica altra volta che avete permesso al desiderio di avere la meglio sul vostro buon senso, abbiate messo incinta una ragazza di buona famiglia che veniva dalla provincia! Ma il vostro nobile buonsenso è tornato subito. Non avevate più quindici anni ed eravate il conte, e una volta ritornato a Londra e alla vostra vita qui, il Wiltshire poteva anche essere l'America, per quello che vi importava, quindi sarebbe stato facile dimenticarmi…"

Il conte si riscosse a quelle parole. La stava fissando, cercando di dare un senso alla sua denuncia carica di emozione, sapendo che Jane stava reagendo in modo eccessivo, senza sapere perché. Era così pallida e tremava nella sottile vestaglia, tanto che si chiese se avesse preso freddo la sera prima, con la brezza che soffiava dalle gelide acque del Tamigi. Sentì che lo accusava di aver messo incinta non solo Abigail Allenby, ma anche lei, ed era un'accusa così sbalorditiva che non riuscì ad assorbirla immediatamente. Quindi colse solo quello con cui poteva fare i conti e la sua rabbia spense ogni pensiero e considerazione per il benessere di Jane.

"Per l'amor del cielo, Jane!" Ruggì, frustrato. "Abby non era l'Allenby con cui stavo rotolandomi nel fieno. Era la vostra dannata matrigna, Rachel!" L'imbarazzo lo portò a fare un giro nella stanza e si fermò davanti al caminetto, aggiungendo un altro ceppo alla brace, per far qualcosa e nascondere la sua mortificazione per aver dovuto spiattellare quella verità. "Abby non è stata l'unica a perdere la sua innocenza in quel fienile…"

Ci fu un lungo silenzio imbarazzato tra di loro, l'unico suono, lo scoppiettio del ceppo mentre il fuoco tornava a nuova vita. Jane si mise accanto a lui e alzò il palmo delle mani verso il calore che ne irradiava. Disse lei quello che Salt aveva taciuto.

"È St. John il padre di Caroline."

"Sì." Salt la guardò con un sorriso triste. "Da ragazzo, St. John aveva una massa di riccioli rossi, come Caroline… e lei ha i suoi occhi."

"Sapeva di avere una figlia?"

"Come me, l'ha capito da solo, molto tempo dopo. Abbiamo promesso di non dirlo mai a nessuno, di non dirlo mai a Caroline. Ora l'ho detto a voi."

Jane annuì, come se non servisse che le dicesse che nemmeno lei avrebbe mai dovuto divulgare la verità sulla paternità di Caroline.

"Quindi la mia matrigna sapeva che non eravate voi il padre di Caroline, eppure cospirò con Jacob Allenby cercando di obbligare vostro padre a farvi sposare Abby?"

"Sì."

"E quando quel piano non funzionò, lei e Allenby rinnegarono Abby?"

"Sì."

"Non mi meraviglia che la detestiate. Povera Abby."

Vide Salt che sussultava e voltava le spalle e si rese conto che non erano soli, che la sua cameriera era in piedi sulla soglia, con gli occhi bassi.

"Che c'è, Anne?"

"La carrozza di Lady Sedley arriverà tra un'ora, milady."

"Oh!" Jane si rivolse al conte. "Devo fare il bagno e vestirmi, altrimenti farò tardi per la nostra escursione sullo Strand. Lady Elisabeth mi porta a vedere la mostra di ritratti della società. Dice che devo vedere 'La morte del Generale Wolfe' un pezzo di quel nuovo pittore George… George Rom… Romney, dato che lo ritiene un maestro dell'arte pittorica e che dovrei posare per lui." Quando suo marito si accigliò, aggiunse anche lei con una smorfia: "Certamente non potete obiettare a che vostra moglie sia vista in compagnia della figlia sposata del vostro rivale politico? Dopo tutto, mogli e figlie sono al di sopra delle meschinità politiche, non è così?"

Salt inclinò la testa. "Quanto a quello, mia moglie è certamente al di sopra di qualunque cosa di meschino."

Jane arrossì a quel complimento, aggiungendo con un sorriso, mentre si sedeva davanti allo specchio e ricominciava a spazzolarsi i capelli: "Mi è stato detto in confidenza che Lord Bute è stanco da morire di tutte le accuse che gli vengono rivolte, quando tutto quello che vuole è quello che è meglio per il Re..." Fece una pausa sentendo Salt sbuffare, "... e quello che è meglio per la nazione. Elisabeth ritiene che sia così e chi sono io per dire il contrario? Lei è leale a suo padre, ed è così che dovrebbe essere. Caroline vi difenderebbe fino alla morte, no?"

"Proprio così, milady."

"Elisabeth mi ha anche confidato che suo padre è stufo della politica. Lord Bute intende rassegnare le dimissioni il prossimo aprile."

Salt rimase esterrefatto. "È veramente così, milady? Allora siete riuscita a scoprire quello che io e altri, da entrambe le parti della barricata, cerchiamo di scoprire da mesi."

Jane si fermò a metà di un colpo di spazzola, e sorrise dolcemente al suo riflesso. "Forse vostra signoria dovrebbe passare più tempo nella nursery."

Salt le scostò i capelli dal collo e si abbassò a baciarle la nuca, mormorando: "Credetemi, Jane, non ci sarebbe niente al mondo che mi piacerebbe di più che passare il mio tempo con voi nella nursery."

Jane decise che era arrivato il momento di dirgli del bambino e stava per farlo, quando colse il riflesso della sua cameriera nello specchio. Anne era ancora in piedi dietro di loro e si torceva nervosamente le mani con un'espressione infelice. Fissava il conte e anche se la bocca si muoveva come se stesse facendo un discorso, non si sentiva nessun suono. Jane si rese conto che stava ripassando un monologo, quindi si voltò sullo sgabello, con uno sguardo di avvertimento a suo marito.

Salt fece segno alla donna di avvicinarsi, chiedendosi che cosa mai potesse avere da dirgli la cameriera di sua moglie che non potesse essere discusso con il maggiordomo o la governante, oppure la sua padrona, la contessa.

"Milord, devo parlare con voi," proclamò nervosamente Anne, con una riverenza, prima di buttarsi a capofitto nel suo discorso, per paura che, se avesse tirato il fiato o alzato gli occhi sul volto del conte, avrebbe perso il filo e non sarebbe stata in grado di riferire il suo importante messaggio. La paura che Lady St. John, potesse arrivare da un momento all'altro, a Grosvenor Square, per verificare se lei aveva portato a termine i suoi ordini, la rendeva risoluta. Non avrebbe potuto sopportare un altro interrogatorio da parte di quella donna malvagia e, non avendo somministrato il contenuto della bottiglietta alla contessa con il suo tè, come le era stato ordinato, consegnandola invece ancora chiusa al signor Willis, Anne sapeva che era arrivato il momento di agire.

"Milord, il signor Willis desiderava avere un colloquio con voi oggi e il signor Ellis l'ha informato che non c'era alcuna possibilità che il signor Willis potesse essere ammesso nel vostro studio dato che vostra signoria ha un precedente impegno con l'ambasciatore russo e poi il fratello della signora contessa, il signor Allenby, deve venire a giocare a tennis e resterà a cena, e con Lady Caroline che è venuta a stare qui inaspettatamente e ha messo in subbuglio i servitori, per trovare posto per i servitori del Wiltshire, il signor Ellis ha consigliato al signor Willis di riferire la questione al signor Jenkins, che, come maggiordomo, è la persona giusta per essere ammessa nello studio di vostra signoria per discutere le questioni della servitù. Ma, come il signor Willis ha spiegato al signor Ellis, la questione non è solo urgente, ma assolutamente non per le orecchie del signor Jenkins o, se per quello, per le orecchie di nessun servitore, ma solo per sua signoria.

"Quindi il signor Ellis ha ordinato al signor Willis di riferire a lui la faccenda. Il signor Willis si è risolutamente rifiutato di farlo perché, con il dovuto rispetto per la posizione del signor Ellis come segretario di vostra signoria, divulgare la faccenda al signor Ellis o a qualunque altra persona eccetto vostra signoria non sarebbe né giusto né corretto, trattandosi di una faccenda di natura *particolarmente* delicata. Quindi vedete, milord, è molto, *molto* importante che il signor Willis parli con voi *oggi*."

Anne tirò rumorosamente il fiato e fece un'altra riverenza, e osò alzare gli occhi per guardare il volto impassibile sopra di lei prima di abbassare nuovamente lo sguardo, torcendosi ancora le mani e con il cuore che le batteva tanto forte contro le costole che il sangue le rimbombava nelle orecchie. Si chiese se fosse l'accenno di un sorriso che mostrava il conte, oppure l'inizio di una smorfia; in un modo o nell'altro era riuscita a ottenere la sua attenzione, ed era quello che contava.

"Bene, Anne," rispose Salt, con una veloce occhiata a Jane per vedere se aveva ricordato correttamente il nome della donna, "se Willis è dell'opinione che la faccenda è di una tale *particolare* natura da non poterla trattare con Jenkins o col signor Ellis ma è solo per le mie orecchie, e se la faccenda è di una certa urgenza, allora devo vedere Willis. Siate tanto gentile da dire a Willis di presentarsi subito nel mio studio, prima che arrivi l'ambasciatore russo, e mi troverà da solo e libero di parlare con lui."

Anne fece un'altra riverenza ma non era per nulla soddisfatta di quel risultato. Guardò ansiosamente la contessa, poi alzò gli occhi verso il conte. Aveva la gola talmente secca per il nervosismo che la voce era roca ed esitante. "Con tutto il rispetto, milord, quello che suggerite non è possibile. Perché, vedete, milord, il signor Willis accompagna *sempre* milady dovunque vada quando sua signoria si avventura fuori casa senza compagnia. Vale a dire che quando il signor conte o Sir Antony non sono con sua signoria, allora il signor Willis è... è *tenuto* ad accompagnare sua signoria."

"La lealtà del signor Willis è commendevole, comunque ritengo che in questa occasione sua signoria possa risparmiare al signor Willis..."

"No! Per favore, milord, *no*. Non potete obbligare il signor Willis a *scegliere*. Deve fare il suo dovere con la signora, specialmente in *questo* particolare momento..." Non osava guardare la contessa e tenne lo sguardo fisso sul conte. "Facendo il suo dovere verso la contessa, fa il suo dovere verso di voi, milord."

Salt fu talmente sorpreso da una tale franchezza da parte di un servitore che quasi indietreggiò per lo shock. Riuscì comunque a rispondere tranquillamente. "Fate in modo che Willis si presenti nel mio studio prima di cena. Mi troverà là da solo. Ora andate," aggiunse a disagio e quando la cameriera scappò nello spogliatoio per preparare gli abiti della sua padrona per l'escursione, guardò Jane: "Buon Dio! Non ho mai sentito una tale sfilza di parole, dette con tanta decisione, da una cameriera. Non vedo perché dobbiate ridacchiare a mie spese per l'ostinazione della vostra cameriera, signora!"

"Scendere dal vostro piedestallo non è stato così difficile, no?"

"Difficile?" Rispose, con le narici frementi, cercando di fare del suo meglio per apparire offeso. Ma non riuscì a evitare un sorrisetto sghembo. "No, se ci siete voi ad afferrarmi nel caso avessi la sfortuna di cadere da quell'eccelsa altezza."

Jane sorrise al suo riflesso: "Sempre."

"Allora farete meglio a venire al campo da tennis quando ritornerete dall'aver visto i quadri. Tom è sicuro di battermi al mio stesso gioco, dato che ho potuto dormire solo tre ore nelle ultime ventiquattro ore."

Ma non fu Tom il primo a far cadere il conte dalle altezze da capogiro del suo nobile plinto; fu la sua amante accantonata, Elizabeth, Lady Outram, venuta a visitare la giovane contessa di Salt Hendon, per aprirle gli occhi sulla vera natura della vita come moglie di un nobiluomo libertino.

"SIGNOR WRAXTON? Signor Wraxton? Siete sveglio, signore?"

Era Arthur Ellis e stava gentilmente dando dei colpetti con la punta della scarpa al bastone di Malacca di Hilary Wraxton, nella speranza di svegliare il poeta. Hilary Wraxton russava talmente forte che i suoi sonori scoppi nasali riverberavano nel cavernoso vestibolo fuori dal salotto del piano di sotto, fino all'enorme atrio dell'entrata. Adornato con statue di divinità greche e imperatori romani, e ritratti di nobili Sinclair morti da tempo, il vestibolo non era una stanza, nel senso della comodità, in cui qualcuno avrebbe desiderato rannicchiarsi e addormentarsi, ma più un museo dove qualcuno andava a fare quattro passi per vedere gli impressionanti busti a grandezza naturale dell'imperatore Augusto, Marco Aurelio e Cesare, o per ammirare i ritratti a figura intera, dei tempi di Elisabetta I e degli Stuart, dei precedenti conti di Salt Hendon.

Il segretario era appena arrivato dallo studio del suo datore di lavoro, dove l'ambasciatore russo, due dei suoi dignitari, Lord Salt e Sir Antony erano rimasti rinchiusi, parlando in francese, per tre ore. Il signor Ellis si vantava della propria conoscenza della lingua francese, dopo tutto era stato il primo del suo corso in lingue, a Oxford, ma il flusso veloce della conversazione aveva messo a dura prova le sue capacità linguistiche e gli aveva fatto venire il mal di testa. Sua eccellenza il conte era rimasto per il rinfresco ed era stato così contento da invitare il suo nobile ospite e Sir Antony a cenare con lui la settimana seguente. E aveva chiesto di portare con loro la, oh, vivacissima Lady Caroline Sinclair, e naturalmente Lady Salt, della cui compagnia non aveva ancora avuto il piacere, anche se aveva avuto l'onore di esserle presentato al ballo di casa Richmond: una tale bellezza non si poteva dimenticare.

Salt aveva graziosamente accettato l'invito di sua eccellenza, anche se privatamente non era tanto sicuro che Caroline sarebbe stata viva per vedere la luce di un altro giorno, tanto aveva voglia di strangolarla per essere entrata nello studio senza invito. La sua irritazione era stata temperata dall'acuta osservazione di Sir Anthony, che il comportamento di Caroline era non meno reprensibile di quello della sua stessa sorella, Diana, che si prendeva la libertà di interrompere le giornate di disponibilità del conte ogni martedì; e Diana non aveva la scusa della presunzione e dell'ingenuità della gioventù. E il conte Vorontsov sembrava affascinato dall'entusiasmo di Caroline per tutto quello che era russo, e perchè era attenta e aveva riso tanto graziosamente a tutte le lunghe e prolisse storie di sua eccellenza, disse Sir Antony a Salt, quindi non aveva niente di cui lamentarsi. Il conte avrebbe voluto ribattere che l'amore era cieco, e che prima Sir Antony si fosse deciso a ordinare a Caroline di smetterla di incoraggiare le attenzioni del capitano dei miei stivali Beresford, a sposarla e a portarsela a San Pietroburgo, meglio sarebbe stato per la sua pace mentale.

Pace mentale.

Ecco che cosa bramava di più questi giorni. Il pensiero delle festività pasquali, di portare Jane e i ragazzi nel Wiltshire per andarsene a spasso nella tenuta, occupava i suoi pensieri mentre il maggiordomo e due camerieri aiutavano il conte con la spada e la fusciacca e a mettersi il pastrano foderato di visone. Sir Antony scambiò le ultime parole con uno dei dignitari russi. Salt annuì distrattamente, quando Sir Antony accennò che avrebbe accompagnato Caroline a fare un giro nel parco, per prendere un po' d'aria prima di cena, ma uscì dalle sue elucubrazioni quando vide il suo segretario entrare velocemente nel vestibolo, da dove emanavano suoni discordanti che si potevano solo definire come un corno da caccia smorzato ma che in effetti era un russare molto sonoro.

"Salt! Bene! Volevo scambiare due parole," annunciò Hilary Wraxton, completamente sveglio e fissando, oltre le spalle del segretario, il conte che entrava nel vestibolo guardandosi attorno. "Ecco! Voi! Rendetevi utile! Tenete questo!" ordinò al segretario, consegnando il suo bastone di Malacca ad Arthur Ellis. Da una tasca interna del panciotto di seta moiré azzurra tolse un pacco di piccoli riquadri di pergamena, legati con un nastro rosso. "Poesie per milady. Una alla settimana per un anno," annunciò fiero, tendendo il pacco al conte. "Ne avrei scritte di più; non ho avuto tempo. Pascoe dice che posso scriverne altre da Parigi, Venezia e Costantinopoli, se arriveremo fin là."

"Grazie, Hilary," disse placidamente il conte, accettando il fascio di scritti poetici e passandolo immediatamente al suo segretario. "Perché sua signoria deve averne una alla settimana?"

"Lei aspetta con impazienza i miei recital. Me l'ha detto. Ammetto che leggerli da sola non è la stessa cosa che se glieli leggessi io, ma dovrà sopportare la delusione."

Salt nascose un sorriso. "Sì, ne sarà delusa. Parigi, Venezia, Costantinopoli?"

"Pascoe mi porta, beh *ci* porta. In effetti, a pensarci bene," rifletté con una smorfia, come se l'idea gli fosse appena entrata in testa, "mi sono autoinvitato. A Lizzie non importa. Dice che farò compagnia a Pascoe quando lei dorme. Dorme un sacco, Lizzie. Oserei dire che è il prezzo della bellezza che svanisce, un sonnellino di bellezza alle due del pomeriggio. Conosci il tipo, Salt. Adesso è ora che la sopporti Pascoe." Fece una gran risata che fece sobbalzare il segretario, che lasciò cadere il bastone di Malacca sul pavimento, con un gran rumore. "Generoso da parte tua lasciare che Pascoe l'abbia tutta per sé. Detto tra noi, è sempre stato innamorato cotto di Lizzie. Non te l'avrebbe fatto capire, non mentre eravate... *lo sai*..."

Il conte si chiese se Hilary Wraxton fosse più ottuso del solito oppure se era solo la stanchezza da parte sua che rendeva la conversazione del poeta ancora più incomprensibile. Ma quando citò Lizzie e Pascoe nella stessa frase, Salt si rese conto che stava parlando di Elizabeth, Lady Outram, cui lui non aveva più pensato da quando era uscito dal suo salotto in Half Moon Street il giorno prima del suo matrimonio con Jane, tre mesi prima; avrebbe tranquillamente potuto essere un'altra vita.

"Quando partite per il continente, Hilary?"

Il poeta indicò con la testa le porte chiuse del salotto azzurro, dove facevano la guardia due impassibili camerieri in livrea. "Da un momento all'altro, credo. La carrozza è carica con i portmanteau, i cavalli sono noleggiati fino a Dover. Avevo appena salutato Lady Salt che Pascoe mi ha spinto fuori a passare il tempo sul marmo freddo così che lei potesse scambiare due parole in privato con sua signoria. Di che cosa poi, lo sa Dio! Donne!"

"Milord," li interruppe Arthur Ellis, "c'è la partita di tennis... e il signor Allenby è arrivato trenta minuti fa. Jenkins lo ha mandato direttamente al campo da tennis..."

"Grazie, Arthur. Chi sta avendo una conversazione privata con Lady Salt?"

Il poeta non sembrò sentire la domanda perché aveva improvvisamente notato che Arthur Ellis teneva stretto il suo bastone di Malacca. Glielo strappò, come se il segretario avesse inteso tenerselo. "Regalo di Pascoe. Non potete averlo. Mi farebbe a pezzi."

"Wraxton! Chi c'è con Lady Salt?" Chiese il conte, anche se aveva già capito chi era. Solo, non voleva credere che la donna avesse l'audacia di venire nella casa che divideva con sua moglie e che Pascoe lo avesse permesso. Peggio ancora, che fosse venuta con l'intenzione di parlare con sua moglie.

Il poeta fissò il conte come se fosse l'idiota del villaggio.

"Lizzie, Lizzie Outram. La *conoscevi* prima di Pascoe, ricordi? Salt?"

Ma il conte non lo stava più ascoltando. In cinque passi arrivò alla porta, altri tre passi ed era nella stanza, senza farsi annunciare. In piedi accanto al camino c'era Pascoe, Lord Church, e qualche passo più in là, accanto alle poltrone, il sottomaggiordomo Willis, con il volto scuro e le mani dietro la schiena. E più in là, in piedi accanto al sofà rigato, c'era la sua ex-amante Elizabeth, Lady Outram, a tête-à-tête con sua moglie. Entrambe le donne si guardarono intorno all'improvvisa intrusione. Elizabeth fece un'educata riverenza, Jane guardò suo marito con sorriso tremulo, la gola e le guance arrossate che gli fecero battere forte il cuore e turbinare la mente.

SEDICI

U N'ORA PRIMA, MENTRE IL conte era comodamente installato
nel suo studio a discutere i termini della pace e la politica conti-
nentale, la contessa era ritornata dallo Strand trovando la notizia che
Pascoe, Lord Church, e la sua ombra, Hilary Wraxton erano venuti a
trovarla e la stavano pazientemente aspettando al pianterreno nel
salotto azzurro. Jenkins aveva suggerito che gli ospiti tornassero in un
giorno più adatto, ma, come il maggiordomo aveva fatto notare a
Willis, che era rientrato dalla piazza dietro la contessa e la sua cameriera, i signori erano tassativi che nessun altro giorno sarebbe andato
bene; erano in procinto di partire per andare all'estero.

Willis si sarebbe scusato, per preparare il suo incontro con sua
signoria ma, quando Jenkins aggiunse che c'era un terzo occupante
nel salotto, e che era una donna sconosciuta ai servitori della casa di
sua signoria ma che a prima vista sembrava un individuo interessante, Willis fu subito all'erta. *Interessante*, nel vocabolario del
maggiordomo, significava una compagnia altamente inadatta alla
giovane contessa, così, scambiando un'occhiata preoccupata con
Anne, Willis decise che era nell'interesse di Casa Sinclair seguire la
contessa nella stanza. Fornì una debole scusa sul fatto di aver lasciato
l'agenda degli appuntamenti della contessa, che teneva lui, proprio in
quella stanza e che forse, una volta che i visitatori se ne fossero
andati, sua signoria avrebbe voluto fargli la gentilezza di verificare
una o due faccende che richiedevano la sua attenzione urgente.

Prima che la contessa potesse obiettare, la sua cameriera suggerì cinguettando che avrebbe portato a sua signoria una ciotola di tè Bohea con una fetta di limone.

Jane aveva passato un pomeriggio tanto gradevole, passeggiando per la mostra di quadri con Elisabeth Sedley, che era determinata a far continuare la giornata nello stesso modo. Perfino gli indiscreti mecenati dell'alta società, che si erano accalcati per cogliere un'occhiata della bella contessa di Salt Hendon in carne e ossa, e la cui vicinanza, il profumo e i capelli impomatati avevano reso più acuta la sua nausea mattutina, non erano riusciti a scoraggiarla. Era stata lieta per la presenza di Willis e Anne, perché, sebbene fossero distratti per conto loro (essere fuori insieme per un'escursione era una vera novità), Willis teneva costantemente d'occhio la contessa e il suo comfort. Quindi la natura gentile della contessa non le permise di smontare le preoccupazioni dell'uomo mandandolo via. Accettò con grazia la sua parola, anche se trovava la scusa estremamente labile, poiché sospettava che Anne avesse confidato la sua gravidanza a Rufus Willis, risvegliando così l'istinto protettivo dell'uomo, che sembrava essersi autonominato suo angelo custode.

Fu proprio in qualità di angelo custode che il sottomaggiordomo entrò nella stanza, diede un'occhiata intorno e vide una coppia accanto alla porta finestra con la vista sulla piazza, e poi prese posto accanto al clavicordio, a sinistra nella stanza. Quando la contessa entrò, la coppia si spostò verso di lei e si incontrarono tutti sullo spesso tappeto di Aubusson sotto il candeliere. Pascoe, Lord Church, in stivali da cavallerizzo e una redingote da viaggio di velluto marrone, si chinò sulla mano tesa di Jane e poi presentò Lady Outram, che fece una riverenza al rango di Jane.

Jane sorrise a entrambi, permettendo solo brevemente al suo sguardo di attardarsi sulle gonne a righe e il corpetto di seta fiorentina verde mela e rosso ciliegia che mostrava al meglio l'ampio petto. Cosmetici applicati con cura rendevano difficile determinare la sua età, anche se non doveva essere nel primo fiore della gioventù. Ciò nonostante, era ancora una donna molto bella, che conosceva il suo valore e si aspettava che anche gli altri lo riconoscessero.

"Posso offrirvi del tè?" Chiese Jane, indicando i sofà accanto al camino. Si sedette e la coppia la imitò, sedendosi vicina sul sofà davanti a lei. "Sono stata in piedi tutta la mattina ad ammirare dei quadri meravigliosi e ora i miei piedi chiedono riposo. Se non volete il tè, posso far venire del caffè?"

"Grazie, milady," rispose Elizabeth Outram. "Una ciotola di Bohea sarebbe molto gradita prima del nostro viaggio."

"Siamo in partenza per Dover," disse spontaneamente Pascoe Church, "e poi a Parigi. Hilary ed io non potevamo lasciare Londra senza prendere congedo da voi e ho insistito che Lizzie facesse la vostra conoscenza. E su quando torneremo in Inghilterra..." Scrollò le spalle e guardò la sua compagna. "Potremmo fermarci a Firenze per un po'."

"Church ha un cugino all'ambasciata, là," disse Lady Outram. "Ma intendiamo sposarci a Parigi."

"Oh, che cosa meravigliosa!" Disse Jane con sincero piacere. "Auguro a entrambi salute e felicità, ma temo di non avere il vostro talento per i regali, Lord Church, quindi dovrete accontentarvi di un servizio da tè di Sèvres o dell'argenteria."

Pascoe Church fu subito contrito. "Per quello, milady, temo che la mia battuta fosse di cattivo gusto e se vi avessi conosciuto meglio, *allora*, non vi avrei mai mandato..."

"Non vi permetterò di riprendervi il vostro regalo. Visconte Quattrozampe è una parte importante della nostra famiglia. Ron e Merry non vedono l'ora di venire a trovare la sua morbida signoria per viziarlo con tutti i migliori bocconcini dalla cucina. Oh, perfino Salt si è abituato a Quattrozampe e lo tollera ai piedi del nostro letto, al mattino..."

"Il tè, milady!"

Era Willis che aveva bruscamente interrotto la contessa a metà della frase, giudicando la conversazione troppo personale per la compagnia, ma, facendolo, aveva attirato ancor più l'attenzione sulla confortevole intimità tra la contessa e il suo nobile marito. Se Jane si rese conto del suo *faux pas* sociale, lo tenne per sé, continuando a fare gli onori di casa con la teiera d'argento e il servizio da tè cinese di porcellana, e chiedendo educatamente alla coppia dei loro programmi di viaggio. Era però acutamente consapevole dell'attento esame della sua ospite.

La donna diceva ben poco, permettendo a Pascoe Church di parlare liberamente, mentre lei sorseggiava il tè e valutava la giovane contessa sopra l'orlo della ciotolina delicata. Sempre vestita all'ultima moda, sia per la scelta di tessuti, stile o taglio, Elizabeth Outram giudicò che il bell'abito di seta con delicati ramage ricamati non ostentasse troppo la ricchezza, la posizione o il potere della contessa, ma la delicatezza del ricamo e il modo in cui l'abito da giorno ne fasciava la figura sottile la dicevano lunga sulla bravura dei suoi sarti. Non portava gioielli intorno al collo o alle orecchie, ma non erano necessari, con una carnagione tanto perfetta. I suoi unici ornamenti erano l'anello matrimoniale incastonato di pietre preziose e un nastro di seta giallo pallido intrecciato nei lucenti capelli raccolti.

Per essere la moglie di uno dei nobili più ricchi della nazione, con la possibilità di scegliere qualunque tessuto, abito o gioiello, la contessa era la moderazione fatta persona. Eppure non era solo la sua scelta in fatto di abbigliamento che intrigava Elizabeth Outram, ma la stessa giovane donna.

Osservò che Jane era seduta con la schiena diritta e le mani delicatamente posate in grembo, che la sua testa si inclinava leggermente a sinistra quando ascoltava; che i suoi occhi azzurri erano gentili e che il suo sorriso era sincero, che nonostante la sua giovinezza era padrona di sé, e che mostrava un interesse genuino e apprezzava veramente la loro compagnia. Ma quello che la sorprese di più fu che la contessa era esattamente come l'aveva descritta Pascoe, bella dentro e fuori.

Se avesse dovuto trovarle un difetto, sarebbe stata la bocca. Nonostante fosse piena e rosso rubino, il labbro superiore era troppo corto e il labbro inferiore troppo pieno, così che quando non sorrideva, sembrava avesse il broncio. Ma per gli uomini, e per un uomo in particolare, una bocca simile sarebbe stata invitante in modo inebriante. Elizabeth Outram capiva bene perché il conte non chiedesse altro che quella bocca da baciare.

Gustato e finito il tè, la compagna di Pascoe Church appoggiò la ciotolina sul piattino e li mise entrambi sul basso tavolo di noce, per aprire il ventaglio e sventolare un po' d'aria sul seno nudo. Era arrivata a una decisione e si rivolse a Pascoe per fare la sua richiesta quando una porta di servizio, appena visibile nella tappezzeria accanto al camino, si aprì con uno scricchiolio e apparve una testa incipriata, attirando l'attenzione dei bevitori di tè verso il camino.

"Pssst, Pascoe, ne ho trovato uno!"

Era Hilary Wraxton che usciva dal corridoio di servizio lasciando aperta la porta, in modo che si vedessero lo stretto passaggio buio e le scale. Trotterellò sui tacchi verso i divani, spazzolandosi le maniche della redingote di seta, e con la testa incipriata piegata a controllare che i quattro bottoni di corno della patta dei calzoni fossero allacciati. Willis andò immediatamente dietro al poeta per chiudere la porta di servizio e ricevette una sgridata per la sua efficienza.

"Oh, non così in fretta! Lord Church potrebbe voler usare il vaso! È un viaggio lungo fino a Dover, amico mio, veramente un lungo viaggio."

Pascoe Church sbuffò e, alzando un sopracciglio, fece capire a Willis che poteva chiudere la porta di servizio.

"Non capisco perché non potevi aspettare, Hilary," si lamentò Pascoe. "Non è che non ci fermeremo a una locanda lungo la strada."

"Una locanda?" Hilary Wraxton era inorridito. "Io non posso fare pipì in una locanda." Indicò con il pollice sopra la spalla. "*Pot de chambre* perfetto là dentro. Pulito, proprio come piacciono a me."

"Wraxton! Devi proprio?" era Lady Outram, il cui volto era diventato di fuoco sotto il belletto.

"Beh, sì, Lizzie, *devo*. Perfettamente ragionevole, perfettamente naturale, un'esigenza della natura." Hilary Wraxton fece un inchino a Jane, con il pizzo ai polsi che spazzò il tappeto. "Non siete d'accordo, milady?"

Ma Jane stava ridendo dietro la punta delle dita e non riusciva a parlare, non tanto per il discorso franco del poeta, ma per le espressioni di inorridito imbarazzo sui volti del sottomaggiordomo e di Lord Church.

"Come farete ad attraversare il continente se non riuscirete a rispondere al richiamo della natura quando ci fermeremo in una locanda?" Chiese Lady Outram.

Il poeta, che si era appollaiato, senza essere invitato, sul bracciolo imbottito di una poltrona, si indicò la tempia. "Ho la testa per pensare, Lizzie. Non sono solo un uomo di lettere, ma anche di idee." Sorrise radioso alla contessa e disse, confidenzialmente: "Ho chiesto al mio uomo di imballare il *pot de chambre* di famiglia, un cimelio. Passato di padre in figlio sin da quando lo scozzese Giacomo era seduto sul trono inglese. Dipinto con lo stemma di famiglia. *All'interno.*"

"Molto *saggio* da parte vostra, signor Wraxton," riuscì finalmente a dire Jane, ritrovando il fiato e asciugandosi gli occhi umidi. "Qualcosa di assolutamente indispensabile per un viaggio nel Continente. Chi sa che servizi si trovano, o non si trovano, in una locanda straniera."

"Visto, Lizzie! Pascoe! Sua signoria mi capisce. Sapevo che avreste capito, milady."

"Per favore, milady, vi prego di non incoraggiarlo," si lamentò bonariamente Pascoe Church.

"Oh mio Dio. La smorfia del signor Willis mi dice che sono finita sul suo libro nero per aver trovato umoristica la franca conversazione del signor Wraxton," confidò Jane. "Perdonatemi, Lady Outram, sono ancora piuttosto nuova in questo ruolo e il signor Willis sta cercando di aiutarmi a comportarmi come si deve. Ma a dire la verità, se non sono me stessa, mi ritrovo a fare ancora più confusione nel mio nuovo ruolo."

"Che cosa vi avevo detto, Lizzie, una ventata di aria fresca," dichiarò il poeta, come se Elizabeth Outram avesse dubitato della sua parola. "E che cosa vi aveva detto Pascoe? Cosa!" Si portò il pugno chiuso a sinistra, sul petto e con gli occhi rivolti al soffitto dipinto disse drammaticamente. "Il carattere dolce della contessa la rende bella *dentro* e fuori."

Jane fece una risatina, ma questa volta riuscì a dire con un'espressione seria: "Come farò a sopravvivere senza la vostra devozione e la vostra poesia, signor Wraxton?"

Il poeta abbassò lo sguardo e si infilò una mano nella tasca della redingote, togliendone a fatica un rotolo di pergamene avvolto in un nastro. "Visto, Pascoe! Te l'avevo detto che non sarebbe riuscita…"

"Basta, Hilary," disse secco Lord Church e spinse di nuovo il rotolo di pergamena nella tasca dell'amico, con Willis un passo dietro a lui, nel caso avesse avuto bisogno di assistenza. Prese l'amico per il gomito. "È ora che tu dica arrivederci a Lady Salt."

Scambiati gli elaborati commiati, i due visitatori sparirono nella galleria di marmo, con il poeta che si lamentava di aver lasciato il meglio alla fine e che era colpa di Pascoe se non era riuscito a fare il suo gran finale. Lady Outram rimase, suggerendo alla giovane contessa di fare un giro intorno alla stanza rettangolare, in modo da poter sgranchire le gambe prima del lungo viaggio in carrozza fino a Dover. Si avviarono a braccetto, lasciando Willis ad attizzare il fuoco, con un occhio preoccupato rivolto alla sua signora.

"Sono così contenta di aver fatto la vostra conoscenza, milady," confessò Lady Outram. "Quando Church mi ha proposto la prima volta di portarmi in visita sono stata riluttante, per ragioni che saranno chiare quando saprete chi sono, o meglio, *chi ero*. Church è il più caro dei gentiluomini e io sono molto fortunata che desideri sposarmi nonostante il mio *interessante* passato. Ha sempre sostenuto di amarmi, ma ho sempre ritenuto questi discorsi solo un complimento buttato lì da un amante. Ma dato che Lord Salt mi ha restituito la mia libertà, ho avuto questi ultimi tre mesi per dedicarmi esclusivamente a Church e ci siamo entrambi resi conto che siamo perfetti l'uno per l'altra, veramente perfetti. Oh, mia cara, vi ho sconvolto!"

"No, beh, *sì*," ammise Jane con un sorriso imbarazzato fermandosi accanto alla parete a specchi di fronte alle portefinestre. "Ma, per favore, non crediate che mi sia offesa. È che ho vissuto una vita molto ritirata in campagna, prima di venire a Londra per sposare sua signoria, anche se non tanto ritirata da non sapere che ci sono signore che hanno un amante; esattamente come i gentiluomini." Era perplessa. "Ma ammetto di essere un po' ottusa, perché non vi capisco quando dite che Lord Salt vi ha restituito la vostra... vostra libertà?"

"Ero l'amante di vostro marito."

Era una risposta franca ma totalmente inaspettata e bloccò il respiro a Jane. In effetti, per un attimo, dimenticò dov'era. Sapeva solo che doveva restare calma; non doveva reagire. Guardò sopra la spalla di Lady Outram, attraverso la stanza, verso le finestre senza tende, senza alcun desiderio di guardare la donna accanto a lei. Non si era resa conto che a un passo di distanza Willis si era fermato in attesa accanto al clavicordio. Le aveva seguite per la stanza e faceva finta di riordinare i fogli di musica sulla panchetta imbottita del clavicordio.

Willis vide la contessa fare un respiro profondo e mettersi leggermente la mano alla base della gola. Quel piccolo movimento lo fece avvicinare, abbastanza da notare i segni del suo acuto imbarazzo; sul decolté e fino quasi a metà della gola di porcellana, la pelle era macchiata di chiazze color fragola. Con le due frasi successive da parte di Lady Outram capì la ragione della silenziosa angoscia della contessa.

"Sono stata malissimo quando Salt ha posto fine al nostro gradevole rapporto. Quale amante non lo sarebbe stata, quando il suo amante con più talento le annunciava che doveva sposarsi? Non che mi avesse mai mostrato una devozione assoluta. Jenny, Susannah *ed* Eliza sono rimaste altrettanto deluse nell'apprendere i suoi programmi. Ma non avevamo mai pensato che si sarebbe sposato." Lady Outram fraintese il silenzio di Jane, prendendolo come un segnale di proseguire.

Prese il braccio di Jane e ripresero la loro passeggiata tranquilla lungo il perimetro della stanza di rappresentanza. "Mi aspettavo veramente di riuscire a mantenere il suo interesse per lo meno un'altra Stagione, quindi naturalmente fui la più offesa quando venne a prendere commiato. Ovviamente, non vi avevo ancora visto *allora*, né sapevo qualcosa di voi per poter credere che il matrimonio di Salt non fosse altro che un accordo contrattuale per poter avere un erede. Sembrava perfettamente ragionevole che avremmo potuto continuare la nostra... la nostra *liaison*. Molti nobiluomini si sposano senza la minima idea di rinunciare alla loro amante. Perché dovrebbero? Le mogli servono a fare figli. Un'amante sa come compiacere un uomo."

Diede un'occhiata alla sua compagna silenziosa, che aveva lo sguardo fisso in avanti, vide le macchie di colore sul decolté e si disse che era solo naturale per una giovane sposa essere a disagio per una conversazione così franca. Non le impedì comunque di continuare, con la voce un po' più dolce, ma sempre abbastanza alta da permettere a Willis, che era solo un passo dietro a loro, di ascoltare, con le orecchie che bruciavano.

"Ma Church mi ha guarito dalla mia petulanza e dalle mie convinzioni distorte. Che caro uomo. Mi ha detto che era perfettamente ragionevole che una donna fosse sia moglie sia amante, se suo marito l'amava. È questo che mi ha convinto a sposarlo. È stato solo quando Church mi ha detto il vostro nome di battesimo che sono riuscita a dare un senso al *particolare* comportamento di Salt. Ed è quello che mi ha fatto capire che dovevo vedervi prima del nostro viaggio."

"Il mio... *nome?*"

"Esattamente. Conoscere il vostro nome ha risposto a tutte le mie domande."

"Dav-davvero?"

Lady Outram diede un colpetto al braccio di Jane. "Temo che dovrò veramente mettere alla prova la vostra forza d'animo, milady, ma mi dovete credere quando vi dico che le mie confidenze sono solo a fin di bene. Mi aiuteranno a rassicurarvi, in modo da non avere il minimo dubbio sul vostro nobile marito." Guardò maliziosamente Jane. "Forse verrete dalle profondità del Wiltshire, ma credo proprio che anche là la reputazione di Lord Salt con il gentil sesso fosse ben conosciuta..." A questa frase seguì solo silenzio, ma quando il rossore salì fino alle guance della contessa, Elizabeth Outram sorrise tra sé e sé e continuò.

"Naturalmente, non dovrete riferire una sola parola di quello che sto per confidarvi a nessuno, e in particolare al conte. Church non lo sa, ed è così che deve essere, quindi è molto importante che resti tra di noi!"

Jane annuì lentamente, con un misto di avversione da farle rivoltare lo stomaco e macabra curiosità riguardo a quello che questa donna poteva ancora aggiungere alle sue rivelazioni, che potesse essere ancora più oltraggioso di quanto le aveva già confidato.

"Quando ci rifletto," mormorò Elizabeth Outram, tranquillamente, sventolando il ventaglio che aveva momentaneamente appoggiato all'ampio petto, "è piuttosto umiliante per la mia autostima, pensare che mentre io lo stavo *intrattenendo*, la mente di Salt era altrove. Per essere precisa, la sua *mente* pensava a qualcun'altra. Come giovane sposa, non ho dubbi che Salt sia stato un marito molto attento in camera da letto, tanto da premettervi di conoscere le sue considerevoli capacità tra le lenzuola. La sua resistenza e la sua *considerazione* per il piacere di una signora…"

"Milady, *per favore*," la voce di Jane era appena un sussurro.

Come questa donna, la precedente amante del conte, potesse pensare che le sue rivelazioni fossero a fin di bene, Jane non riusciva proprio a immaginarlo. Una cosa era sapere che Salt aveva avuto un'amante, in effetti, che avesse donne che si offrivano a frotte per assumere quel ruolo, e prenderlo in giro per le conseguenze di tale libertinaggio, altra cosa, decisamente ripugnante, era trovarsi a faccia a faccia, proprio a casa sua, con una sua passata amante, intenta a condividere confidenze sulla prodezza del conte come amante.

Il suo primo pensiero fu che Diana St. John avesse in qualche modo convinto questa donna a cercarla, con la maliziosa speranza di combinare guai. Ma appena ebbe questo pensiero, Jane lo scartò, perché era genuinamente affezionata a Lord Church e non riusciva a immaginarlo coinvolto in un piano per turbarla. E dato che aveva in programma di sposare la precedente amante di suo marito, Jane decise che qualunque confidenza volesse farle Elizabeth Outram, anche se di natura sconvolgente, le sue intenzioni erano buone. Quindi, nonostante il desiderio di scappare dalla stanza con le dita nelle orecchie, Jane rimase all'apparenza perfettamente composta, tremando dentro di sé per la trepidazione.

"La sua resistenza e la sua *considerazione* per il piacere di una signora gli hanno giustamente conferito la reputazione di amante consumato," proseguì tranquillamente Lady Outram, come se Jane non avesse proferito sillaba. "Siete una donna sposata quindi non ignorerete quel particolare momento del rapporto quando un uomo è più vulnerabile. Se pronuncia qualcosa di intelligibile, permette di intuire per un attimo le sue sensazioni più intime. E in quel *momento cruciale*, Salt non era mai con me, lui era con *Jane*. Era con *voi*. Sempre *voi*..."

Jane non si fidava a parlare. Era in ugual misura sgomenta e stranamente rassicurata. Era tale il suo disagio che, distratta, non si rese conto che avevano attraversato tutta la stanza ed erano ritornate al camino, dove Pascoe Church si stava scaldando le mani da dieci minuti, fingendo di interessarsi alle piccole fiamme che saltellavano consumando un ceppo nuovo.

Lady Outram fece un cenno scherzoso al suo promesso sposo, che alzò l'occhialino salutandola, e tolse il braccio da quello di Jane, in modo da mettersi davanti a lei.

"Voi lo amate, vero?" Le chiese, retorica.

Jane finalmente fissò la donna in volto. "Con tutto il mio cuore."

Elizabeth Outram sorrise. "Church l'aveva detto. Ha detto che l'ha capito la prima volta che vi ha visto in compagnia di Salt." Si appoggiò delicatamente il ventaglio sul mento appuntito e guardò Jane pensosa. "La prima e sola volta che *io* vi ho visto l'uno in compagnia dell'altra è stato al ballo Richmond. È stato chiaro per tutti, in effetti, è stato l'argomento di conversazione della serata, che quello di Salt non era un matrimonio di interesse come si era pensato. E poi vi abbiamo visto dalla terrazza, mentre guardavamo i fuochi di artificio. Avreste potuto essere ovunque; seduti sulla luna, per quanto interesse avevate per qualsiasi cosa al di fuori di voi due! Lui vi baciava sulla bocca, davanti a tutto il mondo. È stato allora che abbiamo capito tutti."

"Capito?"

"Che vi ama tantissimo."

"Milady?"

Era il conte, sulla soglia del salotto azzurro, con i domestici in livrea che tenevano spalancata la porta, mostrando Hilary Wraxton che conversava con il signor Ellis nella galleria di marmo più avanti.

"Milord! Siete appena in tempo," rispose Jane, riprendendo vita con un respiro affrettato. Con un sorriso di benvenuto, corse dal marito. "Sono così lieta che siate arrivato."

La preoccupazione di Salt aumentò vedendo il rossore sulle guance della moglie e sulla gola. "È... siete... va tutto..."

"Stavo augurando buon viaggio a Lord e Lady Church," lo interruppe Jane in tono colloquiale, desiderando togliergli qualunque ansietà il conte potesse avere per lei. "Beh, saranno presto Lord *e* Lady Church," gli confidò sottovoce, in risposta al suo sguardo meravigliato, poi continuò in tono neutro e abbastanza forte perché tutti sentissero. "Sono in partenza per il Continente con il signor Wraxton. Parigi è la loro prima destinazione, per essere sposati da un prete, poi Firenze, per la luna di miele, là Lord Church ha un cugino al consolato."

La tensione lasciò le spalle del conte. Si inchinò educatamente a Lady Outram, come si fa con una conoscente, ma riuscì a sorridere a Lord Church, alzando un sopracciglio: "Una cerimonia papista, Pascoe?"

Lord Church scrollò le spalle, imbarazzato. "I Church sono rimasti fedeli a Roma da quando Bonnie Prince Charlie ha attraversato la Manica. Non dirmi che non lo sapevi?"

"Sì, lo sapevo, e non cambia nulla nella nostra singolare amicizia," disse Salt, con un altro sguardo a Lady Outram. "Niente potrà cambiarla. Vi auguro di essere entrambi molto felici."

Lord Church si inchinò con un gesto plateale del polso coperto di pizzo, mentre la contessa e Lady Outram uscivano dalla stanza prima di loro, e si fermò accanto al conte, che guardava la contessa che conversava con Hilary Wraxton, chino sulla sua mano tesa. Si portò la lente all'occhio, come per vedere meglio la moglie dell'amico e non riuscì a resistere a una battuta d'addio al suo nobile marito.

"Tu non la meriti, Salt, ma lei merita te. *Au revoir, mon ami.*"

Tom e il conte erano seduti in maniche di camicia e calzoni da tennis, con la schiena sudata contro la parete, a riprendere fiato e forza, e a bere una ben meritata birra dopo aver giocato una partita divertente, godibile e molto combattuta sul campo di Royal Tennis. Tom decise che non c'era un momento migliore per affrontare l'argomento della felicità presente e futura della sua sorellastra. L'imponente gentiluomo era stanco ma rilassato, e per niente infuriato con lui per il suo discorso da ubriaco al ballo Richmond. Decise comunque di facilitare il racconto delle sue preoccupazioni, annunciando come prima cosa che aveva finalmente deciso quale doveva essere il perfetto regalo di nozze per la coppia.

"Mi è venuto in mente la settimana scorsa," disse Tom a Salt. "Mi stavo spremendo le meningi per pensare a un regalo adatto per qualcuno che ha tutto quello che potrebbe mai desiderare e che sarebbe anche piaciuto a Jane. Poi l'ho trovato…"

"Non è veramente necessario…"

"…il cottage. Il cottage dove Jane ha vissuto sotto la protezione di mio zio. Jane ha passato degli anni tristissimi là e anche voi dovete odiare la vista di quel posto. Quindi lo farò smontare e spostare, mattone per mattone, più in su nella valle, più vicino ad Allanvale. Una volta ristrutturato e ingrandito, potrà essere la casa vedovile per mia madre, se mai deciderà di abitarla." Tom alzò gli occhi al cielo con un mezzo sorriso imbarazzato. "Sospetto che non resterà a lungo Lady Despard. Per Natale sarà risposata con qualche anziano bellimbusto, con la gotta ma generoso e contento di allargare i cordoni della borsa. Io non ho obiezioni. Voglio solo che sia felice. Come voglio che anche Jane sia felice. Ho detto agli operai di rasarlo al suolo prima che voi portiate Jane a Salt Hall a Pasqua."

"Grazie. Questo è veramente il più bel regalo di nozze che poteste farci. Siete il migliore dei fratelli, Tom Allenby," disse semplicemente il conte e tese la mano, aggiungendo un sorriso alla calorosa stretta di mano. "Dovete essere stato di conforto per vostra sorella mentre viveva sotto la protezione di vostro zio."

"Io? Accidenti! Vorrei che fosse così! Se è quello che pensate, allora i miei sospetti sono confermati in pieno. Jane non vi ha parlato della sua vita, se così si può chiamarla, in quella casa, vero?" Chiese retoricamente Tom. "È proprio da Jane tenerlo per sé, per paura di sconvolgervi…"

"Continuate, non abbiate riguardo per i miei sentimenti."

"Il primo anno che Jane ha passato sotto il tetto dello zio Jacob, lui non ha permesso né a me né a *nessuno*, di far visita al cottage. E, quando mi ha dato il permesso, le mie visite erano controllate e limitate a quattro volte l'anno. Vederla con quei vestiti modesti, con la testa coperta, a mangiare brodaglia, senza un quadro alle pareti, e mio zio che predicava i suoi sermoni sui peccati della carne, la vanità, la cupidigia e la dannazione eterna e roba del genere, mi faceva bruciare di rabbia, e pazienza per l'inferno. Nella mia mente, quello era già l'inferno in terra per una giovane e bella donna, che aveva avuto il mondo ai suoi piedi un minuto prima e nessuna speranza di vita felice il momento dopo. Non pensiate che non sia timorato di Dio, ma mio zio era uno zelota della scuola del fuoco e zolfo, del pagare i propri debiti all'Onnipotente ed era decisissimo a farle pagare in terra i suoi peccati."

Si fermò per buttar giù l'ultimo sorso di birra, con un occhio sul conte, che si era tolto dagli occhi i capelli umidi e lo stava guardando come se non capisse, come se non avesse la minima idea di che cosa stesse parlando Tom, e questo lo spronò a continuare, un po' aggressivo.

"La notte scorsa posso aver avuto bisogno di una notevole quantità di chiaretto per riuscire ad affrontarvi, milord, ma non è così oggi. Quindi dirò quello che devo, prima che arrivi Jane, perché non voglio sconvolgerla o farle sentire il minimo imbarazzo, perché quello che devo dirvi non è piacevole. Ma penso che abbiate passato abbastanza tempo in sua compagnia e che vi siate formato un'idea chiara di che creatura dolce e amabile sia, per cui quello che vi dirò non avrà più importanza, adesso. Sono stato chiaro, milord?

"Capisco che non vogliate turbarla, quindi vi suggerisco di parlare."

"Va bene, lo farò!" esclamò Tom, e poi deglutì perché la voce tranquilla del conte era molto più minacciosa che se si fosse messo a urlare. Fece un respiro profondo e si lanciò nel suo discorso.

"Potrà essere una completa sorpresa per voi, dato che vivete circondato da sicofanti e leccapiedi e donne dipinte, che hanno l'*apparenza* della bellezza, ma, se grattate un po' la superficie, sono marce, marce fino al midollo. Ma Jane ha il cuore grande quanto è bella, e né suo padre, né mio zio o voi potrete mai farmi cambiare idea!"

"Sono d'accordo e se mi permetterete di dirvi quanto…"

"E se lei vi ha perdonato per aver rotto il vostro fidanzamento…"

"Fermatevi qui, Tom Allenby!" ruggì il conte, raddrizzandosi. "Sono decisamente stufo di essere accusato di rottura di promessa. Dirò a voi quello che ho ripetuto più volte a vostra sorella: io non ho rotto il nostro fidanzamento, né ho scritto una lettera per farlo. Una lettera che misteriosamente ora non esiste più, perché non è mai esistita fin dall'inizio!"

Tom alzò il mento: "La lettera esiste, milord!"

"Salt, Tom, chiamatemi Salt, siete il fratello di Jane e quindi mio cognato."

Tom si sgonfiò un pochino a questa frase ma riuscì a mettere abbastanza fermezza nella voce mentre diceva: "Esiste perché l'ho io."

"Scusate?"

"Con il vostro sigillo!"

Salt era incredulo: "Di mio pugno?"

"Non conosco la vostra calligrafia, ma lo zio Jacob mi ha assicurato che la lettera era genuina. Me l'ha affidata sul suo letto di morte."

Salt era scettico. "E avete qui la fatidica lettera?"

"Non con me," disse Tom sulla difensiva. "Ma posso mandare a prenderla a Upper Brook Street."

"Ve ne prego."

"Consideratelo fatto! In effetti mi chiedevo che cosa avrei dovuto farne, da quando lo zio Jacob me l'ha affidata, sarò lieto che l'abbiate voi," gli gettò in faccia Tom, senza sapere che cosa lo facesse ribollire di più, l'incredulità sul volto del conte o il fatto che le nobili narici fremessero disgustate perché Tom aveva avuto la maleducazione di contraddirlo. Gli diede l'impeto di cui aveva bisogno per dar fiato ai suoi sentimenti riguardo alla felicità di sua sorella.

"Preferirei che quel maledetto pezzo di carta fosse cenere, per tutto il dolore che ha causato a Jane. Sono certo che anche lei non vorrebbe altro che dimenticarne l'esistenza e le sue conseguenze. In effetti, scommetterei che lei vi ha perdonato anni fa, perché è quel tipo di ragazza. Ma è ragionevole che anche voi siate altrettanto giusto e non le rinfacciate il suo piccolissimo errore. Gli errori si fanno e nessuno può predire in quel momento che un piccolo errore di giudizio possa avere conseguenze così estreme. Lei certamente non poteva, come avrebbe potuto?

"Era il suo diciottesimo compleanno ed era innocente. Dio sa perché tocca al sesso debole proteggere la propria virtù e tenere lontane le attenzioni indesiderate di un branco di cani libidinosi. Jane non ha mai chiesto o cercato quel tipo di attenzione! Non era abbastanza adulta o abbastanza saggia da sapere che cosa sarebbe stato meglio fare. Suo padre l'aveva mandata al vostro ballo della caccia senza una chaperon e senza nemmeno un avvertimento sui libertini in cerca di preda e di qualcuno in cerca di attenzioni, durante queste funzioni sociali. Ed io non ero là per proteggerla. Avrei dovuto esserci!"

"Va tutto bene, Tom," disse Salt, con una leggera stretta sulla spalla dell'uomo, quando lo vide abbassare la testa e voltarsi per passare in fretta la manica sul volto arrossato. "Nessuno può biasimarvi per quello che è accaduto. Gli errori di giudizio capitano. Io ho chiesto a vostra sorella di sposarmi a quel ballo della caccia e lei aveva accettato, e questo sarebbe dovuto bastare. Ma ho perso la testa in quel momento e…" Fece una smorfia, imbarazzato, mormorando, "beh, sembra che sappiate il resto…"

Tom diede una sbuffata impaziente.

"Jane non sa che sono al corrente e so che sarebbe mortificata se mai lo scoprisse. Le piace pensare a me come al suo fratellino e a me sta bene, se serve a farla stare tranquilla. Mia madre mi ha detto quello che è successo a Jane. Penso credesse che avessi diritto a sapere la verità sul perché Jane era finita sotto la protezione di mio zio, dopo che Sir Felix l'aveva ripudiata. Ma anche lei scoprì quanto fosse finita in disgrazia Jane, solo dopo la morte dello zio Jacob. Secondo i termini del suo testamento, lui incaricò mia madre di riferire un messaggio a Lady St. John…"

Salt rimase incredulo. "Diana St. John? Che messaggio poteva mai avere vostra madre per Lady St. John, *da* Jacob Allenby?"

"Non lo so con esattezza. Tutto quello che so è che aveva a che fare con Jane…"

L'espressione di assoluta confusione e il suo silenzio convinsero Tom che il suo nobile cognato non stava fingendo, così continuò.

"Dopo aver riferito il messaggio a Lady St. John, mi affidò un documento che Jacob Allenby mi aveva istruito di passare a voi, se e quando lo avessi ritenuto necessario."

"E ora lo ritenete necessario, Tom?"

Tom guardò con ostilità il conte. "Sì, mi… ehm… Salt, credo lo sia. Voglio far prendere quel documento insieme alla lettera di rottura del fidanzamento. Potrete farne quello che volete. La mia sola preoccupazione è per Jane e, se per voi è lo stesso, vorrei la vostra parola che la conversazione che avremo resterà tra di noi. Me lo confermerete con una stretta di mano, Salt?"

"Volentieri."

I due uomini si strinsero la mano.

Il volto di Tom si fece più rosso e disse in fretta, per nascondere il disagio: "Niente ha mai collegato la caduta in disgrazia di Jane al vostro ballo. Sir Felix era determinato quanto voi a tenere sotto silenzio il potenziale scandalo. Quindi è stato un atto di-di *codardia* da parte vostra inviare Lady St. John, per assicurarsi per conto vostro che il nome dei Sinclair restasse immacolato. Quella donna non avrebbe mai dovuto essere coinvolta nella miseria e nella vergogna di Jane!"

Il nobiluomo sussultò all'accusa di codardia e si infuriò immediatamente, perché questo giovane uomo aveva l'impudenza di rivolgergli un'accusa così seria. Nessuno gli aveva mai parlato con tanta mancanza di rispetto. Ma altrettanto velocemente, domò la rabbia, ricordando il piedistallo su cui Jane gli aveva detto che viveva. Con notevole autocontrollo, scese da quell'altezza e ignorò l'insolenza sarcastica nella voce di Tom per dire, pacatamente. "Sono completamente d'accordo con voi. Non riesco a capire il coinvolgimento di Lady St. John nel mio fidanzamento con vostra sorella. Quanto a essere un codardo... non avrei mai mandato un altro al mio posto e certamente non avrei mai affidato a Lady St. John alcun compito che riguardasse il benessere di vostra sorella. No. Ascoltatemi adesso e poi potrete puntare alla gola, se lo riterrete giusto.

"La mattina dopo la mia proposta di matrimonio a Jane, fui chiamato urgentemente a Londra. Lord St. John aveva contratto il vaiolo e morì dopo una breve malattia. Mi ritrovai a dovermi occupare di una vedova e due bambini rimasti senza un padre, per non parlare dei suoi affari da mettere in ordine. Sono sicuro che capirete che quello che succedeva nel Wiltshire era a mille miglia dai miei pensieri in quel momento. Non per dire che avessi dimenticato i miei impegni verso vostra sorella. Dovevo pazientare per ottenere la mia felicità e sospendere i miei piani per il futuro finché non avessi sistemato tutto quello che seguì la morte di St. John.

"Scrissi a Jane per spiegarle la mia situazione ma non ricevetti mai una risposta. L'unica cosa che seppi era che vostra sorella viveva sotto il tetto di Allenby, perché suo padre l'aveva ripudiata. Mi domando ancora oggi perché vostra sorella scelse la protezione di Allenby alla mia."

"Davvero?" Con una scrollata di testa, Tom continuò: "Davvero ve lo chiedete? Credete veramente che Jane avesse scelta? La vostra lettera che rompeva il fidanzamento non gliene aveva lasciate."

"Non capite che chiunque abbia scritto quella spregevole lettera di rottura di promessa, l'ha fatto per accertarsi che Jane non mi cercasse?" Replicò Salt con grande pazienza. "Credetemi, Tom, se avessi saputo della difficile situazione di Jane avrei fatto tutto quello che era in mio potere per salvarla da quell'ignominia."

Tom lo guardò con risentimento. "Avreste dovuto pensare alla possibilità di una... una *situazione difficile*, prima di *deflorarla*, milord."

Quando il nobiluomo divenne scarlatto in volto, Tom capì: "Non me l'ha detto nessuno. Ci sono arrivato da solo. Non è stato difficile, perché conosco Jane e Jane non avrebbe mai consegnato la sua virtù a un uomo qualunque, solo all'uomo che amava sopra tutti gli altri."

"Ascoltate Tom... quello che è successo nel padiglione d'estate... potrebbe apparire a voi, e agli altri, alla maggior parte della gente, come la seduzione deliberata di una ragazza innocente da parte di un nobile lascivo; una misera avventura vicino al lago. Ma non è stato così... *Niente* potrebbe essere più lontano dalla verità. Quando... quando due persone si amano... quando sono colte dal momento, è come se... dimenticassero tutto; e dimenticano che ci potrebbero essere conseguenze alle loro azioni... Dio, è difficile da spiegare!"

Scosse la testa, imbarazzato e si coprì il volto con le mani prima di passarsi le dita tra i capelli umidi e scomposti. Nonostante gli bruciassero le orecchie per la vergogna, avesse la gola secca e nonostante l'abietto dispiacere di doversi spiegare con il suo scettico pubblico, composto da una sola persona, fissò Tom negli occhi e continuò: "Il fatto che siate seduto lì con l'espressione di una trota stordita, peggio, come un figlio cui si parli di api e fiori, quando sapete benissimo come si fa il miele, non rende più facile confessare il proprio cuore. Non ho niente da dire in mia difesa che non vi faccia pensare a me come a un vero mascalzone. Ma vi chiedo, no, vi *imploro* di credermi, quando vi dico che mi sono rimproverato mille volte per non avere avuto la forza di volontà di aspettare che fossimo stati davanti al parroco. Tutto quello che posso dire in mia difesa è che ero tanto innamorato di vostra sorella che non ho pensato, ho permesso al mio cuore di dominare la testa. Non vi chiedo perdono, solo di capire... Tom? Tom, che c'è?"

Tom non dubitava della sincerità del conte, che stesse parlando col cuore. Quello che lo aveva lasciato senza parole, e aveva fatto sparire il colore dal suo volto, era che il nobiluomo non avesse idea, fosse completamente ignaro di quale fosse la sconvolgente *situazione difficile* di Jane, e la ragione principale per cui suo padre l'aveva ripudiata. Fu così sorpreso che glielo disse in faccia, senza pensare a che effetto avrebbe avuto la sua brutale onestà sul suo nobile cognato.

"Non sapevate che Jane aspettava vostro figlio?"

"I*NCINTA*? *JANE*?"

Tom annuì stupidamente in risposta all'esclamazione incredula ed esplosiva del conte.

"La mia Jane, incinta? *Incinta*."

Sconcertato e disorientato, continuando a mormorare tra sé e sé, Salt si guardò attorno: dall'alto soffitto al pavimento lucido, alla rete che schermava i palchi della galleria e fuori verso il vasto campo e la parete inclinata del *tambour*. Era come se non avesse idea di dov'era. Si alzò in piedi e Tom lo imitò. Sbatté gli occhi, senza muoversi, mentre le parole di accusa che Jane gli aveva rivolto qualche ora prima quel giorno gli urlavano in testa... *avete permesso alla vostra libidine di avere la meglio... avete messo incinta una ragazza di buona famiglia che veniva dalla provincia...* Ora capiva quello che aveva voluto dire e il motivo delle sue lacrime, e l'enormità di questa notizia fu tale che il panico lo travolse. Dimenticò di respirare.

Tom guardava pietrificato la concentrazione sul bel volto del conte. Era evidente che stava provando un'infinità di emozioni, cercando nel contempo di dare un senso a quella rivelazione. Ma Tom era determinato, lo doveva a sua sorella, per quanto fosse alterato lo stato mentale del conte, avrebbe ascoltato tutta la sordida storia della caduta in disgrazia di Jane.

"Avete rovinato la sua virtù ma, secondo il modo di pensare di Sir Felix, il crimine maggiore era che sua figlia fosse rimasta incinta di un seduttore innominato. Jane non vi ha mai nominato. È stata zitta, è stata zitta per tutti questi anni. A causa del suo rifiuto, Sir Felix disse che non gli serviva più. Trattò Jane come se fosse una cosa usata, senza valore... una prostituta. Ma trattò peggio, molto peggio, il suo bambino non ancora nato."

La voce di Tom si incrinò e dovette fare un profondo respiro prima di continuare, seguendo dappresso il conte quando il nobiluomo barcollò in avanti, come fosse ubriaco, ed entrò vacillando nel campo, facendo respiri corti e superficiali, con le spalle appoggiate alla parete per tenersi in piedi. Era come se stesse cercando di sfuggire alle rivelazioni di Tom, ma Tom non voleva lasciarlo andare. Non aveva ancora finito con sua signoria.

"Sir Felix le disse che sua figlia non avrebbe messo al mondo un bastardo. Ho chiesto a mia madre come avesse fatto Sir Felix a scoprire che Jane era incinta." Tom fece una risata incredula: "Una lettera anonima! Riuscite a crederlo? Non riesco nemmeno a credere che qualcuno potesse tradire Jane in quel modo codardo. Una vera cattiveria. Sir Felix sventolò la lettera sotto il naso di Jane. Lei non mentì a suo padre. Jane si era sforzata di tenere nascosta la notizia il più a lungo possibile. Stava aspettando voi, che *voi* tornaste e la portaste via, ma non l'avete fatto. La vostra lettera che rompeva il fidanzamento ha sigillato il suo fato e quello del suo bambino."

"T-Tom, per l'amor del cielo."

Ma Tom era così sovraeccitato che non sentì la preghiera del conte, e non si accorse che le parole erano roche ed emesse tra un corto respiro e l'altro. Era cieco al velo di sudore freddo sulla fronte del conte. Guardò senza vedere che stava scivolando lungo la parete, con le gambe che si piegavano sotto di lui, come se non fossero più in grado di sostenerlo. Tutto quello che importava a Tom era far capire al conte quello che aveva sofferto Jane, e che incolpava lui tanto quanto incolpava Sir Felix e Jacob Allenby per la perdita del bambino.

"Le diedero una pozione a base d'erbe preparata da uno squallido farmacista, facendole credere che fosse un farmaco per alleviare la nausea mattutina," continuò accucciandosi accanto al conte che era crollato contro la parete. "Povera Jane! Si fidava della sua balia e la bevve senza lamentarsi, senza sapere che quella pozione amara avrebbe fatto nascere prima del tempo il suo bambino. Era incinta di *quattro* mesi del *vostro* bambino, e il giorno dopo quel bambino era *morto*.

Avrebbe potuto morire anche lei. Dio sa il dolore e l'angoscia che ha dovuto sopportare e tutto perché *voi* l'avevate abbandonata! Le avevate promesso tutto e non le avete dato niente. Voi… voi…"

Tom si arrese alle sue emozioni. Esaurita la rabbia, senza più niente da dire, si lasciò cadere sul pavimento accanto al nobiluomo traumatizzato e chinò la testa tra le mani, ignaro del turbamento e dello stato del conte.

Salt aveva un pugno stretto al petto, dove un dolore fortissimo non si attenuava. Respirava a fatica e rumorosamente, come se gli avessero tolto a pugni l'aria dai polmoni, lasciandolo ad annaspare, incapace di incamerare l'aria senza un'enorme fatica. Bruciante, con la testa che girava, il cuore che gli batteva nelle orecchie e il corpo che rabbrividiva incontrollabilmente, il giorno divenne improvvisamente notte e perse conoscenza.

"Milord? Signor Allenby?"

Il grido arrivò dall'altra parte del campo da tennis.

Era Arthur Ellis. Lui e un domestico in livrea erano entrati nel campo da tennis dall'altra parte, dove, abbandonati su una panchina, c'erano un paio di bicchieri vuoti, due racchette da tennis, parecchie palline di pelle e le redingote dei due gentiluomini. Il segretario e il servitore camminarono in fretta verso il curioso spettacolo di Tom Allenby e del conte, scompostamente appoggiato alla parete sotto le grandi finestre, che permettevano alla luce del sole di inondare il campo. Si misero a trotterellare quando divenne chiaro che il loro padrone aveva difficoltà a respirare, poi a correre quando svenne.

"Tom? Mio Dio, che cos'è successo a sua signoria? *Tom?*"

Il segretario cadde in ginocchio accanto al conte, tirando disperatamente la cravatta, sciogliendo le pieghe intricate, prima di muovere le mani verso i bottoni di corno della camicia bagnata.

"Gesù mio, Tom, che cosa gli avete fatto?"

Tom alzò la testa, con il volto rosso e gli occhi vitrei, e sbatté gli occhi guardando l'amico che cercava di assistere il suo nobile cognato che era svenuto accanto a lui. Non fece commenti e abbassò la testa.

"Andate a prendere una bottiglia di brandy e chiamate un medico!" Abbaiò sopra la spalla Arthur Ellis al cameriere che li guardava, e questo corse via attraverso il campo, prima che il segretario si voltasse per continuare a controllare le condizioni del conte.

Si disse che il suo padrone doveva aver sofferto di un qualche tipo di paralisi del cuore e che, se non si faceva subito qualcosa per svegliarlo, c'era la possibilità che non si riprendesse. Arthur sapeva che il suo datore di lavoro aveva dormito ben poco le due notti precedenti, chiamato al capezzale del suo figlioccio, che aveva passato ore in conferenza, parlando francese, con l'ambasciatore russo, prima di una rovente partita a tennis con un uomo tredici anni più giovane di lui, e, secondo Arthur, questa era la ricetta per un attacco di cuore se mai ce ne fosse stata una.

Il segretario guardò Tom mentre sentiva il polso del nobiluomo: "Il cuore batte, grazie a Dio," disse con un sospiro. "Potrebbe essere svenuto per la stanchezza. Tom, che cos'è successo, dannazione!"

"Ha avuto uno shock ed è svenuto," borbottò Tom.

"Accidenti, questo lo vedo anch'io! Ma come..."

"Magnus? *Magnus?*"

I due uomini si voltarono.

Era la contessa.

Si affrettò attraverso il campo da tennis, per quanto poteva in una creazione di gonne ricamate e scarpine di satin, e si lasciò cadere sul pavimento con le gonne che si gonfiavano, accanto al marito privo di conoscenza. Ignorando il fratello e il segretario, che cominciarono a fornire spiegazioni ingarbugliate, raccolse il conte tra le sue braccia, con la testa in grembo e una mano sulla fronte bagnata, poi sulla guancia arrossata e alla fine toccandogli il polso gelato per sentire il battito, continuando per tutto il tempo a dire parole di incoraggiamento che sperava gli facessero aprire gli occhi a guardarla.

"Respirate, Magnus. Per favore respirate," sussurrò, lisciandogli i capelli bagnati per scostarglieli dal volto e baciandolo sulla bocca. "Respiri lenti e profondi, un respiro alla volta." Quando le palpebre del conte tremolarono, Jane alzò gli occhi e tese la mano verso il bicchiere di brandy che il cameriere stava nervosamente versando sotto le direttive del segretario. "Ho del brandy per voi. Aprite gli occhi per favore e guardatemi. Bene, continuate a respirare lentamente. No. Non cercate di muovervi, prima un sorso di brandy. Ecco, così va bene, lentamente, sorseggiatelo." Gli sorrise e lo baciò di nuovo quando lui le sorrise. Non sorrideva quando guardò il fratello e Arthur Ellis, e tese bruscamente il bicchiere verso di loro. "Tom? Signor Ellis? Che cosa gli avete fatto? Non avete visto che era esausto? È stato alzato tutta la notte. Signor Ellis, avreste dovuto mandare via prima l'ambasciatore," lanciò il rimprovero ad Arthur, poi fissò torva Tom e il segretario prima di rivolgersi a entrambi: "Ha bisogno di riposo. Ha bisogno di dormire, non avrebbe dovuto giocare a tennis, Tom! Non sei cieco! Potevi vedere come stava. Avresti dovuto declinare l'invito. Perché state lì tutti e due a fissarmi? Signor Ellis! Dov'è il medico di sua signoria? Tom, renditi utile e trova Willis e il signor Jenkins. Voi," aggiunse rivolta al cameriere, "trovate Andrews e chiedetegli di preparare il bagno di sua signoria. Dobbiamo portare Salt nelle sue stanze, dove potrà stare a suo agio."

Il cameriere si voltò e scappò via. Arthur Ellis fissò Tom. Entrambi gli uomini arrossirono sentendosi in colpa, aprirono la bocca per protestare, si lanciarono un'occhiata significativa prima di fissare stupidamente quella piccola e feroce gattina, con un orso sulle ginocchia rivestite di seta. Non trovarono niente da dire in loro difesa, né Tom era pronto a parlare della discussione che aveva avuto con il conte. Stava per seguire l'esempio del cameriere e scappare a eseguire gli ordini della sorellastra, quando il conte parlò.

"Jane?" Disse meravigliato, come se la vedesse per la prima volta. "Jane." Sollevò una mano verso la guancia della moglie. "La mia Jane... non incolpate Tom. La colpa è..."

"Oh, zitto!" Disse Jane facendo il broncio. Vedendo tornare un po' di colore sulle guance ben rasate, diede sfogo al suo sollievo, mentre lei e Tom aiutavano il conte a sedersi, con la larga schiena appoggiata alla parete. "No, *non* è colpa di Tom e *non* è colpa del signor Ellis. È colpa *vostra*, uomo dannatamente ostinato! Sapevate di essere stanco morto quando siete tornato questa mattina, dopo aver passato tutta la notte con Ron, ma avete stupidamente insistito per vedere l'ambasciatore russo. Tony e sua eccellenza avrebbero capito e sarebbero tornati un altro giorno, se avessero saputo della vostra stanchezza. Meglio avere la speranza di rivedervi un altro giorno piuttosto di vedervi morire... morire tra le mie braccia! Avreste dovuto tornare a letto. Invece il vostro stupido testardo orgoglio, vi ha obbligato a fare il vostro dovere... No!" Disse tirando su col naso e respingendo le lacrime. "*Non* sto piangendo. Sono furiosa. Tanto, tanto... furiosa con voi Magnus, che potrei..."

"Vi amo, Jane."

Era una frase semplice, detta semplicemente. Non era del tutto sicura che fosse completamente in sé, di mente e di corpo, ma era tutto quello che aveva desiderato sentirgli dire alla fredda luce del giorno, dal giorno del suo diciottesimo compleanno. Sorrise ai suoi stanchi occhi castani e inconsciamente sospirò di contentezza. Le lacrime rigarono il suo volto arrossato e Jane baciò la mano che le premeva la guancia.

"Io vi amo tanto che vi *odio* per avermi spaventato in questo modo."

Salt la tirò in grembo e la baciò, poi non riuscì a resistere e strofinò la punta del suo lungo naso su quello di Jane. Era un gesto naturale, intimo, che usavano quando erano da soli e che non mancava mai di farle gonfiare il cuore di gioia. Ma Jane vedeva che non era ancora completamente in sé e la sua espressione seria la fece pensare. Il sorriso scomparve.

"State veramente bene? Non vorreste un altro goccio di brandy?"

Il conte scosse la testa, distratto, con le sopracciglia aggrottate mentre passava il pollice sul labbro inferiore pieno della moglie. "Che razza di uomo dovete pensare che sia? Sono stato così evidentemente egocentrico e voi... quando penso che cosa voi..."

Deglutì a fatica, chiuse gli occhi e distolse lo sguardo, incapace di completare la frase.

Jane si rese conto che qualunque cosa potesse dire il conte, quello di cui aveva veramente bisogno era riposo. Alzò gli occhi sul fratellastro, che aveva alzato di colpo lo sguardo verso le travi del soffitto nell'attimo in cui la coppia si era abbracciata, mentre il segretario si era voltato al suono di passi affrettati che attraversavano il campo da tennis. Sembrava che fosse stato convocato un reggimento, ma in effetti era il valletto di sua signoria, Andrews, seguito dal maggiordomo, seguito dal sottomaggiordomo e dietro a Willis, il medico del conte e tre robusti camerieri che respiravano sul collo al dottor Barlow. Si bloccarono tutti alla vista del conte seduto per terra con la contessa in grembo. Quando il medico cominciò a frugare nella sua valigetta, Salt alzò una mano per fermarlo e il corpulento gentiluomo si fermò in coda ad aspettare.

"Ron e Merry arriveranno tra poco," stava dicendo Salt a Jane, mettendole dietro l'orecchio una ciocca di capelli che era sfuggita. "Voglio che li teniate con voi mentre parlo con-con la loro madre. Per nessun motivo Ron e Merry dovranno lasciare questa casa."

"Le toglierete i bambini?"

"Sì, è necessario."

Nonostante la decisione fosse quella giusta, Jane era turbata al pensiero di Ron e Merry separati dalla loro madre. "Potranno… potranno vederla ancora?"

"Se e quando riterrò che sia venuto il momento. E anche allora solo sotto attenta supervisione." Quando Jane si rannuvolò, aggiunse rassicurante. "È per il loro bene. Ron non scamperebbe a un altro episodio come quello della scorsa notte, se restasse affidato a lei."

"La sua ossessione per voi l'ha fatta uscire di senno, credo."

Salt deglutì, con le rivelazioni di Tom ancora penosamente fresche. "Sì," disse a bassa voce, "più di quello che avrei potuto immaginare." Le baciò la mano e si fece forza tanto da riuscire a sorriderle. "Ho tanto da dirvi, ma devo mettere in ordine i miei affari prima. Risolverò tutto oggi, è una promessa." Le diede un buffetto sulla guancia: "Ora dovete lasciarmi e occuparvi dei bambini."

Jane annuì, anche se era riluttante a lasciarlo. Sembrava essersi ripreso dallo svenimento ma c'era una durezza sul suo volto, ancora incolore, e un'espressione negli occhi, qualcosa di simile alla tristezza, che non riusciva a capire. Era certamente preoccupato per qualcosa o qualcuno. Forse era Lady St. John e il compito di separarla da Ron e Merry. Avrebbe tanto voluto parlargli del bambino ma sentì che non era il momento. Avrebbe atteso fino a sera. Una notizia così importante meritava di essere data quando tutto il resto era a posto, e avrebbe certamente dato ai bambini e alla famiglia qualcosa di più bello su cui concentrarsi.

"Che c'è Jane?"

"Niente che non possa aspettare fino a questa sera."

Il conte la aiutò ad alzarsi.

"Aspettare? Un segreto, Jane?"

Jane scosse le gonne e si lisciò il corpetto. "Non un segreto, una sorpresa."

"Non mi piacciono le sorprese," le disse con una smorfia.

Jane si alzò sulla punta dei piedi e gli baciò la guancia. "Allora sarà meglio che vi sediate con una bella tazza di tè, quando ve lo dirò."

"Tè, Jane? Se servirà che sia seduto, forse un cognac sarebbe più adatto all'occasione?"

"Sì, cognac o champagne. Sarebbero entrambi perfetti. Ora andrò a prepararmi per Ron e Merry." Guardò il gruppetto di uomini che fingevano di interessarsi alle fibbie delle loro scarpe, poi fissò suo marito. "Dovete permettere al dottor Barlow di esaminarvi, fate il bravo. Promettetelo."

Il conte rise e le pizzicò il mento. "Prometto."

Sulla porta della galleria, gli mandò un bacio.

La contessa era appena uscita dal campo di tennis che il conte si rivolse a Tom.

"Mi servono immediatamente quei documenti. Non mandate un servitore. Andate voi stesso a prenderli. Non mostrateli a nessuno, non ditelo a nessuno. Arthur! Dopo che vi sarete occupato della corrispondenza che c'è sulla mia scrivania, rendetevi utile con sua signoria. Per nessun motivo Lady St. John deve essere ammessa nel salotto della contessa." Indicò con un dito i tre robusti camerieri. "Prendeteli con voi. Andrews! Perché siete qui e non a preparare il mio bagno? No! Non parlate. Andate. Jenkins! Mostrate la strada al dottor Barlow."

"Milord, protesto, vi devo visitare."

"Non siate assurdo. Jenkins?"

Il maggiordomo prese il medico per il gomito.

"Ma sua signoria vi ha chiesto di fare il br…"

Il conte tolse le spalle dal muro, con le narici che fremevano. "Questo è fare il bravo, Barlow. Buon giorno. Perché state sorridendo?" Chiese al sottomaggiordomo, che abbassò immediatamente lo sguardo sulle scarpe di pelle. Salt guardò sopra la testa china del servitore. Soddisfatto che i servitori che aveva lasciato andare non fossero a portata d'orecchi, riportò l'attenzione su Willis. "Ho una commissione per voi. Deve essere svolta immediatamente e nel segreto più assoluto."

"Sì, milord."

Il conte tenne lo sguardo fisso sul giovane uomo. Anche se l'espressione di Willis era perfettamente neutra, le sue mani intrecciate non riuscivano a restare ferme. Le labbra di Salt si contrassero. "Non ho dimenticato che bruciate dal desiderio di parlarmi in confidenza. Dovrete aspettare fino a che abbia fatto il bagno e di essere tornato dalla vostra commissione. Non andate nello studio. Venite nel mio appartamento privato. Andrews vi farà entrare." Ebbe un pensiero improvviso e scese dal suo piedistallo. "Può aspettare, quello che volete discutere con me, vero, Rufus?"

Willis era così stupito che il conte conoscesse il suo nome di battesimo che annuì stolidamente, senza pensare che quello che aveva da dire al conte era questione di vita o di morte. Pensò che con la bottiglietta blu al sicuro in un armadietto, e tre camerieri robusti a guardia del salotto della contessa, e visto che sarebbe stata circondata dalla famiglia, sua signoria e il suo bambino erano al sicuro da ogni possibile immediato atto di malevolenza di Lady St. John.

"Sì, milord, sì, può aspettare."

Salt strinse la spalla del sottomaggiordomo. "Bene, ecco quello che voglio che facciate…"

TOM NON AVEVA AVUTO bisogno che il conte glielo ripetesse, per ubbidire. Corse attraverso il campo da tennis e scomparve oltre la porta dall'altra parte e nel corridoio che portava ai palchi, e lì si scontrò con Diana St. John.

La donna sobbalzò e tirò a sé le gonne per permettere a Tom di passare. Ma non si spostò e gli bloccò la strada. Agitata, fece cadere il ventaglio, che Tom raccolse, e poi fece mostra di sistemarsi le gonne, prima di chiedere a Tom se sapeva dove fosse Lord Salt. Aveva urgentemente bisogno di parlare con lui. Riguardava suo figlio Ron, quindi era importante che sua signoria fosse informato immediatamente. Il signor Allenby sapeva dov'era andato? Nessuno dei servitori sembrava averne idea e, dato che il maggiordomo e il sottomaggiordomo erano entrambi assenti dai loro posti, non c'era nessuno tra i servitori che potesse aiutarla; una casa così disordinata. Senza dubbio, col tempo, la giovane contessa avrebbe imparato le semplici regole della gestione di una casa ma doveva essere un tale disturbo per Lord Salt, per non parlare del fastidio, quando sua signoria aveva cose tanto più importanti con cui occupare il suo tempo, governare la nazione, ad esempio.

Tom stava per protestare e difendere la sorellastra, ma decise che non aveva tempo da perdere con questa donna e quindi la sua risposta fu secca e non si fermò.

Mentre tornava a cavallo a Grosvenor Square, con i documenti al sicuro in una tasca profonda della sua redingote, Tom si rese conto con estremo disagio che Diana St. John si stava allontanando dalla galleria, non stava entrando nel campo da tennis come aveva accennato. Doveva essere stata nascosta in uno dei palchi della galleria a origliare la conversazione del conte. Intercettare Tom era stato un modo per impedirgli di capire la verità e guadagnare tempo. Una volta che avesse messo le carte al sicuro nelle mani del conte, decise che sarebbe andato immediatamente nell'appartamento di Jane.

Diana St. John arrivò dalla contessa per prima.

Quando Willis fu ammesso silenziosamente nel calore e nello splendore opulento dell'appartamento privato del suo padrone, il conte si era tolto la camicia e i calzoni da tennis e aveva indossato degli abiti più adatti al suo rango e alle circostanze. Se quel nobile colosso vestito di velluto e pizzo d'argento non fece tremare le ginocchia a Willis, certamente la rigidità di quel volto attraente ebbe l'abilità di trasformare le gambe del sottomaggiordomo in gelatina. Ebbe anche la distinta impressione che, qualunque malessere avesse colpito il conte sul campo da tennis, ora era stato completamente superato. Il conte era in completo possesso delle sue facoltà fisiche e mentali. E questo aumentò il disagio del sottomaggiordomo. Essere a faccia a faccia, da solo con sua signoria, era un mondo a parte rispetto all'assistere la giovane contessa, che non solo lo faceva sentire a suo agio e accoglieva volentieri i suoi suggerimenti, ma considerava anche importante la sua opinione. Si sentiva tutt'altro che a suo agio e incline alle confidenze, con quell'implacabile edificio umano che aveva cinquecento anni di sangue blu che gli pompava nelle vene.

Il suo padrone era occupato a leggere un documento, alla luce che filtrava da una finestra senza tende. Willis attese pazientemente sul bordo dello spesso tappeto, interessandosi allo spogliatoio oltre il cavernoso salotto, dove il valletto stava rovistando intorno a un enorme semicupio. Andrews si fermò e guardò dall'alto al basso il sottomaggiordomo, con un'alzata di sopracciglia che diceva così palesemente *questo non è il tuo posto*, che lo sconforto di Willis aumentò notevolmente. Di sotto, Aloysius Andrews era una forza di cui tenere conto, l'unico servitore che aveva il permesso di andare e venire come voleva. Comunque, non era il caso che ascoltasse quello che Willis aveva da dire e la sua smorfia di disapprovazione fu notata dal conte che fece capire ad Andrews, con un'occhiata sopra gli occhiali cerchiati d'oro, che doveva andarsene.

Quando finalmente gli fece segno di avvicinarsi, Willis si chiese se le gambe l'avrebbero portato attraverso la stanza, specialmente quando proprio in quel momento il nobiluomo gettò il documento piegato su un tavolino, con un'imprecazione che fece sussultare il sottomaggiordomo. Gli tremavano le mani quando appoggiò il sacchetto di pelle e una piccola bottiglia di vetro azzurro dal collo sottile sul tavolino di noce. E, quando il conte si infilò il sacchetto nella tasca della redingote senza controllarne il contenuto, e poi fissò la bottiglietta di vetro azzurro con una significativa occhiata inquisitiva, Willis deglutì rumorosamente.

Un'ora e mezzo dopo, il sottomaggiordomo emerse dall'appartamento privato di sua signoria sull'orlo di un collasso nervoso. Jenkins, con Andrews alle spalle, lo affrontò nel corridoio di servizio che portava all'appartamento della contessa, pretendendo di sapere perché Willis avesse agito alle sue spalle, cercando udienza con il loro nobile datore di lavoro senza il suo permesso. Willis fissò impassibile il maggiordomo, con il volto pallido e le labbra tirate. Si asciugò un velo di sudore dal labbro superiore ma non disse niente. Quando fece per andarsene, Jenkins gli ordinò di restare dov'era, pena essere immediatamente licenziato per insubordinazione. Rufus Willis si voltò e, con un piccolo inchino, informò lo sbigottito signor Jenkins e un Andrews a bocca aperta, che non era necessario darsi tanta pena. Lui, Willis, non occupava più il posto di sottomaggiordomo in questo palazzo di Grosvenor Square; se ne sarebbe andato per la fine della settimana. Poi girò sui tacchi e uscì con tutta la dignità che poté raccogliere.

ARTHUR ELLIS TROVÒ LA contessa di Salt Hendon nel suo bel salotto, accoccolata con il suo ricamo in mezzo ai cuscini del sedile sotto la finestra. I ragazzi St. John stavano giocando con Visconte Quattrozampe di fronte al camino di marmo, che irradiava il calore di un fuoco ruggente. I bambini ridevano ed erano felici mentre stuzzicavano il gattino con un pezzo di nastro, e la contessa era assolutamente affascinante in una nuvola di gonne di satin azzurro cielo che fluiva sul pavimento, con i capelli corvini raccolti in cima alla testa e intrecciati con dei nastri di satin dello stesso colore dei suoi splendidi occhi.

Era una scena domestica tanto piacevole e un cambiamento veramente gradito per il segretario, dopo la scena drammatica sul campo da tennis con il suo nobile padrone colpito da un attacco di qualche tipo, e poi con il suo amico Tom Allenby che si precipitava nello studio senza farsi annunciare, brandendo una pergamena. Quando gli disse che il conte era nel suo appartamento privato a fare il bagno e che non poteva essere disturbato, Tom gli aveva fatto l'occhiolino e aveva detto che il suo nobile cognato l'avrebbe certamente ricevuto, bagno o non bagno, ed era uscito di corsa, sordo alle proteste del segretario. E, mentre andava nelle stanze della contessa attraverso il corridoio di servizio, perché si faceva più in fretta che non passando per lo scalone centrale e inoltre significava che non avrebbe corso il rischio di incontrare qualche postulante che si era attardato o sgraditi ospiti pomeridiani, aveva trovato Rufus Willis che veniva apostrofato dal signor Jenkins e da Aloysius Andrews, e che aveva un'espressione come se gli avessero appena annunciato la sua esecuzione.

Quello che Arthur desiderava di più era una tazza di tè, una fetta di pan speziato e il sorriso rassicurante della contessa. Lei sembrò leggergli nella mente perché lo guardò comprensiva mentre si rialzava da un inchino stanco e gli offrì di sedersi sul divano a righe.

"Signor Ellis! Siete venuto a raggiungerci per il tè," disse Jane con un sorriso radioso, mettendo da parte il suo ricamo ma restando sulla panchina. "Ma temo che siate un po' in anticipo, o siamo in ritardo noi?"

"Ellis è in anticipo," annunciò Ron, tirando il nastro a sua sorella perché non voleva che uno dei funzionari maschi di suo zio lo vedesse giocare con un gattino, dopo tutto aveva quasi nove anni, e anche perché era il turno di Merry di far divertire Visconte Quattrozampe. "Oltre a tutto, stiamo aspettando che Tom Allenby ci raggiunga."

"Ci ha promesso di raccontarci tutto sulla fabbricazione del vetro azzurro," disse Merry, prendendo in braccio il gattino, "così saremo già esperti quando ci porterà a visitare le sue fabbriche. Siete stata nelle fabbriche di Tom Allenby, zia Jane?"

"No, ma mi piacerebbe andare. Forse potremmo andare tutti insieme?" Suggerì Jane. "Verrete con noi, signor Ellis? Oppure Tom vi ha già portato nelle sue manifatture di Bristol?"

Arthur fu lento a rispondere. In effetti non aveva sentito una parola di quello che aveva detto Jane. La stava fissando apertamente. C'era qualcosa in lei, quel giorno, qualcosa che non riusciva a definire. Era radiosa. Sì, ecco che cos'era, radiosa. Aveva avuto quella stessa aura quattro autunni prima, quando aveva visitato Tom a Despard Park, intorno al periodo del ballo della caccia di Salt.

"È maleducato fissare, Ellis," disse pacatamente Ron, appoggiandosi contro il sedile della finestra accanto a Jane.

"Tutti fissano zia Jane, Ron," rispose Merry senza mezzi termini. "A lei non importa, vero zia Jane?"

"Le mie... le mie scuse, milady," balbettò Arthur. "Tè e torta sarebbero veramente bene accetti, grazie."

"È perfettamente normale che la gente comune fissi, perché non sa fare di meglio." Ron fece la paternale a sua sorella. "E non gli capita mai di incontrare una fata, perché non possiedono un giardino. Ma è sbagliato che un servitore la fissi. Allo zio Salt non piacerebbe per niente."

"Il signor Ellis non è un servitore. È un *segretario*," lo corresse Merry.

"Fata?" Chiese diffidente Arthur Ellis, con un occhio sulla contessa. "Chi ha detto una cosa del genere, signorino Ron?"

Ron alzò le spalle magre. "Lady Caroline ha detto..."

"...che lo zio Salt ha trovato la zia Jane in fondo al suo giardino," interruppe Merry, "tra i fiori. La cugina Caroline dice che è dove le fate prendono il tè, fatto di denti di leone schiacciati, e che lo zio Salt ha scelto zia Jane perché era di gran lunga la più bella e la più dolce delle fate che..."

"Non fare l'oca, Merry! Le fate non bevono il tè. Bevono..."

Arthur Ellis colse l'occasione della discussione che seguì tra i gemelli sul tè e le fate, reali o immaginarie, per attirare l'attenzione della contessa. "Milady, una parola in privato, se posso," chiese, con un'occhiata significativa a Ron e Merry.

I gemelli non erano così intenti alla loro discussione come sperava Arthur Ellis. Il coro di disapprovazione che salutò il suo suggerimento fece alzare Jane dal sedile sotto la finestra lisciandosi le gonne.

"O mio Dio! Quanto rumore per nulla. No. Restate dove siete. Il tè arriverà tra poco, insieme alla cugina Caroline. Il signor Ellis e io andremo nello spogliatoio, inoltre," aggiunse, sollevando le gonne e affrettandosi a entrare nello spogliatoio, "devo scoprire se Anne è tornata. È uscita per una commissione ed è stata lontana tanto a lungo che ho dovuto sistemarmi da sola i capelli. Forse..."

Jane si interruppe di colpo sulla soglia, stupita nel vedere la sua cameriera personale aggredita da Lady St. John, che teneva la ragazza per le braccia e la stava scuotendo.

"Milady? Perché siete nelle mie stanze private?" Chiese Jane. "E con che diritto maltrattate la mia cameriera?"

"La vostra cameriera, signora, è una ladra e una bugiarda," annunciò Lady St. John. "Mi ha rubato una cosa che ha per me un grande valore sentimentale e voglio che me la restituisca, o sarà impiccata!"

"Milady, io non ho rubato..."

"Bugiarda!"

"Lasciatela andare, milady," ordinò Jane. "Non è compito vostro venire a importunare i miei servitori e maltrattarli, qualunque cosa pensiate possano aver fatto. Prima di tutto dovete esporre a me le vostre preoccupazioni."

"Buon Dio! Contessa da due minuti e ora siete un'autorità su come trattare i servitori infedeli? Dovreste veramente lasciare queste faccende a quelli che hanno l'esperienza per trattare gli insolenti come questa ragazza."

"Grazie, ma non mi servono i vostri consigli," Jane condusse la cameriera a una certa distanza. "Avete qualcosa di proprietà di Lady St. John?" Le chiese gentilmente. "Per favore, non piangete, io crederò a quello che mi dite, Anne."

Questo discorso fece alzare la testa ad Anne, che replicò, tirando su con il naso: "Io non ho rubato quello che non appartiene a Lady St. John, milady," sussurrò, e fissò la contessa con uno sguardo significativo, con un'occhiata veloce a Diana St. John. "Il signor Willis ha restituito l'oggetto a sua signoria, come gli è stato chiesto di fare."

Jane mantenne lo sguardo fisso sulla cameriera: "Restituito?" Quando la cameriera annuì e si posò leggermente la mano alla base della gola, Jane capì. "Grazie, Anne."

"E la bottiglietta azzurra?" Chiese sfacciatamente Diana St. John alla cameriera. "Che cosa ne avete fatto della bottiglietta azzurra?"

In piedi dietro la contessa, Anne si sentì abbastanza coraggiosa da guardare in faccia Lady St. John. "Il signor Willis ha anche quella, milady."

Diana St. John fece un passo avanti, con i denti e le mani strette. "Quella è stata una cosa veramente stupida da fare, piccola idiota!"

"Nonostante il vostro parere sulle azioni della mia cameriera, vedete che non ha quello che cercate," disse calma Jane. "Credo che vi cerchino nello studio di sua signoria…"

"Sono stato mandato a cercarvi, milady," disse nervosamente Arthur Ellis, facendo un passo avanti e dicendo alla contessa, con uno sguardo significativo: "Sua signoria era particolarmente desideroso di avere la compagnia di Lady St. John e la sta pazientemente aspettando nel suo studio."

Diana St. John sorrise con superiorità. "Pensare che ha passato tutta la notte a casa mia e ora chiede di vedermi di nuovo, a poche ore da quando se n'è andato," tubò felice. "Voi povera disgraziata, sposa da tre mesi e ha già perso interesse. Lo avevo previsto. Quelle due notti la scorsa settimana che ha passato lontano dal vostro letto…"

"Era con me ad Arlington Street," spiegò Sir Antony, entrando nello spogliatoio, ora affollato, facendo roteare l'occhialino con il nastro. "Due sedute che si sono protratte in Parlamento e cena entrambe le sere con il sottoscritto. Era stanco morto, tanto che sono riuscito a convincerlo a passare la notte nelle sue vecchie stanze. Chiedo scusa per averlo tenuto lontano da voi, milady," disse a Jane con un inchino, poi si avvicinò a sua sorella, dicendo sottovoce: "Il tuo tentativo di seminare zizzania è stantio come il pane di ieri, Di. Smettila prima di renderti ancora più ridicola."

"Pappamolla," sibilò Diana St. John e, con un fruscio di gonne si voltò e uscì dalla stanza, dicendo enigmaticamente con un sospiro: "Se si vuole che una cosa sia fatta, è meglio farla da solo."

Imperturbato, Sir Antony scrollò le spalle e guardò il segretario. "Tre bruti stanno sorvegliando la porta del salotto di sua signoria. Potresti illuminarci, Ellis?"

"Per favore non allarmatevi, milady," disse il segretario. "Gli uomini sono stati appostati su richiesta di sua signoria, nel caso in cui Lady St. John tentasse di rientrare in queste stanze alla conclusione del suo colloquio con il signor conte. Hanno istruzioni di tenere lontani tutti i visitatori dalla vostra porta."

"Già, e hanno proprio dimostrato di saperci fare!" commentò giustamente Sir Antony. "I maledetti stupidi hanno tentato di impedirmi di venire a prendere il tè, vestito con una redingote e con la testa incipriata. Un tè, potrei aggiungere, che sembra essere in pieno svolgimento là fuori. Sembra che abbiate bisogno di un po' di Bohea forte, Ellis," aggiunse bonariamente, con una pacca sulla schiena magra del segretario e una strizzatina d'occhio a Jane, mentre riconduceva Arthur nel salotto.

Alla faccia dell'efficacia dei tre robusti domestici nel tenere fuori cani e porci!

Arthur sapeva quando piegarsi alla forza maggiore. Sapeva anche che cosa si aspettavano da lui, e si appollaiò silenziosamente su un angolo del sofà e accettò con gratitudine una ciotola di tè, con un occhio brillante incollato su Lady St. John che, invece di correre nello studio del conte come le avevano chiesto, si era assunta il compito di sedersi accanto alla teiera e, con l'aiuto di sua figlia, distribuiva le ciotole di tè e l'assortimento di biscotti alla mandorla e al ratafià, torte speziate e al limone tra il gruppetto riunito.

Jane non fece nessun tentativo di sloggiare Diana St. John dal posto che le sarebbe spettato di fronte al suo servizio da tè, nonostante il fastidio che provava vedendo che la donna aveva la faccia tosta di restare nel suo salotto e assumere il controllo della cerimonia. Invece tornò silenziosamente al suo sedile sotto la finestra e prese il ricamo, ritenendo meglio per tutti, specialmente per i gemelli, assecondare Diana St. John, lasciarle credere che avesse tutto sotto controllo e tenerla tranquilla finché il conte avesse allontanato da lei i bambini. L'aperta ostilità della donna nei confronti di Anne era un'indicazione sufficiente che era più instabile di quanto Jane avesse pensato all'inizio.

Era così persa nei suoi pensieri che non notò che Lady Caroline si era installata sulla chaise longue, dove restò seduta, insieme a Ron che dava una bella grattata a Visconte Quattrozampe dietro le orecchie, finché non cominciò a beccarsi con Diana St. John, non l'azione più adatta a tenere l'ambiente tranquillo.

"Qualcuno sa perché Salt è nel suo appartamento da una vita?" Chiese Lady Caroline, raccogliendo le gonne, in attesa che Sir Antony si sedesse accanto a lei. Quando lui scelse di scaldarsi le mani accanto al camino, lei fece il broncio ma fece finta di non vedere, aggiungendo. "Forse sta facendo un meritatissimo pisolino?" con un sorriso caramelloso verso Diana St. John. "Chi può biasimarlo, è stato sveglio quasi tutta la notte a fare l'infermiere."

Lady St. John scelse un confetto dalla ciotola sul carrello del tè ingombro. "Caroline, non hai nessun diritto di mettere in dubbio la devozione di Salt nei confronti di mio figlio."

"Oh, non è la sua devozione per Ron che mi preoccupa, cugina," rispose Lady Caroline, con un sorriso affettuoso a Ron.

Gli passò il gattino e squadrò risentita Diana St. John. Diana non le era mai piaciuta, anche perché aveva l'abitudine di monopolizzare il tempo e le attenzioni di suo fratello da che poteva ricordare, e ricordava parecchio. Erano passati solo quattro anni dalla morte del suo zio favorito, St. John. Lui aveva sempre trovato il tempo di parlare con lei come se i suoi pensieri e le sue opinioni fossero importanti per lui, ed era così che l'aveva sempre trattata anche Salt, come una persona, non come un oggetto da possedere o da ignorare, come se facesse parte dell'arredamento, che era il modo in cui la vedeva Diana, e così ignorare la sua esistenza, come se non fosse importante. A Diana non importava quello che Caroline vedeva e sentiva, ad esempio come maltrattava St. John, i loro litigi furiosi, il flirtare esagerato con tutti i visitatori maschi di Salt Hall, ma in particolar modo come monopolizzava il tempo e le attenzioni di Salt, cosa che induceva Caroline a detestarla ancora di più.

Diede un'occhiata alla contessa, che era accoccolata sul sedile della finestra con il suo ricamo, e vide l'occasione di punzecchiare Diana dove bruciava di più. "Mi piace come avete trasformato la nursery, milady. E non posso nemmeno cominciare a dirvi quanto sia felice che mio fratello si sia finalmente sposato, perché cominciavo a disperare di diventare zia." Rivolse a Sir Antony un dolce sorriso che non lo ingannò. "Salt sarà un padre meravigliosamente devoto con la sua nidiata, vero, Tony?"

"Sono sicuro che ti farà contenta, Caro, riempiendo la nursery fino a farla scoppiare," concordò Sir Antony, ignorando la contessa che era arrossita di imbarazzo, ma non sua sorella, che sbuffò come ad accantonare l'idea. "Mia cara Diana, avete inghiottito un nocciolo?"

"Bene! Voglio proprio un mucchio di nipoti e nipotine," rispose Lady Caroline, poi cambiò argomento prima che Diana, che la stava guardando con ostilità a occhi socchiusi, avesse il tempo di passare all'attacco. "Tony, che cosa stavate dicendo su Willis? Certamente Jenkins ha capito male?"

"L'ha saputo direttamente dalla fonte, si può dire."

"Rufus Willis è con noi da sempre," sostenne Lady Caroline, perplessa. "È nato a Salt Hall. Suo padre e suo nonno erano i nostri sovraintendenti. Mi ha dato il mio primo pony da cavalcare. E mamma lo ha mandato a Rugby perché era così studioso. Avrebbe dovuto andare a Cambridge ma poi mamma è morta e suo papà si è ammalato. Dico che dovremmo parlare con Salt. È sprecato come sottomaggiordomo..."

"Oh, Caroline, non essere così sciocca!" disse sprezzante Diana St. John. "Sprecare soldi per l'educazione di un servitore? Quell'uomo dovrebbe essere lieto di avere un tetto sulla testa," diede a Merry un piatto di biscotti alla mandorla da offrire a Jane. "Vorreste un biscotto, milady?" Quando Jane istintivamente si allontanò dal forte odore della pasta di mandorle, ma riuscì comunque a sorridere e ringraziare la ragazzina per l'offerta, Diana sorrise a mezza bocca. "Forse della torta al limone andrebbe meglio per il vostro palato? Merry, porta questa torta al limone a sua signoria!"

"Rufus Willis è uno degli uomini più colti di mia conoscenza," dichiarò Jane, assaggiando appena la torta al limone e poi mettendola da parte perché non aveva voglia di cose dolci. Riprese il suo ricamo. "Spero che Salt faccia qualcosa per lui, Caroline."

"Oddio, sì, di *vostra* conoscenza, certo, siete un'oca come Caroline!" Replicò Diana, infastidita che Jane avesse scartato la torta. "Ora ci direte che Salt vi ha sposato per il vostro carattere dolce e non perché ha momentaneamente perso la ragione." Sorseggiò pensosamente il suo tè. "Secondo la mia esperienza, il desiderio irrefrenabile per un bell'oggetto è spesso stato causa della caduta di grandi e potenti uomini. Non ho mai pensato che Salt potesse cadere così in basso..."

Lady Caroline balzò in piedi: "Come osate parlare di mio fratello e di sua moglie in questo modo *volgare* e indegno! Salt ha sposato Jane perché la ama; un sentimento di cui voi capite ben poco."

"Caroline, siete una bambina capricciosa e viziata che..."

"Basta!" disse Sir Antony con molta calma, alzando gli occhi dal tappeto, dove stava aiutando Ron a staccare un nastro che si era incastrato nell'artiglio del gattino. "Caro ha ragione, Di. Devi delle scuse a Lady Salt."

"Per favore, ricordiamoci dove siamo," disse pacatamente Jane, con uno sguardo eloquente a Ron e Merry, che ascoltavano avidi la conversazione. "Tony, che cos'ha detto Jenkins di Willis? Non è ammalato, spero?"

"Peggio, ha perso il suo posto. Willis non è più il sottomaggiordomo in questa casa."

Proprio mentre Sir Antony lo diceva, Anne, che era entrata attraverso lo spogliatoio con un rocchetto di cotone per la sua padrona, scoppiò in lacrime e scappò dalla stanza con un singhiozzo strozzato.

"Grazie al cielo, quella creatura piagnucolosa non gironzola più per la mia casa," annunciò soddisfatta Lady St. John mentre versava il latte nelle varie ciotole di tè. "Quella donna è una vera fonte di guai."

Lady Caroline passò incredula lo sguardo dalla contessa a Diana St. John e poi si avvicinò a Jane, conscia della presenza dei gemelli. "Non potete lasciargliela passare liscia con quegli orrendi commenti su voi e mio fratello," sussurrò. "Vi deve delle scuse e se non la affronterete penserà che siete debole e vi comanderà per sempre."

Jane mise da parte il ricamo e fece sedere Caroline accanto a lei sulla panca. "Se pensassi che potrebbe servire a qualcosa farei quello che suggerite, ma...," diede un'occhiata a Diana St. John, che era impegnata a rimettere il tappo a una bottiglietta di vetro azzurro e a riporla nella sua borsetta a rete. "Non sta bene. Tutto quello che potrei dire la farebbe infiammare ancora di più. Non mi aspetto che capiate completamente ma, per favore, dobbiamo aspettare vostro fratello che è la sola persona in grado di controllarla." Guardò Sir Antony e gli chiese del sottomaggiordomo.

"Pettegolezzi da camerieri," si scusò Sir Antony. "Willis è uscito di casa senza dire a Jenkins dove stava andando e quando è tornato è stato convocato nell'appartamento privato da Salt, dove ha passato più di un'ora in conversazione, rinchiuso con lui. Quando è uscito aveva il volto pallidissimo, tanto che sembrava fosse caduto nella farina, e tremava come una gelatina *e* non riusciva a mettere in fila due parole. Poi è uscito di nuovo e da allora non si è più visto. Potrei aggiungere che qualunque cosa Willis abbia detto in quel colloquio ha lasciato Salt più che furioso. Andrews ha confidato a Jenkins di non aver mai sentito un linguaggio così crudo, espresso con tanta eloquenza."

Lady Caroline sorrise a Jane e guardò maliziosa Sir Antony, dicendo, con finta premura. "Forse potrei chiedere al capitano Beresford di assumere Willis...?"

Sir Antony non abboccò all'amo. Rimise la ciotola sul piattino dicendo, educatamente: "Fatelo, mia cara. Forse, date le circostanze di questa storia d'amore, il vostro capitano potrebbe anche assumere la cameriera personale di sua signoria in modo che lei e Willis possano stare di nuovo assieme. Non sareste un quartetto romantico?"

"Sì, veramente romantico!" buttò lì Lady Caroline a Sir Antony, come gli avesse dato il miglior suggerimento al mondo. "Devo scrivere subito al caro capitano riguardo al povero Willis. È così comprensivo in queste faccende. Senza dubbio, quando lo informerò delle circostanze dietro al licenziamento di Willis, prenderà al volo l'occasione di essermi utile."

"Credo che dovreste proprio scrivere un biglietto al caro capitano, Caroline," disse Jane con una fossetta sulla guancia, partecipando al gioco di Caroline. "E certamente assicuratevi di informarlo che la romantica idea di tenere insieme Anne e Rufus è stata di Sir Antony Templestowe."

Sir Antony si inchinò: "Vivo per compiacervi, care signore."

"Da quando i sentimenti dei servitori significano qualcosa?" disse sprezzante Diana St. John, e sorrise a Jane. "Non avete toccato la vostra torta, milady. Forse la ciotola di tè che la mia deliziosa figliola vi ha portato vi aiuterà a sentirvi meglio. Merry, non restare lì impalata! Offri i dolci a tuo zio, poi puoi venire accanto alla mia sedia. Non a Ron! Merry!" scattò decisa quando sua figlia offrì la torta al fratello. "Niente torta, tuo fratello è ancora troppo debole per digerire il cibo. Ricorda quello che ha suggerito il medico."

Jane prese il piattino con la ciotolina di tè che Merry aveva posto sulla panchetta sotto la finestra, accanto a lei, ignorando lo sguardo intenso di Diana St. John.

"Veramente non avete un bell'aspetto, milady," disse in tono sdolcinato Diana St. John quanto Jane esitò a bere il contenuto della ciotolina. "Il tè fa benissimo quando qualcuno è un po' giù di corda, non siete d'accordo, Antony?"

"Merry, potresti essere così cortese da riportare questo piatto alla tua mamma?" Jane sorrise alla ragazzina. "Non bevo latte."

"Mia cara Lady Salt, vi assicuro che, *con il latte*, il tè vi farà veramente bene," insistette Diana St. John. "Merry! Lady Salt *berrà* quel tè con il latte."

"No, non lo berrò," dichiarò fermamente Jane, sostenendo lo sguardo di Diana St. John, con il piattino e la ciotolina tenuti a distanza di braccio, perché Merry li riportasse sul carrello del tè. "Grazie, Merry"

"Merry! Non prendere quel piatto," le ordinò sua madre. "Milady, insisto che voi almeno assaggiate il mio tè. Dopo tutto il disturbo che mi sono presa per voi."

"Sono consapevole dello sforzo, Milady, ma non posso bere il tè."

"E perché non potete bere il tè con il latte, Milady?"

"Di, non ha importanza perché Lady Salt non può bere il tè con il latte." Disse Sir Antony con un sospiro di esasperazione. "Che sua signoria non lo desideri dovrebbe bastare. Merry, riporta subito il piattino sul carrello."

"No, Merry, non toccare quel piatto," esclamò sua madre. "Lady Salt mi farà la cortesia di bere quel tè."

La ragazzina esitò, a mezza strada tra sua madre e la contessa, senza sapere da che parte voltarsi. Avrebbe voluto prendere il piattino dalla contessa ma temeva l'ira di sua madre se l'avesse fatto. Ron vide il disagio di sua sorella e si avvicinò a lei ma Sir Antony, scambiando uno sguardo esasperato con Lady Caroline, fermò il nipote con una mano sulla spalla e andò in aiuto della nipote.

"Tante storie per una stupidaggine! Lascia che Merry prenda il piattino e falla finita."

"Non interferire! Non sono problemi tuoi! Lady Salt *berrà* il tè che Merry le ha tanto graziosamente offerto. Sarebbe un'enorme maleducazione non farlo. Vero milady?"

Jane soppresse la propria esasperazione e si disse che se un sorso di tè al latte poteva far finire tutto il trambusto e restituire serenità a Merry, avrebbe fatto meglio ad accontentare Diana St. John. Certo sarebbe riuscita a reprimere la nausea per qualche momento. Ma solo il pensiero del latte la faceva sentire nauseata. Forse se avesse trattenuto il fiato…

Arthur Ellis, che era appollaiato in silenzio su un angolo del sofà, dimenticato da tutti, si alzò, deciso a salvare la contessa dall'essere obbligata a bere una sostanza il cui semplice pensiero la faceva rabbrividire. Merry era ancora ferma in mezzo alla stanza, evidentemente a disagio, anche se si sentì enormemente sollevata quando la contessa sollevò la ciotolina dal piattino.

Jane fece del suo meglio per portare la ciotolina alla bocca, ma la nuvola di vapore che si alzò dal liquido lattiginoso le assalì il naso e le fece fare uno scatto all'indietro e rimettere la ciotola sul piattino, chiudendo gli occhi. Fu troppo per Arthur Ellis, e per Sir Antony, che si fecero entrambi avanti e quasi si scontrarono, con il segretario che fece in fretta un passo indietro per permettere a Sir Antony di fare il cavalier servente.

Sir Antony era talmente infastidito dalla testardaggine di sua sorella che, afferrando il piattino dalla mano di Jane, rovesciò involontariamente la ciotola, che schizzò il suo contenuto caldo e lattiginoso sul davanti del suo splendido panciotto di velluto ricamato in argento, prima di riuscire a rimetterla al suo posto sul piattino. Quello che non era stato assorbito dal ricco velluto gocciolò sulle lucidissime scarpe con le enormi fibbie d'argento e dentro la sua scarpa sinistra, inzuppando la calza.

Diana St. John balzò in piedi, incredula e infuriata. Fissò il panciotto rovinato di suo fratello e poi le sue scarpe. "Idiota! *Pazzo*," ribollì. "Potrei *ucciderti*! Tutta quella fatica, era l'occasione *perfetta*! Non hai idea, nessuna idea di quello che hai appena fatto."

"Ma io sì," annunciò il conte dalla porta, ed entrò nel bel salottino di sua moglie, affollato di parenti, dominando immediatamente l'ambiente.

DICIOTTO

"Bene, Arthur, che cosa non avete capito della frase *scortate immediatamente Lady St. John nel mio studio?* Non importa, ora," disse sprezzante, al suo segretario rosso in volto, che cercava di pronunciare delle scuse ingarbugliate. "Respirate a fondo e sedetevi prima di perdere i sensi." Appoggiò due pergamene, una con il sigillo appena rotto, sulla mensola del camino, tra diversi cartoncini di invito aperti e poi si voltò a fissare Sir Antony da cima a piedi. "Povero me, Tony, un panciotto rovinato, ma ti assicuro che è tutto a fin di bene." Sopra la spalla, sentì che Diana St. John aveva fatto un passo verso di lui. "Sedetevi," intimò secco. "Immediatamente," poi rivolse un sorriso radioso ai suoi figliocci. "Merry, Ron, siate tanto gentili da seguirmi."

Jane guardò suo marito spostarsi dal camino per avvicinarsi alla stretta porta, nascosta nella tappezzeria a disegni cinesi di peonie, che dava accesso al corridoio di servizio e alle scale che portavano alla nursery di sopra. Trovava difficile credere che il marito avesse mai sofferto di un collasso in vita sua, tanto meno solo poche ore prima, sul campo da tennis. Se non fosse stato per una tensione alla mascella, appariva a suo agio e forte e sano come sempre. I suoi occhi castani erano vivi e c'era un colore sano sulle guance ben rasate, e questo le fece tirare un sospiro di sollievo. Ma quella tensione la preoccupava. Era un segno che aveva imparato a leggere molto bene. Al mondo esterno poteva sembrare che non avesse una preoccupazione al mondo, ma in realtà stava facendo del suo meglio per tenere sotto controllo le sue emozioni. Non gli invidiava il compito che aveva davanti a sé. E Jane era ansiosa tanto per lui quanto per i bambini.

Che Tom avesse seguito Salt nel salotto le diede un po' di conforto. Ma Tom sembrava preoccupato quanto il conte sembrava tranquillo. Il suo fratellastro non era bravo a nascondere le sue emozioni. Appena vide Jane, ignorò la stanza piena di gente e andò diretto a chinarsi sulla sua mano. Fu solo quando si fu seduto accanto a lei, sulla panchetta sotto la finestra, che fece un cenno al gruppetto prima di guardare il conte per avere istruzioni.

Salt disse a Ron e a Merry di portare con loro il terrore peloso a quattro zampe della contessa e attese mentre loro raccoglievano Visconte Quattrozampe, che non aveva voglia di farsi scomodare dal calore del grembo di Lady Caroline dove si era appallottolato. Quando Diana St. John si alzò a metà dalla poltrona, aspettandosi di seguire i figli attraverso la stanza, una parola del conte la fece sedere di nuovo, riluttante. Sir Antony, Lady Caroline e Arthur Ellis, che era ancora in piedi, rosso in volto, restarono in silenzio. Una parola a bassa voce di Jane e il segretario si lasciò cadere lentamente sull'angolo del sofà e, come per tutti gli altri, il suo sguardo restò fisso sul conte.

Salt si accucciò davanti ai suoi figliocci.

"Ho bisogno che entrambi mi facciate un grande favore," disse a bassa voce, di modo che lo sentissero solo i gemelli. Guardò Ron, poi Merry e poi tornò al ragazzino dal volto pallido e gli stanchi occhi infossati. "So che vi avevo promesso che avreste preso il tè con me e sua signoria questo pomeriggio. Ma è sorta una questione di estrema importanza che richiede la mia immediata attenzione. Quindi dovete farmi questo favore: passare alcune ore nella nursery. So che non è quello che volevate e la vostra delusione è comprensibile, ma mi aiuterà enormemente. Detesto infrangere le promesse, sempre, ma in particolare con voi due. Non lo faccio alla leggera. Riuscite a capirlo?"

Merry fu la prima ad annuire e a dire con un sorriso. "Se è importante per te, zio Salt, allora capiamo, vero Ron?"

Salt le accarezzò dolcemente la guancia. "Grazie Merry. Ron?"

Ron annuì, anche se la delusione era evidente. "Naturalmente."

"Bravo ragazzo. Ho mandato a prendere i vostri vestiti e le vostre cose preferite ad Audley Street, perché ho deciso che rimarrete qui. Quindi stasera potrete cenare nel Salone Giallo e potremmo anche trovare il tempo per una partita a sciarade, prima di andare a letto. È un buon risarcimento per qualche ora da passare rintanati nella nursery, non credete?"

"Molto buono! Rimarremo veramente qui?" Chiese Merry senza fiato e, quando il conte annuì, non riuscì a nascondere la sua eccitazione, saltando su e giù. Poi ebbe di colpo un pensiero orribile. "Clary e Taylor non verranno anche loro, vero?"

Salt sorrise davanti agli occhi spalancati per il terrore di Merry. L'arcigna governante e il misantropo tutore erano esseri repellenti che non avrebbero mai dovuto occuparsi di bambini; i cavalli nella sua scuderia ricevevano cure migliori.

"No, non sarà necessario che rivediate quei due."

"Niente Clary e Taylor, Ron! Hai sentito?"

Ron non era così espansivo e, quando guardò impaurito sua madre, il conte gli strinse dolcemente il braccio sottile, con uno sguardo incoraggiante a Merry, che stava letteralmente scoppiando di felicità e teneva stretto il gattino.

"Ho dato la mia parola a vostro padre che mi sarei preso buona cura di voi, Ron e ti prometto che intendo farlo da oggi in avanti. Sia tu sia Merry."

"Ma tu ti prendi sempre buona cura di noi, zio Salt." Gli assicurò Merry, e diede di gomito al fratello. "Non è vero, Ron?"

"Sì, sempre. Non mi serve che glielo dica tu per me." Si lamentò Ron, dando segno di aver capito il suggerimento di sua sorella, dandole anche lui una gomitata. Guardò preoccupato il conte, con un altro sguardo furtivo alla loro madre e disse, esitante: "È proprio vero, zio Salt, che resteremo con te?" La sua voce scese a un sussurro: "Non-non mi…ci rimanderai indietro? Ieri notte hai promesso che non avrei mai più dovuto prendere la medicina della mamma, mai più. Era proprio quello che volevi dire? Io non *voglio* stare male. Non mi *piace* stare male. Non dovrò più prenderla, vero?"

Salt fissò il bambino negli occhi tormentati, così simili a quelli di suo padre St. John che si sentì chiudere la gola e stringere il petto. Avrebbe voluto abbracciare il ragazzino e rassicurarlo che non avrebbe mai più permesso che gli facessero male, ma evitò di farlo perché sapeva che Ron si sarebbe sentito a disagio per questo comportamento espansivo in pubblico. Invece gli tese la mano.

"La notte scorsa ci siamo stretti la mano per sigillare il patto, Ron," disse pacatamente. "Ma sarò lieto di stringertela di nuovo, se ti convincerà che intendo proprio farlo."

Ron guardò ancora diffidente verso sua madre, prima di portare lo sguardo verso la contessa, che gli stava sorridendo. Gli piaceva il suo sorriso. Era dolce e comprensivo, e così pieno di conforto. Non lo avrebbe mai detto a sua sorella, ma segretamente la contessa era proprio come lui pensava dovessero essere le fate, se le fate fossero veramente vissute in fondo ai giardini. Inconsciamente, le sue spalle magre si afflosciarono per il sollievo ed emise un piccolo sospiro. Poi tese la mano al conte e, quando gliela prese, si lasciò attirare nell'abbraccio del suo padrino. Sopraffatto, nascose il volto nel soffice velluto della redingote del conte. Merry mise una mano sulla schiena del fratello che sussultava, dicendo con un sussurro confidenziale allo zio: "È stanco, altrimenti non farebbe così."

"Hai proprio ragione, Merry," disse Salt, quando riuscì a padroneggiare le sue emozioni, con il bambino ancora stretto a lui. Gli accarezzò dolcemente una guancia con un dito. "Domani starà meglio. Tutti staremo meglio."

Sentendo una presenza sopra di loro, si voltò, ancora con Ron tra le braccia, e trovò delle gonne di seta moiré color oro che gli strusciavano sulla gamba. Era Diana. Prima che Salt potesse liberarsi e alzarsi, lei si avventò su Merry, spaventando Visconte Quattrozampe che sibilò e diede una zampata, graffiandole il dorso della mano. La donna gridò e imprecò e cercò di togliere il gattino a sua figlia, prendendolo per la collottola, ma Merry non voleva lasciarlo andare. Teneva stretto Visconte Quattrozampe, che miagolava le sue proteste a un trattamento così rude, e cercava di allontanarsi da sua madre, con il gattino spaventato che cercava di scapparle dalle braccia per mettersi al sicuro.

"Dammi questo disgustoso piccolo furetto, Magna!" sibilò Diana St. John, facendo un altro tentativo di prendere il gatto. "Avrebbero dovuto affogarlo alla nascita ed è quello che succederà!"

"No! No, mamma! Non puoi," la implorò Merry, con i grandi occhi castani che fissavano sua madre. Il labbro inferiore tremò e le lacrime le pizzicarono le palpebre. "Lo hai spaventato. Non puoi affogarlo! Lo zio Salt non te lo permetterà. Lui appartiene a zia Jane, è solo un gattino piccolo piccolo."

"I piccoli sono creature offensive e spregevoli," sputò Diana St. John, prima di riuscire a fermarsi. "Nessuno dovrebbe avere dei bambini. *Lei* non merita di avere dei bambini. Non deve e non li avrà. *Lei* non ne è degna. Io non lo permetterò. La mamma sarebbe infelice. Tu non vuoi che la mamma sia infelice, vero, Magna? Ora dammi quell'odiosa creatura!"

Salt le prese il polso prima che potesse cercare ancora di togliere il gattino a sua figlia. Era balzato in piedi, come tutti nella stanza, e spinse in fretta Ron dietro di sé. Merry si affrettò a raggiungere suo fratello, con il gattino che miagolava protestando, stretto al suo corpetto di seta. Entrambi i bambini si strinsero contro la larga schiena del conte, con le piccole dita che afferravano strettamente le corte falde bordate d'argento della redingote e i volti nascosti nel tessuto morbido, con gli occhi chiusi, senza osare guardare la madre furiosa.

Diana St. John si voltò, con gli occhi spiritati e respirando affannosamente, per fissare il conte, pallido e con le labbra tirate, prima di guardare senza capire le facce silenziose riunite intorno al carrello del tè. Quando si chiese ad alta voce perché il conte le stesse tenendo il polso, fu chiaro che non si rendeva conto che la rabbia l'aveva portata a rivelare i suoi pensieri più segreti, pensieri che fecero inorridire tutti, in quella stanza. Né poteva comprendere il loro orrore o l'effetto che le sue parole avevano avuto sul conte e la contessa.

"Che questo sia il vostro ultimo atto di sfida, signora. Se foste venuta nel mio studio, come avevo chiesto, a vostro fratello sarebbe stata risparmiato di vedere il vostro comportamento spregevole e riprovevole sciorinato in pubblico. Le mie scuse, Antony, ora però non mi importa più. Sedetevi," ordinò e le lasciò andare il polso con una piccola spinta e aprendo la mano, come se non volesse toccarla. "Caroline, sii così buona da venire qua. Gli altri si siedano. Anche voi, milady," aggiunse gentilmente, quando Jane fece un passo verso di lui.

Permise al suo sguardo di concentrarsi su sua moglie per la prima volta da quando era entrato nel salotto, e desiderò di aver avuto la forza di volontà di non farlo. Jane era a metà della stanza, con il volto scuro per la preoccupazione per i gemelli, che erano ancora aggrappati alle falde della redingote, e fu solo quando il conte si rivolse a lei che si fermò e il suo sguardo azzurro si alzò a guardare i suoi occhi castani. Un insieme di emozioni le attraversò il bel volto e al conte servì tutto il suo autocontrollo per voltarsi e pregare che facesse quello che le aveva chiesto, perché non desiderava altro che prenderla tra le braccia e farla volteggiare per aria, ancora e ancora, e coprirle il volto di baci per averlo reso l'uomo più felice al mondo. Invece, aprì la porta di servizio ed entrò nel corridoio, dove staccò gentilmente le mani di Ron e Merry dalla sua redingote e poi parlò con qualcuno che non si vedeva. Parole rassicuranti e un abbraccio, e lasciò andare i gemelli per ritornare nel salotto, restando davanti alla porta aperta. Fece segno a Lady Caroline di avvicinarsi e le baciò la mano.

"Voglio che tu vada nella nursery e tenga d'occhio i bambini. Non dovrebbero restare da soli con la servitù come unica compagnia in questo momento. Ti spiegherò dopo. Ora non posso farlo. Devi fidarvi di me, Caro, per favore. Fallo per me."

Lady Caroline fece il broncio e aprì la bocca per protestare che la trattava come una bambina e la spediva via quando succedeva qualcosa di interessante, ma qualcosa negli occhi del conte, l'espressione della sua bocca e la stanchezza sul suo volto la fermarono. Annuì, accondiscendendo e in modo notevolmente composto per i suoi diciassette anni e mezzo. "Sì certo. Stai… stai bene? Andrà tutto bene?"

Il conte le baciò la fronte e le sorrise. "Sì. Prima che questa giornata sia finita, tutto tornerà a posto. Te lo prometto."

Lady Caroline annuì, fece una riverenza alla stanza e se ne andò.

Salt chiuse la porta alle sue spalle e raggiunse il resto del gruppo silenzioso, con tutti gli occhi fissati su di lui in muta attesa.

Ristabilitasi dal suo scoppio emotivo, Diana St. John aveva ripreso il suo posto di fronte al carrello del tè e si sventagliava languidamente, come se niente fosse. Con sorpresa di tutti, arrivò perfino a ordinare ad Arthur Ellis di trovare quella stupida della cameriera della contessa perché andasse a cercare il maggiordomo. La teiera doveva essere riempita e non riusciva a capire perché Jenkins non fosse al loro servizio per il tè pomeridiano. Completamente ignara dell'aria di tensione nella stanza piena di luce, cominciò a sistemare le stoviglie, in attesa di versare altro tè quando fosse arrivato.

Ancora traumatizzati, nessuno si preoccupò di risponderle, nemmeno Jane. Era occupata a guardare suo marito, il cui sguardo imperscrutabile restava fisso su Diana St. John. Fu solo quando Tom le strinse le dita, che Jane staccò riluttante lo sguardo dal conte. Quando Tom le fece l'occhiolino e le sorrise teneramente, Jane si chiese perché e cosa sapesse, anche se la sua apparente allegria la aiutò a risollevarsi, senza dissipare però il crescendo di trepidazione, di attesa che succedesse qualcosa di importante, proprio lì nel suo salotto.

Il silenzio fu interrotto da Sir Antony, che fiutò una presa di tabacco.

Era lo stimolo che serviva ad Arthur Ellis per tornare in vita. Balzò in piedi, incapace di sopportare ancora per un altro momento la suspense e il silenzio forzato. Diana St. John pensò che l'avesse fatto per eseguire il suo ordine di andare a prendere la cameriera della contessa, e guardò il conte con l'aria di chi aspettasse qualcosa.

"Prenderete un po' di tè, quando arriverà, Salt?" Gli chiese in tono piacevole. "O preferireste del chiaretto? Sembrate stanco morto. Non è una sorpresa, visto che abbiamo passato tutta la notte svegli al capezzale di Ron. Siete riuscito a dormire qualche ora? Ellis, quando avrete trovato quell'insipida creatura, fate in modo che Jenkins porti una bottiglia di chiaretto per sua signoria."

Il segretario, invece di fare quello che gli chiedeva, guardò il suo datore di lavoro e poi la contessa, in cerca di istruzioni, completamente perso, senza sapere che cosa doveva fare o cosa dire.

Il conte venne in suo aiuto.

Fissava Diana St. John ma pensava al giorno in cui aveva incontrato Jane Despard. Pensava alla sua esistenza vuota di quegli ultimi quattro anni senza di lei. Con le sue speranze di sposarla così crudelmente cancellate, e preso dalle macchinazioni politiche di Westminster, gli eventi sociali dell'alta società e la gestione delle sue proprietà, si era convinto che la vita domestica non fosse così importante per lui, tutto a causa del malessere che si sentiva nel cuore. Ma da quando aveva sposato Jane, era arrivato a considerare la sua vita domestica vitale per la sua salute e la sua felicità. Le rivelazioni stupefacenti di Tom gli avevano dato la prova di essere in grado di mettere al mondo dei figli con Jane, ma questa notizia tanto bene accetta era arrivata a un costo altissimo, la perdita di un bambino tanto desiderato, distrutto malignamente, e questo lo riportò a Diana St. John e alle sue interferenze nella sua vita. Più rifletteva, più si rendeva conto che la moglie di St. John si era intromessa nella sua vita in quegli anni più di quanto volesse credere. Che poi avesse interferito in quello che più gli importava, nella vita di Jane, nella sua felicità e benessere, lo rendeva assolutamente livido di rabbia.

"Avevo sperato di renderlo il più indolore possibile, e senza un pubblico," disse con grande compostezza, in piedi accanto al camino. "Non importa, forse è meglio in questo modo. Se qualcuno deve chiedere umilmente perdono, è giusto che quelli cui più importa siano testimoni. Ma temo che voi, Arthur, ci dobbiate lasciare. Non è che non mi fidi di voi. Mi fido, assolutamente. È per il bene di sua signoria, e perché ho bisogno che svolgiate delle commissioni importanti, senza perdere tempo, che non potete restare. Ho lasciato sulla mia scrivania le istruzioni per quello che mi serve facciate. Ci sono anche delle lettere che devono essere immediatamente consegnate, una a Rockingham, una a Bute. Una terza lettera è indirizzata a Sua Maestà. Consegnatele personalmente e subito. Ci sono copie della mia corrispondenza, che potete leggere e digerire. Se poi deciderete di riconsiderare il vostro attuale impiego, e quale uomo ambizioso non lo farebbe, lo capirò e vi fornirò delle ottime referenze."

Arthur Ellis ebbe un sussulto, guardò in fretta il suo amico Tom, che gli sorrise, poi si ricompose, e si inchinò al conte. "Sì, naturalmente, milord. Me ne occuperò immediatamente," rispose compito e depositò il suo piattino sul vassoio d'argento. Esitò, si avvicinò a Jane e le fece un profondo inchino. "Sono sempre il vostro umile servitore, milady."

"Grazie, signor Ellis, la vostra lealtà significa molto per me e...," aggiunse Jane con un sorriso al conte, "...per mio marito."

Quello che disse poi suo marito la sorprese.

"Oh, e Arthur," aggiunse il conte, "mandate la cameriera di sua signoria nella nursery. Il signor Willis la raggiungerà tra breve. Presumo che Anne Springer sia appostata in qualche stanza vicina?"

"Ad ascoltare dal buco della serratura, sicuramente," borbottò Diana St. John.

Quando il segretario uscì, lasciò la porta aperta, permettendo a Jane di intravedere il corridoio. Con sua sorpresa e costernazione, sembrava che appena fuori dalla sua stanza fosse in attesa quello che sembrava un battaglione di servitori in livrea, che aspettavano, e con loro c'erano il signor Jenkins e Rufus Willis. Il maggiordomo che chiudeva la porta e l'entusiasmo di Lady St. John attirarono lo sguardo di Jane nella stanza, dove la donna stava tenendo banco.

"Allora! Finalmente è arrivato, sarete primo ministro alla fine! Quando ci sarà la cerimonia di insediamento?" Chiese eccitata Diana St. John, guardando adorante il conte. "Tutto il nostro duro lavoro finalmente è stato ripagato. Sapevo che sarebbe successo. Com'era possibile che non fosse così? Sarete un primo ministro assolutamente brillante. Quando rassegnerà le dimissioni Bute? Domani? Oggi? Non è eccitante, Antony? Forse Salt ti troverà un posto nel suo gabinetto? Al mio fratellino verrà assegnato il Ministero degli esteri? Avete deciso chi saranno gli altri ministri? Ovviamente Rockingham deve avere qualcosa, e anche Newcastle. Se solo quei due collaborassero di più. Non importa. Li terrete entrambi in riga. Ora, vediamo, chi altro è degno di nota…"

"Ho declinato l'offerta di Sua Maestà a formare un governo," rispose Salt senza mezzi termini, prendendo una delle pergamene dalla mensola dove l'aveva messa. Dalla tasca del panciotto prese i suoi occhiali cerchiati d'oro. "In effetti," continuò con calma, appoggiando con destrezza gli occhiali sulla punta del naso, con il documento in mano, "ho informato Sua Maestà che ho deciso di ritirarmi in campagna per il prossimo futuro. Ho anche lasciato libero il mio seggio nel Consiglio della Corona, con effetto immediato."

"*Che-che cosa?*" Esclamò Lady St. John, alzandosi di colpo dalla poltrona. Era così incredula da chiedere sottovoce. "Come potete buttare via l'opportunità di una vita? Abbiamo passato anni a lavorare per questo scopo. Non potete rinunciare all'incarico. Non potete lasciare il Consiglio della Corona. E certamente non potete sprecare il vostro talento rintanandovi nello sperduto Wiltshire! Sua Maestà non lo permetterà. *Io* non lo permetterò. Non capisco."

"Voi non avete mai capito, né capirete mai," le rispose Salt, pacato. "La mia casa deve essere in ordine prima che io possa pensare a governare un regno. Per farlo devo essere, prima di tutto, un gentiluomo e un uomo di famiglia, essere il conte di Salt Hendon viene per ultimo."

Sir Antony sorrise, completamente d'accordo con i sentimenti del conte. "Bravo, Salt," disse tranquillo, ammirando la decisione dell'amico. "Bravo."

"Non essere idiota, Antony!" disse sprezzante Diana St. John, e guardò intenta il conte. "Non state bene, è la tensione di questi ultimi mesi. Tutti gli intrighi di corridoio circa le possibili dimissioni di Bute e le trattative di pace hanno lasciato il segno. Portate gli occhiali. Dovete soffrire di emicrania. Qualche giorno a Strawberry Hill con Walpole vi risolleverà lo spirito e vedrete che non potete assolutamente ritirarvi in campagna. Siete necessario per governare la vostra nazione."

Salt aprì la lettera e si voltò verso Lady St. John, fissandola sopra gli occhiali. "Ho preso la mia decisione, sedetevi Diana."

Ma Diana St. John rimase in piedi. Era troppo incredula per fare quello che le chiedeva. Chiuse il ventaglio con un colpo secco e se lo appoggiò al mento. "State scherzando, questo è uno scherzo crudele. Sapete bene che qualche anno, un anno, passato a giocare all'allevatore di pecore nella vostra tenuta, è una vita nel mondo della politica. Potreste non avere mai più la possibilità di formare un governo. Non potete essere veramente serio."

"Non sono mai stato più serio," Salt alzò la pergamena. "Questa lettera porta il mio sigillo, ma non l'ho scritta io. È un falso, un'imitazione neppure tanto buona della mia calligrafia. È una lettera che avete scritto a mio nome, Diana," disse lentamente, a labbra tirate. "Eravate senza dubbio fiduciosa che il ricevente avrebbe presunto che l'avessi scritta io, in fretta e in uno stato di forte emozione e che questo avrebbe spiegato le differenze nella calligrafia. O forse avevate giustamente previsto che la mia promessa sposa sarebbe stata in un tale stato di sofferenza emotiva, nel leggere questa rottura di promessa, che difficilmente avrebbe pensato a qualcosa che non fosse il deplorevole contenuto della lettera?"

Jane emise involontariamente un gridolino, con la mano tremante che copriva la bocca, e passò lo sguardo da suo marito a Lady St. John e poi al fratello. "Come ha fatto Salt a recuperare..."

"Da me, Jane. Lo zio Jacob mi ha lasciato la lettera nel suo testamento," le spiegò gentilmente Tom. Sorrise e le baciò il dorso della mano. "Ho pensato fosse venuto il momento di consegnarla."

"La mia fidanzata difficilmente si sarebbe preoccupata dell'autenticità della calligrafia, visto il suo stato di angoscia," disse il conte, con lo sguardo che non lasciava Diana St. John. "Bene, signora. Avete qualcosa da aggiungere?"

La risposta di Diana St. John fu priva di emozioni ma la sua sicurezza era svanita, nel sentire il conte rivolgersi a lei con freddezza. Sentiva l'impenetrabile muro di ghiaccio che si stava formando tra di loro, ma anni passati ad autoilludersi l'avevano convinta che era nel giusto, e che lui doveva capire che aveva ragione. Dopo tutto, quello che aveva fatto, per quanto spiacevole o degradante, era stato fatto per il suo bene e solo per quello. Lei lo amava incondizionatamente ma quell'amore richiedeva sacrifici, sacrifici che lui doveva fare se lei doveva aiutarlo a diventare Primo Ministro. Glielo avrebbe fatto capire. Fissò il conte negli occhi con un'aria di assoluta sicurezza.

"Non ho intenzione di negarlo. Perché dovrei? Quello che ho fatto, le mie azioni, tutto è stato governato dalla mia ambizione per voi. Siete destinato alla grandezza politica, lo dicono tutti, da Holland a Rockingham, a Bute. Tutte le parti politiche sono d'accordo, anche se non riescono a mettersi d'accordo su nient'altro. Avete già fatto tanto per il vostro paese e farete ancora di più in futuro. I Sinclair hanno servito la corona e il paese dall'epoca dei Plantageneti. Non potevo permettervi di buttare via il vostro futuro e la vostra felicità per un capriccio, nato dalla libidine in un padiglione d'estate. Vi stavo solo proteggendo da voi stesso."

"*Futuro? Felicità?*" L'autocontrollo del conte andò in pezzi. Si strappò via gli occhiali. "Che diavolo potete sapere voi dei miei...dei miei *sentimenti?*" Tese il braccio indicando Jane. "Lei, Jane è il mio futuro. *Jane* è la mia felicità. Anche quando era disperata, in balia di un fanatico religioso, Jane non ha mai perso la speranza in me. Jane mi ama, ama *me*, non perché un giorno potrei essere il primo ministro o un'altra maledetta cosa! Non riesce a penetrare in quella vostra testa dura, signora? Jane ama *me*."

La risata di Diana St. John era di scetticismo oltraggiato.

"Buon Dio, Salt! A volte dispero proprio di voi," disse, scuotendo tristemente la testa perfettamente pettinata, mentre andava dalla poltrona vicina al camino verso il sofà e poi tornava verso il conte con la testa alta. Gli diede un colpetto sullo stretto risvolto della redingote. "Siete uno stratega politico brillante, certo, ma nell'attimo in cui permettete al sangue di raccogliersi tra le vostre cosce possenti, il vostro cervello diventa come quello di una medusa! Ah, sono così le menti dei vigorosi uomini di sangue caldo dotati di intelletto, quando permettono alla lussuria di vincere sul buon senso. Ma è per questo che ci sono io. Per assicurarci che voi non falliate completamente." Si voltò con un fruscio di gonne, per rivolgersi alla contessa: "Mio Dio! Non avete nemmeno avuto la presenza di spirito o l'abilità di tenere le gambe chiuse finché foste stata davanti a un parroco," la pungolò con una minacciosa mossa del ventaglio. "Siete così pateticamente ingenua che gli avete perfino permesso di mettervi inc..."

Il conte lasciò cadere gli occhiali e la prese per la gola.

"*Assassina*" le sibilò in volto, con le dita sotto la mascella per tenerle la bocca chiusa. Gli ci volle tutto il suo autocontrollo per non stringere tanto da spremerle fuori la vita. "Se non fosse stato per *voi*, mia moglie non avrebbe sofferto la *vergogna* di essere bandita dalla sua stessa casa; di essere *ripudiata* dal suo stesso padre, che l'ha erroneamente accusata di essere una sgualdrina. Se non fosse stato per *voi*, non sarebbe stata *obbligata* ad accettare la protezione di Jacob Allenby, la cui ossessione per la redenzione ha reso la sua vita un *inferno*. Se non fosse stato per *voi*, io non l'avrei considerata indegna perfino del mio disprezzo per avermi gettato via così alla leggera. Se non fosse stato per *voi* non avrei passato *quattro anni* a chiedermi come avrebbe potuta essere la mia vita.

"Avevate il potere di sistemare le cose con Sir Felix. Sapevate la verità e l'avete nascosta. Avete volontariamente costruito una *menzogna* che servisse ai vostri egoistici scopi. Voi avete letto e distrutto il biglietto nascosto nello scompartimento segreto del medaglione Sinclair. Un biglietto che, se mi avesse raggiunto, avrebbe risparmiato Jane e il nostro... e il nostro..." Deglutì a vuoto, frugò in una tasca della redingote e ne tolse un sacchetto di pelle. Lo tese a Jane. "*Prendetelo, apritelo*. Anne e Rufus lo hanno trovato sotto il suo cuscino."

Ma Jane non riusciva a muoversi. Non si fidava delle sue gambe. Tom prese il sacchetto e, su sua richiesta, ne versò il contenuto sulla mano. Alzò una catena d'oro incrostata di diamanti che aveva al centro un grande zaffiro. Era l'autentico medaglione Sinclair e per Jane averlo recuperato era una sensazione dolceamara. Non aprì lo scompartimento segreto, sapeva che avrebbe trovato solo il vuoto. Appoggiò il medaglione sul cuscino della panchina e sbatté gli occhi per liberarli dalle lacrime.

"Jane, ditemi che cosa avevate scritto," le ordinò gentilmente Salt.

Jane scosse la testa, con la mano sulla bocca per fermare un singhiozzo. Tom le mise un braccio sulle spalle, per confortarla e Jane si appoggiò alla sua spalla. Sir Antony e Salt aspettavano. Jane alla fine si raddrizzò e guardò suo marito, dicendo solo una breve frase. Terribile, devastante.

"*Enceinte*, venite per favore."

Il conte chinò la testa ma solo per un momento, prima di alzare il mento e fissare duramente Lady St. John, cui teneva ancora chiusa la bocca, con le dita minacciose intorno alla gola.

"Distruggendo quel biglietto e falsificando la mia calligrafia su una lettera di rottura di fidanzamento, avete fatto credere alla ragazza che amavo che ero un mostro licenzioso, capace di usarla crudelmente e abusare di lei per la mia lasciva soddisfazione. Quelli che cercarono di coprire quello che voi avevate trasformato in uno scandalo, che cospirarono per assistere Sir Felix nell'impedire la vergogna che sua figlia desse alla luce un bastardo di lignaggio indeterminato, non conoscevano la verità e voi li avete tenuti nell'ignoranza. Non avevano idea che fossi io il-il... *padre* del suo bambino.

"Avreste potuto impedire la tragedia, e invece l'avete procurata," disse, frugando ancora in tasca per toglierne una piccola bottiglia azzurra. La tenne tra il pollice e l'indice davanti allo sguardo fisso di Diana St. John. "Peggio, avete procurato un medicinale da un farmacista senza scrupoli, sciroppo di artemisia: veleno, e l'avete dato a Sir Felix perché lo somministrasse a sua figlia per *uccidere* il bambino che le cresceva in grembo."

"*Cosa*? No! No! *No*! Non *quello*! Io non posso... non ci credo!" L'esclamazione angosciata venne da Sir Antony, che non poteva più assistere in silenzio alla litania di orrendi crimini perpetrati da sua sorella. "Mio Dio, Salt, non *quello*. Non l'assassinio di tuo *figlio*..."

Guardò Jane, vide l'angoscia sul suo volto, poi Tom, i cui occhi erano pieni di tristezza, e conobbe la risposta. Si sentì intorpidito. Quando il conte gli indicò di prendere dalla mensola e leggere il secondo documento, lo fece, dapprima senza vedere quello che stava leggendo. Era una lista, una lunga lista di nomi, nomi di donne che conosceva, e c'era l'indirizzo del negozio di un farmacista sullo Strand. Guardò il conte e poi sua sorella, sentendo le lacrime che gli rigavano il volto.

"Consegnatela alle fiamme, Tony," gli disse gentilmente Salt, e si voltò per sfogare la sua rabbia sulla cugina, le dita si strinsero intorno alla gola quando lei osò muovere la testa. "Ho dato a vostro fratello il permesso di distruggere quel documento perché è una prova che vi farebbe impiccare. Non posso permettere che le vostre abiette azioni siano rese pubbliche, che i vostri figli siano marchiati come la progenie di un'assassina e che sia rovinata la carriera diplomatica di vostro fratello. Quel documento era la prova che siete una mezzana abortista e una fornitrice di sostanze velenose. Nel corso di molti anni, avete fornito lo sciroppo di artemisia alle nobildonne con gravidanze indesiderate, e molte di quelle donne erano state mie amanti. Io non le giudico. Dovranno fare i conti con la loro coscienza e con il loro creatore, ma somministrare la vostra malefica pozione a un'innocente che non sospettava, obbligare e minacciare la cameriera di mia moglie perché somministrasse un noto farmaco abortivo nel tè di sua signoria... E poi tentare di farlo voi stessa, proprio adesso...

"Come farete i conti con la *vostra* coscienza per quello che avete fatto? Rovinare la nostra felicità, denigrare la donna che amo... in ogni momento avete fatto tutto il possibile per causarci dolore e tristezza. La vostra malvagità non conosce limiti... scendere così in basso da rischiare la salute e il benessere di vostro figlio. Obbligare il bambino a soffrire, Merry a soffrire vedendo suo fratello star male. Fargli passare *l'inferno*... farci vivere un incubo concepito da voi... E mentre io stavo confortando i vostri figli per la tragica perdita del loro padre, che amavo come un fratello, voi stavate progettando il *tormento* della donna che amo e la *morte* del nostro bambino... che mostro, che *mostro* siete?"

"*Magnus*, per favore. Non fatelo," disse Jane gentilmente ma ferma, in piedi accanto al gomito di suo marito, con una mano sulla manica di velluto. Guardò ansiosamente Sir Antony, il cui volto desolato era di gesso, e poi Tom, che cercava di presentare un volto di coraggiosa comprensione, e aggiunse fermamente, guardando il forte profilo del conte. "Soffocarla fino a farla morire vi darà forse una temporanea soddisfazione ma io non voglio altra infelicità. Pensate a Ron e Merry. Pensate al loro futuro. *Io vi amo*. Per favore. È malata. La sua mente non è a posto. Ha bisogno di aiuto."

"Quando penso alla sofferenza ingiustificata che ha inflitto al suo bambino, tutto per ottenere la mia attenzione solo per sé, mi sento *male*," esclamò Salt, con la gola secca e riarsa dalla disperazione. "Quello che avete sofferto voi... non potrò mai... *mai*... fare ammenda."

"Sì, potete," disse Jane con calma. "A conti fatti, quattro anni non sono un periodo così lungo da passare divisi. La moglie di un marinaio può attendere molti anni prima di sapere che suo marito è salvo. I figli vanno sul Continente per il Grand Tour per altrettanti anni, mentre le loro famiglie aspettano inquiete il loro ritorno a casa. Noi abbiamo davanti un lungo futuro assieme. Ron e Merry ora sono fuori pericolo e impareranno di nuovo a essere bambini felici, senza pensieri. Per favore, Magnus. Non voglio vivere nel passato. Voglio andare avanti con voi e i bambini, verso il nostro futuro, insieme, come una famiglia."

Lentamente, la stretta di Salt sul collo di Diana St. John si allentò e, lasciandola andare, si sentì sollevato. Gettò la bottiglietta azzurra tra le stoviglie che ingombravano il carrello del tè e si voltò per abbracciare Jane. Nascose il volto tra i suoi folti capelli neri e, quando lei gli mise le braccia intorno al collo e si alzò sulla punta dei piedi per mormorargli parole di conforto, gli sfuggì un lungo sospiro e rabbrividì per l'insieme di una dozzina di emozioni diverse.

E mentre la coppia trovava sollievo e tenerezza nell'abbraccio, Sir Antony si fece avanti e afferrò sua sorella mentre barcollava indietro, tossendo e sputacchiando, con una mano alla gola bruciante che portava l'impronta delle dita del conte. Ma nonostante il dolore, non accettò il tocco del fratello, e tenne lo sguardo fisso sul conte e sulla contessa. La bocca si contorse per l'odio, vedendolo così felice e con la vita piena di promesse, quando tutto quello che lei aveva fatto, tutto quello che aveva cercato di ottenere, era di rendere il nome Sinclair sinonimo di potere e fare di questo affascinante nobiluomo il politico più influente del regno. Gliel'avrebbe fatta vedere, l'avrebbe fatta pagare a entrambi. Sarebbe vissuto per rimpiangere questo giorno per il resto della sua vita.

Prese di scatto la bottiglietta azzurra dal carrello del tè dove l'aveva gettata il conte, tolse il tappo e in un ultimo gesto di sfida buttò il contenuto giù per la gola secca e inghiottì. Fatto. Si era avvelenata e, quando fosse morta, si sarebbe reso conto quanto lei aveva significato per lui.

"*No! Di! Non farlo!*" Sir Antony urlò e allungò la mano per prendere la bottiglietta. Ma arrivò tardi e riuscì solo a strapparle dalle dita il contenitore vuoto, e a gettarlo lontano.

"Il mio piccolo farmacista sullo Strand dice che se ne viene somministrato troppo, la morte arriva in fretta. Buono a sapersi. Ma sarà doloroso, dolorosissimo in effetti. Lo apprezzerete," disse con un sorriso di scherno a Jane. "E voi," aggiunse sbattendo gli occhi verso il conte, che la guardò con una smorfia, con il braccio intorno alla vita di sua moglie e tenendola stretta, "avrete la mia morte sulla coscienza per il resto della vostra lunga, illustre vita. Mi rimpiangerete quando non ci sarò più. Solo allora vi renderete conto del mio vero valore."

"Lasciatela a me," disse Sir Antony, con una mano sullo schienale della poltrona dove sua sorella sedeva immobile. Con gli occhi pieni di lacrime, guardò Tom e poi il conte e la contessa, che affrontarono coraggiosamente il suo sguardo con un sorriso triste. "Mi prenderò cura di lei. È ancora mia sorella, qualunque sia il demone la possegga. È il minimo che posso fare per Ron e Merry e per te, Salt. Ora andate. Questo non è il posto per tua moglie e per te. Portala nella nursery. Caroline e i bambini stanno aspettando."

"La tua lealtà è ammirevole, Tony, e un giorno sarai debitamente ricompensato," rispose il conte con calma, con un cenno a Tom perché aprisse la porta che conduceva nel corridoio di servizio. Quattro robusti camerieri, il maggiordomo e Willis, seguiti da due gentiluomini dall'espressione arcigna, con delle redingote disadorne, entrarono silenziosamente nella stanza. "Tua sorella non ti merita, né merita un'uscita melodrammatica."

Jane passò lo sguardo da Sir Antony al fratellastro e poi al marito. Erano tutti incredibilmente calmi, considerato che Diana St. John aveva appena scolato una fiala di veleno.

"*Per favore*, Magnus, chiamate un medico. Devono darle qualcosa per farle rigurgitare il veleno." Guardò i due uomini con le redingote senza fronzoli che venivano avanti. "Questi uomini sono medici? Sono qui per aiutarla?"

"Sì, sono qui per aiutarla, ma non nel modo in cui pensate voi," rispose Salt e le baciò la fronte. "Mia cara, pensate veramente che avrei lasciato il veleno in quella bottiglietta? È stato gettato via tanto tempo fa. In gola non è sceso niente di più pericoloso di un cordiale al limone."

"*Cosa*?!" esclamò Diana St. John, cercando di alzarsi dalla poltrona, Sir Antony la tenne ferma, con una mano sulla spalla. "*Come avete osato*? Come avete osato privarmene!" Ringhiò, sconfitta. "Perché questo servo piagnucoloso è qui? Chi sono questi uomini? Lasciami andare *immediatamente*, Antony! Sanno *chi sono* io?"

"Sanno esattamente chi siete e che cosa avete fatto, e saranno ampiamente ricompensati perché si prenderanno cura di voi." La informò il conte, con un cenno ai due gentiluomini in abiti disadorni, che si misero ai due lati della poltrona di Diana St. John e si inchinarono verso di lui. "Vi suggerisco di fare quello che vi dicono. Altrimenti… questi gentiluomini sono molto pratici nel trattare i lunatici. Tony, forse vorrai accompagnarla nel cortile e prendere commiato, la carrozza partirà immediatamente."

· · ·

QUANDO IL SALOTTO fu di nuovo tranquillo, senza più i medici e
Lady St. John, che non se n'era andata in silenzio, ma gridando e scal-
ciando e maledicendo tutti e tutto mentre il maggiordomo chiudeva la
porta, Tom chiese quello che Jane voleva sapere. "Dove state
mandando Lady St. John, Milord?"

"Dove non potrà fare danni. E sì, sarà curata e tutti i suoi bisogni
saranno soddisfatti," rassicurò Jane con un sorriso e un buffetto sotto il
mento. "Ma non avrà molta compagnia. Non vi dirò il punto preciso tra
le montagne del Galles, ma la vista dal maschio del castello, mi dicono, è
spettacolare." Vide l'occhiata preoccupata di Jane verso Willis, che stava
dando le istruzioni dell'ultimo minuto ai quattro robusti domestici che
avrebbero scortato la carrozza. "Rufus verrà a vivere con noi nel
Wiltshire. È il nuovo sovraintendente di Salt Hall. Sposerà Anne e
vivranno nella casa del custode, e senza dubbio produrranno una mezza
dozzina di marmocchi, alcuni dei quali costituiranno la squadra di cricket
di Salt Hall," sorrise. "Ho promesso di fornire il resto della squadra."

Jane ansimò e distolse lo sguardo dal sottomaggiordomo, arrossendo furiosamente. "Magnus! Non potete aver fatto una promessa
simile a Willis!"

"No? Gli ho dato la mia parola. Ore venite, moglie," aggiunse,
prendendola in braccio senza sforzo e attraversando il bel salotto senza
guardarsi indietro. "Anche voi Tom, sono piuttosto affamato."

"Non ne sono sorpreso" aggiunse Tom nel corridoio di servizio.
"Non capita tutti i giorni che il conte di Salt Hendon sia battuto al suo
stesso gioco."

Jane si dimenò per sedersi tra le braccia di suo marito, con gli occhi
azzurri spalancati per l'incredulità. "Tom vi ha battuto a tennis,
Magnus?"

Il conte si rifiutò di guardare l'uno o l'altra. Allungò il collo nella
cravatta dal nodo intricato. "Non sono proprio infallibile."

"Così parlarono le nobili narici." Mormorò Tom, irrispettoso.

"Scusate, Tom Allenby?"

Jane sospirò, fingendo di essere esasperata. "È quel terribile piedistallo, di nuovo. Va di pari passo con le narici, temo."

Salt si fermò alla base delle scale che portavano alla nursery e rimise
in piedi Jane.

"Il piedistallo è stato consegnato al fuoco," mormorò, strofinando la punta del naso su quello di Jane, poi guardò sopra la sua testa verso Tom, che stava sorridendo come un idiota sentimentale. Alzò le sopracciglia con scherzosa altezzosità. "Ma, se non vi dispiace, terrò le nobili narici. Sono utili per tenere a bada servitori recalcitranti, bambini piccoli e cognati troppo compiaciuti."

Jane fece una risatina, tornando immediatamente timida. Guardò Tom, che capì che avrebbe fatto meglio a sparire e, con un sorriso, si scusò e se ne andò. Salt lo guardò salire gli scalini della nursery a due gradini per volta. Nemmeno un minuto dopo la porta sbatté contro la parete sopra le loro teste e si sentì la voce di Tom rimbombare in un saluto chiassoso, cui seguì un crescendo di passi e strilli di felicità, prima che la porta si chiudesse sulla giocosa cacofonia.

"Mi piace vostro fratello, è un brav'uomo."

"Sì. Gli parlerete di Caroline? Sono primi cugini, dopo tutto."

"Sospetto che possa averlo già capito..."

"La cosa vi preoccupa?"

Salt scosse la testa e le sorrise abbassando la testa. "Quello che mi preoccupava era che Caroline sposasse Tony e vederli con un branco di marmocchi, senza che il sottoscritto avesse la prospettiva di diventare padre." Sorrise. "Beh, non per mancanza di esercizio."

Jane rise: "Magnus! Date voce ai pensieri più stupefacenti."

"Ho avuto un surplus di Magnus, oggi. Povero me, cara signora. Smettetela altrimenti mi aspetterò di sentire il mio nome sulle vostre belle labbra da sotto le lenzuola."

"Beh, potete bandire ogni pensiero che le cose possano accadere nell'ordine sbagliato," gli disse a bassa voce, spianando un'immaginaria piega sul risvolto della sua redingote di velluto. "Non dovete temere che Antony diventi padre prima di voi."

Salt cercò di tenere i lineamenti perfettamente composti, nonostante l'eccitazione quasi infantile che si gonfiava in lui. Rivelando l'imperdonabile malvagità di Diana St. John, Rufus Willis era stato obbligato a rivelare quello che la sua fidanzata Anne gli aveva rivelato, che la contessa era incinta di tre mesi. Era una notizia tanto desiderata, la conferma di quello che Jane aveva sempre creduto, che fossero in grado di avere una famiglia. Non aveva osato accettare la felice realtà finché non l'avesse sentita da sua moglie. Quindi non riusciva a contenere il suo entusiasmo e la sua gioia, nonostante tutti gli sforzi per sembrare adeguatamente serio.

"Perché non dobbiamo temere che Tony mi batta sul filo di lana della paternità, Lady Salt?" Le chiese gentilmente, costringendola a guardarlo negli occhi.

"Prima ditemi che desiderate veramente andare a vivere in campagna. E le vostre ambizioni e i vostri sogni di rendere questo piccolo regno un impero con cui fare i conti? La vostra promessa alla nazione che gli errori della guerra non sarebbero stati ripetuti? Non potete farmi credere che sarete completamente soddisfatto allevando pecore nel Wiltshire."

Salt le pizzicò il mento. "Quindi avete seguito sui giornali i miei proclami parlamentari."

"Posso non sapere assolutamente nulla di politica, o di che cosa costituisca un buon governo, ma vi conosco," dichiarò Jane con tranquilla dignità. "Non riesco a immaginare che abbandoniate il vostro dovere verso la patria, né quelle persone che contano sul vostro patrocinio per la loro sussistenza; non più di quanto Tom potrebbe abbandonare gli operai delle sue fabbriche per una vita di agi come signorotto di campagna."

"Mia cara Lady Salt, vostro marito non vede l'ora di diventare un allevatore di pecore, anche se dall'alto di quell'enorme mucchio di sassi della casa di famiglia, per il prossimo futuro. Ma chissà che cosa porteranno i prossimi due anni? I ministeri vanno e vengono, ma mentre io vivrò in campagna con stile, nessuno avrà fame, nessuno perderà il suo posto. Manterrò interessi e influenza in quello che succede nella capitale, ma a distanza. Dovrò solo sviluppare un'influenza dalle braccia molto lunghe, ecco tutto."

"Beh, almeno non avrete difficoltà a vederci da lontano," gli disse Jane, scherzosa.

Il conte esplose in una risata. "Se vi farà felice, abbandonerò la mia ridicola vanità e porterò quei dannati occhiali al tavolo della colazione. Ma vi avverto, la vista di un occhialuto Lord Salt che sfoglia il giornale è una vista da far tremare i polsi, quasi come un fremito nelle nobili narici."

Jane sorrise sfrontata. "Che combinazione irresistibile. Mi tremano già le ginocchia."

"Civetta!" Le tolse una ciocca di capelli dalla guancia arrossata e sorrise con amore. "Dovete ancora calmare le mie paure…"

Jane gli prese la mano e appoggiò il largo palmo sull'orlo ricamato del corpetto di satin, dove le copriva la pancia, e gli sorrise. "Mio caro Lord Salt, diventerete padre. Il nostro bambino nascerà quando cadranno le prime foglie d'autunno." Quando lo vide deglutire con un groppo in gola, tutta la sua timidezza svanì e rise, toccandogli la guancia. "Vi avevo avvertito che avevo una sorpresa per voi e che vi sareste dovuto sedere. Ma, in un certo senso, dirvi del nostro bambino sulle scale della nursery mi sembra più adatto, no?"

Il conte guardava il suo volto radioso. "Sì, molto più adatto… vi ho mai detto quanto vi amo, Lady Salt?"

Jane sorrise, con una fossetta sulla guancia. "Lo avete ammesso sul campo da tennis. E mi avete detto che mi amavate quando eravamo nudi in carrozza, tornando dal ballo. Ma mi piacerebbe sentirvelo dire qui, in un posto banale come una scala di servizio."

"Vi amo, Jane," dichiarò. "Vi amo da quando avevate diciassette anni. C'è stato un momento, quelle ore gloriose che abbiamo passato da soli nel padiglione d'estate, in cui anch'io ho creduto che tutto fosse possibile, perfino i miracoli. Gli ultimi quattro anni senza di voi sono sembrati cinquanta. Gli avvenimenti, la gente, tutto ha cospirato per tenerci divisi, ma mai più… *mai*, Jane." Sorrise malizioso. "Più tardi, quando ci saremo liberati di questi dannati vestiti, vi dimostrerò quanto effettivamente vi amo."

Jane sbirciò tra le lunghe ciglia, mentre si alzava sulla punta dei piedi per mettergli le braccia al collo, intorno al nastro che gli fermava i capelli. "Oh, se avete intenzione di dimostrarmi quanto mi amate, temo che dovrete essere molto convincente."

Il conte si abbassò a baciarla sulla bocca. "Sì, molto convincente."

La storia continua in…

Il Ritorno Di
Salt Hendon

Jane e Salt—quattro anni di 'e vissero felici e contenti',
Sir Antony Templestowe—quattro anni di esilio,
Lady Caroline—quattro anni di struggimento,
Diana St. John—quattro anni per tramare la sua vendetta,

Il momento è arrivato…

OGNI MESE IL GUARDIANO DELLA PRIGIONIERA SENZA NOME DEL castello di Harlech, nelle remote montagne del Galles settentrionale, inviava un rapporto al conte di Salt Hendon. Un messaggero consegnava il rapporto, sempre di notte, nelle mani del signor Rufus Willis, sovraintendente della tenuta del conte nel Wiltshire. Il signor Willis, poi, consegnava il rapporto a sua signoria quando il suo datore di lavoro era da solo nella vastità della sua biblioteca, e quando non era probabile che la contessa fosse presente.

Il signor Willis vedeva l'angoscia sul volto di sua signoria ogni volta che consegnava questi rapporti. Una volta si era offerto di leggere lui il rapporto per risparmiare il conte, ma il suo nobile datore di lavoro aveva rifiutato, dicendo che era suo dovere farlo, per quanto spiacevole e difficile fosse il compito. Il signor Willis sapeva che il conte si stava auto-punendo. Il conte credeva che la punizione fosse giustificata. I rapporti mensili erano un penoso promemoria che l'innominata aveva causato sofferenze indicibili ai suoi stessi figli ed era un'assassina di innocenti. Aveva anche causato la morte del primo bambino mai nato del conte e della contessa di Salt Hendon. Dai rapporti comunque arrivava un certo conforto. Mentre la sua prigioniera restava rinchiusa, i suoi figli erano al sicuro e così anche quelli del conte. Anche se non serviva che glielo ricordassero, il conte sapeva di essere il più fortunato degli uomini e che niente e nessuno era per lui più importante di sua moglie e della sua famiglia.

Il guardiano dell'innominata scriveva più o meno lo stesso rapporto ogni mese. La sua 'ospite' era una prigioniera modello, le era riservata ogni comodità che quella remota località poteva offrire. La prigioniera aveva cameriere che la aiutavano a vestire le sottane e i corpetti di velluto e satin, che le pettinavano i capelli ramati, lunghi fino in vita, secondo l'ultimo stile che lei ricordava da Londra, che la aiutavano a scegliere i gioielli che meglio si adattavano all'abito. Com'era confacente al suo alto rango, insisteva a cambiarsi d'abito tre volte al giorno. A tavola, i camerieri la servivano come fosse una regina nel suo regno e si affrettavano a ogni tintinnio del suo campanellino. Il suo guardiano la accompagnava nelle sue passeggiate lungo i parapetti e i cortili del castello, cenava con lei quando l'innominata lo invitava e, col caffè e i dolci, ascoltava le sue argute reminiscenze di uomini politici e stimate personalità della buona società, che lei conosceva personalmente.

L'innominata passava la maggior parte delle sue giornate leggendo l'ultima edizione del *The Gentleman's Magazine*, in particolare i resoconti delle sedute del Parlamento, e scriveva, seduta al suo *escritoire* nel salotto arredato con mobili graziosi, con la sua vista sul mare. Le lettere venivano spedite ma mai consegnate e quindi lei non riceveva mai risposta. A volte, erano lunghe dieci pagine e la maggior parte di esse era indirizzata al conte di Salt Hendon. Il suo guardiano leggeva queste lettere come parte dei suoi doveri e le trovava piene di consigli per sua signoria su una varietà di argomenti politici e domestici. Poi le bruciava. Anche se il guardiano informava il conte, in termini generici, del contenuto delle lettere, non riferì mai la cosa più vitale, anche se questa informazione certamente confermava che la donna era effettivamente folle. Ogni lettera era firmata Diana, contessa di Salt Hendon.

Aveva un corrispondente che le scriveva regolarmente e che riceveva le sue lettere in risposta. C'era un fratello, un diplomatico, che viveva all'estero. Scriveva da San Pietroburgo; lunghe lettere dettagliate sulla nuova capitale della Russia, che stava ingrandendosi, e sui suoi dintorni, la sua gente e su come lui occupasse le sue giornate quale assistente dell'ambasciatore. Spesso includeva piccoli regali, un ventaglio, un fazzoletto bordato di pizzo, un paio di calze di seta, e per uno dei suoi compleanni le aveva mandato uno scialle di seta ricamata. Le sue lettere erano ricche anche degli ultimi pettegolezzi di corte e degli intrighi di palazzo, e a volte includevano ritagli di giornali inglesi vecchi di mesi, che gli erano stati spediti in Russia. Il guardiano lo sapeva perché la sua prigioniera provava molto piacere nel leggere queste lettere a voce alta. L'uomo si rese presto conto che questo fratello era un gentiluomo astuto perché non menzionava mai il conte di Salt Hendon o altri membri della sua famiglia. Quello che il fratello sapeva dalla corrispondenza di sua sorella, che il conte e la sua famiglia non sapevano, e che anche lui teneva per sé, era che sua sorella firmava le sue lettere per lui come se effettivamente fosse la moglie del conte di Salt Hendon.

Dopo tre anni di prigionia, l'innominata non rispondeva più al suo vero nome. Né riconosceva la persona che era stata una volta, quando gliela descrivevano. Era la contessa di Salt Hendon e Magnus, il conte di Salt Hendon, era il suo caro marito. Non c'era verso di persuaderla del contrario. Il guardiano non riteneva fosse un problema assecondarla. Dopo tutto, non l'avrebbero mai lasciata libera.

Così, all'inizio del suo quarto anno di prigionia, l'innominata era trattata proprio come se fosse veramente la contessa di Salt Hendon. Il suo guardiano, il suo farmacista, la sua cameriera personale e i servitori si rivolgevano a lei con quel titolo. E così la gente del luogo.

Grazie al suo ottimo comportamento, e sotto stretta supervisione, alla fine le fu permesso di ricevere dei visitatori. Membri eminenti della vicina cittadina vennero a porgere gli omaggi e a vedere con i loro occhi la bella nobildonna che si diceva fosse stata imprigionata da un marito brutale. L'innominata dimostrò di essere un'ospite affabile, piena di fascino e grazia, con un nobile portamento. Fu facile per gli estranei credere di essere effettivamente alla presenza della nobiltà inglese. Era maestosa, in velluto e sete, con i rubini intorno al collo e ai polsi. La sua conversazione arguta era punteggiata di aneddoti su politici importanti, nobiluomini di rango e i loro parenti, lontani palazzi di marmo e città che non dormivano mai; cose che la gente locale poteva solo sognare. Presto, sua signoria tenne corte una volta alla settimana in una stanza piena di ascoltatori attenti. Il guardiano tenne per sé anche questa notizia, dicendosi che non c'era niente di male se la sua prigioniera riceveva per il tè un branco di bifolchi ignoranti che non conoscevano nessuno e non andavano da nessuna parte. Teneva sua signoria tranquilla, divertita e occupata; i suoi pensieri rivolti a inezie, un atteggiamento ben diverso rispetto a quando era stata portata al castello; un mostro ripugnante e velenoso le cui parole piene di odio grondavano vendetta e che giurava sarebbe fuggito.

Quello che il guardiano non capiva, quello che non poteva sapere né scoprire, era di essere alla presenza di un intelletto nettamente superiore e completamente malvagio. Nella sua fiduciosa presunzione di avere, in quattro anni, domato un mostro e abbattuto una bestia, continuò a ignorarlo, fino al suo ultimo respiro. Non riuscì mai a capire che appena sotto la superficie della bella facciata, le sete profumate, la conversazione arguta e i modi affascinanti, il mostro era ancora in agguato, in attesa, aspettando l'opportunità perfetta per fuggire e scatenare la sua vendetta.

Il guardiano se ne rese conto, inorridito, il giorno in cui fu devastato da crampi allo stomaco ed ebbe la febbre alta. Il farmacista locale pensò a un avvelenamento da cibo e prescrisse un emetico. Grande favorito di sua signoria, che aveva curato per l'emicrania per qualche mese, il farmacista lasciò il guardiano nelle sue capaci mani. La informò che sarebbe tornato il giorno dopo. Il guardiano morì prima di notte. Nei suoi ultimi momenti di lucidità, era cieco e incapace di parlare, ma poteva ancora sentire. Mentre gli rimboccava gentilmente le coperte, sua signoria gli sussurrava all'orecchio. I servitori la considerarono una scena toccante, un segno del rispetto di sua signoria per il suo guardiano.

In realtà, lei gli sussurrava, piena di gioia maligna, che l'aveva avvelenato. Ogni granello della polvere per l'emicrania che le aveva prescritto il farmacista era stato attentamente messo da parte, finché ne aveva raccolto a sufficienza da somministrare la dose letale. Lo odiava e sperava stesse soffrendo. L'odio più grande lo conservava per la donna che lei credeva si stesse falsamente pavoneggiando in società come moglie e contessa del conte di Salt Hendon. Aveva passato quattro anni a concepire la sua vendetta e ora, con la libertà, avrebbe messo in atto il suo piano.

Alla morte del guardiano, l'innominata non fuggì immediatamente. Prese il lutto per la sua dipartita, indossando abiti grigio-tortora e invitando i cittadini locali a una cena in suo onore. Poi, dopo la sepoltura del guardiano, arrivò un corriere nel mezzo della notte. Era così tardi che gli zoccoli sul selciato non svegliarono i servitori. Ma una cameriera irrequieta sentì le voci echeggiare nel cortile e si alzò, premendo il naso contro il vetro della finestra in tempo per vedere sua signoria, in camicia da notte e pantofole, una candela in mano, correre sotto l'arcata ed entrare dal grande portone di quercia. Aveva in mano un pacchetto sigillato.

La lettera arrivata a notte fonda era del conte che la pregava di ritornare da lui. Era stato stregato da una puttana di amante e, con la sua morte, era morta anche la sua influenza su di lui. Con sua somma vergogna, ora riconosceva il grande torto che le aveva fatto, inviando la sua devota moglie in esilio. Poteva mai perdonarlo? Sarebbe tornata da lui? Non vedeva l'ora di riconciliarsi e sarebbe venuto a raggiungerla al confine con il Galles. Lei doveva affrettarsi a raggiungerlo.

I servitori, il farmacista e, in effetti, tutti quegli eminenti cittadini che si ritenevano amici della contessa di Salt Hendon, appresero parola per parola il contenuto della lettera del conte perché lei annunciò loro con gioia la notizia e mostrò loro la lettera. Il farmacista non dubitò che il sigillo e la calligrafia fossero dell'illustre conte di Salt Hendon. Ci fu molto giubilo e la gente del posto tenne un banchetto in onore di Lady Salt, per augurarle tanta felicità, al quale lei partecipò indossando il suo più bell'abito e i gioielli più preziosi.

I mobili furono coperti dai teli, bauli e portmanteau furono riempiti fino a scoppiare. Una splendida carrozza, tirata da quattro cavalli grigi scalpitanti, accolse Lady Salt e la sua cameriera personale, e sua signoria fu salutata con la fanfara. Non la videro più.

Due giorni dopo la sua partenza arrivò una lettera. Era di Sir Anthony Templestowe e aveva percorso tutta la strada da San Pietroburgo.

Il farmacista, che era rimasto al castello per sistemare i pochi conti in sospeso di sua signoria con i soldi che il guardiano aveva a quello scopo, non sapeva che cosa fare della lettera. Era indirizzata a Diana, Lady St. John, una persona che il farmacista non conosceva, eppure l'indirizzo era giusto.

Forse il corrispondente non conosceva personalmente Lady Salt.

Aveva indicato correttamente il suo nome di battesimo, poi si era confuso mentre scriveva il suo titolo. Per il farmacista era un mistero. Comunque, avrebbe fatto il suo dovere nei confronti di sua signoria, quindi reindirizzò la lettera ancora chiusa alla tenuta del conte di Salt

Hendon, Salt Hall, nel Wiltshire, di cui aveva sentito parlare talmente tante volte da Lady Salt che gli sembrava di aver effettivamente visitato la grande casa che risaliva ai tempi di Giacomo I e il suo vasto parco.

Dato che Sir Anthony aveva indicato il suo indirizzo a San Pietroburgo, il farmacista gli scrisse una lettera cortese. Spiegò che cosa aveva fatto con la sua lettera e, presumendo che conoscesse Lady Salt poiché aveva usato il suo nome di battesimo, si prese la libertà di comunicare la buona notizia a Sir Anthony. Sua signoria aveva lasciato il castello di Harlech ed era in viaggio per riunirsi al suo nobile signore, il conte di Salt Hendon.

Un mese dopo, Sir Anthony ricevette la lettera del farmacista. Appena la lesse, vomitò di colpo.

DIETRO LE QUINTE

Andate dietro le quinte di *La Sposa Di Salt Hendon*—
esplorate i posti, gli oggetti e la storia del periodo su Pinterest.

www.pinterest.com/lucindabrant

CPSIA information can be obtained
at www.ICGtesting.com
Printed in the USA
BVHW071207290123
657299BV00007B/239